福建省文联、省作协扶持项目

每天挖地不止

林那北 著

江苏凤凰文艺出版社

**DIGGING MORE GROUND
DAY BY DAY**

目 录

第 一 章　铁罐　1
第 二 章　第一个故事：谢氏　43
第 三 章　第二个故事：赵聪圣　71
第 四 章　挖地吧　108
第 五 章　陈细坤回来了　137
第 六 章　第三个故事：谢氏与何燕贞　175
第 七 章　第四个故事：赵聪明　209
第 八 章　蓝花楹与桼　243
第 九 章　李翠月啊李翠月　277
第 十 章　细米死了　310
第十一章　打开西桼房　336
第十二章　大漆门　368

第一章　铁罐

一

2019年6月底，赵定力进了一趟福州城。他独自去，说表弟谢玉非病了，其实是他自己病。身体这东西，每一个零部件既然长了，长年累月一成不变地长在固定位置上，就一定有它们各自的道理。嘴是用来贪吃的，屁眼是用来拉屎的，突然吃不香，拉不利索，人再上下不自在，一脚一脚踩下去都是虚的，全身力气都不知去向，不用说，肯定出问题了。什么问题呢？不知道，越不知道越心慌。赵定力忍了一个多月，再忍就没法忍了，于是起个大早。

第二天他才回到青江。

青江不是江，是村子的名字，它临着海，是内海，水面四五百米宽，像一条海的尾巴偷偷伸进来，拐了几个弯后，与一条大江衔接到一起。江水从这个省西北部高高耸起的武夷山灌下来，横穿过大半个省，本来要直接去海里的，半道却被溜进来的海水一把拦住了。每天海水得涨得退，涨时水向西，退时水向东，但海水与江水的交汇地却固定不变，它就在青江村码头附近。站在码头砌得潦草随意的青石板上望去，水面有一道清晰的分隔线，一边浑一边清,一边黄一边蓝,倒也一直相安无事,几千几万年下来像约好似的,从来没有交错浑浊到一起过。码头上密密麻麻排着船。以前船小,看着像一群蚂蚁挤在一起,如今船大了,远远看去仍然像蚂蚁。如果再细看,会发现没有哪艘船是新的,船身上的清漆早已褪尽,船板被长时间水浸日晒后,身体又僵又硬,每一道开裂的纹路都像弃妇幽怨的眼神。从前村里的人并非都捕鱼,闲时也种地,该出海时就出,该下地时就下,海里取回荤的,地里扒上素的,一应俱全,荒年也不怕。但这些年男人女人一个接一个往外走,外面毕竟现钱挣得快,鱼就没人打,地也少人种,就一点点寂寥下来,村子便越发显出了无生趣的老态,日出与日落的演出在这里少了观众,每天都显得懒洋洋的。

村东头是几座山,不高,很柔和地微微上翘,山头彼此相连,拉出一个个柔和的半圆形弧线,看上去就有一股与人为善的谦逊。最靠近村子的那座小山丘花瓣般缓缓上扬,周围簇拥着几百亩高低连绵的山地,种着茶、茉莉、果树,就是一些荒掉的地里,杂草也茂盛地连成一片,深浅绿着。整个村子其实就是山的延伸体,从东面向西面倾斜,斜到底,就是那个码头了。而东面半高坡上,孤零零立着一棵大榕树,不算特别高,树冠却有五六十米宽,叶子密实有力,彼此互相重叠,树身差不多得两三人才能合抱。离榕树十来米远是一幢三进式的房子,风火墙围出长方形的大院子,墙根砌着一人多高的菱形青石,上面则是用糯米浆、碎贝壳和黄泥巴捣到一起的三合土垒出一尺厚、两米多高的墙体,抹着白灰。马鞍形曲线山墙的墙头上,乌瓦已有一些破碎或缺失了,歪七扭八,但大部分仍结结实实地站在那里,即使有几片已经滑到墙的边沿,瓦身仍显出韧性与硬度,结结实实地支棱出一股谁也不服的气度,举在半空示威着。

整个青江村没有第二幢房子能及它一半阔大气派，也没有哪家用这么黑沉厚实的瓦片，村里人就把这座房子称为乌瓦大院。院子左侧还有一扇拱形偏门，门上方挂简陋的牌子，杉木底、黑漆字，正楷写着：谢婆鱼丸店。大院是赵定力的，鱼丸店也是赵定力的。谢婆则是他祖母，有名字，叫春妹。

已经七十八岁的赵定力是村里的名人。往前几十年，他的伯父赵聪圣和父亲赵聪明比他出名。再往前几十年，他的祖父赵礼成又比赵聪圣和赵聪明更有名。现在赵聪圣、赵聪明和赵礼成都死了，赵礼成死在去马来西亚槟城的海上，赵聪圣和赵聪明本来也应该死在槟城，但最后赵聪圣死在台湾，赵聪明则死在乌瓦大院。大院还死过赵定力的母亲何燕贞和个子娇小的谢春妹。建起乌瓦大院的人就是谢春妹，建房的钱则是赵礼成从槟城寄回来的。现在谢春妹死了，赵礼成死了，赵聪圣、赵聪明死了，何燕贞也死了，剩下赵定力。

年轻时赵定力是村里个子最高的人，高却瘦，主要是骨头细，肉怎么长也撑不起来，看上去就像一条竖起来的带鱼晃来晃去。现在他背驼了，脚也用不上劲——人老不都是从脚开始的吗？腿太长，自然也更容易弯，膝盖往前拱，走起路来背、腰、腿、脖子，浑身到处都是长短不一的弧线。老了，所以病就来了。究竟什么病呢？他得去趟城里的医院。

医生就是表弟谢玉非，比他小十四岁，已过了退休年纪了，却还没正式退。当医生就是这点好，越老越值钱，白发和皱纹都可以拿来当金子贴门面，贴多了，反正不管真假，连自己也慢慢信了。赵定力以前很少麻烦他，一辈子不麻烦才是人生赢家哩。诊室不大，摆一张白色旧桌子，除了谢玉非，还有两个戴眼镜的年轻女孩坐在桌子的对面，也穿着白大褂，但两眼怯生生的，浑身都是学生味，一看就是来实习的。

赵定力在桌子侧面的椅子上坐下，先盯着谢玉非的白大褂看，布已经不太白了，泛着黄，有点皱，袖口那里还微微起了一层细密的毛边。在医院这种地方混久了，自信是靠一个个倒霉的病人、死人赠送的，赠得越多，脸上的自信就会堆得越丰厚，谁还在乎披在外面的一层衣裳？然后赵定力眼光慢慢上移，移到谢玉非脸上——脸皮居然是粉色的，其实是因为白，色素浅，皮底下布着密密的血点，白和红混在一起，就成了粉。像所有的病人一样，赵定力开始惶惶说起自己身体情况，谢玉非问一句他说一句或者三五句，说时眼睛一直盯着谢玉非。表弟脸上在起变化，皮还是粉的，但眉头那里曾一闪而过地微微皱几下。赵定力为什么会注意到这个细节呢？他十四岁那年舅舅来信，说已经生了三个女儿的谢家终于添丁了，早产，只有四斤半。父亲赵聪明于是让他进了一趟城。他提着自家养的两只公鸡和一筐鸡蛋跨进谢家，看到在床上一团小小的肉，脸像宰杀时忘了放血的死猪肉，红得发紫，鼻头堆满星星点点的黄斑，眼紧闭，双拳握住举在肩膀上方抽搐般胡乱舞着，气都喘不匀。这是他第一次见到谢玉非。

谢玉非说："你先去做个心电图和血凝全套检查吧，看能不能做肠镜。"

"肠镜？"他嘟囔着，定定看着谢玉非。已经活了七十八年他都不需要做这项检查，突然要查，出什么问题了？人一生下来就明里暗里配齐了各种器官，看上去它们像是为了服务主人而来的，却在几十年里反复向人索要服务，无论哪一个出点毛病都要整得鸡飞狗跳。现在轮到他，他的肠子到底怎么了？

谢玉非笑了笑。"毕竟有年纪了，"他说，"有点毛病很正常。

你先去缴钱,然后去抽个血,再查一查心脏。哦,我走不开……"说着他冲对面的实习生抬抬下巴,其中一个清瘦的女孩马上就站起,对赵定力一笑,说:"我是小林,我带你去。"

赵定力只好站起,跟着小林在医院各处走了一圈。几年前他曾来做过青光眼手术,与上次比,医院主楼扩建了,旁边还立起一幢二十多层的新楼,看上去宽阔了很多,但来看病的人却更多。上次挂号、缴费、取药的人挤挤挨挨的,这次更是密集得像是来抢钱,迟一步仿佛就吃了大亏。究竟是生活好了,身体反而更差,还是腰包鼓了,能看得起病的人更多了?不知道,反正乌压压一片,每个有病的身体互相毫不见外地碰来碰去,气息呼来呼去,脸色都不是太好,表情也基本没有。瞅准一个空隙,赵定力边走边侧过头问旁边的小林,他说:"我这到底是……什么毛病?"小林客气地笑笑,说:"先查一下。"

赵定力突然发现笑这东西真是再恐怖不过了,刚才谢玉非的笑,现在小林的笑,都有一层阴森之气,嘴像一口深不见底的井,根本不知道里头究竟藏着清水还是浊泥。他觉得这样不行,得继续问。他说:"要多久才能查出来?"小林说:"不用太久,一两个小时吧。别急,您先安心等着。"

能不急吗?她越说别急,赵定力越急。但急又如何?消化内科诊室外的走廊上有几排蓝色塑料椅,抽过血转回来后,小林让他坐到那里等着。两个多小时后,报告单出来了,谢玉非低头看一眼,说:"你身体素质不错啊,比预计的还好。那就做个肠镜吧。"

赵定力眼虽看着谢玉非,视线却是虚的。他注意力在脑里,脑里正把谢玉非刚才说的话又细细过了一遍。医生这个职业某种程度上跟演员是相似的,越老的医生在病人面前就越能演,尤其是当这个病人偏偏还是医生的表哥……亲情在这时候显得多么奇怪，特别近又非常远。赵定力吸一口气，他说："你什么都不用瞒我……究竟我有没有问题？话直接说，我也好安排剩下的日子。"

"说什么话啊！"谢玉非打断他，又笑起，"你看你，还是老毛病！这都还没查呢，怎么就有问题了？你这样还真应该尽快查——而且，鉴于你家的情况，还是查一下好。有病就治，没病就放宽心。有麻药的，别紧张。哎，这两天在家你都吃些什么？"

赵定力说："我没吃什么，我吃不下……"

谢玉非打断他："我的意思是吃什么油腻的东西了吗，鱼呀肉呀之类？"

赵定力愣愣地看着他，半晌才摇头，"鱼肉都不想吃，吃了就乱拉，拉完又几天不拉。"

谢玉非说："既然这样，我看就干脆直接做了吧，晚上不用回去——噢，我家也可以住。我安排下，争取明天早上就查了。"

"这么急？"赵定力感觉到问的时候自己舌头都有点打结。

谢玉非边在处方签上写着边说："也不是有多急，你既然来了，索性就查了吧，免得到时候还要再跑一趟。一会儿我就下班了，你先在外面等着，到时跟我车一起走。"说着他把处方递给对面的两个实习生。赵定力跟着小林出门，缴了钱，取了药，然后等了一阵，太阳落下去后，真的就坐谢玉非的车回去，在他家住下了。

谢玉非是一年多前刚搬到这里的，是个别墅区，全部是独栋、双拼或者联排的房子。谢玉非把车停在一户带有四五百平方米草地的独栋别墅前，到处是花，院子外圈围起的篱笆上，紫红色的三角梅和橘红色的炮仗花已经开始攀爬，入口则是一道挑高的拱形门，两旁黑色大理石砌出来的方形大立柱上，端正立着两盏古铜色的欧式复古灯。赵定力在进门前迟疑地停下，以前只在电影电视里看到外国人住这样花花绿绿的房子，居然近在眼前的谢玉非家也这样了。谢玉非笑起，说："这全是小娥弄的，这边房子还在建哩，她就提前雇人把谢家大院后花园里的树能移的都移了过来。人搬个家都累半死，她却让树也跟着搬，就是吃饱给撑。"赵定力点点头附和，心里却一阵诧异。谢家大院花园居然有这么多树？他完全没有印象了。

小娥是陈小娥，谢玉非的妻子，以前是中学语文老师，圆脸，中等个，架一副眼镜，看上去跟普通路人没有两样，没料到种起花草来竟这么洋气。于淑钦有一阵也喜欢种花，但只是用捡来的大小不一的盆盆罐罐胡乱种，哪像陈小娥这样有章有法成规模地种，就如同都是钢筋水泥堆出来的房子，城里这些别墅和村里胡乱搭起的房子哪能是一回事？乌瓦大院后院比谢玉非家这个院子大，要是按陈小娥这种捣鼓法，非得弄成小公园，而于淑钦想到的无非种点菜罢了。青江村离城里二十公里左右，这么近，很多东西还是不一样。

这个房子赵定力是第一次来。十多年前，市里把唐朝时开始陆续兴建的坊巷格局的南后街全拆了，弄成旅游景区，整天挤满人，慢慢周围的街坊也被圈入，包括跟南后街只有一路之隔的青灯巷。谢家的老房子就在青灯巷口，两千多平方米，前后共五进，拆迁时补偿了一大笔钱——究竟多少，赵定力其实并不知道。房子拆之前谢玉非曾打电话问赵定力要不要去看看，赵定力脱口问看什么，谢玉非顿一时，半晌才又重复一句："你确定，真的不来看吗？"赵定力没有犹豫，还是说不看。那幢房子这几十年里他已经去得越来越稀疏，但毕竟是熟悉的，还有什么稀奇可看的？过一阵就听说谢玉非买别墅了，听说而已，听过就丢脑后，现在一看，还是一惊。得花不少钱吧？是拆迁补偿了很多钱，还是谢玉非本来腰包就很鼓？

谢家大院是谢氏的父亲谢瑞林置下的，前院是春来药铺，一格格药柜子顶天立地围成一圈，谢瑞林在药柜前摆着桌子坐诊替人看病，开了方，旁边直接抓药，左右手都赚钱。院子后面还有四进，则是住人。已经传了几代，每代各自分家，房子早就不是当初的气象了。大部分人几十年前拖家带口去了台湾，美国、北京、上海也另有几支，最后留在老房子里的只剩下谢玉非一家。但房子要拆时，各房都派人从各地回来处理房产，却没有哪一片瓦哪一块砖跟赵定力有关，谢玉非最多让他去看看，有什么可看的？他不去。细算起来，谢玉非的父亲是赵定力的表舅，表舅的父亲就是赵定力的舅公谢乐施，赵定力祖母谢氏的大弟。也就是说对于那幢前后五进的大院子来说，赵定力和谢玉非一样，都是第四代子裔，理论上老房子跟赵定力也不是一点关系都没有，但政府给老房子拆迁补偿，赵定力却啥好处也没得到。现在他有病了，去得到老房子那么多好处的谢玉非家里住一住，确实也不算什么过分之处啊。

陈小娥很晚才回来，她退休后被私立中学聘去上课。说到底还是有学问好，社会越正常学问越管用。他们只有一个儿子，在美国读博士，刚结婚，娶了个同样在那边读博士的上海女孩做妻子。这些都是谢玉非的底气，一家人没一个孬种，谢家嫡传下来能混成这样，也算祖上积德了。但祖上对旁枝爱理不理，谢氏从城里嫁去青江村，运气似乎就被谢家截留了，赵定力现在什么都没有。

住在谢玉非别墅的这一夜，赵定力基本上没有合眼。早上从乌瓦大院出门时本来跟妻子于淑钦说好当天就回去,结果没回,竟住到谢玉非家里了。他给于淑钦发微信说要迟一两天回,于淑钦好像也没太意外,只回了他一条微信说:"就你贱,他家有什么好住的?"话里明显带着怨气。他来福州,于淑钦以为真的是探表弟的病,什么病她都懒得问。于淑钦只见过谢玉非一次,是八年前结婚不久,赵定力带她进城去谢家大院,算串个门认个亲。刚迈进去时,于淑钦还是很恭谦的,笑得老老实实,但很快笑就凝固住了。谢玉非根本没拿正眼瞧她,陈小娥更没有。作为主人,他们虽然都客气地招呼坐招呼喝茶招呼午饭,但脸都只冲着赵定力,话当然也定向说给赵定力听。也就是说谢玉非和陈小娥欢迎的是表哥赵定力,而作为表嫂的于淑钦,却一星半点的尊重都没得到。谢玉非后来把自己的想法私下告诉了赵定力,他的意思是,即使是这么大年纪了,再婚仍然是值得鼓励的,但如今又不是从前,无论如何都不该再把门槛降得这么低吧?凑合真没必要啊。女人多如牛毛,怎么能把文化程度这么低、看着又这么土气的女人娶进门?好歹谢家当年在福州城里也算一户掷地有声的豪门啊。赵家不是谢家,但至少算半个谢家,怎么说也是家门被辱了。

谢玉非又说:"我老婆也这么认为。"

单单自己的表哥不满就算了,陈小娥是外人,怎么轮得到她说三道四?赵定力当时嗯嗯几声忍下,明白这些话很得罪人,他必须全部吞在肚子里消化掉,但某次闲聊时,不知怎么还是嘴一松就和盘对于淑钦说了出来。一说完他当即就后悔了,但话既然已经出口了,就无法追回来。于淑钦脸马上拉长了,翻出白眼,重重地骂道:"放他妈的狗屁!"

她先是用重庆老家话骂,又用福州话重复了一句。在于淑钦没被娶进门之前,赵定力完全没有想到女人竟能有这么大的嗓门,平日里,哪怕喊吃饭,门板似乎都会被震得颤动起来。一开始真不习惯,但慢慢他就无所谓了,是耳朵先开始适应,然后他觉得这样也好。乌瓦大院已经安静了这么多年,太静了,终于有一个女人来了,声音以一当十,把闲适太久的屋檐门板震一震,人气就不免涌了出来,从这一点看,意思还是有一点的。

那次之后于淑钦再没去过谢玉非家。所以赵定力说要去福州探望谢玉非,于淑钦是不以为然的。一个当医生的人需要你一个乡下人探病?于淑钦嘴一撇,一脸都是不高兴。赵定力没顾得上她高不高兴,他是为自己去的,每天活在七上八下中,他不去不行。

谢玉非开的药叫"甘露醇",白色粉末状的。谢玉非说已经约好,肠镜明天就查,得把药先喝下清肠。家里最大号铝合金锅被拿出来,泡上开水,晚上喝下一大锅后,拉了一夜。本来凌晨还得再喝一锅,然后再拉,再然后就是一大早坐谢玉非的车一起去医院,进入检查室。但早上赵定力独自走了,他没有把另一锅药水喝下。

别墅共两层,谢玉非和陈小娥睡楼上主卧,赵定力睡楼下客房。与主人隔开一层楼板,倒让人松弛了很多,但赵定力哪里睡得着?上一趟刚拉好,转眼又急急坐到马桶上了,裤子像手风琴似的拉上折下,一波未消一波又起。这些日子他就是因为拉稀拉怕了,才进城找谢玉非,哪想到谢玉非给他药,让他这一夜肚子像一池堆满鱼的水,反复咕噜闹腾。他腿发软,不敢再喝,也不想查了。查就能查出是与非?即使查出了,接下去怎么办?开刀、化疗、没完没了地吃药……这么一想,心就荡到半空。趁着谢玉非夫妻还睡着,他在马桶旁抽了一大把卫生纸出了门。走之前他留下一张字条:"我先回家去。抱歉打扰你们了。"

天还没亮,到处都很安静,没人,没车。昨天坐谢玉非车从医院到这里,车拐进小区前,他往窗外看,恰好就看到路边戳着一幢斜屋顶的房子,外面挂着WC的标志。当时谢玉非还跟他炫耀,说这一带别看离市中心远,但市政设施已经很到位,你看连公共厕所都弄得这么漂亮了。赵定力出了大门,保安警觉地盯他看几眼,他屏住气,把身子挺了挺走过保安岗,然后找到厕所,确实漂亮,外型也跟一座小别墅似的。他在厕所后面的草丛里坐下,肚子还在响,仿佛一台热闹的戏正在里头开唱,他什么都不能做,只能老实守着这个漂亮的WC,随时一跃而起,大跑几步,朝着蹲位火速褪下裤子。

这些日子,拉稀对他是件多么习以为常的事,他的肚子成了一台高速运转的造屎机器,哪想到喝下谢玉非开的那一大锅药水后,他才领教了拉稀的真正伟力——每根肠子都像安上了抽水泵,马达开足,轰鸣震天。他低头看看自己的肚子,瘦瘦的,没有任何肚腩,它究竟靠什么藏得下这么多的屎?而且居然这么臭,是几十年老粪坑被使劲搅动之后才会有的那种恶狠狠的腐臭味。他揉揉肚子,如果屎这么多是第一个意外,那么肚子密封性这么好是更大的意外。屎关在肚皮里平时含而不露,一旦冲出来,竟然如此刺鼻。

所有香的东西吃下去,经过一个肚子,为什么竟臭成这样?

太阳起来了。太阳升高了。太阳弱下去了。肚子终于也慢慢消停下来,这期间他进出厕所共六次,有时拉多些,伴随着不绝的响声呈喷射状,有时好半天才安慰性地勉强挤出一点;有时肚子揪起,仿佛要滂沱,结果蹲半天却毫无建树。世界这么大,但至少这一天,除了厕所,其他都跟他没有任何关系。竟然活成与屎奋斗，终于便意没有了，他一开始还不敢相信，踟蹰一阵，捧住肚子像是跟它商榷，确认后才敢离开，先拦的士，再转公交。无论如何也得走了，再迟点公交车就停了。

从城里去青江村不再像以前那样只能坐船，沿江而建的公路是四车道的，铺着沥青，因为黝黑显出几分厚道。公交车也早通了，车站在村口西侧。他下了车，沿着那条十几年前槟城华侨集资捐建的水泥路慢慢走到村东头，爬上坡，跨进乌瓦大院。这一整天除了在路边买一瓶矿泉水喝下外，他什么都没吃。其实他什么都不想吃，喉咙那里像谁用塞子堵酒瓶似的，嵌下一个大塞子，气都喘不过来，哪里还吃得下？

二

乌瓦大院那扇对开的大门虚掩着，中间竖着一条巴掌宽的缝。离着还有大老远，门就被顶开，一条浅色的光蓦地闪出来。细米，米白色的拉布拉多犬，它凭嗅觉提前知道赵定力回来，兴奋跑出，吊着舌头，发出吱吱吱的呻吟，并立起半个身子扑向他。狗真是一个直截了当的东西，爱恨都不掩饰，你低了就看你低，你饲养了它就排山倒海对你好。赵定力侧过身，伸出手在狗头上摸两下。"细米，好了好了，回家吧。"他说。细米听懂了，绕着他腿转几圈，鼻子嗅着他裤管，好像那里有什么意外。难道是屎不小心喷在上面了？这让赵定力心里滑过一丝尴尬，就不想再跟细米纠缠了。天已经快黑透了，门打开、关上的声响和太阳对着干，白天阳光一烈，门的声音就黯下去，晨昏时却格外刺耳，轻轻一碰就吱地叫起。

一张女人的脸从屋里探出来，紧接着整个身子就跨出门槛，立在过道上,看着赵定力。"怎么才回来?"于淑钦有点不满。"嗯……"赵定力一时找不出什么话来。于淑钦唇角动了动,身子一扭,抬腿又往屋里跨进去。

赵定力站在原地,叹了口气。他前后共结过三次婚,于淑钦是他第三任老婆。前两任他从来没怕过,最多喜欢、心疼或者在乎,但于淑钦不一样,他说不清哪里不一样,不是喜欢,没有心疼,但也还是在乎。

乌瓦大院是座三进式青砖木构的院子,进了门迎面就是一个凹下两个大台阶的天井,两侧各有两间并排的偏舍,福州人更习惯把它们叫作披榭,读音相似,但写起来雅致了很多。披榭比后面的厢房低一尺,木板墙,每间都有一道齐膝高的门槛,跨出门槛,向左向右分别走向厅堂或者大门。披榭第二间是厨房,这个格局在谢氏手上就定下,始终没动。这几年村里老房子除了乌瓦大院外,都已拆光,没拆之前,他们的厨房都习惯安在后院,紧挨着厢房,这样烟囱就出现在整个院子的中间段。福州人觉得炊烟其实就是房子的嘴,高出屋顶一大截的烟囱日复一日吐出白烟,烟像一面帅旗在空中飘着,向八方证明屋里住着活人。同时烟囱还能把天地之气徐徐吸入,房子才能喘过气来,不腐不蠹,而紧挨大门的披榭便于出入,别人让用人或老人住,谢氏直接当厨房和饭厅,所有来客走到披榭就止步了。与前天井相连的是前厅堂,厅堂中央摆一台棕色翘头横案,案前是一张用旧床板改的大桌,铺着白毡布,上面放着砚台、墨汁、笔架等物,两侧是四间高阔宽大的东西厢房。从前厅堂太师壁侧面绕过到后厅堂,跨过门槛也有一个与前天井一样长宽各三十米的天井,天井与花园相连处是两间长方形的瓦房,中间有扇矩形门,穿过这扇门就到了比两个天井合起来还要大的花园。

除了三进主宅外,厅堂的右侧有一道拱形小窄门通向旁边的花厅。花厅前后也有四个房间,每间都不足东西厢房四分之一大,也矮一截,因此光线就差了不少。乌瓦大院建起时,人就不多,房间从来没住满过,人最多的是村大队部搬进来办公那几年,后来大队部又搬走,院子就重新空下来。可能是习惯,从谢氏起,就一直只使用右侧的房子:右披榭一间做厨房,一间做饭厅,而饭厅里除了摆一张小八仙桌,靠门槛的侧边还摆一张两米八长、一米八宽的茶台,是块嵌有青石马槽的沉船木做成的,一尺厚,木上用细瓦灰调红锦漆裱上苎麻布,一层层阴干磨平,然后红漆戗金粉抹上,台面左侧有两枝梅花伸出来,枝条是黑色漆皱,花瓣是寿山石薄片嵌的,两个粗大的桌脚则上着黑漆,贴过金箔,打磨出犀皮肌理,已经有百来年了,被茶水无数次浇过泡过,竟色泽不改,锃亮如镜,摸上去,细腻度与婴儿皮肤相似。这就是大漆的好,它们自己有命,人在时光中老去,它们却一点点往外活,日日常新。

于淑钦在花厅,两人的卧室都安在这里。赵定力一路找去,边走边犹豫着要不要把自己去医院的事跟她说一说。昨天去之前不说,是因为他自己心里不踏实,也隐约有些忌讳,怕一说就成真了。这些日子他动不动就拉稀腹胀的事,于淑钦确实不太清楚,他只字不提。如果换一个人,即使他闭口不说,日夜待在身边这个女人多少也应该注意到。又不是多么复杂高深,吃喝拉撒,日子里最重要的事总共只有这四件,都明明白白摆在眼皮底下,可以不知详情,不能不知大概。可于淑钦就是连大概的一半都所知不多,她就是不知道。"没心没肺"这个词以前赵定力一直觉得在远处,跟他没有半点关系,结果于淑钦一进门,他就不得不领教了。他因此常想起李翠月,李翠月是他第一个老婆,是父亲赵聪明死去前半年帮他办的亲事，然后在赵聪明死后第九天就不见了。当时说是去对岸的姨妈家玩，可出了门就消失了。跟于淑钦正相反，李翠月唇像被粘住了，整天抿着，万不得已了，吐出的话也短、细、轻。李翠月总共只在乌瓦大院生活半年，赵定力还猜不透她，她就走了。女人心思太细密是过不得日子的。于淑钦脑神经粗得跟水泥柱似的，可以细一秒，却细不了第三秒。偶尔她也奇怪赵定力吃得怎么越来越少，随口问了，赵定力说没事没事。七十八岁的人了，少吃点确实能有什么事呢？所以看上去于淑钦也没当一回事，相信他确实没事。

细米仿佛怕他迷路了，跑前跑后，一路把他带到卧室。于淑钦的卧室不是他的卧室，结婚第二个月他就搬到隔壁一间了。非常意外，女人也会打出那么巨大的呼噜，雷声似的一道接一道，拖出长长尾音。原来人跟人吃喝拉撒的区别如此大，赵定力不能睡，很小的时候就开始经常在夜里醒着。死是永远的睡，所以活着时少睡似乎就占了便宜，然而不行，不睡脑子就嗡嗡的，胸口堵。于淑钦躺在旁边，他的不能睡从大半夜扩大到一整夜，一脑袋的嗡嗡声就从黑夜一直延续到白天。忍了一个月，他不打算忍下去，就搬到另一间。于淑钦当时意外了一下，但也不介意，仿佛之前早就想到了，看上去挺高兴的。

于淑钦屋里这会儿乱糟糟的，棉衣、毛衣、毛裤摊得到处都是。已经入夏了，天很快会热得划根火柴就能烧起来，为什么上个月刚收拾起来的冬装要重新拿出来？一见他进门，于淑钦就说："细萌让我不用带厚衣服，可不带的话，冬天怎么办？那边会下雪啊。"赵定力看着她，一时脑子没转过来。于淑钦看到细米低着头在衣服上钻来钻去，恼火地喝起："细米出去！"细米一点都不肯搭理，它看上去很兴奋，鼻子抵到衣服上嗅着。于淑钦一

15

把抓住细米的项圈往外拖。细米屁股往下坠，不情不愿的，最后还是被拖到后面的花园。厅堂太师壁侧面有一扇门，她返身就带上了，阻断细米跑出来的路。

细米是八年前于淑钦嫁进来时带来的，事实上现在反而赵定力跟它关系更好。原先听说这是一种从国外来的狗种，赵定力还以为它有多高贵难伺候，没想到整天傻呵呵地开心，肚子永远没有饱过似的，给任何东西都吃相难看。每次正吃什么时，只要细米出现，赵定力都管不住手，一定得匀出一点给它。细米尾巴三百六十度风扇般殷勤打转，这种全心全意的感恩，人有吗？即使有也不可能像细米这般纯粹彻底。这个星球再没有任何其他生命可以做到这么极致吧？狗对主人的爱甚至比被反复歌颂的母爱更宽广激烈。

于淑钦重新走回卧室时，赵定力还站在原地，低着头，眼光仍然盯住满地的冬衣看着。见于淑钦进来，他吸一口长气，缓缓吐掉，说："你这是……要去哪？"于淑钦说："去北京呀。中午不是给你发好几条微信告诉你了吗？你理都不理。我打电话去，结果关机。"

中午？中午赵定力正独坐在公共厕所后面的草丛中，一心只等着肚子里残留的那些水状臭屎往下走，一直走近肛门口，然后他嗖地冲进厕所，解腰带，下蹲，让屎走好不送。他没有听到手机响过。他手伸进裤袋掏出手机，摁几下，屏幕是黑的。没电了。手机是八年前和于淑钦结婚时买的，虽用得不多，但手机跟处女一样，再不用也照样会一天天老去。最先老化的就是电池，已经不耐用了。谢玉非家里肯定有通用的充电器，但他没有开口借。昨晚他要全力对付的是肚子里那些弯来绕去挤在一起的肠子，哪还想得起手机？

于淑钦是重庆人，最初嫁到青江村的邻村紫江村，生有一女一儿后，日子渐渐好转，网会织，船会驶，浮箱虾类贝类会养殖了，连本地话都说得很地道，乍一看都没有半点外来者的痕迹。前夫陈卫财个子矮黑着脸，几天不说一句话，但男人脸黑有什么关系？不爱说话更不是毛病，只要能种地能打鱼能养家糊口就行了。后来才知道陈卫财脸不是没来由地黑，那股黑是从腹底深处肝那个位置那里一路向上蔓延的。有一天他突然开始爱说话，说的其实都是同一个字，就是"疼"。后来声音越来越大，频率也越来越快，在这个过程中他身上的肉也越来越少，好像肉是被喊疼的声音带走的。终于有一天他瘦得连床都下不去，肝癌晚期，治了一年多，还是死了。家里刚有的一点积蓄都耗进去了，人财两空。好在儿女很争气，都考上北京的大学，先是女儿陈细萌，然后是儿子陈细坤，一个学外语，一个学中文，毕业后都留在京城工作。

于淑钦说："细萌昨晚打电话来，说胎动不正常，她很害怕，让我过去。"

陈细萌去年五一节结婚，已经怀孕八个月了，于淑钦要去的就是北京女儿家。

赵定力咳起。这事太突然了，陈细萌怀孕他知道，但他从来没听于淑钦说过要前去照顾。之前明明说好是陈细萌的婆婆去，怎么突然换成了于淑钦？于淑钦说："小齐他爸昨天突然脑中风了，还在医院里抢救哩。"

小齐就是陈细萌的丈夫，与陈细萌是大学同学，父亲老齐以前在建筑工地挑砖，六十岁都不到，没想到却突然中风倒下了。于淑钦说："这不就乱了套吗？小齐的妈妈得在医院伺候，她去不了，只好我去嘛。"说这话时，于淑钦嘴咧得很大，像是这件事她已经盼了很久。赵定力脑子麻了一下。于淑钦会像李翠月一样也转眼消失吗?

李翠月走后第六年,赵定力娶过第二任老婆。有人把重庆女子罗玉玲带来了,个子矮小,嘴大眼细鼻子塌,但赵定力无所谓了,李翠月之后他什么都无所谓,将就着也凑合吧,在床上反正一样可用。用到第三年肚子大了,分娩时却生不下来,卡在半道,母子都死了。站在罗玉玲尸体前赵定力想到李翠月。李翠月结婚半年都没怀孕,他们从来没在同一张床上睡过,不可能怀。幸亏没怀啊,要是怀了,生时李翠月也可能死掉——相比较,走了怎么都比死了好啊,他不愿意李翠月死。他也不愿意罗玉玲死,但罗玉玲还是死了。之后赵定力就一直一个人过了,刚开始不习惯,慢慢就不算什么了。每天种茶、制茶和喝茶,他把时间都花进去了。用茉莉花窨茶时,一层花一层茶叶铺好后,过一阵过去搅一次就行,他却常常不走,蹲一阵站一阵,围着箩筐转,很像从前站在田径场边,给比赛中的人喊加油。整个过程他嘴张着,毛孔也张大,很贪婪地大口吸着,似乎跟茶争着被窨。茶之外,仍然剩下一些时间要打发,他就站到厅堂那张旧床板改的大桌前写字。一岁多谢氏就让他拿毛笔了,六七岁起半村人的对联都出自他手。一年又一年,日子总之一晃,就这样过去了,再有人托媒,他都摇头,或者干脆掉头走掉。罗玉玲死时,一地的血,从里屋一直溢出来,一开始是鲜红的,慢慢就暗了黑了,最后凝结成疤,硬邦邦地像铺着一块劣质地毯。到处是血腥味,味渗进了四面木板墙的缝隙里,再一点点缓缓往外吐出。三年?八年?不记得了,反正在很长的一段时间里,赵定力都活在罗玉玲的血气里,早晨闻着它醒来,夜里再嗅着它睡去或根本无法睡,脑子里就再没有女人的影子出现过。不料八年前突然又结婚了,新娘就是于淑钦。从李翠月到罗玉玲再到于淑钦,掰指一算,赵定力的老婆一共三个。并不是所有人一辈子都可以有三个老婆的,他有,但这并不值得庆幸。

八年前是同村王瑞生的老婆徐巧琴突然到乌瓦大院,带来了于淑钦。那天赵定力正站在厅堂写字。他订有报纸,村里私人掏钱订报纸的只有他一人,每天看过,都攒在那里,这会儿铺到桌上,沾上墨写几笔。侧脸见徐巧琴进来,后面还跟着一个陌生人,大脸大眼,连凸到唇外的牙齿也一颗颗像被水泡得肿起来的,岩石般肥大结实有力。他点点头算打过招呼,笔并没有停下。两个女人进大门后从披榭前的石板道一直走到厅堂,在大桌旁站定。"哇,你看看你看看,写得这么好,是不是很厉害!"徐巧琴指着报纸上的字,口气明显是夸张的。一张报纸已经划拉满了,赵定力放下笔,看着徐巧琴。有事?他突然心里一动。

"她叫于淑钦。"徐巧琴的手指头从报纸转向旁边的女人。赵定力对于淑钦点点头,说:"噢。"徐巧琴说:"哎,你说她怎么样?"赵定力不知道她要怎么样,他眼皮下垂,眼光落在于淑钦的脚上。徐巧琴提高了声音说:"我老乡啊,虽然没读过书,但最喜欢的就是你这样有文化的人。"赵定力怔住了,看看徐巧琴又看于淑钦。于淑钦已红着脸低下头,也看着自己的脚。赵定力摆摆手,嘴刚张了张,徐巧琴就跨前一步,拉住他胳膊。"这样吧,我们单独聊一聊。"说着她转过身,推了推于淑钦,说,"你先回去吧,我跟他聊一会儿。"于淑钦迟疑了一会,才慢慢转过身,走几步又停下,看着徐巧琴,小声说:"你也走吧,别……"徐巧琴打断她,手连连甩着,说:"你走你走。"

赵定力看着于淑钦背影,目光一直落在她脚上。平足,赵定力心里嘀咕了一句。平足不是病,只是看起来有点怪。哪里怪呢？走路的样子。欧洲人走路都一阵风，脚板起落灵活，应该很少是平足的，这是赵定力看电影得出的结论。亚洲人却不一样，脚底中央多出一小坨肉后，身体的弹性马上丧失或消减了，走路笨拙生硬。他自己正相反，脚弓非常高，脚底像是被谁一勺子把肉挖走了。按体育老师的说法，这种人能跑能跳，所以赵定力进了小学就被招到校田径队，主项百米短跑，兼项跳高跳远。青江村最早属于县，他拿到县冠军，后来村划归郊区了，他就拿到区冠军。他本来就高，又跑又跳后就更高了，但他没有一直跑和跳下去，上到中学，正要高考，学校停课了，他回到乌瓦大院，没有人再让他跑和跳。

徐巧琴让于淑钦先走，自己留下来，跟赵定力至少聊了两小时，从于淑钦出生，一见是女的差点被丢掉，到后来想上学上不了，然后从重庆嫁过来，又早早守寡。赵定力静静听着，他跟王瑞生很熟，跟王瑞生的老婆徐巧琴并不太熟，几十年说过的话不足现在的百分之一。一个他不太熟的女人，花这么多唾沫对他说另一个完全不熟的女人，用词用句都急不可耐，身子还一耸一耸的，手势很多，仿佛一个大亏正摆在面前。

二十世纪七八十年代，有好几个重庆女子嫁到这一带，先是一个，后来来了一长串，包括徐巧琴和赵定力第二个老婆罗玉玲。徐巧琴比罗玉玲小五六岁，两人不同村，但她跟于淑钦老家在同一个村。罗玉玲嫁给赵定力时，徐巧琴还小，于淑钦更小，总之互相不认识，但彼此都听说过对方。在老家不认识的女人，前后脚嫁过来后，就熟了，开始走动。当地人说的是古怪福州话，发音靠前，有很多现在普通话里没有的入声。她们虽然已经学会了，但有机会聚在一起时一定说重庆话，感觉上就跟回一趟老家似的。

于淑钦守寡后该织网该下海养殖也都去了，但时间还是一下子比先前空出很多，主要是心空了。那天她闷得慌，就到青江村徐巧琴家闲聊，聊到快中午了，王瑞生没回来，徐巧琴就开了冰箱取出鱼丸。没多久，徐巧琴就把鱼丸煮好端上了，她说："嫁这里，单单能吃到赵定力打的鱼丸，我就觉得很值啊！"这样话题就很自然拐到赵定力身上了。赵定力懂古诗古文，毛笔字还写得非常好，村里婚丧喜庆过年过节都由他写红白联子。恰巧徐巧琴家门外的对联还在，虽然旧了，但字迹仍看得清楚。于淑钦好奇地站起来，走到门外看了看。徐巧琴跟出来，突然说："喂，我看你们成个家吧。走，去见一见面！"按于淑钦后来的说法，当时她是摇头拒绝了，根本没想再嫁，只是拗不过徐巧琴，连拉带拽被带到乌瓦大院了。

　　赵定力已经很久没有跟女人这么近、这么久地面对面了，更没有听她们说这么多话。原来王瑞生一直生活在这样的声音和肢体之中。

　　他十三岁才上小学，年纪大无所谓，赵定力主要是个子高。开学那天他就迟到了，柳枝般从教室外飘进来，从坐在第一排脑袋浑圆的小胖子身边经过时，小胖子立即站起，前倾着身子仰头看。小胖子就是王瑞生。赵定力知道小胖子的惊诧来自没想到居然成为同学了，而且是同班。因为讨厌所有的课本和老师，王瑞生基本上在课堂上坐不稳几分钟，余下的时间他学猫狗鸡牛各种村里常见的动物叫声，很像，几乎乱真，座位就从第一排，一步步赶到最后一排，这样全班最高的赵定力就和最矮的王瑞生成为同桌。王瑞生敢惹全班任何一个人，男的女的都不怕，唯一放过的人是赵定力。两人同桌了四年，第五年王瑞生不读了，学校不让他读，他自己也不想来。然后初中高中，赵定力读他的书，王瑞生撒王瑞生的野。有一天突然听说王瑞生在镇里拿刀把人捅残了，进了牢，一关十几年，出来后就去广东打工，中途托人介绍了重庆女人徐巧琴，婚后两人又一起去广东，前些年才回到村里。一个坐十几年牢，再打几年工的人，就好像一生平白无故被截掉两大断，断掉的那部分都是赵定力一无所知的，他好像也没太大兴趣知道，就淡淡地各过各的，平时并不怎么来往。哪想到突然有一天王瑞生老婆竟搬出这么一副冒着热气的心肠，追上门来要给他当媒人。徐巧琴说："这可是千里挑一的好女人噢，又勤快又吃苦又不计较。你现在身边连个说话的人都没有，娶了她，至少这么大的房子也有个伴嘛。"

赵定力心里动一下。乌瓦大院从建起的第一天起，就很少有女人说话，无论谢氏还是赵定力的母亲何燕贞，大多时候都闲置着唇。到了李翠月，李翠月在的那半年，整天拉长脸，不说不笑不言不语，他倒是挖空心思想着怎么去宠她疼她让她高兴起来，却无从下手，他的话也都被李翠月的脸色噎死在喉咙下面了。后来的罗玉玲是不敢说，每天小心翼翼躲着赵定力。这两小时肯定是赵定力在乌瓦大院听到女人说话最多的一次，似乎很好，整个房子都刹时一新似的。徐巧琴又说："都这把年纪了，还犹豫什么？定了定了！"赵定力看着徐巧琴，嘴角动了动。徐巧琴巴掌一拍，立即站起说："太好了！"说过转身，很兴奋地跑出门。

第三个月婚礼就在乌瓦大院里举办了，五十一岁的于淑钦嫁给七十岁的赵定力。天井里摆下三张酒桌，请了村里一些长辈和村书记、村长之类的头面人物。临时捡来的砖块在天井上搭起灶台，架上大锅，买些松木块烧出又猛又烈的大火，火焰从锅四周呼呼往上蹿，松香味在整个大院里弥散开，看上去也很红火。赵定力提前一天打好两百零八粒鱼丸——他过手的鱼丸每斤十六粒，非常精准，半两不多也不会少，算下来就有十三斤。这么多年真没想到竟也有为自己打这么多鱼丸的时候啊。负责操持的人是王瑞生和徐巧琴，他们主动扮演起家长的角色，仿佛成了赵定力的爹妈，安排这个，指挥那个。赵定力心里不适应，有几分别扭。疏远了这么多年，王瑞生竟又突然亲近回来了；一向疏远的王瑞生老婆，居然会这么贴心贴肺地替他打点一切。当时就觉得很像一场梦，也没觉得于淑钦有多重要。但八年过下来，过到现在，现在他可能病了，病得很重，会越来越重，将独自躺在床上苟延残喘奄奄一息，他不能让于淑钦就这样离开，去那么遥远的北京。

三

新婚夜里于淑钦洗过澡，脚刚沾过水，肥厚平整得像两块大馒头。见赵定力盯着上面看，于淑钦很不安，怯怯问："我脚怎么了？"

赵定力说："原来真的是平足。"

于淑钦问："平足怎么了？"

赵定力就笑笑。如果还年轻，赵定力想必会在意的。有没有脚弓，牵涉到走路的姿态是否好看，对女人而言格外重要，但现在，他已经没有了计较的心劲。李翠月的脚弓高，走起路胯左右缓缓扭着，身姿多么好看，可是李翠月走了。是否平足，并不能作为尺子来衡量一个女人。

于淑钦一儿一女都考上京城大学，这是十里八乡都没有过的，当时轰动了一阵。不仅读了本科，还前后脚读了研究生，毕业后都在北京找到工作。很多人觉得赵定力占了便宜，他没有钱嘛，也不是有什么本事的人，做生意不会，干活不行。二十世纪八十年代初海上流来很多台湾的雨伞、三用机、尼龙布、手表，村里人把船开到海上，鱼都不打了，全跑去跟台湾船对接，用各地收来的旧银元、金戒指、金手镯之类当时觉得一点用都没有的东西跟对方换，盘来货，摆到路边卖，外地人水一样涌来，全村的路面上全是脑袋，挤得气都喘不过来。当时大家或多或少都发了财，只有赵定力例外。赵定力不会打鱼不会驶船，有人忙不过来，雇他到路边摊位上当伙计，货去钱来不出错就行，他却连连摇头。借那一波台湾货村里大部分人都盖起房子，接着多出来的钱七拼八凑交给蛇头，一个个往美国偷渡，这些都跟赵定力无关，他没有钱。于淑钦也没钱，但她有两个出息的子女摆在那里，怎么说她后半辈子不嫁也无所谓嘛，嫁的人是赵定力她什么便宜都没占到。

个高、脸白、有文化能写毛笔字，于淑钦后来说自己愿意嫁赵定力的三个理由。这三点其实都是她前夫陈卫财所缺乏的。之前从来没人给赵定力归纳出这么多长处，连他自己也没在意过，被于淑钦一说，就像被一场大雨浇过的竹林，他觉得自己的种种好处正笋一样呼呼往外冒。

卧室门后挂有一面镜子，一本杂志那种大小，背面镀的水银已经斑斑驳驳缺失，但映在镜面上的脸一点没有走样。镜子是谢氏当年挂的，然后就没有人动过。以前赵定力根本没有端详自己的兴致，但于淑钦说了之后，仿佛为了印证一下，他弯腰站到了镜子前。个子确实高啊，镜子竟然只到他肋骨下方。

谢氏从头到脚骨架子都小，脸只有巴掌大，眉眼端端正正摆放得像年画里的古时美人，眼皮单着，眼梢向上挑去，嘴唇细小紧凑，两腮淡淡透着粉。村里上年纪的人都说，从来没见谢氏头发乱过，总是沾着香油把每一根发丝都梳得闪闪发亮。她仅活了六十九岁，赵聪明更少，六十岁就病死，而赵定力虽然越来越觉得气喘不匀，东西吃得少，拉稀却越来越多，但岁数毕竟已经赢过前面的两辈人。可是又怎么样呢？现在他也病了，他不能让于淑钦去北京。

那天于淑钦先半推半就跟着徐巧琴来乌瓦大院，没想到被徐巧琴一捣鼓，竟一下子妥了，等到喜帖发出去，生米马上煮熟了，她才告诉陈细萌和陈细坤。两人接电话后一起从北京回来，跨进紫江村那个家，于淑钦已经等在那里。一打照面，陈细萌马上长一声短一声地哭，陈细坤则二话不说抓起桌上的一个杯子就往地上砸去。

当时在现场的就有细米。年初陈细萌的同学家拉布拉多产仔，陈细萌去讨了一只抱回，米色的，背上有一层浅褐色的毛从脖子一路往尾巴延伸，乍一看像是扛着一根木棍跑来跑去。细米，陈细米，陈细萌取这个名字是有含义的，她号称家里添丁了，自己多出一个小弟弟给于淑钦做伴，谁知于淑钦还是没耐住寂寞。那天赵定力特地买了两斤苹果，从青江村去了一趟紫江村，这是他第一次见到陈细萌和陈细坤。陈细萌皮肤黑，长得不像于淑钦，陈细坤的眉眼却与于淑钦一模一样，骨架宽大壮实，个子却不高。他走进屋，站在母子仨面前，佝偻着身子，局促地笑，手脚都不知搁哪儿才好，只好盯着地上兴奋得跑来跑去的细米。这狗不认生，对他也摆尾巴，身子在他腿上蹭来蹭去。正要说些什么，陈细萌手就指过来了，眼却不看他，看的是于淑钦。"这种瘦嘎嘎的穷老头，你凭什么去伺候他？你是不是脑子有病！"

顿一下她咬着牙根说："这么骚！你也不看看自己多大岁数

了。你不要脸我们还要脸哩！"

陈细坤马上接嘴说："他这副样子还能活几年啊？要是明天死，明天你他妈不又得再当一回寡妇？二百五！"

赵定力看着于淑钦，于淑钦脸苍白，嘴唇微微在抖。按道理这时候赵定力应该冲过去，对着陈细萌和陈细坤的脸各打一巴掌，但他哪里敢出手？他站着不动，喉咙里似是而非地"嗯嗯"了几声，僵持片刻后开始后退，退到门槛旁，转过身跨了出去。

他背着手回到青江村，直接去了王瑞生家。那时他其实已做好了让这事马上散掉的打算。没必要啊，他又不是一个人过不下去。结果徐巧琴不同意，王瑞生也不同意。徐巧琴说："喜酒的请帖都发出去了，你翻脸不要人家？开什么玩笑！告诉你，别以为我们重庆女人好欺侮，大不了跟你鱼死网破啊！"王瑞生说得更难听，王瑞生说："哇，他妈的这么多年吃了这么多亏你怎么还这么乱来？你们家怎么都是这种人啊？"

赵定力脑袋一圈圈涨大。王瑞生是把自己家几代人都拉扯上一起骂了吧？"这种"到底是哪种？他究竟又乱过什么了？他长吁一口气，定了定神，他把思路拐回来，提起于淑钦的子女，他说："你们看看，现在的年轻人不好对付啊，我是吃不消的。"

徐巧琴和王瑞生对看了一眼，显然他们都很意外。徐巧琴挥了挥手说："这么说不是你变卦的？你没变卦就好办！这事都到现在了，年轻人还能拿刀拦着？他们难道真拦得住？"王瑞生马上接话说："就是拿刀也没用，总不能结婚证刚打就办离婚。这么大年纪了，你丢得起这个脸，我们青江村可丢不起啊！"徐巧琴点点头说："大家都知道是我当的这个媒人，连我老家村里都传开了，弄出笑话我不是也被甩了一脸屎？以后不管在这里还是回老家，你说我怎么做人？"顿一下，她抿住嘴把左手重重一挥，从牙缝里用力挤出话，"无论如何，这婚都得结！淑钦那边我来解决。"

赵定力张了张嘴，欲言又止，他不知道该怎么表达自己的惊愕。牵个线，当个媒人，并不图钱，至少到此时为止赵定力和于淑钦都没给过徐巧琴钱，换了赵定力，他绝对不会拿出这种鱼死网破的劲头掺和进来。她能解决什么？何况他已经没有解决的意愿，心一下子沉下去了，或者说之前意愿本来也没多大，人突然领来了，看着还顺眼，也好也好。现在不好了，很不好。赵定力说："太麻烦你们了，我看还是……"

王瑞生走过来。小时候他又矮又胖，现在倒不胖，但仍然矮，站到赵定力旁边齐胸都很勉强。他仰起头，手举高，拍了拍赵定力的肩膀，说："不能由着他们胡来，现在是法制社会。"徐巧琴马上接口，说得更用力："就是，婚姻证打了，就有国家护着，他们反了不成！现在什么都不必多说，你先回去吧，婚反正耽误不了，该怎么结就怎么结。"

从王瑞生家出来时，赵定力走得缓慢而松弛。他其实还是想返身去他们家劝住徐巧琴的，这事就到此为止吧，太沉了，他哪有心力接住？最终却没说，不说是看王瑞生夫妇那架势，劝是劝不住的，只能让他们自己去碰个壁吧。回到乌瓦大院，赵定力把大门外的红对联撕下，揉碎，扔掉。总之就到此为止了吧。没料到两天后徐巧琴把于淑钦又拉进门来了。一看徐巧琴脸红扑扑的，堆着笑，嘴都快咧到耳根上了，赵定力心里猛地咯噔了一下。

一切居然真的都解决了，婚礼如期举行。到底徐巧琴施了什么魔法？徐巧琴手一舞，像个得胜回朝的大将军。"放心吧，没事了。多大个事啊。"

赵定力看看于淑钦，于淑钦笑了笑，没说话，算是认可。

婚礼时陈细萌和陈细坤都没露面，他们在前一天一起回了北京，陪同一起来的，只有细米。它对新环境无所谓，看上去甚至是高兴的，每个房间逛过，不时东嗅嗅西闻闻。那天于淑钦穿着红袄，脸上挤出一天的笑。等人都散尽后，捂住脸先是默默流了一阵泪。入夜后，躺在床上，于淑钦突然提出想开店，在乌瓦大院开一家鱼丸店。她说："都说你手艺好，为什么不用来挣钱呢？"赵定力怔怔的，一时没回过神来。于淑钦又说："挣点钱吧，有了钱……"她不再往下说，只是侧过头，鼻子里呼出一道道温热的气息直往赵定力脸颊上扑。赵定力仍然犹豫，他从来没有过类似的打算，一个人这么多年，有就多吃一口，没就少吃一口，他并不觉得钱很重要。现在看来不一样了，于淑钦要挣钱，有了钱是不是就能证明自己没有嫁错？

乌瓦大院大门右侧十米外，还有一扇两米多宽的拱形门，之前一直闭紧，于淑钦把它打开，屋子收拾好，工商税务也办下来了。于淑钦说叫"赵家鱼丸店"吧。赵定力没有马上答，他低头想了一阵，转身去弄来一块杉木板，用砂纸稍稍打磨一下，拿黑漆写上几个大字：谢婆鱼丸店。

赵定力鱼丸打得好，手艺是父亲赵聪明传给他的，赵聪明是由谢氏手把手教出来的，而谢氏则是从她母亲姜氏那里学到的。店开张那天，于淑钦放了很多鞭炮。村里人陆续聚来，很热闹地叽叽喳喳。赵定力退到一旁，眯着眼默默打量。这辈子他为别人免费打了那么多鱼丸，哪想到在七十岁时，却突然开出一家店，试图靠它生财。地下的谢氏会怎么想？

店离不开人，赵定力以为于淑钦后半辈子肯定就跟店焊到一起了，便也等于焊在乌瓦大院。可突然间她却要去北京。

四

做梦了，火光，一条条火焰像一双双大手伸向他。烫，浑身被照得通红。喊声从四面包围过来，他用力跑，脚却不听使，怎么也迈不出去……他总是做这个梦，醒过来浑身皮都像刚被烤过。心跳得非常厉害，似乎又有几分留恋，所以每次他都会在灼热感清晰而真实中，重新把梦在脑子里放电影般缓缓再过一遍。火，铺天盖地的火，火向他围过来。

去了趟城里医院回来的这个晚上，赵定力其实很迟还醒着，心里堵着一团雾蒙蒙的东西，必须不时重重吸进一口，再用力吐出一口。他不太擅长睡觉，这么多年，当夜里天下那么多人同时横在床上时，他虽然动作跟他们一致，眼睛却长久睁开。终于睡着，无边无际的火又动不动就在梦里烧起，向他迎面扑来。对他来说，从躺下到入睡是一个既遥远又艰辛曲折的距离。是母亲何燕贞遗传给他的吧？母亲以前也总是在床上翻来翻去的，仿佛床是仇人，必须拿身子与之作对，狠狠碾压，反复踩躏，不如此不足以解恨。

今天的不能睡与之前多少有些不同，今天本来他应该在谢玉非那家医院，躺上病床。体内那些横七竖八的东西即使再不堪，也都是他自己的，他跟它们相伴一辈子，却永远都不可能像仪器一样肆无忌惮走进去，把它们亲自看上一眼。但他逃了，从谢玉非家逃开。天花板乌压压的什么都含混不清，他还是努力看着。眼睛不知不觉轮番变成父亲赵聪明、祖母谢氏和母亲何燕贞的，他们当年也没少半夜无眠吧？横梁没变，瓦片没变，只是眼珠子现在变成他的了。那些藏在肚皮底下的肠子，看不见摸不着，日复一日只有拉出来的屎代表肠子跟他直接打交道，他不知道隐而不见的肠子们究竟怎么样了，是不是真出了问题，出了大问题。中途他起来上了两次厕所。人不睡，排泄系统也不肯睡。他起来，出了自己房间的门，经过旁边于淑钦的房间时往里瞥一眼。门开着，呼噜声欢乐地传出。

除了母亲何燕贞外，赵定力知道祖母谢氏和父亲赵聪明也都睡不好。他以前认为从风水上讲，乌瓦大院可能不适合睡觉。但于淑钦来了后，每晚都像有个乐队藏在肚子里，鼾声浩大而壮阔，充满纵深感。今晚她梦里会不会已经出现北京城了？回想起来，她每晚都盯着电视看新闻联播，播什么无所谓，只要有北京的镜头她身子就会往前倾，眼睛恨不得钻进屏幕。然后天气预报也非看不可，福州怎么样倒无所谓，反正冷了加衣热了减衣，北京隔那么远，却一定得弄明白。起风了，下雪了，雾霾了，沙尘暴了，零上几度，零下几度，什么时候供暖，等等，转身她就给女儿和儿子分别发微信，多穿衣，戴口罩，早点下班回家，路上小心之类的。脑子一直挂在那一头哩，终于能去，指不定心里多高兴哩。

赵定力叹了口气，重新躺下后手又一次从肚皮上悄然抚过。肚皮内的肠子差点走到被肠镜查一查的边缘，是他突然改变主意，带着它撤回家里，这样它们就仍然处于有问题与没问题之间。后者的可能性其实不大，好好的一个人，怎么可以动不动就拉？到这个年纪，但凡有变化，总是往坏的方面变的。这事要告诉于淑钦吗？跨进家门后好几次他话都到嘴边了，又吞了回去。前夫陈卫财就是死于癌症，于淑钦因此没少受罪，刚喘过一口气，如果第二个丈夫也得癌，对她的打击肯定是双重的，她会不会先吓掉半条命，然后远远逃开，像李翠月一样一去不回？去北京的机会不是恰好已经摆到跟前了吗？于淑钦一走，家又空下来，而他只能独自在床上忍受来自肠子的剧痛，然后凄凉地死去……他叹了口气。就是这时，他做出一决定，总之他不能让她走。

太阳按理离火爆还有些日子，但一大早起来，阳光就干净地钻出来，像个天真无拘的少年，什么都敢照，到处明晃晃的。赵定力下床时，屋里很安静。于淑钦每天都比赵定力早起，起了就直接去鱼丸店里忙碌。这都要去北京了，走前她还是抓紧做一把生意。从持家这个角度来看，她真是个好女人，能吃苦，肯干活。刚才于淑钦起床时赵定力其实是知道的，但他闭着眼一动不动。于淑钦去了店里，把右侧拱形门打开，开门的声响传来，赵定力这才坐起。他下了床，脸不洗，甚至水都没喝一口，就朝左厢房走去。他要去找一把镐和一把锄头。

已经三十多年没用过镐了，就是两头尖，中间固定在柄上的那种，能吃下很坚硬的土，一镐下去，比普通锄头三五下都管用，但把土刨开，镐面太窄，这时候又不如锄头好使了。也就是说，按以往的经验，他得先把地面掘开，然后再用上锄头刨土。镐有所长，锄头有所短，他不仅得有一把镐，还得再有一把锄头。

左厢房前后共有两间，每间都宽敞明亮，前面的房间有五十多平方米，靠前天井采光，后面的小点，靠的是后天井采光。以前村大队部曾在这里以及前面左披榭两间房子里办公，总共四间都摆满了桌椅，后来大队部搬走了，房间空出来，赵定力就把左厢房靠前的那间用来制茶，靠后的那间则用来堆放杂物。赵定力俯着腰钻进去，到屋角哗啦哗啦地拨动，一会儿出来时，手里就多出镐和锄头了。镐面已经锈了。他找出磨刀石，沾上水，使劲磨了一阵。锈色被磨去，镐尖尖的两头顿时现出曾经的银光色，一股威武之气马上就透出来了。

然后他把锄头也磨好。

他走出院子。外面是已经被踩得结结实实的黄泥地，他挺了挺腰，把镐往地面刨了刨，土马上掀起一小片。再试锄头，也很顺手。那就行了，还可以使一使。

昨天在谢玉非家的小区外，赵定力盯着一点点往山头落下去的太阳看了半天。太阳落下去后睡一觉，第二天又精力充沛地爬了起来。要是人能跟太阳一样，夜里死一般睡过去，第二天再没病没灾活蹦乱跳地升起来，该有多好。

他重新进入院子。厅堂正面有扇一直顶到屋檐上的宽大太师壁，壁是用上等老杉木拼接出来的，四五公分厚，正反面都上过几层红锦漆，褐中带着被风吹日晒后的成熟感，隐约透着油光。壁的两侧是同样高阔的门，架着齐膝高的门槛，从门槛上跨过，就到了后院。村里没有其他人的家辟有花园，但乌瓦大院有，以前里头有花也有树，现在只剩下成片一人多高的茅草。

以前谢氏在花园种有十六棵梨树，这个数字恰好是她嫁到青江村时的年纪。春天开花了，枝头白，地上铺着落下的花瓣，也是一片白。穿着月白右襟衫的谢氏，站在上下白花花一片的园子里，刹时就融成一体。她死后，梨树开始一株接一株枯了，倒了，倒一棵就少一棵，倒光了，地就一直荒着，密密麻麻的茅草很快横七竖八地探出身子，一副过惯了养尊处优好日子的模样，营养很丰富，每一株都又肥又壮。

细米白天被关到这里，夜里鱼丸店的门一关，就放出它来。狗不都要看家护院的吗？可是作为拉布拉多，这竟然是细米完全无法胜任的。除了个别衣服穿得实在太破太脏的，每个陌生人差不多都是细米失散多年的亲人，尾巴风车般三百六十度摆动，亲昵得恨不得直接粘到人家身上去。于淑钦说过，拉布拉多的智商在狗类中排前三，这话她也是从陈细萌那里听到的。怎么可能？村里人也没少养狗，一般都是土狗，长得没细米好看，个头也小，但它们个个支着耳朵，该吠就吠，该咬就咬，反正绝不含糊，眼也精，主人、熟人、陌生人，分得清清楚楚，绝不可能混淆到一起。崇洋不对，至少作为洋狗，细米脑子就不是太好用，憨得过分，它实在有辱智商前三的荣誉。但它身子那么大，至少七八十斤了吧？毕竟壮得有狗样。小偷都是心虚的，细米的热情相迎，对方猛一下未必能马上得出判断，只要能让对方先吓一跳，怯个步，也就够了。然后等到于淑钦早上起来，开了门，细米就钻出去，拉个屎撒泡尿，再到村里溜达一圈。据说狗的一年相当于人的七年，这也是于淑钦听陈细萌说的。换算一下，八岁多的细米如果是个人，已经五十六岁左右了。作为成年公狗，它一年之中肯定也有几次自己的生理需求，跟村里的女狗总得肌肤相亲一下。时间不会太长，一两小时后该办的都办好了，它又会自觉回到乌瓦大院，每天如此循环往复。

这会儿陈细米还在外面撒野。屎和尿每天它都不肯拉在家里任何地方，包括后面的花园，会很自觉地憋着，等到早上放出去后，才找个自己看顺眼的草木丛痛快拉掉。没有人教过它，更没人苛求它，但它非常坚持己见，这是唯一能体现出智商尚可之处。

赵定力已经许久没到后院了，房子这么大，厅堂、天井也大，身上却只长两条腿，哪还需要到后院？踏足的只剩下细米了，但狗爪是踩不塌乱草的，所以这天早上，当赵定力提着锄头穿过厅堂，跨过门槛，走过后天井，站到花园里时，也不由得长长吸了一口凉气。他看到茅草们直愣愣地伸长脖子，一阵风过，刹时惊诧地左右晃动，像是被他吓了一大跳。时光在这个瞬间忽然恍惚了，似乎父亲赵聪明或者祖父赵礼成、祖母谢氏以及母亲何燕贞，都隐于某个幽暗的角落，正粗粗呼着气，随时可能踱着步走到跟前，咳两声，跟他说上几句话，问他吃饱了没有，穿得够不够暖和，有没有累着了。他叹了口气，开始清理。

原先谢氏在花园靠右侧的地方，用青砖齿牙状砌出一块二十多米长、十几米宽的花圃，高出地面五六公分，用来种玫瑰和海棠。现在花没了，齿牙状的青砖边沿还在。赵定力就先从这里下手，镐举起、掘下，掘出一小片后换成锄头，把草连根挖起，猛一甩，扔一旁去，再往下刨土，身后就出现一排排浪一样起伏的土坑。土这么多年都没有松过，已经习惯性地粘到一起，硬得每一镐下去，都震得虎口一疼。他往掌心"呸呸"吐了两口唾沫，猛然记起以前生产队修路和修堤坝、水库的情景。人真不能惯啊，那时镐和锄头都仿佛和胳膊粘在一起，是延长的胳膊，被太阳一照，能反射出一道熠熠光亮的长臂。其实真没花多大力气，用的都是巧劲，锄头都自己长记性了，知道该往空中舞多高，知道该吃进土里多深，也知道该怎么把土底朝天毫不客气地翻过来。而现在，一切都不一样了，到了这种年纪，抬头低头，动不动就会被突如其来的某个人某件事提醒老了老了。他又往掌心重重吐了两口水，长呼长吸几下，赌气似的又猛地举起镐。好在慢慢就顺了，等到于淑钦出现时，一个五六尺见方的坑已经像朝天张大的嘴，赫然摆在那里了。

于淑钦可能是进屋找他，没找到，就循着锄地声寻来了。她眼睛得很大，歪着头看他，慢慢在坑边蹲下来，盯着坑半晌，才问："你这是干什么？"

赵定力很清楚自己要干什么，但他不是太想这会儿就把答案说出来。他伸出舌头在嘴唇上转一圈，这会儿才记起早上还没喝过水，口渴。昨天从城里回来，于淑钦给他装一碗半干的饭，他拨回锅里一半，掺进开水，调得非常稀，吃进半碗。没有胃口，但口一直渴。他希望于淑钦能站起来，返身回屋里给他取一杯水来。但于淑钦仍然蹲着不动，直直看着他，眉头越皱越紧。"你到底要干什么？说呀，干什么这是？"

细米不知什么时候回来了，也跑进后花园，摇着尾巴转来转去，惊奇地打量着他们。它可能很意外，一向只有它独自待的这个鬼地方，为什么竟然一下子多出两个主人，而它在其中钻来钻去姑且用作打发时间的茅草们，原先挺牛逼的，它怎么踩转身又都昂头站立起来，这会儿却倒下一大片，垂头丧气萎在新鲜翻动的土堆下。

赵定力咳起来，喉咙因为缺水，干得像枯掉的树木，咳时气流刀尖般一道道划过，疼，也非常痒。这下子他不得不开口了，他说："我要喝口水。"

于淑钦站起来，像是要去取水，走两步又停下，重新回来。她说："不行，你得告诉我，这大清早的，你为什么要挖地？"

赵定力点点头，他说："因为……等一等，我回头告诉你。"

于淑钦侧着头看他，眉头皱起。突然挖地，而且欲言又止，赵定力确实制造出非常古怪的气氛来了。她说："回头告诉我？到底什么事？"

赵定力咽一下口水，想了想，说："要不我们现在回屋里说吧。"不等于淑钦回答，他把锄头往旁一丢，径自往前走去。于淑钦站在原地迟疑了一下，慢慢才跟上了。

一个黑色帆布拉杆箱立在屋角，这是陈细萌淘汰不要又被于淑钦捡回来的，当时赵定力还讽刺过她，一辈子不出远门的人，要这种旅行用的箱子做摆设啊？不料现在却已经装满了过冬的厚衣服。箱子边还有一包牛皮袋，也鼓鼓囊囊地撑起，不知到底装着什么。陈细米也很好奇，过来用鼻子认真嗅着。赵定力瞥一眼于淑钦，她去北京的欢快与执拗，远远超出赵定力的想象。一日夫妻百日恩之说，都是骗人的，这都八年了，还不是说把他撇下就撇了吗？如果他也一起去呢？他突然这么想。但北京的家不是于淑钦的，况且房子也不大，才六十多平方米，就是有六百平方米，陈细萌也不会让赵定力去的。八年了，陈细萌都没跟赵定力说过话，眼皮都没抬起过。偶尔从北京回来，住的还是紫江村老房子，而于淑钦则过去那边陪着，等到陈细萌走了，才会回来。

赵定力去泡了一壶茉莉花茶。近些年村里人赶时髦喝起岩茶了，他却固执地只喝茉莉花茶。已经喝几十年的东西，那股清淡幽远的香味跟舌尖、唇齿、嗓子以及腹部深处的所有器官都再熟悉不过了，一切都恰到好处，有什么必要非得去改个口味？

乌瓦大院建时，谢氏特地在天井上挖了口井，不大，井口只有两尺多宽，井沿不是笔直向上，而是雕出花瓣相连的莲花图案，底部从外向内微微收拢，远远看去，像一朵含苞待放的石莲。井内其实不深，俯身井口，都能清晰看到自己的脸在水中古怪地晃动，眼鼻嘴都不真实。这是村里唯一的井，大家都喊它莲花井。一条大江就在村边上，水整天流来流去怎么也喝不完，谁还会花冤枉钱打井？谢氏就会，居然还真打出来了。到底水来自山上还是地下？这个没有谁弄得清。现在村里早已通上自来水，水管也接进乌瓦大院，但井仍然在用，只是泡茶时用。清冽、纯净、微甜，似乎只有用井水泡出来的茶，喝起来才真正称得上茶。

赵定力也给于淑钦倒了一杯,放在茶托上,递到她跟前。于淑钦刚来时笑过他,茶嘛,反正是喝进肚子里的,泡一大罐喝着才痛快,非要学别人泡那么小的一盏,还不够塞牙缝,喝与不喝没什么两样。学别人?赵定力学的不是别人,是父亲赵聪明,而赵聪明又是从谢氏那里学来的。泡花茶不用紫砂,用的是白瓷壶,水温必须达一百度,冲入,停六秒,然后茶水分开,倒进公道杯时加一层茶网滤掉碎茶末,再倒入小盏里,用拇指和中指拎起,举到唇前,鼻子长吸一口,再缓缓抿进嘴。茶这东西是带着天地间的精华闯进人间的,急不得,急了就夺去它的灵性与神性,两败俱伤。他以前这么说时,于淑钦会嘴一咧大笑或者小笑,总之并不认可,只是觉得好玩。赵定力却坚持下来,自己喝时,也会倒一小杯给于淑钦,她喝不喝都倒。他本来想总有一天,于淑钦也会习惯悠然坐在茶台旁,陪他小盏品茶,一口口让茶汤柔顺入口,滑入腹中,可是于淑钦却要走了。

一杯茶抿进口,喉子那里润滑了很多。咳一声,又咳一声,咳的过程他考虑着该从哪里开口。于淑钦却先开口了,她说:"你这几天怎么变得这么怪?呃,很怪啊。"

赵定力抬头看她一眼,原来她并非都不把他看进眼里,还是发现他这些天的变化。他又倒了杯茶,拇指和中指拎着杯沿递到唇边,细细地吸着。琥珀色的茶水穿过牙缝时,虫鸣般吱吱响起,然后水汪汪地压在整条舌头上,嘴里顿时像个海,舌则如舟,被水载着。他很迷恋这样的感觉。一旦这一口茶水滑下喉咙,就宛若滑向深渊,永远不可能再相逢,能多留一刻是一刻。乌瓦大院后面的那些山地,都是黄土层。黄土黏性大、能蓄水,早先谢氏雇人垦出来两三亩,很严格地按横向两尺五、纵向一尺的间隔种上一垄垄茶树。树长起来后,树身在坡地上成条状起伏,宛若一条条大虫圆滚滚地趴在那里,终年不懈地绿着。谢氏雇人种茶摘茶制茶,自己留些喝,大部分卖进城里。后来山地归公了,生产队也是用来种茶。等到后来包产到户,分到赵定力名下的,就是之前谢氏种茶的那片山地。村子后面全是山,大家看上的是临江能种稻的田,山地没人稀罕。后来村里人前后脚出国或外出打工,好好的田地都荒在那里了,山地更没人在意,十有八九都荒掉,要种拿去,地因此还有人养着,随便随便。赵定力就在茶园旁扩种了一片茉莉花。茶和花像久别重逢的亲兄弟,终于连成一片,互相呼应。在周围枯黄的荒草中,茶和茉莉花依旧浓密地绿着,远远望去,像一摊墨倒在那里,上面星星点点浮着一些白泡沫,那是这个季节在太阳底下凶猛开放的茉莉花。

每年二月底起,一直到清明到来前,赵定力每天要做的事情就是采茶,去前都要先净手,尤其是第一采,他更得冲个澡再点香祭拜一下。捂了一冬后,每一棵茶树都枝叶丰满,有着初嫁少女的圆润艳丽,对于它们而言首采犹如初夜,必要的仪式是尊重,也是祈福——这个被青江村人嘲笑的举动,是从谢氏开始的,传到赵定力,他每年也都如此这般重复一次。只要茶树在,仪式都在。茶给他日子带来这么大的滋味,拜一次不过分啊。一般他每次只采五斤鲜叶,芽多采单芽,芽少采一芽一叶,然后拿回家自己摊青、摇青、炒青、烘干、复火、摊凉,制成一斤的茶,冷却后封好,等着茉莉花摘下来窨在一起。

头春、二春、三春的茶都是这么采这么制的。不是每天都去采,采一遍跟女人坐月子似的,得养一养,十天半个月都不能下手。发现有蛾,也不打农药,都是像谢氏当年一样,去山上拔回鱼腥草熬成汁,凉了浇到茶树上。或者把鱼腥草磨成粉,撒上去。花平时也不采,必须等进入三伏后,太阳剧烈得随时都可以点燃的日子,才专挑那些双瓣含苞未开放的小骨朵下手。窨花放在左厢房靠前天井那间,把被阳光烤得热烘烘的茉莉花摘下,择好,在大竹箩上先平摊出十至十五公分的厚度,然后铺一层已经事先制好的茶胚,再撒一层花,最后搅拌一起,窨上几小时,接着通花散热,再起花、筛花。窨一次是不够的,隔一天再窨,窨上五六次甚至八九次都很正常。反复窨,就反复通花、起花、筛花。三斤花六斤茶,这个标准也是谢氏定出的,她喜欢浓郁的花味。

现在他泡的就是自制的花茶,茶水丝丝抿进嘴,一股悠远的青草香味马上在体内涟漪般荡开,连腹底深处的胆似乎也在茶香中慢慢壮大了起来。他说:"你真的要走?"

于淑钦说:"是啊,要不怎么办呢?细萌辛辛苦苦读了这么多年书,哪想到连生个孩子都这么吃力。我不去帮一帮她,谁能帮她?"

赵定力说:"去多久?"

于淑钦迟疑了一下答:"几个月吧?"

赵定力动了动嘴角。几个月能解决?没三年八年,孩子不进学校,明显都脱不了身。何况现在可以二胎了,放开三胎应该也是迟早的事,哪是生一个帮一次就到头的。另外,陈细坤不也已经交上女朋友了吗?说结婚就结婚,说生孩子就生孩子,一切都逼到眼皮底下了,生了还不是也得靠于淑钦带?这就没个完了。于淑钦似乎看清他的心思,朗声说:"不是有小齐妈妈吗?他爸爸中风一好,小齐妈妈就会去北京,那时就不需要我了……"赵定力打断她:"什么时候走?"

于淑钦说:"不是在微信里都说了吗,大后天——现在算后天了。细萌这几天胎动不正常,她很害怕,小齐也不放心,都催我快点过去，机票她都买好了。"

细米一大早出去，应该是跑累了，这会儿老老实实趴在茶台旁的地面，前腿伸着，头搁在上面。狗的精力其实也是有限的。"那它呢？"赵定力往地上努努嘴，他指的就是细米。这不是他的狗，是陈细萌抱来送给于淑钦的，现在于淑钦要走，狗该怎么办？

于淑钦半晌才回过神，笑起，仿佛这个问题非常可笑。她手一挥，说："它留在这里啊，不是有你管着吗？"

赵定力看着细米。细米已经睡着了，就在他脚边，他伸出手摸一摸它脑袋。八年来赵定力对细米做得最多一件事就是手在它身上摸来摸去。细米毕竟不是陈细萌、陈细坤，它憨得常常让赵定力心里软绵绵的。他把公道杯里的茶倒出喝掉，又烧了一壶水泡入。泡茶的时候他是从来不说话的，这也是谢氏传下来的规矩，一说话怕惊扰了茶。之后他才开口。他说："其实你去那远，不是应该先跟我商量一下吗？"

"噢……"于淑钦好像没想到他会这么说，"细萌也没跟我商量啊。本来说好是小齐妈妈去嘛，谁想到小齐爸爸会突然中风了。人算不如天算嘛，有什么办法？这种年纪了，病说找上门就上门，逃都逃不掉。"

赵定力一怔，对啊，我就病了，肠子病了，现在还不知什么病、病成什么样子了。他又喝下一杯茶，张了张嘴，觉得喉咙那里突然涩了，像被谁用砂纸磨过。他说："还是别去吧……我这两天刚……去过医院……"

于淑钦马上手一甩说："病的人是你表弟，又不是你——咦，他得什么病？他心眼那么坏，不病才怪哩。"

赵定力看到于淑钦望向他的眼睛蓦地亮了一下，嘴角还微微

40

翘起。她一直记着谢玉非的仇。他说:"不是,他……"

赵定力脸朝向门外。外面天井上方,天已经是一片幽暗的深灰了,云一团团往下压,仿佛它们的爹妈都住在地面,这会儿正急巴巴地往家里赶。他猛然觉得这种景色很眼熟,以前肯定曾经坐在同一个位置,同样是这样透过敞开的门,脸往上仰起,从天井上方看见过。可到底是多久的"以前"呢?小时候还是年轻时?人生真是一眨眼的光景啊,现在他已经七十八岁了,他老了,而且可能病了,病得很重。"淑钦,"他叫了声,"玉非他没事……"

于淑钦打断说:"他有没事不关我的事。人家高高在上的知识分子,看不起我这样的粗人。哼,粗人也没必要看得起他哩。当个破医生又怎么样?输赢还不一定的哩。"

赵定力抿一口茶。谢玉非只有一个儿子,于淑钦还多一个女儿,就算她赢好了。地球之上树不会跟树争,鱼不会跟鱼斗,只有人在哪里都摁不下跟周围争个长短之心,所以人活得最无趣。赵定力说:"淑钦啊,玉非他身体很好,他一点病都没有……"

于淑钦不耐烦了,她说:"老说他干吗?说你吧,你今天为什么要挖后院?"

赵定力低下头很长时间不说话。他本来想从说谢玉非的身体转到自己的身体上,他的身体不好,他病了,可能很快就会气息奄奄地躺在那里,需要人照顾,于淑钦不该丢下他去北京,于淑钦不要走。于淑钦说:"喂,怎么回事啊你?到底哪根神经搭错了?"赵定力吞咽几下口水,然后猛吸一口气,抬起头,定定地看着于淑钦。他说:"我在挖一个铁罐。"

"铁罐?"于淑钦眉头拧成一团,眼也睁大了。

赵定力说:"我爸以前埋过一个大铁罐。"

于淑钦说:"什么铁罐?"

赵定力用手比画了一下,他说:"据说有这么大。"

于淑钦身子欠了欠,向前倾过去,问:"里面有什么?"

赵定力说:"很多。"

于淑钦马上又问:"很多什么?"

赵定力说:"黄金、翡翠、古董、银元、钻石、银锭、锡器之类……据说很多,很多。"最后两个字赵定力从腹部那里用上了力气,话像被加了秤砣,沉甸甸地从牙缝里推出去。

"据说?为什么是据说?"于淑钦的尾音拖得很长。

赵定力想笑一笑,但没笑成。他叹口气,端起茶杯倒进嘴里。以前他从来没跟于淑钦说过家里的故事,现在还是说一说吧。大部分他没有亲历过,听来的,揣测的,想象的,添油加醋的,总之都揉到一起,一股脑儿往外倒,无所谓真假,听的人反正只有于淑钦。

他想,这一次他得说相当长的时间,能多长就多长。

第二章　第一个故事：谢氏

一

谢氏留下十几张照片，都是三十多岁时拍的。她三十多岁时，大清刚消亡，时代正处于转换中，村里除非下南洋的人，在那边拍了照寄回来，留在村里的，谁也不可能坐到镜头前，连照相机长什么样基本都没见过。但谢氏却一连拍了这么多。

谢氏死时六十九岁，那天，赵定力的母亲何燕贞也死了。把谢氏和何燕贞葬好后，赵定力帮父亲整理谢氏的床铺，翻开被褥，一阵窸窸窣窣响，伸出手一摸，摸到缝在被褥里头一块硬硬的东西。撕开，掏出，就是那些照片了，是用黄油纸包裹的，里头上下垫着两块薄木板。当时是赵聪明在做这事，赵定力头凑过去，看到照片像扑克牌似的在赵聪明手里一张张翻动，翻完了，赵定力伸出手想接过再看，赵聪明却重新包起黄油纸，脸上有很多不自在。赵定力后来一直回忆那些从赵聪明手上一闪而过的黑白照片，色泽有些偏黄了，但每一张都很清晰。照片上是一个眉眼非常熟悉的年轻女子，杏状大眼，眼梢向上，眼珠子晶亮，细唇抹着口红，鼻子小巧得像一枚刚从水里打捞上来的莲藕。女人脸形好才是真的好吧，照片中谢氏的脸边缘没有一丝棱角，弧线柔和且自然。她站在海边，没有笑，但从头到脚，喜气还是滋滋渗出，连她穿的月白色右襟上衣和黑色香云纱长裙似乎都荡出了笑意。风掀起裙角，她头发却纹丝不乱，脑后的发髻如一块黑色的面团，粗大圆润地膨起，上面斜斜地插着一支纤长的银发簪。

这是赵定力第一次见到谢氏年轻的模样，也是唯一的一次。如果那时他能再年长几岁，就懂得往深里探究一下。八岁，还太稚嫩了，不谙世事，赵聪明不让看，他就不看了，是你妈又不是我妈。后来他也没再问起，主要是忘了。等到记起，赵聪明已经死去好多年了。关键的问题就在这里，赵定力漏掉了很多东西。

青江村老一辈人认为，赵聪明并不是赵礼成的儿子，换句话说，赵定力不是赵礼成的孙子。清光绪二十三年，赵礼成还没去南洋。村里家家户户男子嘴角一开始冒胡子芽，差不多就匆匆动身去那边，赵礼成却不去，是他母亲不让他去。过洋太险，一遇风，动不动船翻人亡，这个险怎么能让赵礼成冒？赵家人丁太薄，已经好几代单传，赵礼成没有兄弟，也没有父亲，父亲在赵礼成出生九个月零八天就死于一场伤寒，只剩下孤儿寡母，寡母一开始就决计不让赵礼成远离，所以才早早把他送进青灯巷姜记漆艺行学艺。姜记漆艺行老板叫姜经响，姜经响的外甥女就是谢氏。

姜家祖上都是开鱼丸店的，已经开到第三代。其他两个兄弟都学了打鱼丸手艺，只有姜经响五六岁起就迷上了漆。家里让他跟着父亲从给鲨鱼去骨去皮学起，再一步步上手学配料、搅拌鱼浆、加馅捏丸子，他却眨眼就不见了，找到时都是蹲到别人家的漆坊里看。十岁他就径自去沈家拜了师，出师后在自家做一些漆器，不是为了销出去，只是琢磨着怎么做得别致，怎么让这一件与那一件形状、色泽、花纹不同。不料竟因此有了名声，然后他到青灯巷开起姜记漆艺行,官府的匾、大户人家的器皿,甚至普通人家的婚嫁礼盒之类,只要稍有讲究的,都要来找他做,做一样,人家啧啧赞叹一阵。姜经响在赞叹声中津津有味地摇头晃脑,能不能挣钱,挣多少钱倒越来越无所谓了。很巧,漆艺坊就在谢家大院隔壁。谢春妹三岁时,姜经响的妹妹姜氏要给女儿裹脚,谢春妹不从,半夜逃到隔壁舅舅家。姜氏过来讨人,姜经响把谢春妹往怀里搂过来,抱紧,他说:"她既然大半夜的来投靠我,我就认下了。你走吧,以后我们可以不来往,你没有我这个哥,我没有你这个妹妹,但春妹不能回去。"这样,谢春妹就成了姜氏漆艺行的一员了。她喜欢坐在边上看舅舅挂着围裙,整个人俯身往前趴,两眼盯着手里的木盒或者脱胎碗,一手刷过漆,一手用竹夹子夹着金箔往上贴。漆香和樟脑油香隐隐传来,一口口吸着,整个脑都活络了起来。有一天她说:"让我也试试吧。"姜经响扭头看了她一眼,手指头伸进装漆的碗里,轻轻一勾,勾出一点褐色的红锦漆,在她胳膊抹了一下。姜经响说:"别动!"她就没动。过了半个时辰,漆在胳膊上仍未全干,用指尖沾了沾,还有点黏。姜经响脸凑近,在她胳膊上看了看,然后抓起布,沾上樟脑油,把抹在手上的漆擦掉了。姜经响说:"原来你也不怕大漆啊,那可以试了。"

谁怕大漆呢?姜经响说:"很多人都怕啊,几乎都怕。"他用两只手在脸两边比画一下,"别看漆这么老实,它对不喜欢的人其实非常凶狠,一口咬过去,脸都会被咬得又红又肿,像只烂南瓜,必须用桑叶或者橄榄叶熬汤反复洗,洗了又洗也不一定管用。但有人天生就是不怕它啊,那它就没什么办法了。它不咬的人,都是它真心喜欢的。你看,你也是它喜欢的哩。"姜经响把一块泥递过来,让她捏出碗的形状,这是谢春妹真正接触漆的开始。黏泥塑成器物的胚胎，用漆把苎麻布一层层裱褙上去，放进阴房阴干了，然后沉进水里，泥在水中渐渐软化，被淘尽褪去，留下的是裱上去的漆布雏形，接下去刮上瓦灰底，砂纸打磨，重新髹上漆，嵌银上彩，再阴干，再打磨，最后揩了青提了妆，才算终于完工，这个过程用了近半年，共有三十多道工序，不能急，必须慢慢来。

福州人手艺传男不传女，舅舅一开始也没太当回事。不料谢春妹学得很快，越快她越想学。眨眼她上手了，做出碗，做出妆盒，还做了木桌、方凳、镇纸、葫芦、梅瓶、屏风……没有她不敢的，她恨不得把漆抹到任何一个物件上，而所有被漆罩过的东西，都从此不怕潮，不怕湿，不发霉，不朽坏。若是把人也涂一层大漆，是不是就不会老了呢？姜经响很高兴，敲敲她的脑袋笑眯眯地说："看来我们姜家人血里，天生就一半流着鱼丸，一半流着大漆。"

赵礼成走进姜记漆艺行当学徒时，比他小六岁的谢氏已经把漆的每道工序都大致掌握了。此时姜记漆艺行已经越开越大了，几十号工人挂着围裙各自坐在一张小木桌旁，俯着身子，拿着刷子或者夹子，也有的站立水缸边，用榉木炭沾了水，一下一下打磨着手上的碗、花瓶、妆盒之类的，沙沙沙的声音吱吱吱地响着。说起来，谢春妹也可以算赵礼成的师傅。谢家有私塾，谢春妹两岁就开蒙，赵礼成却不认字。做漆的人不认字怎么行呢？比如做漆匾时，阴刻填漆，或者阳文堆漆，总之必须认字，才能把字做得不走样，甚至把人家写走样的笔画修饰过来。赵礼成先是从谢春妹那里拿到《三字经》识字本，后来他自己找了一位清时的老秀才，晚间登门求教。当学徒的钱是靠他母亲给村里人做女红一针一线挣来的，但他其实很快就不用母亲给的钱了，进入姜记漆艺行第五年,他做出来的漆品就可以打上姜老板的名号,以假乱真地出售了。能挣钱,姜经响就不用他交学费,还每月给他一点零花的,他都攒着,用这些钱学识字。后来老秀才干脆也不要他的学费,每半年带一两样漆品送来即可。

舅舅经常说,从来没见过比赵礼成更用功的人。很快,很多谢春妹不曾读过的书,赵礼成却读了。白天做漆,晚上读书,这样的日子一晃就过去了。刚来漆艺行时他个子矮小,干瘦羞涩,眼睛闪来闪去不敢看人,慢慢长开后,身子壮实起来,每天风一样快步走动。从学徒到助手,再到漆艺行里可以顶大梁的二师傅,这期间是整整的十二年时光。

十二年后他离开姜记漆艺行,离开福州。他不是一个人走的,他带上了谢春妹。

之前,谢春妹的父亲谢瑞林一知道女儿与赵礼成好上,就冲到漆艺行,二话不说,抓起东西就摔。一裱了布上了漆了,那些脱了胎的器皿就不怕潮也不怕水,但一摔就废了。店一下子不像店,到处是残缺的漆器。谢氏脚从它们上方跨过,一步步慢慢走,走到父亲跟前停住,看着他,然后手从身后绕过来,举到胸口。寒光一闪,是一把刀,刀直接横到了脖子上。她不说话,但什么话都摆在脸上了。谢瑞林怔怔地看了她一会,嘴唇抿了抿,袖子一甩,转身快步走出。回到家,谢瑞林让姜氏看住女儿。姜氏把女儿叫回,她之前不知道这事,谢春妹就不瞒了,从头说了一遍。姜氏眼泪就下来了,她说:"你的命真好啊。"谢春妹愣愣看着母亲,她以为是被喊回来挨训的,没想到却看见一个完全陌生的母亲。以前母亲脸总是晦涩,嘴角向下挂,眉头起皱,突然竟眼里有光,像泪又像是泪以外的什么,瞪圆着,直直看过来。许久以后,她才想到一个词:羡慕。母亲突然不遮不挡地把羡慕摆到了脸上,把她惊到了。面对父亲她敢做一切事,一切父亲不喜欢的事她都能迅速着迷,骨子里即使并不喜,言语与行动上她也偏要全力投入,比如大漆。漆这东西父亲完全不能碰,甚至闻到味道都可能浑身红肿,奇痒,怎么挠都止不住,漆跟他仿佛天生有仇,追着他"咬"。她到隔壁姜记漆行学漆,父亲派人来过几次,让她立即回去。她鼻子轻哼一声,像命悬一线的人突然握住一件顺手的武器,太好了,漆本来她可学可不学,既然父亲害怕,她就把自己整个儿扔了进去,现在她要再扔一次,扔到乡下的青江村。她拿不定主意的是怕伤了母亲,没想到母亲却是欣喜的。一时之间她有点蒙,心里不免打鼓。"这样……"她重重吸一口气,"这样行吗?"

母亲说:"世上最难的就是一个人喜欢上另一个人啊。天下太大了,天下不是我们女人的。女大当嫁,要嫁的人你喜欢,他恰巧也喜欢你,这是多大的造化。苍天终于有眼了。"

按父亲的意思,母亲把她喊回家,她就不可能再跨出这个家门。可是那天夜里,母亲却掏出钥匙,把院子旁边那扇一尺多宽的小门偷偷打开了,挥着手说:"走,你快走。"

她就这样把自己从城里嫁到青江村。然后她从谢春妹变成了谢氏,慢慢就不再有人知道她的名字。女人的名字自古都不重要吧?进门的第三个月,赵礼成就去了槟城,不去不行,赵礼成的意思是去了才能挣到钱把她养好,才能让她回娘家时把头昂高。

站在码头上看赵礼成所坐的船越来越小时,谢氏心里是笃定的,她相信这样的分别不会太久,很快她会生下孩子。村子有风俗,只有生育过,女人才有资格登船去南洋,否则风浪饶不过船,连同船上的其他人,都会一起翻下海喂鱼。赵礼成跟别人不一样,别人几年才回一次,他却每年都回来。第二年第三年,每次都是空空地回又空空地走，第四年当他终于让谢氏肚子里多出一个胎儿时，十六岁的新娘已经成了二十岁熟透的妇人。十个月孩子生下后，母子就可以一起去槟城了吧。结果生倒是生了，是个女儿，才活到六十八天，得天花，死了。第二个月赵礼成再回来，这次他没有马上走，而是每天晚上都急匆匆把谢氏拉上床。生过一次的肚子，本来已经熟门熟道，很快就该鼓起，谢氏却不能。一个月两个月，赵礼成望着南面，他急着动身，那边很多事摆在那里。但谢氏没有怀上之前他又万万不能动。第三个月，谢氏身上的血终于不来，接着开始恶心、呕吐。赵礼成这才吁一口，重新坐上船走了。谢氏肚子没有在赵礼成的眼皮底下鼓起，这次很顺利，是个儿子。但这个儿子不是赵聪明，而是赵聪明的哥哥赵聪圣。

有了儿子，下南洋的事就摆在眼前了，可是谢氏最后却没有去成。

谁都说不上青江村到底是从哪年起不断有人搭上船开始往外走，船是村里人自己造的，结实、可靠、抗得起大风浪。五六百年前，村里造的船就被朝廷派来一个叫郑和的太监征用过，连水手也一并带上，一次又一次下西洋。轮到当地人自己用起船来，自然也非常顺手，琉球、台湾、南洋，去哪里都一点不难。

谢氏收拾打点好，终于打算登船了。船就是从南洋回来的，马上又要返南洋去，这艘船带回赵礼成的一封信。赵礼成让谢氏暂时别去。为什么呢？赵礼成没有说理由，但带信的人却悄悄说了出来。赵礼成在槟城另有女人了。青江村人都把南洋当地女人称为乌度婆，赵礼成的新女人就是乌度婆，不仅一个，十八岁、十七岁、十六岁各一，共三个。其中十八岁那个肚子已经隆起，很快就要生养。

那天离清明节只差两天。谢氏当时抱着赵聪圣到码头等信，她站在岸边，嘴微启，额上有一层细密的油光，脑后乌漆漆的发髻沉得像坠着一团黑炭。船靠岸，人下来了。她直直盯着，脸上先是堆着笑，待撕开信，笑没了。"贤妻如晤：因诸多不便，汝不必急于前来。切切。"就这样简单一行字，没有更多。带信回来的是赵礼成远房堂叔阿宽。穿一身白色洋绸，头上扣米色礼帽的阿宽比赵礼成大二十岁，也比赵礼成早下南洋十几年，妻儿都带走了，这次孤身回来是专程给父母扫墓。阿宽担忧地看着谢氏，谢氏笑了笑，转身回了家。她收好信，抱着赵聪圣在门槛上呆坐一阵，然后站起，把赵聪圣交给婆婆，又出门去了。

那时乌瓦大院还没建起，家只是一座局促的单层木屋，屋外的榕树却早已长成，鸟在树枝间又叫又跳，叶子很配合地不时落下，一片片飘得很慢，带着几分犹豫不决，又仿佛非常忧心忡忡或欢乐喜气，总之阴晴不定的样子。跨出门时谢氏仰头往上看，她在心里做着一种假设：如果叶片落的是单数……如果叶子是双数……其实究竟是单数还是双数她最终并没有数清，脑门两侧咚咚咚重重地跳，心里挤满了一堆纵横的乱草。她向村西头走去，阿宽家在村西头。

从村西头回来，大老远就听到赵聪圣的哭声。赵聪圣九个月了，长得和赵礼成一模一样，结实，黝黑，细眼，鼻头又宽又大，嘴更大，一张开嘴哭，喉头马上现出幽黑的小洞，仿佛腹部深处的五脏六腑随时会一涌而出。推门进去前，谢氏手在半空中停了一会儿，眨着眼，头微颔着。她在想心事。这时候她和白天刚站到码头上等南洋船时完全不一样，码头上的她轻盈多汁，像地里刚刚拔上来的白萝卜，周身泛出一层夺目的油光。村里没有一个女人的皮肤有她一半白，不仅白还嫩，带着桃花般淡淡的粉，这是姜氏传给她的礼物。姜氏把身体里的白给了谢春妹，赵聪圣却没有往下白，赵聪圣选择成为赵礼成的翻版，浑身都黑得像刚刷过一层漆。很奇怪，差不多所有的儿子都更愿意从母亲身上偷去优点，因此儿子大部分长得都像母亲，赵聪圣却没有。之前她多次为此庆幸过。赵礼成从青江村离去，然后让模样相似的儿子替代自己留在身边，这样多少等于他也有半个人陪着谢氏。

这天她穿着莲藕色的对襟衫，襟门上绣着精白的梨花，是她自己绣的，每一朵明暗立体，随时能引蜂惹蝶似的。赵聪圣还没断奶，即使断了，她的奶也一样鼓鼓囊囊地从衣襟下丰硕地顶起来，那是果实临近收成时才有的饱满。而此时四处明媚柔美的春日中，她站在家门外，却慢慢变成秋日里被风干的枯树，发髻散了，有几绺头发凌乱地披散在脸颊上。长吸几口，又长呼几口，她把身子往上拔了拔，推开门，慢慢跨进门槛。

婆婆很不满她去了这么久，声音脆亮地数落她让赵聪圣饿了。赵家男丁太薄，一连几代都是单传。婆婆的意思是，谢氏可以把自己饿死，也不该让赵聪圣饿半刻。谢氏不置可否地看着婆婆。以前她从来就没有喜欢过婆婆，如同婆婆也没喜欢过她一样。人跟人之间，与人跟季节之间的关系差不多，冷了哪都冷，热了到处都热。婆婆想要的儿媳妇是大头大脸大屁股能干粗活那种，这种妇人生育起来，才可能有母鸡下蛋般的凶猛和欢腾劲，而不是谢氏这样的娇小姐——光是娇没关系，肚子还那么瘦，骨盆那么窄，明眼人一看就是块缺肥料的地，过门这么多年才生两次，第一次生下来还死了。另外，如果不是谢氏，赵礼成怎么可以到那么远的地方去？他本来完全不用去，在城里艺学成了，回到村里开个小店，有了手艺怎么也不至于饿着，还能一直在自己的眼皮底下，而不是现在这样漂过那么远的海面，几百个日子才能见一次面,见过一次下一次还不知是啥时候,而所有见不到的日子,内脏都被揪到半空,荡得像风中枯叶。婆婆把赵聪圣往谢氏怀里一放,以为谢氏会马上用手接过。但谢氏没有接,她的手仍然静静地垂着。

赵聪圣到了谢氏胸前。

赵聪圣往谢氏大腿滑去。

婆婆惊叫一声,身子往前一扑,一把揪住赵聪圣的胳膊忙不迭提起来。赵聪圣肯定被弄疼了,嘴一张,仿佛要接住天上丢下来的什么,其实只是把全身的力气凑到一起,哭出前所未有的响声,脸涨得通红。"疯了吗?"婆婆吼起,接着抬起脚往谢氏肚子上蹬去。谢氏踉跄着后退几步,身体被后面的木板墙挡住。直到这时她似乎才醒过来。她捋了捋头发,缓缓说:"你儿子想要儿子,我已经给他生了儿子。"顿一下她又说,"你儿子还想要很多儿子,我本来可以给他生十个八个,他却让别人生……"

婆婆没听懂她的话,或许根本就没把她的话听进耳朵。赵聪圣仍然在哭,婆婆抱紧他,贴到胸前,下巴抵住他头顶,左一声右一声叫着我的命啊肉啊心肝啊。

谢氏拍拍衣襟,上面有婆婆的脚印。她穿的衣服从来都不能沾半点脏,连褶皱都不会有一丝。家里的东西也都放得整整齐齐,东西一乱她心也乱了。婆婆再次把赵聪圣递过来,这次她谨慎了,托在半空中不敢松手。"快点!"婆婆喊,"快喂他奶,你想饿死他啊!"谢氏仿佛突然明白了什么,她扑哧笑起,手按在肚子上,脸微仰,身体一耸一耸地笑得越来越大声。

婆婆僵在那里,眼睛盯住她,又低头看看脸已经哭得乌黑的赵聪圣。这时谢氏上前一步,接过赵聪圣,转身进了自己的屋,关上门。这一夜屋里的油灯一直亮到鸡叫。第二天一早谢氏抱着赵聪圣出门，她还是去村西头阿宽家。进了门，她柔柔地喊一声："宽叔……"

阿宽刚起来，趿着拖鞋，衣裳松垮，脸都还没洗，两团小眼屎挂在眼角。

昨天谢氏来问赵礼成的事，她一直以为赵礼成比她还急着让她动身南下，为什么突然却让她切切暂时不要去？但阿宽摇头，谢氏再问，阿宽还是不说。谢氏眼里就泛起一层水，她让阿宽给理由，阿宽说："大家在外是有规矩的，彼此都要互相帮衬打掩护。我要是舌头一松，以后就不好做人了。"这时谢氏让泪从眼眶里出来，不是两滴，而是两串。她提了胳膊，似乎想用袖口擦掉，中途却停住了。透明的水珠搁在粉白的脸颊上，比清晨的露水还晶莹。旧的水珠落下了，新的很快又重新摆上去。她就这样看着阿宽。"你不要哭，不要哭嘛。"阿宽一边说，一边手伸过来。谢氏身子往后一退，眼瞪圆了。阿宽就笑起，阿宽说："看看你还这么傻，礼成都……"后半句阿宽吞下去了，谢氏马上问："他怎么样了？"阿宽手又伸过来，这会儿谢氏没有动。阿宽的手就按到她肩上，然后身子贴过来，嘴凑到她耳边，低声说："你听我的，我就听你的，你想知道什么我就告诉你什么。"又说，"别怕，我是你们长辈哩，也不能在村里坏了名声。就一次，让我尝尝鲜……你一个人在家里干熬着，也苦啊……"

阿宽的手从肩上向胸部下移时，被谢氏一把推开了。她往地上重重吐了一口，转身向外跑。她并没有一下子回家，脑子里像装有一群不停扑腾鸣叫的苍蝇，跑到半路，嗡嗡乱叫的响声慢慢平息下来，然后她脚也停下了。在原地站一会儿，她转过身，重新向村西头走去。她走得很慢，但最终还是跨进了阿宽家。她让阿宽先把脸洗了，去掉眼屎，然后她自己解开衣襟上的扣子。衣

53

服裙子从她身上卸去的过程，如同拿一把刀削去鱼鳞，然后仅剩下光滑洁净的一片白。每一件衣服脱下后她都细细折叠，方正地放在旁边的椅子上。

再从阿宽家出来时，她已经知道赵礼成在槟城的全部情况。

二

第二天谢春妹抱着赵聪圣又去阿宽家。一进门她就把赵聪圣横在床头，然后勾着头，重复昨天，开始缓慢脱衣裳，眼根本不看阿宽。阿宽好像没回过神来，像根木头呆呆戳地上。谢氏就走过来，拉了拉他。阿宽后退半步，问："我们说好只一次。你这是干吗？"谢氏说："再来一次给赵礼成的儿子看一看嘛。"说着她揪紧阿宽的胳膊，力用得有点过度，两个人身子一歪，一起倒到床上，床上就有了三个人。赵聪圣睁着眼，蹬着腿，双手忙乱地在半空中划着，嘴里呃呃呃地喊叫，什么都没看明白。

阿宽仓促脱裤子，一直想避开不看赵聪圣，眼珠子却怎么也离不开。这一次他什么都没做成，他腿间的私器萎得不如半块豆腐。他翻身下床，眼皮垂下，不敢看谢氏。谢氏跟下床，下巴搁到他肩膀上。谢氏问："怎么啦？"阿宽伸出舌尖舔舔嘴唇，一时眼珠子转来转去答不上来。谢氏又问："吓着了？"阿宽点点头又摇摇头，颤声说："没想到你这样……"

谢氏穿好衣服，转身抱起赵聪圣。她没打算在这屋里久留，她要走了。走之前，她让阿宽做一件事：让赵礼成马上回家一趟，要是迟回，就看不到赵聪圣了。阿宽脸色苍白，支吾道："你别……纳个妾很平常啊。在外面很苦的，谁不纳？男人一辈子不都有几个女人吗？礼成也不容易，他母亲一个人养大他，他也想多生些儿子，人丁越兴盛，他母亲会越高兴。你……"谢氏说："他不一样。我们不一样。"阿宽不明白，问："哪里不一样？大家都纳啊，我也早纳了。"谢氏说："我进赵家前，他答应过我这辈子不会纳妾。他去南洋前也抱住我反复说不会跟其他女人……他说了我就信了，我信了才嫁给他。说出去的话，想变就变吗？他若是跟我商量，摆出再纳再娶的理由，我点头了，那便另说。不说，瞒着，瞒比公开纳一百个妾都更不把我放眼里。"说到这里谢氏声音一下子变了形，喉咙哽着，一句一句想咽住，话却硬邦邦地急着往外挤。她应该自己也吓一跳，连忙往外走。

阿宽在后面叫了一声，谢氏没有停下。阿宽追出来，又说了一句什么，谢氏没有听清，也不想听清了。

阿宽扫了墓当天就坐船走了。走之前他没有来跟谢氏道别，谢氏也没觉得有这个必要。回到槟城第二个月，阿宽就死了，据说得的是一种怪病，一直打嗝，不是一般的打，而是每一下都是从腹底把气重重抽上来，浑身的气就这么一下一下地抽，终于浑身精气神都抽光。一个人居然会被嗝死，死时嘴也是张开着，保持着一口气呵出去时的那副模样。

他病倒时，赵礼成已经坐上回青江村的船。到家时他带回一个消息：十八岁的乌度婆生下一个女儿。谢氏低头看了看怀里的赵聪圣，再抬起头冷冷看着他，小声说："把他弄死了吧。"接下去赵家的门关了两天，关的其实是谢氏屋子的门，赵礼成也在里面，还有赵聪圣。赵礼成让母亲把三顿饭煮好就行，其余的都别管。到了吃饭的点，谢氏也没出来，饭菜是赵礼成出来端，吃完了，赵礼成再把碗筷拿出来，交给母亲洗涮。没有人知道屋里究竟发生了什么，没有争吵，没有哭闹声，安静得像一艘远去的船。从屋里出来时，谢氏的脸和赵礼成的脸完全不一样，一个亮闪闪，一个黑乎乎。这次赵礼成没有在家待很久，几天后他就动身去槟城。这条漫长的水路他已经走了无数个来回了，每次心境都是迥异的。船离开时，码头上空荡荡的，没有出现谢氏的身影。而多年前，他第一次走时，谢氏单薄的身子先是戳在台阶上，接着跟着船向下跑。船动，水动，岸上的人也在动。他趴在船沿挥着手，大声喊："回去，快回去！"谢氏没有停下，她的身影越来越小，她追不上船。那天船刚出闽江口不久赵礼成就开始吐，旁边一位僧人吐得更厉害。赵礼成自己强撑着，捱过一个个日出，稍喘得过气来，马上端来水、讨来粥喂僧人。终于到达槟城，下了船僧人让他跟着走，就走到了白鹤山麓上那座新建起不久的极乐寺了。寺是福州鼓山涌泉寺方丈妙莲禅师兴建的，僧人应妙莲禅师之招从涌泉寺渡海到槟城。本来以为只是短暂的借居，不料寺里在建了大士殿后，又接连募到款，持续依着鹤状的山形再建天王殿、大雄宝殿、法堂、藏经楼、香积橱、钟楼、鼓楼、放生池以及花坞。从老家来的人，去橡胶厂、菠萝罐头厂、锡器制造厂做工很正常，赵礼成就留在寺里，不是出家，那些佛像、匾额、梁柱都需要贴金上漆，这个手艺他现成的。当然还有其他人，但他们哪个人能够跟他比呢？在姜记漆艺行里那么多年，他这双手已经做出过多少上好漆器啊，每一件都让师傅姜经响啧啧啧赞个不止。寺里没有亏待他，给他一份配得上他手艺的工钱。寺里活渐渐歇停下来的过程，他的名声早已传遍整个槟城。其他寺庙需要为佛像翻修或梁柱上漆，托人找到他，抬着轿子把他请去。或者有些大户人家要婚嫁，也专门向他订彩漆晕金的花瓶、盘碗、妆盒之类的器物。他很快就有钱了，钱越来越多，当极乐寺一切妥当不再需要他终日坐镇时，他下了山，在乔治城莲花街上，建起一座很特别的房子，覆着红瓦，框架用刷上生漆的原木，墙体以蠔壳、螺钿嵌出花纹，涂上绿漆，而窗子也跟别人不一样，别人用玻璃，他用打磨过的蠔片。虽然房身不是特别大，但有它立在那里，街上走过的所有人都会往上面多看几眼。

这些事他在信中陆续告诉过谢氏，但说得不够详细，主要他忙，没时间写太多字。他在莲花街建房子，阿宽来帮忙，替他找工人、弄材料、监个工，总之一直来往。如果不是阿宽，对赵礼成的事谢氏不可能了解这么多。

谢氏躺在阿宽床上一五一十听着，她心里有数了。

赵礼成的母亲告诉别人，赵礼成这次回来邀过谢氏，让她带上赵聪圣一起去槟城，但谢氏不去。三个乌度婆，十八岁、十七岁、十六岁，夹在她们中间，她既听不懂她们的话，也根本不想听。春来药铺老板，谢氏的父亲谢瑞林，共有一妻六妾。小时候谢氏到药铺里，看着一整面墙上那一个个四四方方的药盒子，谢氏觉得父亲还会再娶，娶得像药盒子一样多的老婆，堆在家里，互相指着鼻子骂来骂去，尖厉的声音整天刀剑般充斥屋里。赵礼成曾说自己绝对只娶她一个，她才嫁到青江村的。在村里赵礼成确实只娶了一个，但在槟城却又娶了三个。既然有三个，怎么不可能再往下娶，像父亲一样娶到六七个甚至更多？

她也不能回城里，回谢家大院。父亲当时曾问她为什么非嫁赵礼成不可，她答的也是赵礼成说过只娶她一个的话。她答得很大声，觉得用这个理由来反击娶了一个老婆和六个妾的老男人，是非常管用的。所以现在她还怎么回去呢。父亲佝偻了背，整天抱着水烟筒，噘起嘴呼呼吸着，然后长一声短一声地咳。那张脸年轻时可能也好看过吧，后来幽暗晦涩，一百年没有洗过似的，眼珠子被耷拉的眼皮盖住，该白的不白，该黑的不黑。就这样子，居然还能被一妻六妾团团围住，每个都争着让他宠，除了谢氏的母亲姜氏。他床上太忙了，虽然不停给自己开补药调理，家里每天药罐都噗噗噗煎着，看上去还是显得比同龄人更老。浑身都剥不下几两肉了，已经成这样了，竟还需要这么多女人。

只要有钱，在青江村也能活啊，至少比福州那个乱糟糟的家清静。靠水的村子，水每天不停地流过来流过去。一个地方有东西能动，总比四周一万年呆滞不动的好。就是在水边，她遇到那个法国人，这是后来的事。

青江村比城里潮湿，潮湿才适合做漆器；房子也大，大才能把大板桌摆开。她嫁来时，舅舅姜经响把大漆和发刷、粉筒、金银箔、细瓦灰、牛角刀、莳绘笔、樟脑油以及自己特地用榉木烧出来的黑炭等工具作为嫁妆从福州运来送她。她把它们密实地装进一个木箱，本来要搬上船，带到槟城去，她不是可以给赵礼成当帮手吗？但现在她去不了槟城了，她不去。她让赵礼成走，去吧，到你的乌度婆婆身边去。

这一次她没有送到码头上，没有眼不眨地看着船驶远还久久不肯离开。婆婆倒是去了，回来婆婆哭一阵骂一阵，哭是为赵礼成，骂则是冲着谢氏。乘同一条船去南洋的人还有几个，家眷都聚在码头上送行，一个个都流着眼泪鼻涕万般不舍。没看到谢氏他们很诧异，问谢氏呢？谢氏为什么不来？婆婆回家骂的就是这件事，婆婆手先拍着大腿，又直直戳过来吼道："你，都是你这个狗母货，你害得我儿子……"话中途突然就断了，像被利刀一把切下。谢氏本来不看她，最终还是好奇地抬起头。婆婆变得不是以前那个婆婆了，整张脸都歪斜了，嘴张着，嘴角挂出白沫，眼珠子则往上翻，一大片眼白定在那里。还没等谢氏明白过来，婆婆就整个人往后一仰，直直倒下了。

赵礼成刚走，婆婆就死了。

按村里风俗，上了六十岁就算高寿，需在家停棺七日才出殡。这七日谢氏做了一件大事，就是修墓。赵家祖墓在靠近码头的金牛山半腰，背山面水，算是风水上佳的吉穴了，却狭小得不足一张八仙桌，用碎砖潦草砌的，茅草茂盛地从砖缝中直愣愣地冒出。谢氏出双倍工钱请来最好的匠人，去掉碎砖，开挖椁室，用上等的青砖砌好墓室，再用青石条向外扩展一大圈，重新砌了坟墙，刻了墓碑，弄出一座前低后高的椅子坟，阔大气派。然后她披上麻衣，戴上麻帽，请来一队吹喇叭擂大鼓的，一路撒足纸钱。而此时赵礼成还在海上哩，他无法知道消息，更回不来，谢氏热热闹闹地替赵礼成把丧事办掉。棺木入土时，她跪了两次，磕了六次头，这其中一半是替赵礼成做的。婆婆这辈子最怕的，就是死时儿子远在天边，见不到最后一面，果然就没见到。谢氏一想，在一闪而过的快意之后又不免生出几分歉意。

从墓地回来她掩上门。家一下子空了，到处暗幽幽的，发出暧昧的窸窸窣窣。嫁过来几年，婆婆一天也没给过她好脸色，现在婆婆死了，是冲着她骂着骂着骂死的，按说她应该松口气，但没有，竟这么难过，她没想到自己这么难过。这一天在把赵聪圣哄入睡后，她独自坐在油灯前抽了一个多时辰的水烟。她以前不会抽烟，那次见到阿宽后她特地去买回一把黄铜水烟壶，烟丝也是从城里托人带来的，把粗草纸卷起点着，嘴一吹，放到烟丝上引燃，双唇撮起，叼住水烟壶嘴，壶腹中的水随着吮吸，哗啦哗啦地响起，胸口那里一下子就舒坦了很多。婆婆讨厌她抽烟，但越讨厌她越抽。现在婆婆死了，这么大的院子只剩下她可以讨厌自己。她就这样成了赵家的女主人，而且很快钱就从南洋来了，越来越多地来，她成了有钱的女主人，非常有钱。

以前钱也不缺，赵礼成时不时会托水客汇回，不是很多，但足够她花销。而现在已经不是够不够的问题了，但凡有船从南洋回来，船上都会有一两个箱子是赵礼成托回来的。雇人上去搬，沉，非常沉。没有人回来，也没太大关系，还有另一种更便捷的方式，就是番批。福州话里"批"就是"信"，不单信，还兼着汇款。附近几个村子都有专门做这种番批生意的水客，钱在那边存进，这边取出，水客会从中赚取一点佣金，"批一封，银二元"，价格公正有信。在道上走，谁也不敢把自己信誉弄砸了。这样就简单了，槟城的钱，在青江村就可以拿到，大家都方便。

大家都觉得谢氏一天天在变，穿得越来越光鲜，有时长裙有时宽腿裤，上衣香云纱小袄，或绸缎小衫，式样一点不比城里人差，质地却不是城里一般人可以享用的。至于插在圆髻上的发簪，今天是白玉螭龙簪，明天是银鎏金凤簪，后天珐琅包金步摇簪，而手腕上则是绿翠手镯、红翡黄翡镯、黄金镯不停地轮换着戴，连手指也没闲着，左右都套有满绿水种上等翡翠戒指。青江村里村外的路上，就经常能看见描着眉抹着唇的她。她带着轿夫和轿子，却并不坐上去，而是缓缓地笑眉笑眼地贴住空空的轿子走，见了人，扬手甜声一叫。被叫的人如果客气地反问她去哪里了，她就嘴角一启又一笑，柔声说："去取番批啊。"

赵礼成不固定托哪个水客，青江村、紫江村都有，甚至更远一点的马尾村也有他汇回的批。谢氏这次去这里，下次去那里，这样谁都弄不清她拿到手的钱数到底是多少——反正不会少。她走来走去时，手镯、发簪以及挂在前胸的粗大金链子一起发出耀眼的光亮。她总是这样穿戴好，叮叮当当走到人多的地方，比比画画说着今天天气怎么样，煮了什么好吃的之类。阳光很好时，首饰会被照耀得闪闪发亮。除了光，她身上一直有一股奇怪的味道，像某种草又像某棵树的气息，幽静而持久地飘荡着。后来大家都知道，原来那是大漆与樟脑油混合起来的味道。

终于有一天，乌瓦大院开始建了。那时赵聪圣已经能走会跑。谢氏回一趟城里，让人画好图纸，又购好料，请齐师傅，一串鞭炮放过就开始动工。砌石垒土上梁盖瓦，一切都进行得不急不缓。另一件事她做得秘而不宣，就是动手做门，当然不是用普通的木料，而是先托人订了两件楠木板，根据乌瓦大院预设的那个尺寸做好门坯，然后运到青江村。在老厝厅堂里摆好两块门板，摆得非常方正，用尺子在两头量了又量，直至完全平整，毫厘不差。别人家的门都是原木色的，最多刷成黑或者朱红。乌瓦大院当然也可以如此，但谢氏不愿意，她的家她的门，必须完全不一样。漆也是要上的，但不能简单地上。

那边泥水匠刚开始挖地基的第一铲土，这边她也开工的。开工之前，她特地回城里买回十几丈丹士林布，搭起架子，把门板团团围了起来。不想让人看？其实也不是。但凡她双手沾上漆，老厝的门都先早早关上了，外人即使好奇想看，也不可能踏进半步。空旷的老厝只剩下她了，有布围着，风起时尘土就落不到未干的漆面上。漆有漆的讲究，它要平，要光，要亮，新刷上时，连最细的尘落上去，也会立即在未干透的漆面留下痕迹，便不平不光不亮了。另外虽然门板沉而厚实，很难被风吹动，但万一呢？漆用樟脑油稀释后，就具有水状的流平性，所以门板得非常精确地平整，否则就无法让新刷上的漆均匀铺开。

绘图，勾线，平堆，贴石片，撒漆粉，变涂，莳绘，戗金，贴箔，再就是一层层修补、刷漆和打磨。她做得非常慢，不是故意的，漆性就是这样，它谁的脸色都不看，只按自己的节奏，并且挑剔，不是天气越热越干得快，它只喜欢刚暖起来水汽又饱满的春季，只有不太热又不太冷，同时湿气又重得恰到好处的日子里，它才会有好脾气。一层干透了，又必须把表面那层漆膜充分打磨掉，一点光斑都不留，这样新刷上去的一层才能粘得住，否则开裂、脱落都是迟早的事。她做了整整一年，与乌瓦大院修建时间恰好吻合。把大院砌砖、夯土、搭梁、铺瓦时搭起的一排排脚手架全部拆下来的那一天，十二个工人分两趟把门板抬出，沉是一方面，怕被磕了是另一方面。十二个人围成一圈小心托住，走得缓慢而细致，仿佛托在手里的是刚下凡的仙女。厚重的石条围出的宽大矩形门框上，已经预留出上下两个凹槽，将门板缓缓嵌入，一分不多一分不少。哇，在场的所有人一下子都喊出声，眼睛都盯在门上。

门很特别，两扇对开，这跟别人家大致一样，不一样的是整扇门是大漆研磨出来的，中央是株初开的莲，茎挺拔而起，被几片硕大的荷叶托举着，叶片边泊着蜻蜓。门闭紧时，花叶都是完整的，门一开，花和叶像被一刀劈下，就一分为二了。白色莲花、绿色荷叶、黑色蜻蜓，底色则是饯了金的朱红，红从花叶间渐渐洇出，越向上色泽越重，一直至顶部，似乎终于过足瘾了，就不再往下加深，而是稳健地漫向门后。也就是说，门的前面花色明鲜，背面却只是一片素净得没有任何杂色的朱底，比花艳，比血沉，像一张欲说还休的脸。

房子还没建好，她已开始购地了，都是靠江的农田，有时一两亩，有时五六亩。青江村山地过半，全村可以种稻子的田地合起来也就两百多亩，它们中有近三成慢慢就到了谢氏的手里。她不是自己种，而是租出去，到了收成，谷子就一担接一担挑进簇新的乌瓦大院。

搬家那天，谢氏把村里十几个七十岁以上的人都请来，在天井里摆下两张八仙桌，倒满酒，煮出鱼肉，再端上鱼丸。热气弥漫开，整个乌瓦大院嗞溜嗞溜的吸汤声和赞叹声混在一起。都问这鱼丸哪里买的，长这么大没吃过这么好吃的啊，皮有韧性，馅有滋味，汤很入口。谢氏莞尔一笑，说："我自己做的，我母亲家以前是开鱼丸店的。"大家嘴张大，都"噢"了一声，很意外。谢氏又笑一下说："你们再看看手里的碗。"大家都低下头，把碗举起左右端详。不是木碗，不是瓷碗，碗面比镜子还光亮，外黑内红，黑里参差夹杂着一些金箔色，泛出一层珠宝似的油光。托在掌心里掂一掂，几乎感觉不出重量。谢氏说："这是脱胎漆碗。"众人又"噢"了一声。谢氏说："再看看碗底吧。"碗底翻过来，每只都用红漆写着很特别的"谢"字，左边的"言"字在一点一横下面，不是工整的两道横线，而是变成水滴状的两点，而右边的"寸"字，下方拖得长长的，仿佛一只准备跨出去的大脚。

谢氏抿抿嘴轻轻一笑，这一天她仿佛已备下一肚子用不完的笑，随时可以拿出来抹到脸上。然后她转身往厅堂后面走去，跨过门槛，到了后天井。村里人之前来乌瓦大院，最多到前面的披榭，厅堂后面，谢氏不让任何人跨过一步，今天却突然不遮不拦了，大家以为有什么稀奇可以看，连忙跟上，结果看到后天井上并排着两间长条形的瓦房，中间留一个门洞通往后面的花园。谢氏把西面的一间门推开，里面有张宽阔的大板桌，靠墙两排木架子，桌上架子上花花绿绿，但细看又井井有条。垒着一堆堆黏土，叠起一捆捆苎麻布，还有一排整齐摆开的瓷碗，碗都不是空的，上面盖着一张皱巴巴的土黄色油纸，纸边可隐约看到几种不同颜色，红、黑、褐。有人走近了想掀开纸细看，谢氏马上说："别，大漆会咬人啊！"

原来是漆。

漆碗边上则是一排小木桶，谢氏拎起其中一个摇了摇，一股熟悉的味道马上在屋里散开，这味道以前常在谢氏身上荡着。谢氏说："它们是樟脑油，用来调漆的。"放下木桶她又拿起一块刷子，木柄很长，刷上的毛却只有窄窄的一排，如同嵌在木柄上的一道黑色滚边。"这是发刷。"她把刷子倒竖起来，往上举了举，"就是头发做成的，我自己的头发。"

后来很多人都意识到这一天是谢氏蓄谋已久的。她作为春来药铺的千金，嫁进青江村是第一次轰动，第二次是赵礼成在槟城娶了三个乌度婆的消息传回时。村里丈夫去南洋的，妻子只要一生养，就前后脚陆续跟去了，只有谢氏一动不动，即使生下儿子她也一直没去，赵礼成更几乎不再回来，大家闲下来时总说起这事，看谢氏的眼神就多少有点怜悯了。谢氏盖起乌瓦大院，做了鱼丸请大家吃，拿出漆碗让大家用，打开后天井上的房子给大家看，费了这么多心思，她是想告诉村里人，她不用你们可怜，她不可怜。

三

后来有人看到，洋学堂里那位一脸络腮大胡子的高个子洋大人，他用来吃饭的碗就是外黑内红、碗沿戗着金的脱胎漆碗。

青江村左边是紫江村，右边是马尾村，三个村沿着江岸一字排开，紫江在最下游，马尾在最上游。本来无论哪个村，看上去都没太大差别，无非田、房舍、水流。但有一天马尾村却突然大变样，几十幢白墙黑瓦、两层楼高的洋房在田地上盖起，还盖了硕大的造船车间和两个大得可以容下几座大房子的船坞。一开始当地人都不知道这要干什么，田被占时马尾人还气不过，拿着扁担锄头聚拢跟官府吵闹,把巡抚大人都逼出来调解。有个胆大的一时蛮横,居然向巡抚大人扔石头,石头仅砸到脚后跟,巡抚大人还是生气了,让手下把扔石头的人抓起,当众削掉鼻子。其他人一看,就不敢再闹,这才散去。这是同治年间的事,被削掉鼻子的人早就死了,连那位巡抚大人也早已归西,但洋房、船厂、船坞都还在,挂在洋房外的那块大牌子也在,字有点褪色,但看得仍清清楚楚:马尾船政局。另外两个小一点的牌子则写着"马尾船政学堂"和"马尾造船厂"。

船政局刚办起来时,这一带热闹过好一阵,学堂前后招了五六百名学生,老师大都是洋人,据说有一百多位。洋人用外国话教学生造船、驾船,还把其中的一批学生带出去留洋。留几年洋再回来时,这些学生继续造船、驾船。都不是一般的船,上面架着炮管,载着水师,开出去,随时准备打仗的样子。后来确实也打过,就在这一带水面上,交火的是法国人。人家船比我们大,炮比我们猛,很快就把学堂好不容易造出来的十几艘船都打沉了,江面上到处漂浮着尸体。

这一仗打起来是光绪十年的事,谢氏那时还小,才四岁。打仗她哪里懂?但从小总是听人说起,听多了,也大致明白一些。那一仗把船政局元气一下子打掉了。大清亡前,船政局散伙过,后来恢复起来,却没有从前的气象了。学堂又招来学生,洋人又请来二十多个,上下心却都散了。死活撑几年,没见造出什么像样的船,聘来的洋人却一个接一个走掉,最后只剩下一个,个子非常高,一头栗色的卷发,茂密的胡子把脸遮去大半,除了高高挺到外面的鼻子和深深凹下去的眼睛外,谁都没法看清他的嘴和下巴究竟长什么样。

那天谢氏坐在岸边看江水时,他走过来,摆摆手,说:"你好！"他居然说的是本地话，虽然发音古怪，毕竟还是听懂了。谢氏站起来，她发现自己的头部大约仅与他胸部一般高。她摆了摆手，笑起。洋人说："我有中国名，叫戴斯，你叫什么名字？"谢氏还只是笑笑，她有名字，但她不想说。

后来青江村的人就看到戴斯来了。他个高，腿非常长，迈出的步子又大又急，一阵风似的从青石板路上经过，径自就去了乌瓦大院。院子门上的那朵大白莲平日里大多时候都是完整站立的，再大的风也吹不动，戴斯来了，莲对半瓣开，又马上合拢。过一两个时辰莲花再被削开时，戴斯走出来，谢氏跟着往外送。两人都笑吟吟的，互相摆着手道别，戴斯边走边不停地回头，一副意犹未尽的样子。有人问起，谢氏一笑，说："他是来看看漆器是怎么做的。"或者说，"他来喝茶。"有时候戴斯走时，会背一个大袋子。再有人问起，谢氏还是一笑说："他买了些漆器走，他喜欢这些东西。"

喜欢谢氏漆器的人不仅戴斯一个，村里有点闲钱的人也喜欢，但谢氏一直不卖。可是每次戴斯去，门都开了，并且背着一袋子走。除了脱胎漆碗，谢氏还做了木胚的漆盒、漆盘、漆屏风、漆花瓶和漆葫芦。没有找帮手，她一个人刮底、绑苎麻布、再用生漆调着细瓦灰一层层涂抹，阴干后以榉木炭打磨，再一道道描金、镶嵌、髹漆、推光、揩清。乌瓦大院就一天天罩在了漆香里，如果风大，又有人恰好靠近大门，也能闻到樟脑油的气味。

婆婆活着时，谢氏在家里是不许碰漆的，提都不能提，漆会让婆婆想起儿子。婆婆死了，乌瓦大院建起了，再没有谁可以拦着谢氏，院子里到处空着，她在后天井那两间并排的瓦房里摆上高低不同的几排杉木架子，一间做工坊，一间做阴房。工坊的正中央摆着一张方方正正的木桌，罩上鼠灰色的大毡布，平日里她就坐在桌子旁干活，做胚、绷麻布、上漆、镶嵌。她喜欢把脸正对着冰裂纹的窗户。天气晴好时，窗户会往外推起，如果抬起头往外看，可以看到后天井上方那块被屋檐切出来的天空，风也可以直接穿进来，拂在身上。打磨时不能干磨，需要沾上水，放屋里就不适合了，她就把器皿轻缓地搬出去，摆到天井上，那里原先也摆着一张长条形的木桌，同样铺着毡布，以避免物件磕碰。桌子的边上是盛满水的大水缸。她做得很慢，一点都不急，三四个月才出一两件，这也是她不卖的理由。东西少，她舍不得，都留给自己。可是给法国人戴斯为什么却舍得？

马尾村人在田地上盖起洋房之后，陆续都进了船政局做事，扫地打杂做苦工。那么大的船厂，把马尾村壮年人全部都装进去也远远不够。青江、紫江、马尾，三个村的人自古以来一直都习惯就近嫁来娶去，联姻纵横交错，所以戴斯的情况青江村人很快就弄个大概了。法国人，四十二岁，老婆没有带来，是船厂聘来专门负责维修机器的工程师。喜欢酒，还喜欢学本地话。认识谢氏后，他用的碗、杯、钵全都改成漆器了，办公桌上摆的也是漆盘，装零星杂物则是用漆盒，甚至连船上用的木舵和桅杆，他也多次提议试着嵌些图案，用大漆刷一刷，这样就不怕水汽。即使船斜了，没入江海中，也不怕被腐被蚀。他好像被大漆附体了，动不动就跟人说："漆啊，它有魔力，会勾人。"

谢氏去过船政学堂，村里很多人都看到她去了。那天谢氏穿浅藕色右襟衫、黑色褶裙、红绣鞋，头发被香油压得每一根都服服帖帖。至于脸上，必定眉描过、粉上过、唇涂过。她跟着戴斯看了船厂，又看了船坞。戴斯走得很慢，但再慢谢氏都得紧迈着步子，才能跟上。她没与戴斯并排走，而是落在三五步之外。太阳从前面照过来时，戴斯的身影落在地上，谢氏踏着影子走，影子一耸一耸地动,像一块毯子驮着谢氏往前。有一个问题谢氏弄不懂,她问:"那年把船政水师十几艘船打沉、几百号官兵打死的不就是法国人吗,怎么同样是法国人,你又来这里修机器?"戴斯应该没想过这个问题,他先是一怔,再两手一摊问:"来这里工作不对吗?"

两人到了岸边,岸边停着两艘兵船,戴斯转过身,手往前一伸,问她要不要上去转一转。谢氏摇头,她知道这种船,是忌讳女人上去的。戴斯伸手拉她胳膊,谢氏后退几步。脚还是太小了,怎么退也没退到戴斯长手臂外。这时戴斯说:"你是中国最美的女人,你可以上去。"

又说:"你是中国最好的漆器大师,你可以上去。"

谢氏又连退几步。外国人对中国女人了解多少?对中国漆器能了解多少呢?她头左右转动几下。不远处有几颗脑袋遇见她眼光,猛地往下一缩。学堂里很少出现女人,以前最多有几个洋大人从老家带来的妻女,当地女人从来没进来过。谢氏第一个来,来之前她没有多想。本来一样都是长稻子的田,长了几千年,现在地面却突然长出陌生的洋房,一下子马尾村跟周围的村子,甚至跟城里,都完全不一样了。谁能不对它好奇呢?谢氏也好奇,但平日里有兵拿着刀在门口挡着。戴斯邀她来,她想都没想就说可以。结果一路走着,一路慢慢才回过神来。她今天到这里来,说不定会是件很大的事。果然很快几个村都说开了。谢氏去了船政学堂,谢氏和法国人一起去,拉来拉去,那么谢氏和这个法国人到底是怎么回事呢?

两个多月后赵礼成就回来了。上次走后,赵礼成钱物一直往家里寄,人却再没有回来过。这一次他回得很突然,事先没捎过任何口信。他走到村东头半高坡榕树下,发现那座祖上传下来的木构房还在，但被紧贴在旁边的一座大院子挤得灰头土脸。南洋有船回来就是大事，村里的闲人都涌到码头上看热闹。赵礼成走出船舱。赵礼成走到岸上。赵礼成踏进村里。从上一次走，到这一次回，相隔了十二年时间，不过十二年嘛，赵礼成却不是原来的赵礼成了，脑袋上没剩几根头发，头顶全秃了，露出碗口大小的白皮。身子也跟从前不一样，从前像树墩，现在像枯草，肚皮内陷，背向前佝偻。大家就暗暗掰着指头算，赵礼成比谢氏大六岁，那年谢氏三十三岁，赵礼成也才四十不到，正是男人最好的年纪，哪至于成这样了？他们就一路从码头跟来，赵礼成走到木屋前，后面的人都立即喊起，说错了错了。

错了？赵礼成回过头看着他们。很多手臂就举起来了，直直戳向紧闭的那扇莲花门。赵礼成愣半刻，终于明白过来。上前敲门，门上的白莲花过了很久才缓缓分开，谢氏在里面，赵礼成在外面，他们互相看着，仿佛都被定住了，一动不动。然后赵礼成进了门，门上的莲花像被水漾过，开了，又重新合拢。

大家没有马上散去，三三两两站在榕树下，装着很高兴见到对方的样子，有一搭没一搭聊着天气和农事，耳朵却都竖着听院子里的声音。但一个时辰两个时辰过去，院子里一直安安静静，既没吵闹声，也没摔打声。

第二天还是很安静。

第三天、第四天、第五天还是非常安静。

其实按大家的推测，赵礼成应该会去船政学堂一趟，真去了，戏就好看了。但赵礼成没去。他在槟城娶过三个乌度婆，十二年前他从青江村出去后赶走了两个，剩下的那个是替他生下一个女儿的，然后这十二年间就是这个留下来的乌度婆又生了两个儿子。如同谢氏和法国人的事很容易传到槟城，槟城那边的所有消息也都会自己长出翅膀飞回青江村。赵聪圣呢？四岁时赵聪圣就被谢氏送到福州，交到谢氏母亲姜氏的手里。孩子毕竟还得读书，青江村那时却没有学校，这其实只是理由之一。关键是她有很多事要做，而赵聪圣太碍手碍脚了。

第六天赵礼成和谢氏一前一后走出院子，走到码头，上了船。这是要去槟城了吗？不是，那艘船不是下南洋的，只是每天往返福州城里的。赵礼成跟着谢氏去城里是为了看看赵聪圣，已经有十二年父子都没见过面了。一路上他们没有贴身或者并肩走，而是一前一后，彼此也不说话，连眼神似乎都没有交错过。路两旁狗叫得很凶，这么多年没回来，当年见过赵礼成的那些狗都老了或者死了，新长大的这些一次都没跟他打过照面，本能地肯定得喊一喊叫一叫。一个穿着打扮跟村里人明显有异的人，总是很容易让狗生出一闪而过的敌意和快意。热闹的犬吠声让村子一下子有了真实感。赵礼成一身白西服，谢氏一身墨绿衣裙，远远看去，像两枚移动的茭白和青瓜。

他们早上去福州，当晚就回到乌瓦大院了。没几天去南洋的船又要开动，赵礼成上了船，船开了，码头上还是不见谢氏。几月后，谢氏肚子隆起了，她怀孕了。谁的种？赵礼成还是戴斯？村里没有哪个女人大起的肚子让这么多人兴奋，连周围几个村的人都等着看结果。

1914年春季，谢氏的第二个儿子出生了，就是赵聪明。而在前一年，也就是赵礼成回国的第二个月，戴斯突然从船政局消失了，是不辞而别，传说是回法国了，另有消息说是去了天津，还有人说曾在北京见过他。都没法证实，总之戴斯再没有出现在青江村。

赵礼成走后也没有回来。那次船开到一半遇台风，船翻了，船上的人全都落水，没有一个活了下来。

第三章 第二个故事：赵聪圣

一

赵聪圣这辈子总共只见过父亲赵礼成两次。青江村下南洋讨生活的人不下两百个，都是家族中先去一个，其余一串的人再接连跟去。第一代去的人从两手空空开始，不用说都得受不少苦，开了路挣到钱，后面跟去的人日子就好过多了。他十二岁第二次见到父亲赵礼成时，赵礼成秃着头顶、佝偻着背让他喊依爸。他嘴唇嚅嗫几下，没张开，反而闭紧了。上一次见到赵礼成时他才十个多月，还不谙世事，过了十余年，这个男人再站在他面前，让他喊爸，他怎么喊得出来？这个称呼对他而言太陌生了，即使他心里愿意，嘴巴也不习惯。

他甚至也不习惯喊妈。他的母亲谢氏在他刚刚四岁时，就把他从青江村送到外婆姜氏手里。春来药铺老板谢瑞林有六房妾，姜氏是第二房，也是这个家一妻六妾中最漂亮的，但漂亮没用，谢瑞林最嫌弃的就是她。当然之前谢老板最宠的也是她，但她不配合这个宠，连当初嫁进来都不配合。

赵聪圣到城里来时，四十岁出头的姜氏独自一人住在谢家后院一间月亮形圆门小屋里，屋子前面是窄长的后天井，后面是花园，左边靠着墙，墙上有一个窄窄的拱形小门通外面，右边则是过道，也就是说它与整个院子其实是脱节的，像一个无关紧要的小痣。屋里也不大，一张架子床，一副小桌小椅，一个放洗脸盆的木架子，然后再没有其他家具了。只有靠花园墙上一扇与门类似的圆形窗，窗外一棵树干斜斜地横过，那是树，一棵蓝花楹树，五六米高，枝干张得很大，叶片与其他树不同，像毛毛虫，又像两排脆绿的牙齿相对生长，更像一对对整齐划一的鸟翅。赵聪圣来时是清明节，到了端午节时，枝丫上满满都是喇叭状的紫色花，看着有几分假。姜氏每天早上起床梳了妆，然后久久站在窗口前看着，好像她收拾好，是为了让树和花看的。

姜氏脸上从没现过笑，每天脸都绷得紧紧的。赵聪圣以为姜氏讨厌他，谢家的人反正都没人喜欢他。后来才知道自己其实误解了姜氏，姜氏甚至没有多余的心思用在讨厌他上。

赵礼成从槟城回到青江村，又从青江村到福州城青灯巷谢家大院，目的只有一个，就是要把他带去南洋。南洋很远，得坐船，他一时没有主意，回头看了看姜氏，突然心里缩起来了。姜氏眼里都是泪，似乎一直想说什么，嘴唇却重得无法搬动。他记得那天恰好是八月中秋，起风了，有点小雨，天乌黑得像要一把将屋顶压扁。一个没有月亮的中秋，立即就少了喜庆之气。赵礼成手里提着一盒月饼，说是从槟城带回来的。赵礼成把月饼递给姜氏，姜氏接过，一把摔到地上。姜氏说："聪圣不能走，他走了我就拿根绳子，吊死给你们看！"

赵礼成转过脸看着谢氏，眉头皱得像堆着一把酸菜。谢氏上前一步，把身子俯到赵聪圣跟前，一只巴掌伸过来，用指尖托住他下巴，问："你想去吗？"赵聪圣没有犹豫，马上摇头。谢氏直起身子，对赵礼成说："那就算了。"赵礼成不愿放弃，他开始说起外面的好处：能读到更多的书，学到更有用的本事，也能挣到更多的钱，至少可以跟着学做漆的手艺。中途他数次停下来看着谢氏，谢氏却不接他的眼光，脸车开，呆呆盯着窗户外那棵蓝花楹树。最后赵礼成趋一步，走到谢氏跟前，压低声音，哀求道："看你了，只有你也去……"

谢氏打断他："我不去！"

赵礼成叹了一口气，整个人往下一矮。

赵聪圣后来一直回忆这声叹，他再没听到一个男人叹过这么重的气了，气仿佛是从地底下一把拖上来，先灌入双脚，再穿入腹部，然后呼啸着从嘴里冲出，山一样压过来，整个世界都被压扁了。事情就是这样，本来赵礼成要带走赵聪圣，赵聪圣没有走成。然后赵礼成独自离去，船在半道上被台风刮翻，全船的人都死了。赵聪圣如果跟去，他也死了，他留下，也就留下了性命。

赵礼成死的消息是谢氏回城里说的。那天放学迟了，天已经黑透，推开姜氏屋门，里头没有点灯。外面月光很亮，一大束光被赵聪圣从门外带进来，掩上门，月光又走了。桌旁有个黑影，床沿还有一个黑影。赵聪圣站住，眨几下眼，认出两个黑影的轮廓非常相似，一个是姜氏，一个是谢氏。

灯点起来后，他看到两个女人眼睛红红的，似乎都刚哭过。姜氏泪多赵聪圣已经习惯了，每天喝进去的水仿佛都从眼眶中直接流出去了，但赵聪圣从来没看到母亲谢氏哭过。他怔怔看着她们，她们也看他。然后谢氏走过来，一把将他揽住。谢氏把头伏在他头顶，他感觉到发丛中似有什么东西缓缓轻轻地爬动，有点痒，有点烫。是泪？这时姜氏开口了，姜氏说："你生了他，我救了他。"

赵聪圣一时并没听懂这话的意思，他悄悄吸几口气。谢氏俯

73

着,脸抵在他头发,他的脸就抵到谢氏胸前了。一种非常遥远的熟悉气息突然回来了,他已经忘了,其实并没有。花香?奶香?草木香?他说不上来,但被这种香气所笼罩,他整个人有点恍惚。

谢氏放开他时,短促地说:"他死了!"又说:"连尸都没了!"

那天夜里三个人挤在同一张床上躺下。是一张已经脱漆的架子床,挂着烟色罗帐,床楣上有一组鸳鸯、蝴蝶、蝙蝠以及小姐书生之类的雕刻,床屉上编织的棕绳已经开裂。不知这是谢家哪一辈开始用的床,以前睡过多少人,有多少人在上面死去。赵聪圣紧挨着母亲睡一头,姜氏独自睡另一头。躺下后三个人都没马上睡,一直忍着,但还是一直翻身。床嘎地响一声,又响几声。赵礼成这时候在哪里呢?不可能连尸骨都没了,或者海底,或者鱼肚子里,或者漂到哪个孤岛野滩,总之应该有尸,尸在,却无法知道究竟在哪里。眼角痒痒的,有东西爬动,手一抹,是湿的。赵聪圣其实并不是伤心。父亲对于他,从来只是一个模糊的概念,活着的时候在远处,摸不着抓不到,如今死了,仍然在不着边际的远处。从形式上看是一致的,但他隐隐觉得有什么事情从此不会太一致了。在谢家大院他一直活在一种说不清道不明的不安中,而现在,又增加了漫无边际的恐惧。

几个月后,入春了,天气开始转暖,赵聪圣回了一趟青江村,是谢氏让他回。他离开村子时才四岁,还懵懂混沌,这么多年过去,其实仍然什么都不懂,但村子在他眼里却清晰了。船从城里台江码头开出,随水流东行,到了青江村,他踏上比城里窄小简陋多的小码头,码头上参差不齐的青石板湿漉漉的,石面因此愈发显得光亮,像泼过一层油。这是被多少双脚磨出来的啊——其中一双脚来自他的父亲赵礼成，可石还在，赵礼成却死了。

谢氏已经在码头上等他，然后让他跟在身后，向村东头的半高坡慢慢走回。房前的大榕树他还有印象，伞一样树冠，撑着层层叠叠的浓密叶子，永远都是绿的，秋天和冬天叶子一动不动，一直到春天来临，嫩黄色的新叶长出来了，老叶才会跟着风哗啦哗啦一阵阵地往下撒。树上栖着很多麻雀，它们飞起落下时，翅膀拍打叶片的声音，跟谢氏坐在树下乘着凉，把蒲扇轻轻拍在身上以驱赶蚊子时的声响有几分相似。树后的景象他却完全陌生了。木房子有印象，而在木房子边上，那幢阔大高耸的土墙黑瓦多么不可一世地把木房子压得黯淡憋屈，看着连气都喘不顺。尤其新房子那扇门，门上莲花、荷叶、黑蜻蜓，被一大片红底漆衬得似乎随时会摇摆起飞，带着香味扑面而来。

谢氏用嘴努了努门，问："怎么样？"话音未落她就用手在白莲花上轻柔抚着，好像已经忘了旁边还站着赵聪圣，神情像陶醉又像迷离，自言自语道："多好看啊，真的好看啊，实在太好看了啊。"

赵聪圣上前几步，手也按到上面，马上像被烫了般猛地弹开了。居然这么光滑！平整得像一面镜子，有几分冰凉感。花和叶以及蜻蜓看着是立体的，凸在那里，可是摸上去却是平整细腻的，宛若缎面，一丝起伏都没有。

谢氏笑起，眼眯着，嘴咧得很大，牙齿一颗颗整齐立着，仿佛也是用寿山石贴出来的。她很少这样，至少赵聪圣从来没见过她这样。"你也觉得好，是吧？"她问。

赵聪圣点头。

"你真的觉得好，是吧？"她又问，似乎要进一步确认一下。

赵聪圣又点头。他知道这时候谢氏仍然不需要回答,她无非是借着问他,自己尽兴表达一下喜悦罢了。

谢氏吁了一口气,脸又转向门,眼睛从上到下,再从左到右缓缓扫了一圈。"这个,"她指着莲花,"见过有莲花的门吗?没有吧。花用磨薄的寿山荔枝冻石片贴的,边沿晕着金,荷叶用漆粉堆出来,贴过银箔。你看,漆粉粗细不同,就可以做出这么好的纹理,真的太好看了啊。"说着,手就按到荷叶上了,像怕打扰到它们似的,只是用指尖轻轻地拂两下。

赵聪圣看出她仍意犹未尽,果然,她眼光又落到蜻蜓上了,手指紧接着也跟了过去。"蜻蜓我用了黑漆粉。"她又笑了,笑声的缝隙里很明显藏着几丝掩饰不住的得意,"你见过黑蜻蜓吗?没有吧?我就要做出黑蜻蜓,贴了金箔了,看得出来吗?贴上,阴干了又磨掉,所以第一眼是看不出来了,但细看却看得出来。来,你来看。"

她用手在赵聪圣肩膀上轻轻拉了一下。赵聪圣其实就站在离门不到半尺远的地方,额头都快碰到它们了,此时鼻孔里早已挤满了漆那股独有的气味。蜻蜓一共三只,左扇门一只头朝里,斜着身子向远处飞,右扇门两只都在荷叶边上,一只正俯冲,另一只头翘起。如果让他说真话,他觉得整个门远远看去,红艳艳的一片,似乎满是喜气,近了却有股说不清的寒气迎面扑来,包括那三只蜻蜓,身上虽然有很多细密的金色,像谁抓了一把金沙随意撒到上面,也仍然寒意横溢。谢氏说:"红与黑只差半步,却永远红是红黑是黑……"

赵聪圣还是点点头。他听出谢氏后面那句话里好像有另外的意思,但他不知道究竟什么意思。他后退几步,眼睛仍然一直盯着门看。作为图案,真是好看,之前他从来没见过谁家把门弄成这么漂亮。只是作为门，似乎又未免太花哨了，他不喜欢这样的门，或者说是不习惯，但他觉得没必要说出来。如同不熟悉父亲，他也不太了解母亲，但知道母亲不是个轻易听得进别人说三道四的人。何况，轮得到他说吗？当年就是在这房子动工兴建的时候，他被谢氏送到城里，说太忙了，他在旁边是个羁绊。宁要房子，不要儿子。现在房子已经这么不容置疑地立在眼前了，他这个儿子又何必说什么呢？这时谢氏叹了口气，情绪已经一下子又转凝重了。他瞥过一眼，发现谢氏也正拿眼盯他。"你还这么小啊，怎么像个老头了呢？"谢氏说得不太确定，声音很小，像是跟谁商量。他笑了笑，经常有人对他说类似的话，应该都觉得他老气。事实上，他自己知道，他内心比他们能见到的更苍老无数。

他跨进院子，天井、厅堂、厢房、披榭浩大连绵地展现眼前，门窗都是浮圆透雕，垂莲、雀替、斗拱、锯花造型各异。铺在天井上的青石板每一块都有他两三个人那么长，也比他两个身子宽，厅堂前的两根大柱子又粗又大，他一个人手伸得再长也根本无法抱拢。天井上一左一右两个大水缸种着浮莲，莲下有鱼，聚财是一说，储满水防火是另一说。右边水缸前还有一口井，井口半米多宽，用青石精致凿过，远远看去，像朵乍放的莲花浮在那里。

居然这么气派。

谢氏说："走吧。"赵聪圣就跟在谢氏身后慢慢地走。穿过厅堂，原来后面还有天井，天井上同样放有两只水缸，然后是两间大瓦房，从中间门洞穿过去，是一个硕大的花园……谢氏雇的两个车夫和一个用人都住在院子旁边的老厝里，而这么大一座院子，她一个人住。一个身子那么小的人，为什么需要这么大、这么多的房子来安放？他已经在姜氏那个阴暗的小房间住了这么多年，对小和逼仄似乎更习惯。而这里每一处都大而敞亮得让他晕眩，脚踩下去，都有踩到棉花上的不踏实感。唯一让他喜欢的是院子后面的花园，十六株梨树有序地挺立，左侧微微隆起的一块长方形台子上，玫瑰、海棠，还有几种赵聪圣不认识的花交头接耳，它们显然刚浇过水，玫瑰齿状的叶子上还淌着满满的水汽，海棠半透明的肥胖身子也湿漉漉地东倒西歪，慵懒中又不失娇媚。赵聪圣突然想，动不动就有泪流出来的姜氏，要是能像花这样终日水汪汪、没头没脑地开放就好了。

谢氏这次把他从城里叫回来，是因为有两套赵礼成从前穿过的衣服从槟城寄到乌瓦大院了。谢氏把衣服展开，整整齐齐地铺在床上给他看，一套皂色，一套米白，都是绸质的单衣单裤，袖管和裤管都宽宽大大的，看上去还有七八成新。赵聪圣立即后退了两步。这是死人的衣服。衣服是为人缝制的，人死了，衣服却还活着，这衣服竟然马上就让别人看着都害怕，他屏住气不敢大口呼吸，也不敢让眼睛在衣服上太久停留。其实他特别想看一看赵礼成穿上这两套衣服在槟城大太阳底下走来走去的样子，据说那边很热，太阳整年又圆又大地吊在头顶，把人晒得黑里透红，个子都晒得长不高，颧骨往外凸。他在心里用力想象着，想着平摊在床铺上的衣裤突然站立起来，装上骨架和肉，迈出步，从这里走到那里，又从那里再大步走过来。以后的几十年里，这个画面时不时就会在他脑子里冒出来。每次当新买的衣服穿到身上时，他也会想起它们。一直都有人说他长得像赵礼成，从脸蛋到身形，甚至走路的样子，都与那个他这辈子注定陌生的父亲神似。

两套单衣单裤旁边还放着两套崭新的棉衣棉裤，谢氏说是她这几天赶做出来的。槟城一年到头都是热的，不需要厚衣服。但青江村这里却有冬天,冬天的地底下,单衣单裤怎么够?谢氏把两套棉服和槟城寄回来的衣服包在一起,放入棺材,盖好,亲自动手给棺材刷上几道鲜红色大漆。棺木在厅堂里停放了二十一天,然后抬上码头旁的金牛山,葬入赵家祖墓里。那台墓新修过不久,坟刨开时,赵礼成母亲的棺材虽沾着湿土,上面的红漆仍强有力地透出来,似乎用水冲一冲,棺材还是崭新的。

许多年后赵聪圣才知道,把死在外面的人穿过的衣服装入棺木下葬叫衣冠冢。走得再远,死得再蹊跷,魂都得回家。入了土,这一生才算定住了,真正有了了结。这次赵聪圣仍然没有看到谢氏哭,一滴泪都没有。她一直冷着脸忙前忙后,神情与煮顿饭炒个菜差别不大。村里人来帮忙挖墓抬棺木,她利索地招呼着,什么时辰该做什么,都安顿完好,没有踩错半步。下了山,天井上已经摆好桌子,冒着热气的鱼丸很快端上来。不时有人提醒谢氏,让她慢点、小心点。谢氏点点头,手下意识就按到肚子上了。赵聪圣这才注意到,她的肚子有点走样,腹部已经微微隆起。过了几个月,他多了一个弟弟,谢氏给他取名叫赵聪明。

二

赵聪圣重新从青江村到城里的当天夜里,外公谢瑞林把他叫了去。

他在福州城里这么多年,一直很少见到谢瑞林。谢家大院前面是药铺,后面是住家。在姜氏之后,谢瑞林又娶了四房妾,最小的那个进门时才十三岁,而那时谢瑞林已经六十出头。第六妾很快也生养了,谢瑞林乐呵呵地办了二十八桌满月酒,请了很多人来大鱼大肉吃一场。他高兴的是自己年纪大了,生育能力却没老，他告诉别人的原因是，他吃下自己配的药，而药方则是祖上从宫里偷偷带出来的。这件事让登门问诊的人一下子暴增，男人原来如此看重这个。姜氏只生育了一女一儿，却只有谢氏这个女儿活下来。

谢家行医已经七八代，最顶峰时是在宫里给皇上当御医。大清没了，一家人才大老远从京城搬回老家。毕竟沾过"皇"字的光，先是药铺开起来，然后药铺旁再挂起招牌给人治病，每天店里都挤满了人。谢家大院前后五进，在气势和格局上多少受了紫禁城阔大恢宏的影响：从门头房到后院，一条细长的回廊贴着围墙一直蜿蜒；第一、二进深七柱，第三、四进深五柱；大门横眉上的石条足有三米长、一米宽，斗拱是海棠状的，雀替宛若倒垂的莲花，连客房都是八扇楠木门，门上镶入一百多幅由黄杨木树根雕刻的花纹，门中部的绦环板是一组竹兰梅菊的浅浮雕；右侧的花厅是谢瑞林专用的，前面假山、鱼池、花亭，花草树木密布，楼下接待来客，楼上是他的书房和卧室，正中央是直径两米的采光井。别人家的花厅都只有一进，他却有三进，与院子并列纵深，直通后面的花园。

赵聪圣站在谢瑞林面前，低着头，盯着脚尖，尽量把身子缩紧了，却仍止不住微微发抖。谢瑞林说："把头抬起来！"赵聪圣抬了一下，还没抬够，又垂下去了。脑袋居然这么重，眼光也沉。谢瑞林又厉声道："抬起来，看着我！"

赵聪圣就看过去了。他不知道自己怎么做到的，但他确实已经把正眼定定地落到谢瑞林脸上了。一个人的脸怎么会这么多皱褶呢？鼓起的眼袋仿佛把脸上所有肉都收集在眼眶底下了，其余地方仅剩下皮，皮多出来再也罩不住骨头，就一道道皱起，像横着一条条污黑的麻绳。谢瑞林咳了几声，问："你爹死了？"赵聪圣点点头。谢瑞林又问:"埋了?"赵聪圣点点头,马上又摇摇头。他不知道尸体被海水吞没,只能把做的两套衣服放进祖坟算不算埋了。

谢瑞林抱起烟筒,吸几口,慢慢吐掉,抬眼看着赵聪圣,半晌才说:"你没跟去……大难不死,必有后福。"谢瑞林放下烟筒,背着手走过来,停在半尺近的地方,垂着眼皮看下来。"你在正音私塾上学?"赵聪圣又点头。私塾是谢氏联系的,钱是谢氏缴的,谢氏不会向谢瑞林细说什么,或者根本说都懒得说吧,谢瑞林不清楚并不奇怪。

谢瑞林说:"清亡了,科举已经没了,还读什么私塾呢?应该找一所新式学堂嘛。要不先去西城小学堂,过几年再去全闽大学堂。有后福的人,就不能大意。听清了?"

赵聪圣点点头。他母亲谢氏跟其他母亲不太一样,谢氏把他放在城里,她自己留在青江村,除非有什么大事,一年半载不会来看他一回。人不被看,是不是就会像花没有被水浇一样,一日日就干枯萎靡了?但他好像也还好,没有水浇下来也能一寸一寸尽量往上长。谢氏人来得少,钱却不少,每次都吩咐姜氏手头要极力阔绰,吃要大吃,穿要豪穿,这样在谢家大院才能拔直腰杆。姜氏也就听听而已,收下钱转身就交给赵聪圣,让他自己存到一个小藤箱里。"以后会用得着的。"姜氏说。多远的以后呢?赵聪圣不知道。有时他盯着小藤箱出神。真的会有后福吗?有就有,没有就没有吧。但姜氏不同意他这种想法,她说:"不行,每个人都是活,有没活出人样滋味不一样的。你不能像我……"

姜氏身子往上拔了拔。她非常瘦,肉这东西在她身上是基本不存在的,皮把骨头潦草裹一裹就了事了,肩向下斜,颈细得仿佛随手可拧断,但拔直了,马上也就硬邦邦的。从那天起姜氏泪就很少流了,泪换成了话。常常是在夜里,两人躺到床上,灯吹灭了,姜氏慢慢说,他细细听。他在姜氏的说话中个子开始往上蹿。

原来姜氏名叫姜燕姑。有一天她突然问:"燕姑两个字怎么写?"赵聪圣就拿起毛笔,蘸好墨,把这两字写在毛边纸上递过去。姜氏双手接过,端在眼皮底下,伸出食指,抚过,顿一下,仿佛不过瘾,又缓缓抚过,然后叹了一口气,才放下。赵聪圣以为这声叹气是嫌他写不好,姜氏摇了摇头说:"字真是个神奇的东西啊,字是翅膀,也是路,可以带着人向别的地方去。我要是认字就好了。"吁一口气,又说,"要是认字,我应该就不会活在这里……"

燕姑父亲在南后街开个小店,前面是店,后面是打鱼丸的工坊。她十五岁那年的春天,前一刻还是明晃晃的到处都是阳光,转眼天地一暗,雨就一把盖下来了。那时她还不瘦,脸圆乎乎的,皮白净得几乎透明,一根根细细的血丝像一群蚊蠓子浮在河里。她那时总是高兴,笑时嘴一咧马上眼就弯弯地眯缝起来。

那场雨把一个男子送进店里,个子很高,还壮,是那种浑身肉仿佛被什么东西紧绷绷粘起来的结实。他穿的不是长衫,而是挺括的黑西服——这都不是最稀奇的,最特别的在头上,别人半剃半留,前颅寸发不存,后脑勺挂下一条小辫,他却是剪一头两三寸长的短发,微微有点卷曲,在四分之二处划一条向耳朵方向斜去的直线,让头发向两边自然倒伏,没有辫子。她第一次亲眼见到没有辫子的男人。雨很大,天空突然变得血腥,雷和闪电像一对杀红眼的仇人,拼上吃奶的劲打成一团。西服男子猫着腰从雨帘里钻进来,双手护在腹部,一开始燕姑以为他是以身子护着一个婴儿,待他直起身子才发现那不过是个紫砂盆子,盆里有棵小树。他头发、背上、双臂全湿了，盆里的土却是干的。店不大，平日里来吃鱼丸的人一直很多，每天都挤来挤去。不过这会儿是中午，人倒是少了。西服男子找个空桌，先把盆子搁下，然后才坐下，要了一碗鱼丸。

姜家的鱼丸以鲨鱼为主材，去皮去骨后加水加盐再加地瓜粉一道道搅拌成鱼茸浆，然后左手抓一把鱼浆，把事先剁碎又调了酱油、葱花等佐料的五花肉甩到鱼浆中当馅，巴掌一捏，拇指和食指团起，从中挤出的就是一粒粒圆形的鱼丸了。用圆勺把鱼丸从手中取下，放入盛满清水的锅里，再用中小火慢慢把水烧开，中途加两次凉水，等鱼丸全浮上来，撒把葱花，倒点虾油，捞起，装入一个个小碗里，还没吃，香气先扑鼻了。

是燕姑把鱼丸端给他的，碗里多加了滚烫的底汤和醋。递过鱼丸之前她已经先把一条刚洗过的粗麻布交给他了，刚开始他不明白，她站着不走，眼不看他脸，而是落在他湿漉漉的头发上。他回过神，笑起，把麻布接过，在头发上搓几下。两边工整倒伏的头发乱了，他十指插入，迅速一拨，头发们像听到号令，马上就大致复位了。把鱼丸吃掉后他向她招了招手。她过去，收下他付的钱。这时他指着桌子上的盆子说："这棵树苗送给你吧。"

她脱口"啊"了一声，声音不大，但确实非常惊讶。她看到他鼻头下，在人中的正中央有个黄豆大的黑痣，居然长得这么巧啊，不偏不倚，像是用墨特地点上去的，而眼睛则是橄榄状，尾梢有力地向上扬起。他说："我从美国带回来的……""美国？"她以为自己听错了。他点点头。这时旁边的人围过来几个，低头细看，或者伸过手摸小小的叶片。有人问："你就是朱子坊'灯笼陈'家去美国学开船的那个老二吧？我每年都在你家那边订灯笼啊。"

燕姑不接他钱,他就把钱往桌上一搁,指了指盆子说:"送你了啊。好好栽,三四年就能开出紫色的花,花非常非常美啊。你家有地方种吗?"燕姑嘴张了张,她其实不知道自己要说什么,头却先点下了。男人转身往外走,她追几步,叫起:"哎……"她想挽留一下他,却还是迟了,留给她的是一个黑西装的背影。他已经在雨里了,身体完全舒展开来,脸也仰起,对着雨笑,步子跨得非常大,每一只脚都故意蹦跳着,就像个喜滋滋玩水的孩子。

燕姑后来去了朱子坊,离这边不远,临着安泰河,入口处有一个高大的门楼,穿过去,里头的石板路却很窄,一米多宽,牌堵高耸的大户间,也夹杂着一些出售燕皮、软木画、线面之类的门面狭窄的小店。"灯笼陈"可能是它们中店面最小,却是最抢眼的,几长串灯笼从门外斗拱上花花绿绿垂下来,单色彩就胜出几分了,最大的一个是扁圆形南瓜状的,用红绸扎在竹骨架上,上书硕大的"灯笼陈"三个字,就挂在门框的正上方。

燕姑不是去一次,但凡空闲,她蛰个身子就往那边去,终于知道了那个西装男人二十一岁,八年前被朝廷派往美国学船,去年秋天回来,船在上海靠岸,一起回来的人都被留在那里,一直到前几天才回到福州。他不会待太久的,过些日子要赴天津,北洋水师学堂聘他当老师哩。燕姑有一瞬突然想,天津在哪呢?无论在哪,有多远,她都愿意跟去。活了十五年,她都没离开过福州城,甚至连离开鱼丸店的机会都不是太多,她肯定会喜欢远处的天津的。

但什么时候媒人能登门呢?结果媒人果真很快就来了,但说媒的人不是灯笼陈家的,而是青灯巷春来药铺的谢瑞林。父亲嘴咧得很大,笑,他太高兴了。然后她的母亲和大哥围拢过来,他们都对为什么会发生这么好的一件事大为不解，相互用很大的嗓音提出自己猜测的理由，最后一致的看法是估计哪次谢瑞林无意中见到燕姑，比如她去谢家大院送谢家厨子订的鱼丸，或者谢瑞林从店门外经过，燕姑恰好跨出店门云云。无论如何，人家是看上了，这等于天上丢金子。谢瑞林当时家里有一妻一妾，有就有吧，那样的人家有一个妾跟一百个妾有什么差别，姜家只要跨得进去，就是造化了。他看着老，背早早佝偻了下来，岁数其实还不大，应该四十岁都不到。嫁！

二哥姜经响倒是反对，但二哥从小就不学鱼丸手艺，他学的是漆艺，十岁就离开家了。

轮到燕姑，她一句话都没说，猛地一个转身，就跑出门，一路跑到朱子坊。前面几次来她都没走近，只是远远站着，看到灯笼，看到进出买灯笼的人，也看到正坐着制灯笼的人——男人编竹骨架，妇人往骨架上裱灯面，都上了年纪，弯着背，各自盯着手中的活，仿佛正用心哺食一个娇贵的婴儿。是他的父母吗？不知道，如果他们抬起头，从眉宇间应该可以看出端倪，可总是不待他们抬头，她就匆匆转身走掉了。这次她不想走了，她一步步走近店面，近到闻得见正被破开做灯笼骨架的竹子散发出来的清香。但她不是来闻味道的，她又向前，像个买家一样站在灯笼下方，仰起头，举高手，这个抚抚，那个摸摸。"呃……是这样，我找一个人。"开口之前，她眼前晃过谢瑞林的脸。她确实见过他，不止一次，应该有三次，或者更多吧，不是去谢家后厨送鱼丸，而是在他坐诊的药房里。小时候她老是病，烧得说胡话和拉肚子是常事，母亲跑去抓药，有时把她直接带上。谢瑞林坐在那张暗枣色的大桌子旁给人诊病，胡子帘子似的稀疏挂下，从前面看是看不到他的下巴和脖子。一个没有下巴和脖子的男人，眼睛却尖利地盯着你，问这个又问那个，语气很轻，声音很软，但蛇信子也很轻很软啊，为什么看着还是害怕？本事他真的是有，总是几帖药服下去，病就走了。燕姑病了时，她是愿意靠近他，伸出胳膊让他把脉，现在她没病，她不愿意那么干瘦的手碰到自己身上的任何地方。

妇人抬起头看着她，脸上有几分意外。她身子微微颤着，嗓子那里似乎缺了一块，口水一坨坨地往上涌。她攥紧掌心，用力将口水往下咽了咽，心里又把谢瑞林的脸想一遍，这个很有效，那张脸一放到眼前，她的脸皮就噌的一下涨得几近麻木，胆也一寸寸肥起来。她说："我找……你家老二，留洋回来的那个……"声音很小，但妇人愣了一下，显然还是听懂了。她先是看了对面的老男人一眼，然后侧过脸，看向后面。那里垂着一道蓝花布帘。妇人喊道："依弟，有人找你！"

他名字叫"依弟"？肯定不是，只是个小名吧？

布帘很快被掀开了，走出来的却不是之前那个，不是西装男子，他穿着长衫，外面套着对襟布褂，并不合身，太窄小了，裹着身子，袖子短了一截，看着别扭又有几分滑稽。头上也不是划出一条线，把头发工整地分到两边，而是套着扁平的瓜皮帽，帽后挂着一根辫子。

不是他……真的不是吗？

店外五六米外有棵老榕临着安泰河生长，褐色的根宛若无数条长虫蜿蜒攀住岸边砌着的石块，一直伸进水面，树旁有十余级台阶，岸边人吃的水都从河里挑，上来下去，台阶都被踩得比女人的脸还光滑。肯定是故意的，之前她就想好了，见到她，他应该会惊喜，只是没有把握究竟惊喜到什么地步。接下去，坐，请坐，请上坐，坐下后从头说起，说到未来，一切是如此自然而然，台上的戏都是这么演的。当着父母面他可能会被吓得羞涩不知所措，那时她就退出来，把他引到树后，宽大的树身可以稍微避开旁人的眼光，说呀，她说他也说。

可是，哪里不对了？他掀起布帘那一刻，她就一怔，穿的不是西服，头发也不是整齐倒向两边，但她很快就看到他鼻尖下那个黄豆大的黑痣了，还有橄榄状的眼睛，尾梢向上扬起。不会错，就是他。但是，他没有惊喜，一丝一毫都没有。看到她时，他撩蓝花布帘的手还没放下，停顿片刻才微曲着身子从布帘下钻出，点点头，脸上有笑，但笑得浅而短促，完全是生人初见时的恭谦礼貌。她听到自己胸口哗的一声，像一口碗失手滑落，砸到地面。十五岁，她还真的没见过什么世面，除了鱼丸，她什么都不懂。但世事容不得她不懂了，她已经站到悬崖边，没有人救她，无论如何，她都得靠自己的力气稳住身子。她开始脚向后退，一步两步，看上去这是放弃的姿势，但这时她做了一个很关键的动作。她向他招了招手。然后他们就站到那棵贴着安泰河生长的榕树下了。

"你是？"他笑着问。

她说："我姓姜，叫燕姑。"

"燕姑？"他肩耸一下，摊摊手，似乎有点抱歉。

她说："我是南后街鱼丸店的。那天下雨，你跑进店里，抱着一棵小树……"

"噢！"他猛地叫起，"想起来了，你是鱼丸店里那个小姑娘！"他对自己脑子突然清晰起来似乎非常高兴，手往头上一拍，竟把那顶帽子拍得一歪，然后顺着他脸颊落下。他前额剃了，头顶上不再有一条工整的分割线，头发也不再倒向两边，后面没有剃的头发短短的，辫子还来不及长出，根本没有辫子。辫子是假的，粘在帽子上。他对帽子的这个意外显然有点尴尬，笑起，又耸个肩，把帽子重新扣到头顶。他解释道，"他们逼的。丑死了哈。"

她摇头，头低下，盯着下面的河。正在涨潮，水是七弯八拐从城外的闽江流进来的，流尽兴了，退潮时再徐徐流出去。它没有脚，却遍地行走，每天都很忙，忙得来去自由。

"没想到你居然能找到我家。你怎么知道的啊？"他说。

她问："你会开什么船？"

"啊？"他高兴起来，"什么船都会啊。你有事吗？"

她长吸一口气，抬头，笑一下，又低下头。有事吗？当然有，那么多的事都堵在她胸口上，她觉得喘气都很吃力。"这水，会流到天津吗？"

"天津？"他显然还是没反应过来。

"听说……你要去天津了？"她说得很小声，声音是从牙缝中挤出去的。

"这你都知道了？"他非常意外，"听谁说的？"

她不想答这个问题，头依旧勾着，她说："天津，你什么时候去哩？"

他抿起嘴，半晌才说："还没定时间。得先把婚事办了，才去……"

她猛地头抬起，又马上低下。婚事？她怕自己听岔了。"你要……成亲？"

他双掌在腹前搓着，一下子提高了嗓门，说："是哈，是啊。"

她没有再开口，她在等他往下说，可他却像故意让她问。她只好问："你……跟谁成亲？"她想把话说得轻松，好像无所谓，

88

甚至开点玩笑，但她知道自己唇颤着，牙齿咯咯咯地响。

他说："哈，你这小小年纪的这么好奇啊。"

"谁？"事已至此，她无论如何得问到底了，否则连那些无拘流来流去的水都看不起她。

他又笑起来，应该是被她逗乐了。"我表妹呀。"好像怕她不信，又说，"我十一岁去美国前就订亲了，这么多年一直只能写写信，太不容易了。"

她点点头。她不明白自己为什么要点头。

这时有人喊："依弟！"两人同时扭过头看向他家的方向。是那个头发蜷曲的妇人，她站在家门外，被后面一个个圆形竹笼衬着。他说："我得回去了……家里还有事哩。"她没有答，看了他一眼，心里知道留不住，自己先转过身想走，猛地又站住了，回头问："那棵树，为什么送我？"他好像已经忘了这事。当然很快又想起，嘴角往上一翘，说："我家没地方种哩。那天本来是送到我一个朋友家的，他家有院子，半路被雨淋了，躲进你们店里，索性就送你了。蓝花楹，这树有个多好听的名字啊。开出来的花美极了，你种下了吗？"

她看着他，不点头也不摇头。

"依弟！"妇人又叫起。第一次叫时，应该没看到树后的他们，这会儿显然已经看到，正往这边走来。

"来了！"他大声应着，跃起，步子就跨出去了。腿非常长，一脚就跨出很远，越来越远，然后就跟着妇人消失在竹笼的后面。

她独自又在树下站了很久。接下去她两夜都没睡，也没怎么吃，脸上再没有粉色的红晕，胸口那里跳得越来越重。她应该再去朱子坊，跟他说把她也带去天津吧，他跟表妹成亲了，以后就会有孩子，她跟去洗衣做饭烧水泡茶做鱼丸，每天伺候他……她果真就去了，可是一次两次，却再没见上面。即使见上，她能把这些话说明白吗？她不能。要是能把这些写到纸上就好了，白纸黑字，一五一十，可她不是他表妹，她不认字。家里已经应承了谢家派来的媒人，二哥听到消息回来过几趟，跟父母大声吵。二哥开起漆艺坊了，就开在谢家大院旁边，二哥说那个院子不能嫁！但是二哥对祖传手艺没敬意，早早就离家擅自谋生去了，回到家，哪还有说话的分量。这事轮不到二哥说行或不行，更轮不到她说。过门的前一天，她又去了朱子坊，还是站在榕树下远远看着。灯笼陈门外跟以往不同的是，门外多出红对联，上面写着黑字，她不认得，但知道别人家办喜事，也写着那几个相同的字。他成亲了，跟表妹成亲了。其实他也可以再跟她成一次，谢瑞林不是都已经有一个妻和一个妾，却还要再娶吗？但是，他没这个打算。她看着河，河水还是老样子，跟那天他也站在这里时一模一样，几片树叶落下，水托着它们走，有一天也许也能走到天津去。

　　她进洞房了，很快怀孕，第二年生下女儿，接着又生下儿子，但儿子脐带绕脖，头太大，卡在产道，生下来已经断气了。大出血，她不能再生了，也不想生。她要搬到后院那间孤零零立在那里的房子去，之前这间门呈月亮状的房子是谢瑞林父亲存放些贵重药材的地方，哪能有一直用不完的贵重药材？房间早已空了。它贴住花园建，蚊多，虫多，甚至有蛇，这些她都无所谓，就抱着女儿谢春妹住进去了。嫁进谢家时，她把那个紫砂盆子当成唯一的嫁妆带来了，盆里的小树苗种到花园里，就在月亮门房子的窗户外，她亲手种的，她要贴近树。一年年过去，树越来越高，花开了，紫色的花，满树密实垂挂，他没有骗她，确实非常漂亮。

　　姜氏讲述上面那些往事时,眼睛一直亮亮的,仿佛仍只有十五岁,个子不高,脸圆乎乎,动不动就笑,走起路时长辫子蛇一样在背上甩来甩去,突然眼又直了,脸慢慢转向窗户。就是大冬天,这个窗子也从不关,蓝花楹树的叶子已经靠住窗棂,风过,叶子拂来拂去。"甲午年黄海上船炮打了两个多时辰……"

　　赵聪圣问:"谁和谁打?"

　　姜氏说:"北洋水师和日本仔。打不过人家,五艘舰沉了,几千人死的死,伤的伤,据说海面都红了,一片红,尸体浮着浮着就不见了……"

　　赵聪圣急起来:"那个人呢?"

　　姜氏停下来,双手放在腿间绞着。她的头低下,好像想看看手指尖能绞出什么新鲜的东西来。赵聪圣不敢再问了,既然已经敞开说了,说到这里又止住,便是有她自己的理由。但最后姜氏还是开口了,她说:"打不过了,炮弹也没了,就开着船向对方直接撞过去,但没撞上,还来不及哩,几发炮打来,船沉了……"

　　赵聪圣问:"他呢?"

　　姜氏说:"他双腿被炸断,落进水里……当时其实有鱼雷艇向海里甩长绳,绳子就落在他身边,伸个手就能抓到,可是他……不抓。"

　　"为什么不抓?"赵聪圣不懂。

　　姜氏说:"船没了,他不想活了……"

　　接下去再没有声响,两人都没有开口。赵聪圣闭上眼。那艘下沉的船、断掉的腿、血红的海、鱼雷艇甩出的长绳、海中决意赴死的男人……他还不能理解太多,但还是被这些场面吓着了。这一夜他没有料到自己后来也加入海军,会经历类似的海战,也

91

差点葬身海底。与那个灯笼陈家的"依弟"相比,他能从那场甚至更为惨烈的海战中存活下来,大概就是谢瑞林所说的"后福"吧。他看着姜氏,突然问:"你是不是恨外公?"

姜氏眉头皱起,眼看到窗外的树,半晌摇摇头,顿一下,再重重地摇。"他冤,他娶别的妾,人家都高高兴兴。我本来也可能高兴吧,这里有吃有喝锦衣玉食,如果不是那个雨天,那个人跑进店里……很多事睁眼看到了,就不一样了,就怎么也回不去。所以,恨命吧。"

赵聪圣没听懂,他想了一夜,第二天起来后劝姜氏走。当初不该来,来了不该困下去。至少可以去青江村的乌瓦大院,总之能离开这里就行,难道不是吗?离得越远越好啊。姜氏立即摇头。"你母亲早邀过我去村里住了,我不去。"赵聪圣问:"为什么?"姜氏又摇了摇头说:"我不能去。"

赵聪圣突然意识到他最熟悉的两个女人是如此相似。毕竟是母女啊。再延伸,他想到自己。都说他不像这个年纪的人,他的两片唇也总是懒得动,很多事姑且就留在肚子里,让它们自己慢慢发酵或者腐烂吧,不必急着跟谁分享。世界太冰凉了,会把话冻坏的。但赵聪圣想走了。姜氏不想离开,他却不愿在这里再住下去了,他必须走,立即跟所有的一切告别。他给谢氏写了一封信:"母亲大人在上,儿想到一个洁净的地方去……"

谢氏接到信马上就从青江村赶来了,她脸浮肿,脚面也肿得像袜子里藏有一只小老鼠。肚子更大,把衣襟撑得似乎随时会胀开,走起路来腰向后弓,人向后仰,每一步随时都会轰然倒下似的。她一进门,姜氏往她肚子上瞄一眼,说:"看这身形,这一胎估计怀的又是个男的……"谢氏点点头。她没有往下说,而是直接走到赵聪圣面前,让他张大手掌。赵聪圣还没明白怎么回事,谢氏手里的竹条就落下来了。竹条落一下，谢氏说一句，再落一下，再说一句。

出人头地！

不许胡来！

哪里都不许去！

最后谢氏把竹条往地上一扔，她打累了，喘着气说："最洁净的地方就在自己的内心……"说到这里，她突然眼睛一瞪，话一下子被什么利器咽住似的。姜氏比赵聪圣先反应过来，姜氏问："怎么啦？"

谢氏声音还是很平静，脸却还是煞白的，她说："要生了……"

和赵聪圣不一样，赵聪圣生在青江村，弟弟赵聪明却在福州青灯巷的谢家大院出世。不足月，但相对于谢氏的个子，胎儿还是太大，生到一半就卡住了。谢瑞林也去过两趟，但很快又走掉。他懂得怎么让女人怀，但不懂怎么帮女人接生。一整个晚上后院左侧那间小屋都点着灯，人拿着东西慌乱进出。听得出谢氏已经极力隐忍了，但尖厉的嘶喊还是不时陡峭地响起，在头顶上划来划去。夜里所有的声音都是变形的，何况两条生命在生死间的挣扎？直至黎明，天现出淡淡灰亮色，公鸡啼叫了，赵聪明的啼哭声才跟着响起。

没有人记起赵聪圣，都把他忘掉了。他一个人独自蜷坐在花园里，身子靠在树上，腿缩起，双臂抱紧双膝。入冬了，花已经落尽，叶子稀疏地赖在枝干上，寂寥地等着明年重新到来的热闹。赵聪圣能等什么？他只觉得整颗心又冷又空洞又无助。一个人的到来原来是这么奇怪复杂并且痛苦的过程。血、疼痛、忙乱、哭喊，以后只要有可能，他不想让这个过程出现在自己生活里。孩子有什么用？他不要。不要也罢。

三

谢氏在谢家大院没坐完月子，第十天，她就抱着赵聪明回青江村了。她离去的第二天，姜氏一路跟跄跑到谢瑞林跟前。赵聪圣不见了，大清早上学走了，再没有回来。桌子上用一只碗压着一张纸条，但屋里黑，姜氏一直到了傍晚才偶然看到。她不认得上面的字，但一发现那只小藤箱也不见了，她就猜出大概了。

"我离去了。感谢所有养育之恩！聪圣叩首。"谢瑞林把纸条来回看几遍，抬起头，眼一瞪，吼道："他离去了？能去哪里？"

姜氏身子一歪，手扶着墙，一点点颓到地上。她不知道，挨过谢氏一顿竹条后，赵聪圣似乎老实了，也答应哪里都不去了，但还是走了。谢瑞林马上派人出去，学校、街头、青江村，都没有。第二年信才来，是从上海寄来的。赵聪圣在吴淞海军学校读驾驶科。姜氏马上收拾了包袱打算去上海。她从来没出过城，但她要把赵聪圣找回来。最终她并没走成，是谢氏得到消息后赶来，谢氏让她放弃。不去槟城，去上海也是条路啊。天下很大，让他飞吧。

赵聪圣并没有一直在上海，几年后他又转入烟台海军学校。这期间他从来没回来过，但在烟台时，穿着白色海军服拍的照片给姜氏和谢氏各寄一张。照片寄达谢家大院里，姜氏并没有看到，姜氏死了。谢氏收到照片，给赵聪圣回了信，没有多说，只是用朱漆在一张白棉纸上写下三个字：好好活。

那些年赵聪圣确实活得很好，上课、下课、登船实习，每天都很忙。天文、驾驶、海上气象学、电气学、水路测量、海岸要塞、弹道学、射击学、舰炮操式、水鱼雷战术、通讯、各种舰艇知识、数、理、化、英文、操练……所有的一切都如此吸引他。他把这些写进信里告诉谢氏，谢氏肯定不见得都懂，他想画个图别让她云里雾里，但画了一半，又把笔一扔。这么多年，他内心已经没地方装下多少思念和恩情了，偶尔会想起姜氏，可姜氏已经死了。或者某一瞬俯身船舷向下望，也会猜想这么丰沛的海水是否会向南去，一直流到青江村码头，然后再被从山里流下来的江水死死抵住，又悻悻折回海里。都不多，想一次比见一次鱼从水面高高跃起的机会还少。军人嘛，生死一线间，多想就多一分纠结，不想心境便也就平静下来了吧。

1938年秋天他差点就真的死在武汉了。前一年日军从北面攻入，不到一个月北平、天津都丢了，接着上海、南京、徐州也接连完蛋。短短一年间，海军家底就输光了。哪艘舰被炸沉，哪艘又被炸了，这类消息不停地来，等到日军逼到武汉时，赵聪圣左右看看，他们的同仁已经七零八落，巡洋舰一艘都没有了，炮艇仅剩下八艘，破破烂烂的小鱼雷艇也屈指可数，甚至连成立不到十年的国民政府海军部都只能降为海军总司令部。

从六月到十月，整整四个半月都在保武汉。死太多人了，人像稻草似的一片片倒下，每天都是在灌满一鼻孔血腥气中醒来和睡去。武汉最终还是保不住了，日军几十万从北、东和东南三面一步步围拢了。只好撤，船、物、人都沿长江内撤。

那天上午几十箱从国府里运出来的东西往赵聪圣的舰上装。这些日子他们其实一直在做类似的事，装好，逆流而上，卸下，再顺流返回。心里都清楚这一趟是最后逆水走一次了，走了，不知道什么时候还能再回来。按命令午时前就必须走，但运货的车偏偏坏在半道上，过了午时才驶到岸边。小心轻放，箱子太沉了,不能磕不能碰,就又拖了一阵。

江面上已经渐渐空了,只有远处那艘炮舰中山号还静静停泊着,它尖细的长桅杆与两根肥胖的大烟囱参差竖向天空,四周诡异地静穆着,水里浮着一层幽幽的光亮。正在这时,一阵轰鸣声猛响起。飞机来了,是日本人的侦察机。赵聪圣看到中山舰上信号兵急速挥动手旗,打出让赵聪圣他们快走的旗语。但已经来不及了,刚起锚,六架轰炸机就来了,像六头怪兽吼叫着,张大翅膀排在头顶,还没等回过神来,炸弹紧跟着就哗哗哗扔了下来。

中山舰上炮和机枪都朝天翘起,炮弹亮着火光向上突突猛冲。刚才那个向他们舞动手旗的信号兵,这时背转过身,向中山舰舞出了"全速前进"的旗语。果然就全速了,中山舰转了头,背对着赵聪圣,向汉口方向驶去。赵聪圣长吸一口气,心猛地揪起。之前岸上炮不足,舰上的炮已经陆续被拆走。中山舰虽是留下殿后的,但甲板和舰尾的主炮也都被拆,仅留几枚护卫炮和几挺高射机枪。而此时两岸炮台早空了,从舰上拆去的炮已经随人都撤往后方了。

中山舰吨位是七百八十,而赵聪圣的舰吨位只有两百八十,但舰上的货物都是国府里的贵重物品,中山舰是要把飞机从他们这边引开?赵聪圣是这艘舰的舰长,他下令开炮,并且全速追上中山舰。此时怎么能袖手不管?事已至此,反正想走也走不了了。能打的弹药都往天上飞去,可是在六架飞机之下,两只舰就是砧板上的鱼肉,有限的反抗火力根本就无济于事。中山舰舰尾左舷起火了,瞭望台被炸翻,接着又一串炸弹落下,火光腾起,左侧船体向水倾去,舰上的人到了水里,水中人头浮动。赵聪圣让舰靠上去。他看到中山舰舰长萨师俊也落到水里了,这是他福州同乡。海军里有太多福州人,抬头低头都可以用福州话交流,彼此关照，情谊深厚，他得去救人！

但最后什么人都没救着，还不等驶近，几颗炸弹又落下来了。船身重重一震，他整个人就像一只麻袋被高高甩起，在空中划出一道弧线，咚的一声横着身子直直落到水面。水花蓦地腾起，然后又全部盖到他脸上。意识一下子模糊了，但他仍用眼角去找舰，舰歪斜了，舰在下沉。这么多年，他每天被舰托在怀里，也被托住全部的甘苦与悲喜，舰给过他的抚慰与庇护甚至远比母亲谢氏多。"人在船在"，这句从海校起就反复听到说起的话，竟是在这时这刻，才有了最真实的感受。

青江村所有的人出生后不会走路，必定就先学会游泳。一条那么大的江横在面前，必须先学会求生，才有机会去谋生。他也一样，四岁被送到福州谢家大院前，他入到水里早就像只鱼，后来进了海校，这更是必修课。现在虽然受了伤，但一条臂在水中还能划，一条腿也微微能蹬，以他的水性，仍可以缓缓往岸边挪，但他不想游。舰没了，他活下去还有什么脸面？他眯起眼，仰躺在水面上，一动也不愿动。死吧，死也不足惜了。

父亲赵礼成就是在这时突然出现了，非常清晰地在他脑中探出头，沉着脸，对他摆了摆手，然后迅速就被水吞没了。

水也在吞没他。他五官、身材都是赵礼成的翻版，现在连死都如此相像了。有一瞬他也想起朱子坊灯笼陈家的"依弟"，他穿着西装从美国回来，最后沉入黄海，死了。现在轮到他了，他也要死了。当年姜氏跟他说起那个往事时，肯定没有料到会有这一天。这样死去，按姜氏的说法，算不算有人样？

但最终他没有死，只是右胸和左腿各嵌进一块弹片。日本飞机一走，岸上躲起来的人就冲下来把他救起，然后把他送往后方。整个过程他一无所知，醒过来时他已经裹着大纱布躺在重庆市第十二重伤医院里了。就是在这里,他认识了护士苏悦眉。已经三十七岁了,但他一直未婚未娶,连女人的肉都没沾过。这次死里逃生,总算该娶了吧?

其实是苏悦眉先喜欢上他。他动了手术,弹片被取出来,伤口缝合好,包扎上纱布,每天来替他换药换纱布的就是苏悦眉。没有死成,他有很长一段时间适应不了,每天在惊喜与懊恼间游移不定,因此脸上的表情也明确不下来,有时分明想笑,马上又皱起眉头,而不笑的时候,他更是把眉头锁紧了,眼也老是闭着,话很少,不问就不答。有次换好药,苏悦眉伸出食指在他眉间揉了揉,边揉边笑了起来。她留着齐耳直发,个不高,又偏胖,腰间的肉被月白色丹士林护士服紧紧裹着,一道道鼓起,但如果光盯着她眼睛看,眼睛仍然能以一当百地妩媚。"你对我有意见吗?"她说。赵聪圣怔着,不知她指什么。苏悦眉又说:"你如果对我不满,可要直接说出来,别拐着弯整天这么皱眉头啊。我有那么让人讨厌吗?我还以为自己很可爱哩。"话说到这个份上,赵聪圣就不能不弄个明白了,他问:"讨厌你?我没有。"苏悦眉食指又戳到他眉间了,说:"有,这里明明在说话。你知道我叫什么名字吗?"赵聪圣点点头,他知道。苏悦眉这下子眉头也拧起来了,她上前一步,身子靠过来,说:"我明明叫悦眉,高高兴兴的眉,欢欢喜喜的眉,你却白天黑夜都皱着眉给我看,这不是对我有意见还能是什么?你是故意的吧?哼,肯定是故意的!"

护士与病人有些肢体接触这不算什么,但……赵聪圣突然唇动了动,之前来自身体内的彻骨疼痛让他懒得看任何人,眼珠子似乎连转动一下的力气都丧失了,包括这个护士。她个不高,她胖,但她这么活色生香地贴过来……他死过一回,对一股汹涌溢过来的生命力这时候多么渴求。

医院里很快就传开了，说舰长赵聪圣和护士苏悦眉搞到一起了。出院后赵聪圣和苏悦眉举行了婚礼，这事没有拖下去的必要，他不小了，苏悦眉倒不大，刚满二十岁。虽然他不算英雄，她也不是美人，但一切都水到渠成，大家都很高兴。半壁江山丢了，败仗吃了这么多，头顶日本人的飞机还整天嗡嗡吼叫着，炸弹说来就来，这时候就是孙悟空和猪八戒结婚，也还是让人振奋的。但当天晚上赵聪圣就沮丧得想死，抱住苏悦眉丰润饱满的身体，他吭哧吭哧的似乎很激越，他以为自己整个身心都已经激越荡漾起来了，其实却根本无能为力。

他不能举。

四

结婚七年后，四十四岁的赵聪圣回了趟青江村。离去这么多年，他一直打算回却一直没有回。终于回来了，船依旧，码头依旧，村庄依旧，褐色木屋高低错落安静地排列着，炊烟飘动得散淡，公鸡准点鸣叫，瘦小的黄狗团起身子慵懒卧在门前。几十年的时光里，所有的一切似乎都约好了一起痛痛快快睡一场长觉，始终没有打算醒过来，以不变应万变。

有变化的是他。他已经脱了军装，换一身藏青色对襟衫、皂色肥裤，脚下却仍穿着锃亮的三接头皮鞋。本来应该换一双圆头布鞋，但出门时他居然忘了。窄小的石板路已经有些年头，他的脚踩下去，吱的一声，另一声并不是如常响起，不是"吱"，而是短促而轻微地发出"噗"的声响。吱一下，噗一下，再吱一下，噗一下。他已经非常小心地提脚放脚，却仍然那么均匀地重复。那次舰被日本人炸沉，他被人从汉水里救上来，右胸和左腿的弹片在重庆市第十二重伤医院取出来,伤口化脓过,但最终还是痊愈了。大难不死,松一口气,以为人生最大的劫数已经过去,其实并没有。群山之中的重庆,也不能挡住日本人的飞机,他们动不动就来,炸弹雨一样往下砸。这也没什么办法,炸就炸吧,炸多了,慢慢也开始麻木。但那次一个弹就在几步远外的地方炸开,房子倒了,他被压在砖石底下。是国立江苏医学院的空袭救护队把他挖出来,然后又把他直接送去位于北碚的医学院。脚趾烂了三根,切掉;小腿骨碎了几块,开刀截掉。他就不可能还是从前的赵聪圣了,不能再大的浪也可以稳稳张大脚趾,双脚定定地迎风站在甲板上。作为失败的海军军官,他连最后的骄傲也从脚下彻底丧失了。被保住的这条命已经无法正常行走,两条腿并不到一起,右边明显短了一截。走路时,他的身子不由自主地往右边大幅度倾斜而去。右脚落地时,个子矮下去,靠左脚又竭力顶起,但右脚还是一次次让他再矮再矮。他一直不肯回青江村,很大程度是不愿让谢氏看到这样子的自己。站在谢氏面前,他相信谢氏肯定认不得他了。

不料,他更认不得谢氏。

他还记得在城里生活几年后他曾随谢氏回过青江村,见到谢氏站在这扇她自己亲手用大漆绘制的门前,却像个第一次被门的美艳惊得无以复加的少女,啧啧赞叹,无限沉醉。那样的谢氏还清晰可辨,可是推开门,却看到个虾一样伛偻着身子的女人,她正俯身坐在天井左侧,左手托住一个暗红色的碗,右手揪住一块榉木炭,沾上水,一下一下地摩擦着,窸窣窸窣的声音跟着响起,哧,哧,哧,听着牙根忍不住酸起。这个活她平时从来不会拿到前天井做。漆器边打磨得边冲水,水带着磨出来的浑浊粉末流到地面,地面因此会有短暂的污浊。其实用水冲一冲,就重新干净了,她却一直不舍前天井被沾染。偏偏这一天,她破了例,好像冥冥有谁给她暗示,她突然一手抓着黑炭,一手捏着打磨一半的漆碗,坐到前天井里。这样,赵聪圣一进门,就看到她了。她也看到他。在赵聪圣跨进门的那一刻,她微微转过头,像是被什么吓住了,身子向后晃了晃。头发虽纹丝不乱,工整地拢到后脑勺上挽成一个髻,但已经稀疏而苍白,白中夹着一绺绺晦涩的鼠灰,没有半星光泽泛起。这是一头万念俱灰的发。被它覆盖之下的那张脸,五官掩藏在皱纹间,已经像在锅里被炒焦了的菜,糊成一团,连眼白都不过是一层枯萎的浅褐色。

谢氏?母亲?

她已经停下手里活。两人对视,长久地对视。

终于还是赵聪圣先开了口,他小声喊出一个已经非常陌生的词:"依妈……"他看到女人身子又晃了一下,仿佛头顶上有什么东西重重击打下来,然后才起身,起得非常慢,像是站在悬崖边,有一片深渊在前。

"依妈……"他又叫道。这次他语气坚定了很多,还往前跨一步,伸出双臂,抓住她的胳膊,用力摇了几下。他有一种抓住两根枯木的感觉,狭小、生硬、冰凉。院子里还有另外一个男人,站在水井旁,手里一直愣愣地抓住绳子,三十多岁,消瘦,微黑,脸扁平,眉宇在清秀与平庸之间摇摆不定,一时难以下结论。母亲手指了指,说:"他是你弟弟,聪明,赵聪明。"话音未落,门口一阵声响,不是说话声,而是轻盈却杂乱的脚步声。进来四个人,一个成年女人和两个女孩以及一个小男孩。母亲说:"何燕贞,你弟媳。还有……这是赵定力,你侄子。赵定玲,大侄女。赵定秀,二侄女。"

几个人慢慢凑近来,都不说话,只是瞪着眼静静地看。

赵聪圣看看赵聪明，心底划过一阵怪异的感觉。上一次见到，赵聪明刚出生，还是一团脏兮兮的丑肉，眼都没睁开，脸只有拳头大，双手蜷在胸前，长一声短一声哇哇哭。这些年赵聪圣在外，想过姜氏，想过谢氏，偶尔也想过父亲赵礼成，却从来没记起这个弟弟，他似乎早忘了。但又怎么样哩，人家照样长大，而且娶妻了，生子了——居然生了这么多，三个！话题后来很自然就转到这个问题上了。谢氏问："你结婚了吧？"赵聪圣点点头。谢氏又问："生有几男几女？"赵聪圣一怔，摇了摇头。

谢氏一脸都是问号，作为母亲，既然已经问了，谢氏就得问个水落石出，谢氏说："几个？到底生了几个男几个女？"赵聪圣咧嘴笑了笑，这个笑很敷衍，但长度却异乎寻常，仿佛被烙在脸上，僵硬地挺立着，久久不消。这个时间里，他内心挣扎了一下，最后还是做出否定的选择。他重重地摇了摇头。当然，回到家中了，这个问题他知道肯定无法绕过去，他说："一会儿我跟您单独谈。"

这话他是两眼盯着谢氏说的，"您"指的是谁，在场的人一下子都明白了过来。而他所说的"一会儿"其实已经是夜里了。吃过饭，大家围坐一会，说了些外面如何怎样，比如南京是怎么样丢的，重庆现在怎样，前些年日本人的飞机是怎么炸的，死了多少人等等。终于就散了去。如果谢氏也跟着一起走，赵聪圣其实是没打算说的。但谢氏记着这事，她把赵聪圣带到自己的卧室，点上灯。灯下的母亲比白天所见的模糊，似乎因此也年轻了一些，额上脸颊上不免光滑了几分，某一瞬甚至恍惚回到了从前。其实即使是从前，这个母亲也跟别人的母亲完全不一样，跟书里描写的更不一样。他早早就被送进城里，所谓的"母爱"，更确切地说，应该来自姜氏。现在，已经年近半百的赵聪圣却要面对突然回归母亲角色的谢氏,这一切非常唐突别扭。不过慢慢地,他心也平顺下来。这把年纪了,说吧,都说了吧。

他说起汉口的那场轰炸,说起苏悦眉。他自己也没想到会说得这么平静,仿佛发生在别人身上,也或者不过是一个被蚊子叮一口这样不足挂齿的事。一边说着,一边他就想起了苏悦眉。他已经很久没见到她了。

那年从医院痊愈出来后,他再也无法重新回到舰上。海军垮了,剩下七零八落的几艘炮舰,根本迎不了战,只能残喘在内河内湖上鸡零狗碎地布些定雷和漂雷,以阻止日军船只的内进。也去布雷吗?当然不。进海军学校第一天起,他就没打算受这份辱——谁也没有料到会有这样的一天啊。他进军需部混了个闲职,每天似乎很忙,却永远不知究竟忙出什么结果,或者所有的结果对时局和自己都已经无关痛痒。他分明清晰地看得见自己躯体内每一个器官的急速老去。岁月变得如此没有滋味,每一天都比前一天更不忍卒读。各种战事的消息不停传来,或大或小,或远或近,总是在偶尔的小兴奋之中夹杂着巨大的挫败感。好在几年后形势终于有变,好消息渐渐多了起来,东北、华北,像取烙饼似的,一块块国土被收回来。然后德国无条件投降,日本也宣布无条件投降。

这个过程中,他更清晰看到的是护士苏悦眉越离越远的身影。

弹片进了他右胸,他落入水里,以为必死,却活了。然后弹片被取出来,可是身体内有一部分还是义无反顾地死去了。去治一治吧,也许会有转机,他却片刻没有犹豫就决意避开了。病床上那么多缺胳膊短腿的人横七竖八在那里,命悬一线,奄奄一息,医生和药品都捉襟见肘,他怎好意思拿裆里的隐疾跟他们争

103

抢资源？何况，如何说得出口？苏悦眉也不让他说，说了她在医院里怎么保得住脸面呢？可不说就治不了，他就只能把病携带在两腿间，一携就是七年。

8月10日那天他去医院找苏悦眉，走得有点犹豫，脚步比正在落山的太阳更迟缓，但最终还是抵达了，并且找到了苏悦眉。一个总不愿归家——即使归家也不留宿，取了东西马上就走的妻子，总是说忙，很忙，非常忙，所以一直留在医院里。忙肯定是真实的，但不想回家和赵聪圣共处也很真实。她已经以事实告诉他一切，既然这样，不如他主动出击，好歹能挽回一点尊严。他看着苏悦眉，苏悦眉手里拿一个装着几瓶药水的托盘，却不怎么看他。他说："要不离了吧？"苏悦眉马上答："好！"

苏悦眉答得太行云流水了，脸上甚至忽然一亮，像被一束光照到。赵聪圣怔住了。一个小村子里逃饥荒出来的女孩，大字都认不了几个，医院缺人手，被收为护士，才学了几天护理包扎，就遇到赵聪圣，以为舰长是很大的官，就嫁了，结了婚才知道既没钱，官也没了，到了床上，连男人也不是……赵聪圣想，如果反过来，他是苏悦眉，应该也会肠子悔青了吧？

有个戴黑框眼镜的瘦高医生走过，跟赵聪圣也熟，他先跟赵聪圣点点头算打过招呼了，然后对苏悦眉开起玩笑："小苏怎么站在过道上约会啊。"苏悦眉轻轻一笑，并不答。黑框眼镜医生也没停留，很快就走远了。

"小苏"，据赵聪圣所知，苏悦眉喜欢人家这么喊她，或者喊"苏小姐"也行，但"赵太太"却不行，没有人喊，她不让喊。他张了张嘴，不知该说什么。正在这时，突然一阵喊声传来，病房、诊室、工棚，每一间房子都有人往外跑，嘴都张得大大的，嗓子受惊般嘶哑地尖叫，脸上却分明堆满了笑。有个护士从旁边跑过，拉了苏悦眉一下，脚没有停下，边跑边说："鬼子要投降了！"

苏悦眉转过头看了他一眼，这是几年来她的眼光最认真盯到他脸上的一次，是的，之前总是一闪而过，这会儿却停下来，疑惑、不解、不敢相信。赵聪圣其实也一样。戴黑框眼镜的瘦高医生这会儿双手举得高高的跑过，赵聪圣问："怎么回事？"瘦高医生说："日本照会中美英苏四国，请求投降……他们要、要、要投降了！"

"真的？"赵聪圣和苏悦眉同时问出。

瘦高医生喘着气，笑得舌头已经打结。"中央广播电台刚刚播了，真的啊，真的真的……快！"

苏悦眉欢叫了一声，把手里的托盘往旁边的柜子上一放，猛地向前跑去。整个医院所有能动弹的人，包括支着拐杖、包着绑带的，都聚到操场上。医院周围的人也不断冲进来，抱在一起，舞着手，疯了般蹦跳喊叫。赵聪圣也跑了几步，很快又站住了。突然之间，他两眼湿了。武汉，汉口江面，他的舰，头顶上的飞机……这一切都像一场噩梦啊。他转过身，独自往家的方向走去。众声鼎沸，如果笑也有色彩的话，这座城瞬间就如此五颜六色了。但他不打算与他们为伍，用一双已经残掉的脚，他一边高一边低地快步走着。他想一个人坐进自己家中，把一肚子汹涌的泪痛快流掉。

五天后的8月15日，一大早就出大太阳，天因此亮得过头，泛着几分怯怯的诡异。吃过早饭他正打算上班，打开门看到医院的一个工人站在外面，手里拿着一封信。信是苏悦眉让工人送来的，打开来，很简单，说自己下午会回去，让赵聪圣在家等着。赵聪圣心里咯噔一下，他想起五天前苏悦眉脱口而出说的

"好"字。

他看信的过程,工人一直站着不走,直直盯着他。他皱起眉用眼光发出疑问,工人笑起,说:"苏小姐让我必须带个您的回话回去。"赵聪圣点点头,他说:"告诉她,可以。"工人又一笑,鞠个躬,转身跑去。赵聪圣盯着他的背影看了很久,直至消失。这期间他突然做了决定。他改主意了。他不能让她这样好下去。他没有在家等,而是请了假,像当年离开福州悄然北上一样,他离开重庆,翻过山岗,穿过河流,回到了久违的青江村。

在说这些的过程,他看到谢氏流泪了。在这之前,他所认识的谢氏可曾在他面前有过类似的时刻?不记得了。一个女人必须有点泪才算正常的,他只是不习惯单独坐在流泪的女人面前,这让他无所适从。还好,谢氏没有失控,泪滚出眼眶了,嘴唇却是闭拢的,没有发出任何呜咽抽泣声。最后也是她自己揪着袖口往脸上一抹,跟着重重叹一口气,泪止了。赵聪圣也跟着叹了一口气,叹过,他觉得身子一下子轻盈了。再叹一口气时,他发现轻的其实是胸口。这么多年,他从来没有跟谁多说什么,都藏在肚子深处,凝成一团团沉甸甸的块垒,现在终于坐在谢氏前面,把话一句一句往外说,就如同把块垒敲碎了,一块块往外扔,扔空了,人就轻松了。他往母亲手上瞥一眼,那上面几乎每一根指尖都是开裂的,右手的食指、中指和拇指甚至起了一层皮,像浮着一层粉末似的。跨进乌瓦大院前,他绝不会想到会面对这样的一个母亲。当然他也不会想到自己能在这座他其实从来没有熟悉过的房子里说这么多话,是沉淀在血液里的东西让信任如此自然而然地到来,没有谁可以阻挡得住。母亲,在越来越黯淡下去的油灯下,他从来没有觉得谢氏之于他生命的角色是如此不可置疑。

但第二天,当流着相同血液的弟弟赵聪明试图与他搭腔时,他却再没有多说什么的欲望，舌头像块石头，重重地横在嘴里。"哥……"赵聪明尝试着这样喊，这称呼双方都陌生而别扭。赵聪圣嘴唇动了动，至少从礼貌上说，他也得呼应一下，可是他唇反而闭得更紧了，连眉头也不知不觉皱起，然后眼珠子转开了。

一个人上一眼看到不过是小小的粉扑扑的一团，下一眼再看，却已是几十年后一个驼着腰佝偻着身子的中年人，二者距离遥若星河，任谁也无法轻易衔接起来啊。他决定缄默，对这个号称弟弟的人不多言语。他不知道有什么可说的。

这一次赵聪圣一共在家待了三天。按之前的打算，他至少还要再待十天半个月，但谢氏却让他走。赵聪圣有点犹豫，但只一瞬，就很快点点头，表示顺从。

他是在下半夜离开乌瓦大院的。没有月亮，几颗星星浮肿黯淡地悬在半空，稀松得几近于无。谢氏没有远送，仅走到榕树下就停住了，然后后退，缓缓靠在石框上看着他下坡，又消失。村里几只警觉的狗从他"吱""噗"脚步声中醒来，条件反射地喊几声，可能记起了什么，很快就无趣地偃息下去。

一艘谢氏提前雇好的船已经等在码头，他径自上了船，船会把他送抵不远处的马尾港口。这两天一艘招商局的商船正要去重庆，谢氏让他先去马尾港候着，然后登船回到重庆。

还会再回来吗？不知道。

弟弟赵聪明以及妻儿介意他如此不告而别吗？也不想知道。

1945年夏天这个蛙声起伏的深夜，他走得两眼潮湿，心里有股寒冷冰水般缓缓窜过，整个身子越走越凉，也越沉。当然他没有想到，这是他最后一次走在青江村的土地上。后半辈子他无数次想回，想得辗转不能眠，却再没有任何机会了，连尸骨都葬在海峡对岸。

第四章　挖地吧

一

赵定力开始说故事的第三天，恰逢生日，七十八岁整了啊。

当地有个特产：把面粉和了水之后用双手反复揉，揉出充足劲道后，再手工拉长，拉到一根根细如银丝，然后挂在木架子上晒半干，盘起，团成筷子长短的一束，再放到烈日下晒干透，称为线面。线面放入滚水中快速打几个滚，捞起，泡入事先熬好的肉汤里，掺点黄酒，再加进两个剥壳的蛋，就是过生日必吃的，称为"太平面"，可保一年平平安安。说"必吃"，其实也不是非吃不可，第一个老婆李翠月就从没给赵定力煮过，那时不兴这个，第二个老婆罗玉玲也没有，当时就是兴也没面可煮，蛋和肉更没钱买。只有这八年，于淑钦来了，日子到了就煮出一大碗面，面上并排浮着两个精白的蛋，像两只大眼看过来。

赵定力一点胃口都没有。本来陈细萌机票想买前一天的，于淑钦算了一下日子觉得不妥，就往后推了。她说："好歹得给你过了生日再走嘛。"赵定力心里咚的一声。再推也就是一天而已，但于淑钦肯推这一天，毕竟是一天的情分。于淑钦还是在意他的，她只是更在意远在北京的女儿。赵定力拿起筷子，挑起几根面放入嘴,轻轻吸一下,白色的线面像几道细致的光,轻快迅捷地向口中闪去。还要再挑起时,他拿筷子的手却停住了,然后把筷子搁到碗沿上,身子一软,靠到椅背上。

细米不知从哪里钻出来,身子在赵定力腿上蹭来蹭去。赵定力重新拿起筷子,夹一块肉草草咬两口,身子一侧,就扔给了细米。

嘴唇隐约有点麻,腮帮上也有几分酸疼。这两天他说了太多的话!从城里回来后,他不停地说,已经说了谢氏,又说了赵聪圣。于淑钦听得非常起劲,她甚至很快就注意到一个至关重要的问题,她问:"你爸没告诉你铁罐埋在哪里?"赵定力说:"告诉了。"于淑钦脸上马上泛着兴奋,她问:"就是在后花园那里吗?"赵定力摇了摇头,他故意沉吟不答。于淑钦问:"不在后院?那在哪里?"赵定力说:"他告诉过我,可我忘了。"顿一下他又说,"反正肯定埋在自家地里,这个不会错。"于淑钦说:"自家地指哪里?这个院子里?后山的茶园里?还是其他什么地方?"赵定力说:"我家的地以前很多,不仅这个院子,不仅后山上的茶园……"于淑钦说:"那你说它们还在吗?"赵定力点点头说:"当然在,肯定在!铁罐又不会长脚自己跑掉。"

"噢……"于淑钦歪了一下头,像在想什么。

赵定力翻了翻眼,慢慢端起碗,把最后一口汤吸进嘴里。味道真香啊,这是于淑钦的本事,进了厨房她就变成神,无论什么菜都能煮得活色生香。放下碗赵定力转过头先看看于淑钦的手腕,他觉得有一句很重要的话现在必须说了。他说:"结婚第一天我就知道你想买只玉镯子戴,是不是?"于淑钦点点头,手腕抬起,眼也看着上面。当地女人喜欢翡翠不是一天两天了,这股风气可能上百年前就从南洋传回来了,手上、颈间那一坨压得越大越绿,脸面上就越有喜色。重庆那边也许并不兴这个,但嫁到这里,每天别的女人身上的绿在眼皮底下晃来晃去,于淑钦就也被晃出喜欢了。以前陈卫财没给她买,跟赵定力的事定下来后,她说过几次,倒没有直接讨,只是夸谁家女人的手镯水头好、值多少钱。赵定力不是听不懂,只是他那时没钱。现在仍然没有,但既然说起铁罐,谢氏那么多翡翠藏到铁罐里不是很自然的吗?他说:"小时候我看见我奶奶手上戴的那个镯子绿得发光……"

于淑钦打断他:"满绿?正阳绿?玻璃种的吗?"

赵定力犹豫了片刻,支吾道:"也许……我不懂这个。而且那时我还那么小。"

于淑钦低下头,左手掌把右手腕圈住,从下往上重重拉了一下,像是把一个镯子实实在在地套上去了。这一刻,赵定力心里浮起一层喜色。终于管用了吧?无论如何,于淑钦也不可能不在意啊。他想,在意就好。之前他整张嘴像上了马达,一直说,不停地说。谢氏、赵聪圣之后,他还要再说赵礼成和赵聪明的故事。对,太平面吃不吃无关紧要,他放下筷子,打算继续开口。但他突然怔住了,眼愣愣地落在于淑钦身上。这大热天的,平日于淑钦就是随随便便套件棉T恤与棉中裤,她不讲究,衣服多旧多皱都无所谓。几十年吃苦持家的女人,就是兜里有钱了,让她名牌披身都会如坐针毡。今天于淑钦也没多光鲜,但上衣是碎花短袖衬衫,下身是黑色长裤和一双崭新的棕色皮凉鞋,短发也梳理得很规矩。平时只有出门她才会这么郑重其事地收拾自己。她还是要走。

于淑钦笑笑,脸上看不出有没有歉意。她说:"一会儿有小车来接我去机场,你就不要去了。"

"小车来接?"赵定力完全没有想到。哪来的小车啊?

于淑钦说:"是细萌用手机叫的滴滴车。你说现在有多发达了啊,在那么远的北京,居然能通过手机叫到小车,还让司机带我办好上飞机的所有手续,反正钱都是她在手机上付的,我不用管。"可能意识到自己说着说着声音就脆亮起来,于淑钦停下来,看着赵定力,一时有点不知再说什么。

赵定力问:"几点走?"

于淑钦说:"下午两点的飞机,说是十二点左右小车会来。"

赵定力扭头往挂在墙上的钟瞥一眼,已经十一点五十分了。于淑钦说:"哎,帮我把箱子提到大门外。"赵定力站住,迟疑了一下,反过身,提起了箱子。

一辆银色小车从坡下驰上来,停下,车门开了,一个年轻男子下来,问:"没错是你吧,去机场?"于淑钦张大双臂,像只大鸟往前跑几步,连声说:"对对对,是我是我!"话音未落,见司机打开后车厢,连忙先把提手里的那包鱼丸递过去,又向赵定力招手,让他把手里的箱子提过去。赵定力站着不动。于淑钦就跑过来,拿过箱子,转身向车子走去。

细米跟过去,又停下来,茫然地看着站在门旁不动的赵定力。

司机接过箱子,装入车子的后备厢。然后又打开车后门,于淑钦一扭身就往里钻。赵定力看到她脸上都是笑,是那种兴奋与怯生生混在一起的笑。她第一次坐飞机是肯定的,至于是不是第一次坐小轿车,赵定力不太清楚。司机帮她关上车门的一瞬间,门又被推开,于淑钦一条腿伸下来,身子探出,扭着头看赵定力。她说:"哎,你要照顾自己啊。对了,铁罐要每天继续挖啊,有什么事我们微信里说。"

赵定力没有答,他举了举手,既不像招手也不像摆手。司机

111

说:"走吧。"说着就把后门往里一推,然后绕到左前门,坐进,发动汽车。车屁股上两个红灯亮起,像一双几夜没睡的眼。灯下面的黑管立即冒出烟,车动了,从榕树旁转了一圈,然后往坡下开去,转眼就不见了。

赵定力在原地站了一阵。就这样真的走了?他还是有点回不过神来。细米后腿曲着,前腿支起,屁股着地,也不知所措地看着小车远去。大门旁有一块长条石凳,赵定力走两步,手撑住双腿,缓缓坐下。他在乌瓦大院出生,然后在这里眼睁睁看到祖母谢氏和母亲何燕贞死去,又看到父亲赵聪明死去。这么多至亲,每一个都血肉相连,失去他们时,他肯定也悲凉疼痛过,却没有哪一次像于淑钦的离去让他这么慌乱。不应该这样啊,他不知道为什么会这样。抬起手在眼角抹一下,手湿了。他居然有泪。真的不应该这样。谢氏和母亲何燕贞死时他八岁,而父亲赵聪明死时他也还年轻,腹腔里似乎还藏着无数赖以立世的自信,痛因此被一身的力气消弭得模糊而轻微了?他不知道,这么一想,其实他也被自己吓得脑袋涨起来。于淑钦才五十九岁,她有自己的生活不算过分。就如同当年李翠月走时,他万念俱灰,但慢慢就觉得也算正常,不喜欢的地方和不喜欢的人加在一起,任谁都没有留下来的理由啊。他心疼李翠月,就要替李翠月着想,李翠月无论怎么做都有道理。但李翠月和于淑钦毕竟不一样啊,作为李翠月的丈夫,赵定力那时才三十多岁,而作为于淑钦的丈夫,赵定力今年已经七十八岁。七十八岁的赵定力即使肠子不出问题,也要重新自己做饭做菜洗衣服。这么大的房子,让他再回到以前的生活,他觉得脚一软,他回不去了。

公鸡叫起,好一阵他才回过神来是自己的手机铃声。关于手机的一切,于淑钦都是陈细萌教会的,购物支付、选择铃声、设定字号大小等等，然后于淑钦又一一教会赵定力。赵定力想，这么快就到机场了吗？其实不是，电话是谢玉非打来的。谢玉非说："力啊，你这人怎么回事啊？"赵定力鼻子一酸，这下子是酸到骨子里了。力啊，只有真正的亲人才会这么叫他，最早是谢氏喊出来的，然后何燕贞、赵聪明，以及大伯赵聪圣都这么叫。力啊，力啊，力啊。而八年了，于淑钦从来都以"哎"来称呼他。他是于淑钦的哎，不是她的力啊。

谢玉非在那边感觉到了什么，问："你没事吧，啊？"

赵定力吸一口长气，又悄然吐掉，他说："没事。"

谢玉非不太相信，话筒里静默了片刻，才说："你那天不告而别，我是真生气了，都安排好了，你却一个招呼都不打就放了鸽子。本来觉得算了，反正是你自己的事，你自己负责吧。但想想还是不放心，我看你还是再来一趟吧，查查终究有好处，万一有什么情况，也好尽快处理。"

赵定力半晌不答。万一有什么情况？——会是什么情况？

谢玉非问："这两天怎么样啊？"

赵定力说："就那样吧。"

谢玉非问："还拉吗？"

赵定力想了想，说："没有。"确实没有，回到青江村这几天他一次都没有拉过屎。谢玉非要不问，他都记不起这茬事了。看来肠子造屎能力每天也是有定量的，那天住在谢玉非别墅里已经拉透支了，肠子说不定也被狂风暴雨式的拉稀弄蒙了，一时半会儿缓不过气来。当然吃得少也有关系，经过那一夜肛门猛喷之后，身上的力气似乎都被带走了，没有胃口，除了水，什么都不想往嘴里塞。被带走胃口，或许还因为于淑钦去北京。

谢玉非继续说："力啊，你定个时间，我这边再安排下。你看什么时间？"

赵定力说："算了。"

谢玉非声音拖长了："算——了？为什么算了？"

赵定力嘴抿起，这会儿他真不想说话。这个表弟有别墅有老婆有儿子，他其他都输了，但这八年本来至少还有老婆，现在老婆也走了。

谢玉非说："这时候天开始热，查肠镜也方便。反正钱都缴了，你要不……"

"查什么查？死了算了！"赵定力脸上仰，把这句话喊出来，用了很大的力气，他自己都能感觉到小腹那里被扯动了。手机里一下子安静了。过了一阵赵定力才把手机从耳旁取下，已经断线了。他愣愣地看了会儿，终于回过神来。他今天一肚子气，但气不是谢玉非惹的，他本来也不是对谢玉非有气。谢玉非以医生和表弟的双重身份给他打电话，让他去福州城把肠镜查一查，他却不知好歹地发火了。

他觉得应该回拨过去，说一说自己的处境，让谢玉非谅解。手机举起了，马上又手一软放下了。被谢玉非和老婆陈小娥早就那么瞧不起，说长得俗，文化程度又那么低的于淑钦，居然都撇下他去北京了，他要是说了不是更让谢玉非和陈小娥嘲笑？他悄然叹口气，起身进了院子，返身关上了大门。

赵聪明对大漆过敏，手不触碰倒没事，碰了，马上就起红疹，痒到每次都要把皮挠破，甚至红肿溃烂，所以后天井他是避得远远的，绝对不肯往里迈。赵定力却对漆不过敏，也就是说漆从来没咬过他。谢氏那时说："这才是我们家的子孙。"她动不动就把赵定力喊去，让他站一旁看着。看一看赵定力倒觉得有意思，但他其实并不喜欢樟脑油的味道，谢氏认为那是香的，他却觉得臭，太呛了，鼻子总是痒得想打喷嚏，真要打出来也罢了，却偏偏不肯痛痛快快来一下，永远只是停在痒的临界点，拉锯般左右摇摆。也许日子久了，终究会有适应的一天，但这一天最后并没有到来。当时觉得无所谓，现在想起来，还是一次次觉得可惜。

人生有一门手艺，日子一定会被充填得更厚实快活吧？

微信响了一声。以前听于淑钦说过，陈细萌姐弟从这里坐飞机到北京是两个半小时。下午两点加上两个半小时，于淑钦下午四点半就该到北京了，但一直到天微微暗下来，已经六点多了，微信才又响起来。"到了。"她说。

这些年有手机后，报纸渐渐不吃香了，各种新闻大家都不再光指望报纸，赵定力却仍然要订，傍晚如果不坐到茶台边，手里捧一张新报纸，边看边喝茶，日子马上就显得哪里不对头了。以前赵定力自己一个人看，看过后把报纸存下来转身堆在厅堂那张大桌子上，抽空提起毛笔写写字。于淑钦不认字，但嫁进来后每天报纸一来，她都来抢。赵定力是从最后一版往前看，速度渐渐加快，于淑钦是从第一版匀速往下翻，每一版都付出同等的时间和认真，先是一个字一个字问赵定力，慢慢字认多了，大致就能看得懂。能看却不一定能写，所以微信她大多发的是语音。

一会儿微信又响，她说："看到细萌了。"

一个小时后微信再响，说已经到陈细萌家了。

于淑钦对手机的兴趣远远超过他，除了报纸，一有空她眼睛就死死盯在上面。去年她甚至下载了抖音，关注了几个做菜和卖水果的博主，家里就整天响起视频夸张的叫卖声。"我们也去抖音卖鱼丸吧？"她这么一问，赵定力马上摇头。他不懂抖音，于淑钦要帮他也下载一个，他捏紧手机不交给她。够了，这世界的消息

115

已经太多,他不需要更多。跟他相比,于淑钦还是兴致勃勃的,吃饭拍饭菜、走路拍花草,转身就发到朋友圈。她朋友圈也不过那几个熟人,连点赞都很少,但这件事她还是跟拉屎拉尿一样,必须不厌其烦地不断上演。

赵定力拿起手机,他特别不愿意在屏幕上写字,屏幕又不是宣纸,连旧报纸的质感都没有,哪里有写字的滋味?整个过程,他总共只回复了一个字:好。好是于淑钦的好,他一点都不好。他坐在茶台边,茶时喝时不喝,最多去解个手,然后又坐下了。巴掌在茶台上抚过,还是镜面般光滑。茶台上嵌着梅花的地方,看着似乎往外凸起,仔细一摸,却是平整的,石面被打磨得玉一般细腻。谢氏当年做这个茶台时,会想到她孙子的这一天吗?

谢氏真的有留下那个铁罐吗?

他从茶台边站起时,天已经暗透了,但有月,快圆了,没有云,所以就亮。他向花园走去,即使月不亮,他也熟门熟路。他走到早上自己挖的那个坑前面蹲下。那天他在这里挖,于淑钦来了,非得追究他为什么挖地。他于是放下锄头,跟她说起谢氏,又说起赵聪圣。七十多年来,他好像合起来说的话都没这么多啊。本来还要往下说,说上几个月甚至几年,让于淑钦听着听着,就打消去北京的念头。可是于淑钦还是走了。早知道她非走不可,他何必挖地?又何必瞎说那么多呢?

他恨不得狠狠打自己一巴掌。从来没像现在这样孤单过,以前那么多时间都一个人过,没关系啊,看报纸、写字、喝茶,总之日子眨眼就过去了,他完全不知道孤单二字跟他有什么关系。现在却突然有了关系,这两字变成无数的小蚂蚁在他皮肤里爬来爬去。

第二天赵定力没有出门,哪都不去。能去哪里?他开着电视，却没怎么看。临睡前于淑钦来微信，问："今天怎么样啊，挖没挖？挖到了吗？"赵定力答："挖了，没有。"

其实他没再挖，他不挖了。

二

于淑钦去北京不到一个月突然又回来了。是细米抢先发现了这个事实，它本来在茶台边一直似睡非睡地蜷着，突然像被火烫了一下猛地跃起，拱起身子向门外冲去。赵定力跟出去，见有个女人走来，远远冲着他笑。有点眼熟，原来是于淑钦。可是不仅像于淑钦，还像另外的人。谁呢？一时没想起来。

细米已经冲到她跟前了。虽然于淑钦常打它，但细米不记仇。福州有句土话说："老狗能记千年屎。"意思是狗的记性是可怕的，细米忘性却大，被骂被打时即使不高兴，不用三秒钟，一转身就丢脑后去了。

于淑钦走近来，在跟前立住。原先一把拢在脑后的马尾巴剪了，烫了；衣服是新的，白底淡蓝色碎花，腰那里向里收住，胸向外凸出，领子有一圈蕾丝花边；裤子也变了，不是宽宽肥肥打了几个皱的，而是合体地挺立。至于鞋子，鞋子也是新的，黑皮凉鞋，小粗跟。于淑钦说："这是细萌帮我打扮的。"

赵定力点点头，也笑起。喉咙那里有点凉，风嗖嗖地刮进去，他才意识到自己嘴咧得太大，连忙把双唇收紧。女人真是一种需要打扮的动物。谢氏本来就好看，赵礼成在槟城有乌度婆之后，她更一跃成为全村最吸引眼球的女人，每天变着花样地打扮也是一个原因。从前要是有钱，李翠月和罗玉玲也打扮一下，不知她们会变成什么样子。她们一个走了，一个死了。本来以为于

117

淑钦也走了，现在于淑钦又回来了。

预产期还不到，月子还没坐，怎么就回来了呢？于淑钦说："小齐的爸爸没事了，小齐妈妈已经被细萌喊去北京。"赵定力"噢"了一声。于淑钦走的这几天，鱼丸店的门从未打开过。鱼丸是赵定力做的，但赵定力不想卖。想开店的人是于淑钦，于淑钦走了，店就关了。现在又回来，赵定力就觉得自己以后应该卖力多打点鱼丸，让于淑钦多挣到钱。他正打算出去买些鲨鱼回来，于淑钦拦住了他。于淑钦说："不用买鱼。"赵定力说："其他料都有，就是缺鱼。没鱼怎么打鱼丸？"于淑钦说："不打鱼丸了。"赵定力皱起眉头，问："不打鱼丸，店里卖什么？"于淑钦说："店不开了。"

"那……"赵定力怔怔地看着她。去了一趟北京回来，于淑钦不是原来的于淑钦了。

于淑钦笑起，上前一步，在赵定力肩膀上拍了拍。这个动作以前她也从没做过。她说："挣那点小钱没意思。"赵定力仍然接不上话。以前开店赚的原来都算小钱，那大钱是什么？他还没开口问，于淑钦转个身，径自去后院，很快回来，没停下，直接往大门外走去。他一惊，追两步，问："你去哪里？"于淑钦头也不回地答："出去买个东西，马上就回来。"

不是去机场就好。赵定力松了口气，心里却仍七上八下的。一个兴冲冲跑北京伺候女儿月子的人，冷不防又回来，到家放下行李，马上返身往外跑。到底什么东西要这么急着去买？

其实于淑钦并没有"马上回来"，一个小时过去，两个小时过去，第三个小时又快要过去了，她才重新出现在门口。赵定力眼光一下子落到她手上，她手里提着一把崭新的锄头。她说："哎呀，真没想到全村跑遍了都买不到锄头。怎么觉得到处都是卖农具的店，还是昨天的事啊……你看，这把是徐巧琴借给我的，他们以前买的，还一次都没用过哩。"

赵定力一愣。买不到锄头他倒不意外，地没有人种了，锄头之类的东西还怎么能有市场？但于淑钦为什么这么起劲找锄头？他说："你这是干吗？家里有锄头……"

于淑钦打断他："你那几把旧锄头还能用？都猴年马月的破东西了，钝得只配挖豆腐。"说着她把锄头支在墙上，快步向卧室走去，边走边说，"我去换套衣服。"

眨眼间她果然就把从北京穿回的新衣服换成平时在家穿的棉布衣裤，皮鞋也脱了，换上人字泡沫拖鞋。从赵定力面前经过时，她顺手拉了拉他的胳膊，说："走吧，一起去挖铁罐。"

一直到此时，赵定力才明白她的意思。他在原地站了会儿，看着于淑钦走向后院，因为走得快，她那两瓣已经坠到大腿根的屁股像两张互不买账的大脸，急速地扭来扭去，又欢快又兴奋。女人的很多表情原来是通过屁股展示出来的。

赵定力好一阵才慢慢跟上。

那天中途放下锄头后，他再也没有来挖过。这些天一滴雨没有下过，刨开的土原先是水漉漉的乌黑，被太阳反复晒过之后，呈现失血的灰白，仿佛密密麻麻长出一层霉菌。那把已经磨掉锈的锄头，还原样萎在地上，已经又隐约重新起了一层锈。于淑钦站在坑里，挥着那把徐巧琴家的新锄头，每一下用力举起，落下时又分明有一点犹豫。见赵定力站着不动，于淑钦停下，双手支着锄头柄嚷起："你也来挖吧，快点快点！"她的脸被太阳晒得已经红通通的，汗珠子不住往下淌。

他想说其实没必要这么顶着大太阳挖，但看于淑钦这个阵势，说也没用，根本拦不住。于淑钦从北京突然回来，就是为了

119

挖地？似乎又讲不通。她走之前，就已经见到赵定力挖地了，还听了谢氏和赵聪圣的事。那时赵定力特地提到铁罐，提到罐里有什么什么，可是于淑钦还是走了，可见她并没有多在意这件事啊，要是在意她就不会去北京了。然后从北京回来，突然又这么在意了。为什么？

太阳完全落下去后，两把锄头才停下，坑已经又挖大了两倍多，整个花圃都快挖穿了，可是却没有铁罐。于淑钦的失落布在脸上，"到底是不是埋在这里啊？"她扯下草帽，捏在手里扇着，边把这句话反复问了几次。赵定力怎么答得上？于淑钦上前一步，又问："你爸真的告诉你铁罐埋在这里？"

赵定力身子向后猛一仰，他被于淑钦突然递过来的脸吓了一跳。被汗淹了几小时后，她脸仿佛被淹肿了，看上去大了一圈。一张本来就大的脸，变得更大，就摆在赵定力眼皮底下，那上面充满了被汗水撑大的毛孔和体力劳动后的倦怠，让赵定力突然想起谢玉非和陈小娥对于淑钦的评价。老实说之前他并不赞同这种说法，于淑钦充其量不好看而已，洋气当然谈不上，却并未达到土和俗的地步。现在呢？现在看上去这个女人骨架确实太大了，女人长那么大一副骨架干什么？哪本古书里都不可能把大骨头的女子夸成美人，杨贵妃胖归胖，可人家温泉水滑明明洗的是凝脂而不是硬邦邦支棱的骨头。

"你爸真的告诉你铁罐埋在这里？"于淑钦又问。

赵定力把脸向旁边侧去，又微微向上仰起。天灰下来了，很快就会黑下来。于淑钦去北京这些天，他每天最心慌的就是在这个时刻。将暗未暗，似乎很多东西都在暮色中悄然蠕动，从四面八方靠拢，从天上地下挤压。他七十八岁了，已经独处过那么漫长的日子，本来还有什么可害怕的？可他偏偏还是在越来越暗的天色中，没着没落地站也不是坐也不是。他不是一个普通老人，他现在病了。肚皮虽然是自己的，他却永远摸不着里头的肠子，它们可能在不知不觉间正拼足了劲使坏，打算在接下来的日子跟他过不去，让他日夜不得安宁。

那天从城里回来后，他曾一连五天没拉过屎，稀的干的一下子全消失了，一直到第六天，屎们才勉强露次面，有屎臭，没屎样。也就是从那时起，肚子像是开启了另一种模式，动不动屎就消失，如同连天洪涝之后，接下去就是没完没了的旱灾。古人祈雨，他能祈屎吗？于淑钦来了这八年，他几乎再没下过厨房，却每天花样百出地吃到热饭热菜。然后于淑钦走了，他哪还有煮什么的兴致？反正也没觉得饿，煮一锅稀饭可以吃一天。吃得不多，毕竟还是吃了，却不拉，肚子也没有任何鼓胀的感觉。那么小的肚子，那些屎到底都藏哪里去了？

昨天他在马桶上坐了快一个小时，才挤出几块指甲大小的黑块，好歹冒充屎，应付一下他。可今天，连这一点点冒充的屎都没有拉过呢。中午吃了一桶快速面正想再坐到马桶上去，突然于淑钦回来了。太意外了，他肚子里所有的屎都惊得四下逃散，连影子都没了。他揉揉肚子，觉得这样不行。谢玉非让他吃下的泻药只是为了做肠镜，并没有治疗功效，也就是说他带着一肚子病肠进了趟城，见了次谢玉非，然后没经过任何治疗就回到青江村。没有治，病仍在，可这个病却像坐着火箭，突然从这一端直接跳到另一端。这当然更不正常。

"淑钦啊。"他小声叫，心里猛然就暖了起来。于淑钦出乎意料地回来，她一回来，他心就不慌了，天爱暗就暗吧，暗透了，屋里还有一个肉乎乎的人，心里马上就踏实了。人真是一种最容易摇摆不定的动物。"淑钦啊。"他又叫了一句，这一句里多少带着几分愧疚歉意。刚才他居然嫌她脸大、骨架大。他比她大十九岁,又老又穷,无非个子高出一大截而已,这有屁用?高要是有用,门外那棵榕树都可以放胆让他喊爹。

这次,既然于淑钦去了北京又很快回来了,可见她还是舍不得这个家的,也放不下赵定力这个人。那么肠子的事他是不是应该一五一十都说出来让她知道?就是真到了不行的那一天,好歹她也有个思想准备。正琢磨着要不要开口,肚子猛咕地响了一下,声音非常微弱,他其实不是听到,而是感觉到的。在声音响起的同时,腹沟那里稍稍鼓动了一下,像一道小波浪轻缓涌起又蹑手蹑脚地退下,又像一辆小马车爬个坡又骤然冲下坡。他眉皱起,马上松开,接着又皱起。

于淑钦在他肩膀上推了一下说:"你说呀,你爸到底是不是说铁罐就埋在这个地方啊?"说这话时,她口气和动作显然都有一些不满。

赵定力摆了摆手,他突然明白现在还不能让于淑钦不满。她才刚从北京回来,就如同一棵树刚从其他地方移植过来,根还没有扎紧,随时可能被风重新吹倒。很险,他差点把她又吓跑了。他说:"别急别急,哎呀我得去拉个屎……"他把还握在手里的锄头往旁一丢,转身就往前院小跑而去。

在家里安陶瓷马桶,乌瓦大院是村里第一户,就安在披榭右侧的过道旁,不叫卫生间,一开始就叫马桶间,不大,七八平方米。修院子时,谢氏为这个费了很大的劲,请来的工匠对抽水马桶这东西听都没听说过,哪里知道怎么弄?连城里谢家大院那时用的还是木制马桶,但宫巷刘家院子里却新装上了。刘家很多男人都留过洋,女人中有谢氏以前闺中的密友。谢氏去了一趟城,进入刘家,放下一袋银子,让刘家帮忙找工找料。她说了一句让当时差不多全城最富的刘家人两眼瞪大的话,她说:"别在意钱,多花十倍的钱我也得弄一个。"结果真就从英国弄来了一个,运到青江村来。全村人围着,像看一个怪物,从码头那里一路跟进乌瓦大院。

现在村里所有人家里早就用上抽水马桶了,乌瓦大院这个就成为全村最旧的一个,泛着一层垢,像被香烟长年熏过的指甲,除了储水箱阀门坏了,修过几次再也修不动,抽不了水,只能用塑料桶从旁边水龙头上接水冲外,其他都仍然管用,稳稳立着,不摇不晃。于淑钦刚进门时,曾建议换个新的,赵定力当时犹豫了一下。人生无非吃喝拉撒几件大事,竟有一半得跟马桶打交道,其重要性不言而喻,但最终他却放弃了。接水冲并不影响使用,它还是活的,没死,不能扔了它。况且他的屁股与之已经相熟,彼此都有亲切感,换个新的,怕屁股未必接受。比如现在,他脱了裤子,整个人一折,没有任何别扭就猛地坐下了,仿佛坐的是一个肝胆相照老友的大腿。一切都丝丝入扣,拉了,终于拉了,不稀不稠,中规中矩。他撅起屁股扭头看了看,一节一节略微发黑,但也黑得有模有样,小家碧玉似的。这到底算正常还是不正常呢?

有一件事,他在对于淑钦说起谢氏时,根本没有提起过半句。谢氏临死前,有大半年都忙着拉稀。最终虽不是直接死在拉稀上,但也不无关系。一个人会被拉肚子拉得生无可恋,以前赵定力完全不能理解,现在他终于明白过来了。

还有一件事他也没说:当年,赵聪明死于肠癌。谢玉非那天所说的"鉴于你家的情况",他相信指的就是这个情况。

三

于淑钦每天都比赵定力起得早，以前是为了店里生意，现在店不开了，她仍然天未亮透就起床了，匆匆煮好饭，再胡乱吃下，就去后院挖地。花圃已经挖遍，于淑钦找出砍刀，把其余地面上的茅草都砍倒，拖过来，堆到花圃上，花圃因此更高出一层，像座小山耸在那里。

天已经越来越热了，太阳一大早就火辣辣地刺眼。于淑钦不怕晒，一般挖到临近中午，她才一身湿漉漉地回来。冲个澡，煮了午饭，吃下后稍微歇一歇，避过最燥热的那一阵子，然后又继续挥锄头。后院的地已经被翻了一遍，到处凹凸，坑这里一个那里一个，踩在上面一脚深一脚浅，一不小心就是一个趔趄。

但是，没有铁罐。

于淑钦的脸色从最初的喜气密布，慢慢变得晦暗幽深，看上去累得似乎有罢休的念头，但第二天她又去了。她问："到底有没有铁罐？"赵定力说："有。"于淑钦又问："到底铁罐埋哪里？"赵定力说："不知道。"他回答时，于淑钦两眼一眨不眨死死盯过来。不是撒谎，他真的不知道。那就继续挖地，这一处刨开了，没有，但会不会挖不够深，或者恰巧锄头从旁漏掉了？这么一想，动力就来了，重新举起锄头。却仍然没有铁罐。

晚上见赵定力又独自坐到茶台前泡起茶，于淑钦也在茶台对面坐下，把右手伸过来，在左手腕上又捋了捋。这一阵这是她常做的动作。手腕上如果有镯子，那么一捋，就等于用手掌把翡翠盘了一下。赵定力想起以前听谢氏说过，翡翠有一股骚气，像爱撒娇的女人，喜欢被摸，也就是盘，越盘就越水润剔透，玉性也慢慢被盘活了。于淑钦说："你好好回忆下，那个铁罐，当时你爸是怎么跟你说的？"

赵定力右手拇指和食指夹起杯子，把茶送进嘴里。他不想答，他答不了。

于淑钦说："喂，你说话呀。"去了一趟北京，除外表以外，于淑钦说话的口气有很大变化，她开始使用短句，每一句尾部音调总是向上扬起。一个人见没见过世面确实差别很大，世面就是气场。不过，赵礼成的世面见得比谢氏大多了，从青江村码头向南洋漂去，得经历多少波浪、旋涡、台风，才能漂到马六甲，上了岸，从寺庙里做起，破衣烂裤慢慢换成湖绸汗衫，再到缎面衣裤，而住的破棚子也得流无数的汗才能慢慢熬到住进莲花河街外墙涂抹绿漆的房子，可是没用，谢氏哪里都没去，一直待在青江村里，却照样把赵礼成治服。可见世面并不是一个人变化的直接原因，所有的原因都来自内里。

于淑钦动了动身子问："你在想什么？"

赵定力笑笑，说："没想。"

于淑钦说："你明明有。说嘛说嘛，你到底在想什么？"

赵定力瞥过一眼，又端起一盏茶抿下，然后低头，半晌不语。这几天于淑钦一下子黑了，黑里带红，脸上有一种皮革的质地，两颊泛着一层来路不明的油光。是不是也壮了？整个人似乎向外扩大了一圈。黑色不是明明会让人看起来是向内缩小吗？放在肉上面原来正相反，它带来的是结结实实的力量感。五十九岁的女人，她从每个毛孔往外喷发的力量让赵定力很不安。他不能把这种不安说出来，或者其实他自己也还没弄清到底是哪种不安。

于淑钦手机的微信提醒音响了，她看了看，就站起。从披榭

125

往花厅走去时,已经接通了语音电话:"喂,噢,呃……是啊……"声音渐渐小下去了。在茶桌旁不就可以对话吗?要避到旁边的花厅去,不就是要避开赵定力?在去北京之前,无论跟陈细萌还是陈细坤通话,她从来都不怕赵定力听到。现在怕了?怕什么?赵定力扭扭身子,站起,但脚还没迈出,又停住了。他真的很想走去听一听,可这不就算偷听了吗?

他重新坐下。壶里水没了,正要再烧,发现桶里水已见底。桶是蓝色透明塑料,之前他以为街上卖的这种纯净水有多神,买了一桶回来,一喝,什么玩意。此后他就继续从自家这口莲花井里掏水,但这个蓝色桶留下了。从井里吊上水的是柱形木桶,箍得结实,上了几层红锦漆后更结实了,每片木头都已经互为血肉了,粘得密不透风,用了几十年,麻绳被井边青石磨坏已经换过无数次,桶最多仅磕出几处小伤痕,平时挽起绳搁井沿上,用时再放入十来米深的井里,吊上水,提到茶桌旁,装入蓝色透明桶,用塑料软管接到电磁炉上。

井口盖有一块已经有些龟裂变形的杉木板,其实不盖也不会有什么脏东西往下落,但盖习惯了,好像一旦不盖了,井就会突然逃走似的。赵定力站起,顺手提起塑料桶。就是这个瞬间,肚子突然一揪,里头有什么东西火辣辣地滚动了几下。他一怔,已经抓在手里的塑料桶猛地滑到地上,咚的一声闷响。他叫道:"淑钦、淑钦……"声音不大,像一句叹息,显然他只是叫给自己听的。然后他扭头看看,没有人,于淑钦还在花厅那边跟谁通着微信语音。他犹豫着要不要大声叫一叫,肚子猛地又是一阵咕噜地翻滚。疼,刀刮过般疼。他夹紧大腿根,碎步向马桶间跑去。仅仅二十多米的距离,却觉得永远抵达不了,向前一步,马桶间就退远一点。终于跨进门了,甚至来不及完全褪下裤子,就猛地往下一蹲。

这次他在马桶上坐了非常久——他自己觉得很久。马桶间上方开着一扇小窗,有风进来,但不足以把那么浩大的闷热驱赶掉。额上、背上都布上一层汗,蚊子绕在头顶嗡嗡嗡地叫。他认识蚊子已经七十八年,蚊子并不能要他的命,此时另一个尖厉的恐惧蒸腾而起,把他轰然压倒了。马桶里空无一物。肚子闹腾得这么厉害,山呼海啸地疼,仿佛无数鬼魅都出动,已大兵压境,马上就要攻城拔寨了,突然间却偃旗息鼓,他什么都没拉出来。屁眼那里藏有盖世英雄一夫当关了?他冲进马桶间,脱了裤子已经准备好狠狠拉一场,屎却改变方向,没头没脑遁到神秘的某处去了。所有反常规的变化,都让人心里格外七上八下。

腿麻了,虽是坐着,但大腿勒在马桶边沿,受力太久了也吃不消。他扯过一段卫生纸,用力擦几下,动作粗鲁无礼,带着不可遏止的怒气。是的,他对自己的屁眼非常不满。再伟大的人也都只有一个屁眼,而且因为担负的是这么卑贱的工作,他一直以为这是身体上最可忽略不计的部位,现在发现其实不对,能征善战的屁眼完全可以决定一个人的生活质量,能拉才能吃,能吃才能思考,能思考才能不断把自己从普通人变成伟人。他慢慢站起,打开门,扶着墙立一会,看见于淑钦正穿过那扇拱形小门,从花厅那边过来。

"呀——!"于淑钦尖叫起来,"你吓死我了。"

一盏节能灯吊在马桶间后方的顶上,光惨白精亮,此时赵定力穿黑T恤黑短裤,被灯光在地面拖出一个竹竿般的细长阴影。这有什么可吓的?赵定力脸马上也像身上的衣裤一样黑,他从于淑钦面前走过,腿还是麻得不太听使唤,无数虫子在骨缝间竞相爬来爬去,所以他走得不快,但很有力,已经没剩下多少肉的腿，被细长干枯的老骨头带动，嘎嘎作响。

"你干吗？"于淑钦问。

"睡觉。"他答。天不早，茶也喝够了，在马桶上坐那么久，屎半点没拉却比拉还虚弱，他必须躺下，能不能睡都先歇歇去。

于淑钦说："哎呀，你牙还没刷吧？"这八年，于淑钦每天晚上睡前都要催他清理牙齿。她不知从报纸还是手机里看了口腔卫生小知识，顿时把不刷牙跟不要命画上了等号。现实中她有活生生的证据，陈卫财没有刷牙的习惯，就生出一嘴的臭气，肝那么娇贵的东西，一年年大约就是这样被熏坏的。嫁进乌瓦大院后，这几年她最坚持的就是这件事，早上和晚上，她帮忙装好水，挤好牙膏候着，然后站一旁盯着他刷好牙才放心。水边长大的人，其实从小就装了一肚子贝壳类海鲜，含钙量丰富，牙肯定比一般人都好。除了后槽掉了几个，赵定力的大部分牙齿还稳固结实地长在老位置，无论如何它们一直是他身上最白的，似乎也是最可靠的东西了，每天反复使用，拿各种食物折磨它们，它们却时刻候命，来什么嚼碎什么。他自己的牙，放在自己嘴里，凭什么还要再刷给你看？他不刷。

于淑钦很快跟进屋，见他已经躺到床上，过来就拉住他胳膊往上拖。她说："还是刷一刷再睡。"赵定力明显觉出她手劲比以前大了，箍住他胳膊的两个手掌上微微有点刺。就这几天的工夫，她的手掌已经长出茧子了。倒没言语过，但赵定力曾见她低头盯着自己的掌心发过呆，那上面浮标般显露一排土黄色的硬茧。他挖铁罐是希望她别去北京，她去了，又回来了，他已经对铁罐没有兴趣了。他把于淑钦手甩开，然后坐起，背靠在床头。这事得说一说了，不能让她一直这么下去。累是一回事，万一……他脑子里就是在这时候猛然闪过一个念头：刚才她避开他跟人通电话,那人是陈细萌吧?会不会陈细萌又改变主意,催她再去北京?否则她有什么必要怕他听到?仿佛一把尖针猛地捅过来,他觉得自己像只破气球,正一点点瘪下去。但是既然刚才嘴唇已经做好说话的准备,那好歹就说一说呗。他问:"你女儿有事吗?"他不能直接说"女儿",必须加上"你"。对,女儿不是他的,他没有女儿,也没有儿子,一个都没有。

"呃,什么事?"于淑钦眼眶向上撑了撑,愣愣地看着他。

在没弄清于淑钦究竟是装傻还是真傻之前,他决定不再开口。八年前他以为娶进门的不过是一个手脚勤快、脑子简单、性情直爽的女人,前者没有错,后两者之前也基本符合,现在似乎却不一样了,她变得一点都不简单和不直爽。

"噢——"于淑钦拍拍额头,"我是跟巧琴通微信。"

赵定力瞥了她一眼。为什么跟徐巧琴通话要避开他?她们其实只要用重庆话说,赵定力就基本听不懂了。基本不懂,但还是会有少量明白——就是这少量的话,于淑钦也不愿意被他听去?难道陈细萌让徐巧琴动员于淑钦去北京?他问:"徐巧琴找你干吗?"

于淑钦说:"没……有,就是瞎聊。"

赵定力注意到她眼珠子快速转动了两下。瞎聊怕他听?他觉得不能含混,这件事让他心里太不是滋味了。他说:"聊谁?是王瑞生还是我?"

于淑钦笑起:"没有,她只是问我铁罐挖到了没有……"

赵定力眼睛一下子瞪大了,吼起:"你告诉她铁罐干什么?"

于淑钦后退一步,愣了一会才开口:"那天锄头不就是她家里借的吗……"

"锄头就锄头,说铁罐干什么!"赵定力身子一转,两条腿挂

129

到了床沿。算了,不睡了。他向外走去,顺手把门重重一带。砰,门板撞到门框上,整面墙都在晃动。如果告诉于淑钦其实并没有那个铁罐,真的没有,她会不会第二天就重新收拾了行李,转头就去北京,从此永远不会再回来?他觉得应该十有八九。

四

赵定力最后还是回到床上。

刚才他并没走远,还是坐到茶台旁,从井里提上水,倒进桶,烧开,把茶装入玻璃杯,浇上开水,洗掉,再浇,然后茶水倒进公道杯,又从公道杯倾入小盏。他做好了一整夜就这么打发掉的准备。结婚八年,他还从来没对于淑钦发过火。一个女人整天在你眼皮底下辛苦做着小生意,靠卖一粒两块钱的鱼丸贴补家用,自己却一直省吃俭用,不挑吃不挑穿,还有什么可发火?但今天不一样,今天其实是之前好多天的积累。于淑钦去北京。于淑钦从北京回来店不开了,每天埋头挖地。于淑钦对他的肠子一无所知。于淑钦很多话可以对徐巧琴说却不能跟他说……

他不是个一点脾气都没有的人,看上去似乎没有,但当地有句老话不是说"咬人的狗不叫"吗?他不打算咬谁,但他也有叫的时候。过一会于淑钦过来。她刚洗过澡,换了皱巴巴的富春纺花背心和同花色的大肥短裤,没有穿内衣,胸口那里松松垮垮地晃动着,偏偏乳头却是硬,支棱地顶在那里。为什么女人脸蛋和乳房那么容易松掉,乳头却不容易?这是一个奇怪的事实。尿意突然来了,但他还是没马上站起。好多天了,他屎都拉得不三不四了,本来以为又要开始拉稀,却没有,连干的都没拉出来。今晚的无名火最初可能是由屎而来的,最后于淑钦却替屎受过。他有点对不起于淑钦。这么一想,他长吸一口气,又长呼一口气,说:"我是一肚子不舒服……"说完他用右手往自己肚子上指了指。

于淑钦讨好地笑起,她显然还没明白过来。她说:"我没说你坏话。"

赵定力顺势点点头,事情到此为止就罢了,多解释也没有意义。他说:"你会再去北京吗?"于淑钦摇摇头,说:"不会。"赵定力仍不放心:"真不去了?"于淑钦迟疑了一下,还是摇头。赵定力动了动嘴唇,说:"我肚子真的不舒服好一阵了。"于淑钦头一歪,觉得很奇怪:"噢,为什么不舒服?"赵定力说:"老是拉肚子……"于淑钦说:"是吗?那明天去买点药吃。"赵定力说:"可能有点问题……"于淑钦说:"好,明天去买药。"

赵定力吸了一口气,于淑钦说"好"?他病了,肠子有毛病了,可是于淑钦居然说"好"。他把手放在自己肚子揉几下,很瘪,皮松得水一样荡着。千金难买老来瘦,可是如果瘦是因为内里已经千疮百孔了,那千金为什么要去买?

这一晚洗漱过,两人似乎都有同床共眠的意思,但最终还是分头进了各自的卧室。灯关掉了,非常黑,赵定力躺在床上,仿佛为了安抚肚子,双手一直搁在上面,不时揉几下,动作轻柔得像是抚在古代薄胎瓷器上。

第二天他醒来时,外面是安静的。起来,转一圈,没看到于淑钦,她应该又早早去了后面的花园。细米在外猛地大声叫起,一声一声都很用力,接着很快就听到响声,是有人在敲院子的门。打开门,外面站着王瑞生。

王瑞生不是第一次来,细米早就见过他了。细米懒,一般不会喊叫。体格越小的狗越没自信,没自信才动不动叫起,用凶相掩饰虚弱。细米七八十斤重，活得信心满满的。之前王瑞生来它也叫吗？没有，那今天为什么叫得这么凶？

王瑞生三十九岁才结婚，当年儿子就生下来了，还是双胞胎，感觉老天有点补偿他的意思。儿子跟他一样书一拿起就睡着了，眼看着这条道走不通，王瑞生就各花十八万元找蛇头，让他们一起偷渡去美国，上了岸在中餐馆打工。小的还没成亲，大的上岸后很快和当地华人结婚，接连生了两胎，夫妻忙着挣钱没空带，两个孙子就陆续送回青江村。本来是交到徐巧琴手中，没想到王瑞生反而更细心，连穿衣喂饭把屎把尿都弄得头头是道。被两个孙子黏住后，他就很少有闲暇出门，哪料到会突然到乌瓦大院来。

赵定力照例还是先泡茶。他打开茉莉花罐子，用茶勺铲出茶，倒入玻璃杯。水在电磁炉上很快吱吱吱地烧开，提起，倒进杯，先洗一遍茶，再泡下，坐杯几秒，然后倒出。整个操作都是放在旧青石饮马槽内完成的，槽里铺有一块钻了一个个小孔的厚木板，槽下方也钻有一个小孔，孔里插着细长的竹管，管的下方插入一只木桶里，这样洗茶的废水就直接被接到桶中了。赵定力用茶叉托起一小杯茶递给王瑞生，问："你今天这么闲啊？"

王瑞生没有答，他低着头一直盯住茶台。赵定力用指节轻轻叩叩茶台，提醒王瑞生茶要趁热喝。王瑞生这才端起杯子喝了一口，笑起说："好久没见面了，来看看我哥。力啊，最近都好吗？"赵定力点点头。青江村原先全村姓赵，他们是宋靖康二年正月金兵入汴京前，第四十六皇子带着上百口家眷和随从以及一堆白银、交子南逃，逃到闽江边停下来，然后慢慢开枝散叶繁衍成村子。过了一百多年，至元十三年正月，元军攻占南宋都城临安前，又有一批赵氏皇族跟随杨淑妃和七岁的赵昺南逃而来，他们中不怕死的半年后随大军离去，最后死在广东崖山，一些怕死的没走，散到福州城四周，其中投奔到青江村的也不少。也就是说，村里的赵姓一脉相承，五百年前是真正的一家，杂姓不多，郑、何、罗、王，掰着手指头就算得出来，而这些年赵定力偏偏走得最近的人却是王瑞生。王家究竟哪一代落脚到青江村的，估计连王瑞生自己都弄不太清楚。虽不沾亲，但年纪有三岁的差距，这么一算，王瑞生把赵定力称为哥，也是对的。都好吗？都不好。

他站起来，说："你自己先喝点茶，我去去就来。"

他去的是马桶间。每天早上起床后，他做的第一件事就是去马桶上坐会儿，马桶像是他祖宗，必须先去请个安，一天的日子才算正式开启。刚才王瑞生敲门，他从床上下来，然后直接坐到茶台前，一直心神不宁的仿佛链条缺了一环，寻思了半天，终于记起今天他忘了马桶。王瑞生不是外人，冷落一下毕竟无妨。论重要性，王瑞生哪能比得上肚子里的那些屎啊。他想说不定托王瑞生的福，今天屎们爱凑热闹，终于可以正常滚出一些来吧？

但并没有，仍然没有。他坐在马桶上掰动手指头，一二三四五六，这次已经有六天了，还是没拉过屎，肛门仿佛挂着"停止营业"的牌子，大门紧闭，毫无作为。肠子是屎的家园，躲在里面谁也不知道它们会玩出什么把戏。怎么能死一般寂静，颗粒不拉呢？不拉原来比乱拉的恐怖感更真切得慑人啊。以前村里曾流行过建沼气池，都是县和公社派技术员下来教的，把人屎和猪屎一股脑堆进圆筒形或椭球形的池子里，密封住，让其发酵，生出气体，居然可以用来发电。那么，他这么多天的屎都堵在肚子里，跟密封起来的沼气池有多大区别呢？是不是划一根火柴，整个人也会刹时燃烧起来呢？

从马桶间出来时,赵定力看到王瑞生像研究军事地图的指挥官,身子前倾,手指头在茶台上微微划动,又俯下身头探到茶台下方。见赵定力出来,他坐直了,巴掌在台面上拍了拍,笑起:"这茶台,真他妈好!小时候我见过几百回了,那时居然不识货。啧啧啧!应该是你奶奶做的吧?"

赵定力"嗯"了一声。在马桶上他把自己坐恍惚了,注意力全部集中在屁眼那里,几乎已经忘了家里还有客人。他现在没有心情,一肚子的粪让他跟谁都不可能把盏言欢。王瑞生来这里干什么?他完全可以离开了。赵定力走到茶台边,却并不坐下。他把大腿靠到茶台的边沿,瘦高的身子与桌面形成清晰的T字形。他俯身把散在桌上的茶叉、茶夹、茶勺都收拢,放入竹筒里,杯子也叠起,收进铝合金消毒锅,再把茶渣倒进垃圾桶中。村里的规矩是,茶淡下来后,主人如果不新泡一壶,就有送客的意思了,更何况收茶具?赵定力想,得去吃点东西了。这些天不拉会不会正因为吃太少的缘故?吃得少,不能形成足够向下推压的新屎,旧屎就在里头无法无天,干脆死活赖着不出来了。

但是王瑞生坐着不动,他一点都没有要走的意思。王瑞生手掌在大腿上连拍几下,说:"哎,你家里藏有宝贝,我其实很小就听说过了……"

赵定力看着他,眉头微微皱起。曾是小胖子的王瑞生,现在是老胖子,他身上好像缺点什么部位,缺什么呢?噢,是脖子。那么大的一个脑袋没有任何过渡,就直接落到肥厚的肩膀上了。这个问题之前赵定力真没留意过,他也想不起小时候王瑞生到底有没有脖子,一点都想不起来。可见一个人有没脖子根本就无关紧要,既不影响自己生活,别人也完全不当一回事。王瑞生说:"这事村里以前很多人都知道,我奶奶当年就曾跟我说过你奶奶戴过至少十几只翡翠镯子是什么色泽的。还有金链子,这么粗!"他把食指伸过来,在赵定力跟面晃了晃,"还有什么呢?对,说你家以前柜子上摆的东西那叫多啊,一排一排全是不得了的,玉雕、寿山石大摆件、纯金纯银的牛呀马呀鼎呀之类的,多得数不过来。不过那时大家都只是说说而已,也没怎么当真。时间一久,就忘得差不多了。"

赵定力还是嘴唇抿得紧紧的。

王瑞生说:"哎呀到底多大的铁罐?都装有什么东西呢?据说……哎,我猜单单黄金至少就有几十斤吧?祖母绿的翡翠镯子不至于才一只吧?啧啧,赵定力你他妈的发财了,这是什么狗屎运啊,命真是太好了!"

赵定力把王瑞生的话在脑中重新播放一遍,终于回过神来了。"没有没有!"他觉得自己舌头都有点不太听使唤了,话从牙缝间出去时,跌跌撞撞的像瘸了腿闪了腰,"哪有什么铁罐……"

"没有?你连我都瞒?我们以前什么关系?我可是……"王瑞生瞪着眼,定定看着赵定力。从进门起,他脸就一直像抹了一层蜡似的笑眯眯地泛着光,这会儿一点点暗下来,已经不笑了。"哇,你这个人!"王瑞生猛地站起来,和站立动作一起做的,是眼帘一眨,两个眼珠子再往上一翻,重重把胳膊向后一甩,向外走去。

赵定力呆立了一会儿。这一早上的,自己没做过什么对不起人的事情啊。从床上下来,开了门,迎进王瑞生,然后泡茶,然后去一次马桶间——什么也没拉出来,所以去了也等于没去,然后王瑞生就气呼呼地走了。

真是邪门了。赵定力叹了口气。他还装着一肚子屎出不来哩,哪管得了别人肚子里装着什么气。虽然他老婆徐巧琴把于淑钦介绍来当老婆,也虽然前几天于淑钦去他们家借到一把新锄头……赵定力一怔,他好像有点明白王瑞生为什么生气了。王瑞生老婆当了媒人,又把新锄头借去挖埋在地下装有很多财宝的铁罐,王瑞生就觉得自己对于赵定力来说恩很重,应该亲人般秘密共享……什么秘密?铁罐。赵定力脸皮一皱,转身去了后院。

于淑钦前俯着身子,还是穿着昨晚那一身富春纺花衣裤,浸了汗后,背上的布变成半透明状的,湿漉漉地皱起,纹路绕来绕去,像缠绕着一根根细小的肠子。赵定力下意识地后退几步,他现在对所有与肠子接近的东西都心里发毛。他低下头,低了很久。再抬起头时,看到花园左侧,堆在花圃上的那些茅草已经被晒得焦黄枯萎,叶蜷缩了,茎仍然支棱着,看上去体积似乎并没减少。

于淑钦手机响了,她从裤袋里取出,漫不经心地贴到耳上,然后整个人像通了电般往上一跳:"好,好,好!什么时候?前天?前天为什么不马上告诉我?噢……好好好,生了就好。"收了手机,她冲赵定力喊:"细萌昨天生了个儿子哩,八斤重。你说厉害不厉害?她那么瘦,屁股那么小,还比预产期提前了十多天。流了很多血,今天终于没事了。哎呀这次她吃不少苦了。定力啊,八斤哩,真是想不到,要是买肉得是多大的一坨啊,能装一脸盆吧?可我在北京时,怎么看着她肚子一点都不显,还以为胎儿太小了,天天催着她多吃点。"

赵定力点点头,他想何燕贞那年生他,也吃了不少苦。女人真不容易。这时他听到咕的一声,是肚子里发出的,声音向下,向后。屁意来了,整个小腹都膨胀起来。他抿起唇,憋着劲,试图重重放个屁,却什么都没发生。那个声音一闪,就蛇一般飞快从他肠子间窜过,很快就消失得无影无踪。

第五章　陈细坤回来了

一

第二天赵定力决定再去趟福州城。这次他把实情告诉于淑钦了，他说："我要去医院看看病。"

于淑钦一脸都是意外，问："咦，你病了？什么病？"

赵定力鼻孔重重吸一口气，说："我肚子不太好，屎断断续续的，一直拉不好。这次已经好几天了都拉不出来。"

于淑钦像被谁挠了胳肢窝，蜷起身子，双臂向前环住腰，咯咯咯长一声短一声地笑。她说话声音大，笑声更大，都有共鸣声了，房子似乎跟着颤动。"屎多拉一泡少拉一泡有什么关系？至于吗，还要到福州找医生？你是不是脑子有问题啊？"在笑的间隙里，她发出这样的疑问。顿一下又说："不拉就不拉呗，一个大活人难道还怕屎？放肚子里又不占地方，肠子那地方反正它们又不能待一辈子，就是躲一天，还能躲一年？"

赵定力就不想再说什么了。不能说于淑钦轻蔑屎有什么不对，他自己年轻时也轻视过。又臭又脏的东西，明明是自己制造出来的废物，不中看也不中用，更不能当饭吃，谁会把它当回事？结果碰上了才知道，一个人身上任何东西，哪怕是这样的废物,一旦出错,就会是多么大的麻烦。他把情况如实告诉于淑钦的意思,本来是想让她陪着走一趟,但现在他改变主意了。

出太阳了,榕树上的麻雀又从四面八方聚来,或者榕树本来就是它们的家,它们根本就没有离去,都赖在家里,正在过节,竞相扑打着翅膀,叽叽喊叫,彼此调情。赵定力从院子前的小台阶上迈下,往前走两步,脸上突然一凉。用巴掌抹了下,举到眼皮底下一看,掌心是湿的,还有一抹青中带白,又夹着灰的东西。他怔怔看了片刻,一股气猛地涌到胸口那里:是鸟屎。

操!他骂了一句,转身进院子,洗了手和脸,然后一屁股坐到茶台旁。一个拉不出屎,正打算去城里找医生开药的人,一出门就被鸟屎糊了一脸,这到底有多晦气啊。鸟是向他炫耀还是嘲讽?一个活得连鸟都不如的人,这日子真是太没意思了。

口渴,他按下开关,进水、烧水、泡茶。把一盏茶倒入口中,茶水从唇齿、舌尖、喉咙经过,一路润泽抚慰,胃也一点点暖起来。这世上幸亏有茶,茶真是好东西。又倒了一盏端到嘴边时,手突然定住了。盛在精白色小茶杯里的茶水,像一只瞪圆的咖色眼睛,就这么一眨不眨地与他对视。他鼻子一酸,接着一滴泪从内眼角滚出,顺着鼻梁往下滑。

"你怎么啦?"是于淑钦。她正从外面进来,一只脚踩住门槛。赵定力连忙抬手在脸上抹了一下。拉不出屎而已,他落泪肯定不至于因为这个,但究竟因了什么?不知道,他说不清楚。"眼睛进沙子。"他勉强找到一个解释。

于淑钦"噢"了一声,似乎不太相信,但也没纠缠在这上面。她到茶台边坐下,伸手自己倒一杯茶喝下,然后上身伸过来,脸仰起。"细坤要回来了。"她说。

"他刚刚给我发微信了。"她又说,汗津津的脸上都是笑。

赵定力没有答，只是微微点点头表示知道了。一个人还是要有一儿半女才好啊，年轻时不觉得，老了，世界上的一切越退越远，渐渐跟自己了断关系，但父子母女的关系却是焊到一起，没死就永远有关，扯不断，砍不绝。而他，他结了婚，又结了婚，一共结了三次婚，却没有半个子女。

于淑钦脑袋又向前微微探出，笑道："细坤请探亲假，这次会在家多住几天。他说……哈，他想索性就住我们这里，你看呢？房间反正多得是，收拾一间出来让他住，我觉得也挺好的，免得我跑来跑去的麻烦，你说是不是？"

赵定力半天没回过神来。于淑钦的儿子，理论上也可以算他儿子，但这个儿子之前正眼都不看他，脸色跟屎似的摆给他看，从北京回来也从来不肯踏进乌瓦大院半步，突然之间却要住进来，这算什么事？"什么时候回？"赵定力突然想到这个问题。

于淑钦说："明天中午！"

明天中午离现在不过二十多个小时了，于淑钦的儿子陈细坤要从北京回来，住进乌瓦大院，然后同一张桌上吃饭，抬头不见低头见。怎么打招呼？怎么称呼？怎么说话？赵定力站起，他还是去福州吧，离开家，离开青江村。重新走出乌瓦大院时，他犹豫了一下：似乎应该跟于淑钦说一下？但很快他就觉得没必要。早上已经说过了，于淑钦并不认为他的屎有什么问题。他出了门，被鸟屎拉一脸，所以又回转，坐到茶台上喝茶，然后就听到陈细坤要住进乌瓦大院的消息。

赵定力没有再去找谢玉非。血未必都浓于水，亲戚这层关系，有时反而坠着另一种压力，无形的，说不清道不明，却格外沉甸甸。汽车站旁边就是一家中医院，他走进去，挂主任的号。主任是个女的，五十多岁，开药方时问他："是自己熬，还是代煎或者颗粒冲剂？"赵定力没听懂，他摇摇头。主任皱着眉解释一遍，赵定力连忙说："中药还能变成冲剂？那就冲剂。"

药方开了七剂，变成冲剂后，装在薄薄的十四个小袋子里，合起来也不过馒头大的一撮，一个巴掌都抓得过来。世界真的变得跟以前不一样了。走出医院时，他忽然意识到事情弄拧了。他离开家，到城里看病，病已经看完，可陈细坤却是明天才从北京回。接下去怎么办？他不知道怎么办。看一下手机，下午四点十五分，离天黑还有段时间。到处都是人和车，车窜来窜去地忙碌，可这些都跟他无关。他是个病人，手里提着药，肚子里装着屎。

最后他还是回青江村。到家时天还没黑透，很多狗在路上撒欢跑动，或者吊着舌头悠闲地张望，提起后腿冲着路边的树撒尿，扎下后腿一节一节轻而易举拉屎，每只都一脸关我何事的轻松状。

人很多时候活得根本比不上狗。

乌瓦大院明显有变化，天井、厅堂都刚冲洗过，青石板上水渍还在，一股井水特有的清凉气上下弥漫。院子外也清扫过，看上去门一下子宽大了很多。在他去城里看病取药的时候，于淑钦放下锄头，暂停挖地，已经把家里的卫生上下清理了一遍。赵定力进院子后，她就追过来，一直笑吟吟地跟在背后，迎宾员般礼貌周全。赵定力晃了晃头，他现在急着吃点东西，把胃稍微填一填，然后把药泡开喝下。

于淑钦进厨房，很快就给他端出一碗粥、一盘空心菜和干煎鳗鱼。自从乱拉接着又拉不出来后，赵定力已经很长一段时间都食之无味了，所有食物仿佛被强行关闭了甜酸苦辣，舌头牙齿也开起小差，气味缩起身子一股脑溜进肚子，不给他的嘴留下任何感觉。下面那个口出了问题，原来会直接影响到上面的这个口，它们像亲兄难弟般荣辱与共，一毁俱毁。那么，现在呢？现在如果嘴里真的吃得香，有了香的感觉，是不是意味着屁眼那里也快有转机了？

天已经黑透了，没有月亮，剩下稀疏的星。天黑后乌瓦大院从来都静得像飘浮到半空的叶片，最多剩一闪而过的虫鸣鼠叫。就在这时，一声结实的闷响突然响起，"噗——"，声音不是直线的，而是凹凸拐弯，拖出长长的尾音。赵定力先是看到于淑钦眉头一皱，脚向后退了一步。他有片刻脑子空白，很快又回过神来，心里猛地一松。放屁了，久违的屁在没有任何前兆的情况下，突如其来，雷一般炸开。他打了个寒战，整个人急速一抖，一股凛冽之气从腹底猛地向头顶窜去。放屁对一个人来说居然如此重要。既然屁已经来了，屎还会远吗？他重重放下筷子，猛地站起，几乎是小跑般大步走去。于淑钦在身后喊他："不吃了？"他没有答，脚步也没停下。他必须持续向前，如同一把射出去的箭，目的地就是马桶间。

离那里还有七八米远时，他已经开始解腰带，手指急速划动如握着一只滚烫的红薯，接着双手一松，裤子一下褪到两膝间了，腿顿时被卡住，步子迈不开，他只能像受惊的青蛙慌乱择路般蹦跳进去，然后还不等关上门，身子已经先折起，屁股棍子般伸长，重重摁到马桶上。世界一下子缩到眼皮底下狭小的这一块，他吸口气，把浑身力气都攒起，屏住，向下使力，腹鼓起，两腮因此也跟着鼓起，鼻孔一口口嘀嘀嘀地喷出声响。一次不行，再重新来一次，又一次。这是一场战役般的搏杀，纵横的烽火硝烟都藏于肚皮之下。出来，你给我滚出来。赵定力暗喊几句。他真的毫无胜算，心上下飘浮，掉进油锅里似的煎熬。这些天屁股下陈旧泛黄的老马桶已经无数次见证了他假模假式空来一趟，偌大的一个人却败于小小的屁眼，虽然屁眼也是自己的地盘，但无疑它已经有割据在外的诸侯之气，权力膨胀，目中无人，蛮不讲理地把门任意一关，能拿它怎么办？肚脐那里为什么不能生出一个拉链呢？如果有，能省去多少麻烦啊，别说肠子里的屎，连胃、肝、肾之类所有"月"字旁的器官都得老实下来，哪个都别想造出什么妖孽来。

"哎，你饭还吃不吃啊？"是于淑钦在问。

听到她走近的脚步声，赵定力连忙把马桶间的门关紧。这没什么值得参观。

"你到底还吃吗？不吃我收拾起来了啊。"于淑钦已经站在门外了，用手指轻轻叩着。

赵定力没有答，他不想分心，所有的力气必须攒起来，拧成一股绳，全部用到肚子那里，一毫一厘都舍不得浪费。

"你没事吧？怎么回事？"于淑钦还是不依不饶。

"没事！"赵定力吼起，声音不大，但恼怒已准确传达出去了。门外安静了片刻，然后响起啪哒啪哒的拖鞋声。她正在走远，她本来就没必要来。但拖鞋声猛地又止住，紧接着一句尖厉的嗓音炸响："不吃算了，我收起来了啊！"

赵定力坐在马桶上微微一震，两腿像鼓掌似的猛地往里一并。在停滞了几天之后，该拉的屎终于在迟疑彷徨中鱼贯而出了。他无法陈述这一刻的心情，宛若烟花绽放，又仿佛大仇初报。每推出去一节屎，居然比吃下一口山珍海味更让他浑身一爽，而额上，竟是一层潮湿。

拉一泡屎出这么多汗，证明越老拉屎越是体力活啊。拖过卫生纸擦过，抬起屁股扭头往下看时，有一瞬是失望的。屎很黑，如同龙眼核，关键是它们一块块也大不过龙眼核，确实很小，一粒粒沉淀在马桶正下方。椭圆形的马桶内，盛着一汪椭圆形的水，水里再储着一撮汇合成椭圆形的屎，它们共同构成了眼眶、眼白和眼珠子。这只大眼往上看，水汪汪地看着赵定力。赵定力叹了口气，立起身子，决定不再与它对视下去。他以为至少拉出一支部队哩，结果仅仅么一小撮瘦弱的游兵散勇。但毕竟是破冰了，它们姑且算抛个砖，有一就会有二，玉被引来肯定不会太远了。这个信心让他又重重叹了口气，胸腔那里一下子舒坦了很多，仿佛屎原来都堵在那里，这会儿被赶出，已溺死在马桶里。

　　穿好裤子，他又俯下身子。旁边塑料桶上方，水龙头一直细小地开着，水源源不断地往下滴，滴久了，桶就永远都蓄着水，这是于淑钦做的，女人就喜欢在这些小地方省点钱。他把桶提起，在冲下去之前，又停住了，居然有点舍不得。当然又不能把它们留着当标本，去你妈的吧。水飞流直下，在马桶里翻几个滚，怪叫几声，咕嘟咕嘟地响，终于把那些屎都吞咽下去了。打开门，赵定力一脚迈出去，突然想，将军百战死壮士十年归的时候，其愉悦之情，也不过如此吧？医院开的还一次都没吃，屎就不请自到了，接下去药到底还吃不吃？赵定力想了想，觉得还是先搁下。靠药来驱赶，终究有点像买卖婚姻，屎是在不甘不愿中被强行推出来，而不是情深意长迫不及待地把自己嫁出门去。

　　这天夜里回各自屋子睡觉前，于淑钦话多起来，她说的主要是一对子女，而这其中又以陈细坤居多。陈细坤工作压力大，每天加夜班；陈细坤经常忘了吃饭，胃都不好了；陈细坤公司老板特别抠，工作不断加量工资却不加；陈细坤谈恋爱了，女朋友是同事，山东人，名字叫高小菊；陈细坤每月花六千元租四十平方米公寓，这个月又涨房租了……

乌瓦大院刚建起时点的是油灯，电来后拉进电线装上灯泡，前几年改成白炽光的节能灯，近些日子如果哪盏节能灯坏了，于淑钦就从网上买来 LED 灯。整个院子同样的木头同样的石块，已经被这么多不同的光照过，以后呢，以后会是什么样的灯照它们？

整个晚上，陈细坤的消息都在精亮的灯光里飞来飞去。于淑钦洗完澡她还是脱了胸罩，套上柔软的富春纺睡衣，胸口那里仿佛为了伴奏，随着她的每一句话上下抖着。

明天陈细坤就要从北京回来，住进这里，每天得不断见面。幸亏今天把屎拉掉，否则赵定力觉得自己根本不想活到和陈细坤在同一屋檐下打照面的第二天。

二

"力叔叔好。"陈细坤这么叫。

飞机是下午三点多到的，然后陈细坤叫了一部的士从机场到青江村。一共两个箱子，大的是鼠灰色的，小的是藏蓝色的，背上还有一个双肩包。他从来没到过乌瓦大院，于淑钦怕他不认路，接到微信后就一路小跑出去。一会儿母子二人就出现在大门口了。"力叔叔好！"陈细坤叫得又欢快又自然，仿佛他们早就情深了几百年。

赵定力头动了动，做出颔首的动作，也许做得并不明显，但陈细坤也不在意，依旧笑吟吟的，一副游子归巢的无限喜悦。"这地方真清静。"这是他对乌瓦大院的评价。转过头，他看着赵定力又说："力叔叔的气色很好啊。"

这就是实打实的假话了。从得知陈细坤要来住起，赵定力就没有一天踏实过。八年前他已经见过陈细坤，却不是现在这副样子。八年前陈细坤还在读大学，一张脸被青春疙瘩痘弄得体无完肤，活脱脱就是一只烂西红柿，前额头发还耷拉到眼皮，眼神被油腻腻的毛发遮去大半，剩下一点也懒得赐给赵定力。说白了，之前赵定力甚至没有跟他对过眼。八年后陈细坤居然个子稍稍长高了，整个身体更大了一圈——多出来的不是一般的肉，而是一泡一泡鼓起来的肌肉，肩那里硬邦邦地向外扩，胸看上去比于淑钦还鼓，剃一种非常奇怪的发型，不是中分，不是三七分，最多是二八分，一侧头发极短，两耳旁也剃到发根，几近于无，另一侧却是几十倍的发量，又厚又长，用电吹风精心吹过，打着发蜡，高高向后耸起，露出宽阔光滑的前额。原来发型可以如此颠覆性地改变一个人的面容。如果在街头迎面相逢，赵定力哪里敢相信这就是当年他见过的那个陈细坤？

　　他身子往旁一歪，欠起屁股。就在这个瞬间，悠长而坚实的噗的一声闷响突兀而起。屁眼那里绵延着水波纹状的颤动，一个屁就这么放了出来。都说响屁不臭，其实非常臭，是那种憋屈多时后含冤带屈混合了诸多不甘的臭，臭得一言难尽。从昨天拉过屎后，肚子仿佛一下子有了放屁的爱好，动不动就来一下，抑扬顿挫，噗噗作响。赵定力吸了吸鼻子，换成其他时间，他对这股来自自己体内的气味十分受用，臭或甜都是相对的，如同美与丑在不同的人眼里也会有不同看法一样，臭同样可以臭出气象万千，吸一口都觉得日子多出一份充实。可是这会儿有客人在跟前，这个人单单是于淑钦倒无所谓，夫和妻本来就是被上天安排到一起，用来互相把对方最不堪的吞咽下去的两个人，可偏偏在场的还有于淑钦的儿子呀，这就不免有点尴尬了。

　　"力叔叔好！"陈细坤喊起了，仿佛他耳朵前一刻失聪，鼻子也失灵。

于淑钦问:"怎么就你一个人回来,不把高小菊一起带回来住一阵?"

陈细坤说:"她去欧洲玩了。"

于淑钦有点不满,说:"一个人去欧洲玩?你们干吗不一起去?"

陈细坤:"本来我也报团一起去,现在不去了。"

于淑钦追问:"为什么不去?"

陈细坤显然不想再说下去,他笑着趋前,把背包卸下,然后开箱再开包,从里头掏出一袋袋东西堆在赵定力面前,包括夹克衫、西裤、皮鞋、围巾、皮带、饼干、巧克力。赵定力眼不看东西,也不看陈细坤和于淑钦,他的眼光在门框、桌子、屋檐、天井、墙壁上转了几个圈,抿紧嘴不敢启动。屁眼那里又开始想颤动了,一个屁正磅礴欲出中,与嘴相比,屁眼毕竟离得更远更无力掌控,所以他抿住嘴其实是为了管住屁眼。至少从待客之道上说,他都不能一错再错。他点点头,觉得这样就算礼貌过了,谢谢这些从北京来的东西,其实他也不需要啊,但心意好歹得领。问题是,这些心意为什么会一场雷雨般突然倾盆倒进乌瓦大院?

于淑钦把陈细坤领进那间为他准备好的东厢房,母子两人在里头待了好一阵,然后于淑钦出来,进了厨房,各种煎煮声噼噼啪啪响起,晚饭时桌子上就密集摆出了螃蟹、鱼肉、贝类,挤挤挨挨十几种。十个人都吃不完吧?三个人坐着,于淑钦不停地对陈细坤说:"吃吧吃吧。"陈细坤转过头对赵定力说:"力叔叔您多吃点。"

赵定力感到哪里不对,想了想,觉得弄拧了,仿佛陈细坤是于淑钦的客人,而赵定力是陈细坤的客人。

饭后赵定力按习惯都要泡壶茶，他走向茶台时，陈细坤也跟过来。听到背后的脚步声，赵定力接近茶台时，像大禹路过家门一样，没有停下，反而腿迈大了，向院子外面走去。于淑钦喊起："去哪儿？"赵定力一时不知怎么答，但不答也不是个事，就说："找瑞生有事，我去去就回。"

其实在前一秒他根本没有去王瑞生家的打算，甚至已经很久没有去过王瑞生家了。他想起前两天王瑞生来过乌瓦大院，问起铁罐的事，然后生气地走掉。按自己的心意，他哪里有什么事需要找王瑞生？但现在既然说了，就只好去，不见也得见。

王瑞生去年靠小儿子陆续寄回来的钱盖起的一幢两层平顶小楼，特别之处在于，在第一层与第二层之间，王瑞生特地用上好的绿色琉璃瓦嵌了一圈，远远的像是一个穿红衣的邋遢壮汉古怪地佩着一条织锦腰带。红绿配，猪狗配，村里人背地里挺不屑的，但也不得不承认，这么一弄，房子一眼就能认得出来。一有钱就建房，村里人有这个嗜好不是一天两天了，建得好不好另说，好歹得动过土，看上去就有一种准备过上好日子的模样。近两年一直有消息说高速公路要从村里过，有房子拆迁才能多拿赔偿，建的人就更多了，都横七竖八地打地基和浇水泥，连砖和水泥似乎都是同一处拉来的，看上去就差不多一回事，唯有王瑞生家用绿琉璃一嵌，马上跟别人不一样了。如果不是因为拆迁的消息，王瑞生应该不会建房子。从监狱出来后，他出去打工，中途回来结了婚，又带着老婆出去打工。打了什么工谁也不太清楚，没挣下多少钱却是肯定的。好在孙子出生了，陆续送回来，小儿子因此把抚养费多寄些回来，类似于王瑞生夫妻可以从儿子那里挣到一笔保姆费。

赵定力走进来时，王瑞生和徐巧琴正坐在沙发上，腿上各坐

147

一个孙子,四张脸都朝着墙上的电视。王瑞生看见他进来,点点头,喉咙那里轻轻"嗯"了一句,算是打过招呼了。徐巧琴下巴往旁边另一张沙发上翘了翘,说:"坐。"赵定力顺从地坐下,脸也朝向电视。于淑钦对电视也爱得不行,白天忙,舍不得花时间,到了晚上洗漱过,就一定要开启电视,握着遥控器按来按去,倒不是嫌节目不好,正相反,她觉得太好了,综艺有意思,这台明星们嘻嘻哈哈地在打闹,那台打扮得花里胡哨的男女在征婚。她对紫禁城比青江村还熟悉,乾清宫、坤宁宫、长春宫好像都在乌瓦大院里,脚一抬就能到,嘴一张就说得头头是道。

屋里这个现状保持了很长时间,全屋人,包括那两个美国籍的孙子似乎都进入清宫,跟着里面的女主角一起吃定老实厚道的皇后,又胆大妄为地跟皇上过不去,而皇上还因此被弄得神魂颠倒。赵定力身体上下都坐得越来越僵硬,他难道是专门来这里看电视的?这一集终于结束时,王瑞生才意犹未尽地转过头看了赵定力一眼,问:"你平时也看这个电视剧吧?"

赵定力说:"没有。"确实没有,以前他电视只看看新闻,后来手机上可以看新闻了,他就对整天坐在电视前不感兴趣了。想一想电视总共才有多少年呀,转眼却被越来越多的人所不屑,离得远远的,剩下一些上年纪又跟网络绝缘的人还有耐性跟它面对,就像一个倒霉的人,根本来不及有青年和中年,就直接跳进暮年了。

王瑞生把手里的孙子也递给徐巧琴,对赵定力一扬手:"坐吧。"说着他先走到树根做的大茶几前坐下了,摁下进水开关,接好水又摁下烧水开关,电流呜呜呜的声音就响了起来。

赵定力还是想回去,又觉得马上走似乎也缺乏理由。他在王瑞生对面坐下,隔着起伏凹凸的树根,赵定力看着王瑞生旁边的水壶，想起前一天在乌瓦大院，他们两个也是这样隔着茶台相对而坐，不同的只是烧水的人是他，闲坐等喝茶的人是王瑞生。当时王瑞生说着铁罐，打听铁罐如何怎样。他极力否认，中途起来，冲进马桶间，浑身力气全部用上，腿都坐麻了，却没有把哪怕最微小的一粒屎赶出屁股。然后王瑞生就生气了，生的不是他屎的气，而是他嘴比屁眼还紧闭，没有把铁罐内容如此这般悉数禀告。

心里掠过一丝不祥，他相信王瑞生在他家茶台旁问的问题，随时会在这个树根茶几上重新拿出来再问一至两遍。没想到王瑞生开口时，说的却是茶台："力啊，说来说去，还是你家那张茶台好。"赵定力嘴角扯动，微笑着附和一下。王瑞生说："那张茶台得费不少工夫才能做得出来的吧？"赵定力还是一笑。王瑞生说："好像很沉？"这下子赵定力点了点头，是很重。先前茶台曾想移到屋角，但他和赵聪明两人用尽力气，都移不动。

王瑞生说："好东西啊。你家好东西真不少……"

赵定力迟疑了一下，欠起屁股，说："不早了，我回去了。"

"哎呀再坐坐吧，聊聊天。"是徐巧琴的声音。扭头一看，徐巧琴正从屋里出来。一个这么矮的人，腿明明也短，可她居然走得很快，眨眼就到了茶几旁，坐下，脸上都是笑，直直看着赵定力。

王瑞生问："睡了？"

徐巧琴点点头。

赵定力片刻才明白王瑞生的"睡"，指的是刚才被徐巧琴抱在怀里的那个小孙子。这是他今天的又一个意外：小孩子真是说睡就睡啊。原来天底下并不是只有于淑钦一个人是眨个眼就能立即睡死过去的。看来人还是脑子简单点好，越简单离失眠这个鬼怪就越远。但现在于淑钦还简单吗？

赵定力已经站起，马上被徐巧琴拉住胳膊使劲往下拉。赵定力重新坐到树墩上。树墩太硬，他屁股上已经没余出多少肉，硌得疼，但有什么办法呢？只好先坐着吧。问题是，有什么好坐的？他家里又不缺茶。当然如果不提铁罐的事，他坐坐也无妨，跟王瑞生这张老熟脸相对，总比回家看陈细坤的脸自在吧？

王瑞生叹口气，说："力啊，我们是穿开裆裤一起长大的……"

赵定力定定地看着他，心里想：不对，我穿开裆裤时，你还没出生哩。

王瑞生倒出茶，把一小杯递到赵定力面前。"说真的，以前你日子不好过，我挺同情的，也没少帮过忙，这个你应该记得吧？"

赵定力想：帮什么哩？该帮的时候你不是都在监狱里吗？

王瑞生说："你看，要不是我老婆，你今天连老婆都没有哩。"

赵定力点了点头。这个倒是真的，讲道理，有一说一。

徐巧琴插嘴说："哎呀这个是应该的，多大个事啊，互相帮一帮算不得什么，不帮是没有良心嘛。"

王瑞生白了她一眼，脸仍朝向赵定力，说："事情是不大，但说明我们一直把你当自己亲人。你说是不是？"

赵定力犹豫了片刻，只好又点了点头。

王瑞生好像被谁刺了一下，身子向上垂直一挺，说："你看你看，一点都没说错吧？我们对你这么好，你却把我们当外人，太过分了。"

该来的还是来了。赵定力悄悄叹了口气，说："误会了，没有当外人。"

王瑞生马上说:"误会?那你告诉我,那个铁罐,到底有没有?"

赵定力半晌不开口。沉默片刻,他站起,说:"太迟了,我走了,你们休息吧。"边说他已经边头也不回往门外走去。王瑞生在后面喊起:"哎,等一下!"赵定力不等,反而把步子加快了。他腿长,迈几步眨眼就到了屋外。他吁了一口气。听到后面有脚步声,他连忙加快向前走,眼一直盯住地面。在这个村活了七十八年,哪条路不走过几千上百遍?本来天再黑也不在话下,但他还是走得非常小心。老了,真的老了,不再是当年田径场上那只敏捷飞奔的鹤。

回到家,披榭灯亮着,于淑钦和陈细坤的说话声响着。他走得很快,希望能从门外一闪而过,避开他们。结果当然没避开,陈细坤眼尖,马上喊起:"力叔叔回来了!"话音一落,陈细坤已经小跑过来,拉住赵定力的胳膊说:"茶泡好了,力叔叔快过来喝。"

刚才在王瑞生家,虽然坐到茶几旁了,茶也泡上,但赵定力一口都没沾。口正渴,他这时确实需要几口水,尤其是茶。就顺势跨进门槛,向茶台走去。泡茶那位置是他的专座,一坐下,猛地一怔,居然上面摊着一排日文包装的巴掌大袋子,默数一下,竟有十三包。之前没见过,糖还是蜜饯?

于淑钦下巴扬了扬,声调提得很高,像个在课堂上朗读作文的女生:"定力啊,这是细坤回来前在网上专门给你买的药。地址写我们家,刚才快递送来的。"

药?赵定力眼还是盯在上面看着,不是它们多好看,可是不看它们,他就得抬起脸看坐在对面的于淑钦和陈细坤。赵定力想,自己这样长时间打量药,一定会让他们以为他对这突如其来

151

的什么药感兴趣吧？他不感兴趣，但不免奇怪。陈细坤从北京回来前，先在网上给他买了药。他没说过需要药，他不需要陈细坤的药。

于淑钦意犹未尽，拿起一包药递给赵定力。"你看你看，进口货哩！细坤这孩子多细心。名字里有个细字就是不一样。"边说她边笑起，抖着身子，好像胳肢窝正被谁挠着。

赵定力没有接过递到他眼皮底下的药，仍只是静静地看着上面的日文。看不懂，但只能看着。陈细坤拉了一下于淑钦，意思是让她不必这样。于淑钦半晌才反应过来，嘴撇了撇，不情愿地坐下。陈细坤说："力叔叔，听我妈说，您经常便秘。我刚好有个朋友在做代购，这种药叫空卜，日本特别好的一款治便秘的药，我打电话一问，朋友国内有现货，就让他寄这里了。要不要现在就吃？我给您倒水……"

赵定力马上说："不要。谢谢。"

陈细坤停了片刻，好像怀疑自己听错了，索性就当成没听到。他把药拿起一包，撕开，倒出几片放在掌上，递给赵定力。赵定力还没接，于淑钦先接过了，绕过茶台，站到赵定力旁边，把药往他嘴里送。赵定力头一转，他不吃。

"为什么不吃？"于淑钦火气上来了，"你这人怎么这么奇怪？整天屎呀屎呀的，屎有什么好愁的？不拉就不拉呗，管他那么多。你偏要愁，我在微信上跟细坤只说过一次，你看他多贴心，马上给你买了，还是日本的，你却这样！"

陈细坤也过来，他来拉于淑钦。"妈，没关系的。力叔叔现在不想吃，你就先放着，等他歇一会儿再吃。"

于淑钦说："什么呀，你一片孝心，他怎么能这样？"

赵定力站起，向马桶间走去。今天他还有两件互相关联的事未办，一是屎，二是药。昨天拉出一串羊粪似的屎后，今天肠子又死一般寂静。他已经为此专程坐到马桶上几次，长吸一口气，憋住，往下用力，撑大屁眼，小腹鼓起，最后仍是一无所获。昨天拉出来的那些是假的？是一场玩笑？他不能容忍被屎这样玩弄，再努力一次，实在不行他就要把昨天从福州带回来的药用开水泡化喝下去。他自己有药，不需要吃陈细坤的药。以前来中国搞过"三光"政策的日本，居然还能弄出他的屎？

在马桶间他至少坐了四十分钟。拉得很用力，也很专注，但没用，屎像被502胶粘住了，躲在肠子里头跟他死死较劲，说不出来就不出来。其实一整天都有便意，那些屎仿佛聚集在屁眼那里，早就排好长队，哼着轻歌唱着小曲，只等着大幕徐徐拉开，可是拉幕布的装置却卡住了，一动不动。手机里老有网友一说到中国足球，就骂人家缺临门一脚的本事，赵定力想，不仅仅足球吧？他的屎也是。

走出马桶间时，他决定喝下药。从城里回家时，他把中药颗粒冲剂顺手塞进披榭靠墙立的五斗橱抽屉里。这会儿去取出，撕开包装，放入碗里，冲下滚烫的开水，中药味顿时在屋里弥散开。于淑钦凑过来问："你吃什么药？"

赵定力说："感冒药。"

"什么时候感冒了？"于淑钦更意外了。

赵定力说："刚才。"

"那细坤买的那个药呢？"于淑钦还不死心。

赵定力说："感冒好了以后再说吧。"

陈细坤仍坐在茶台旁。赵定力坐在马桶上的过程中，他一直老实坐着，等着赵定力出来继续陪着喝茶？这事非常奇怪。

三

一大早赵定力是被自己肚子弄醒的。痛，并且咕噜噜响。他翻个身悄悄下了床，弓下身子，抱住肚子，趿着拖鞋一路小跑进了马桶间，双手把裤头上的松紧带往下一扯，然后猛地坐下。他能清晰感觉到屎一块块硬邦邦地从狭小悠长的肠子上挤过去的艰难过程，肠内壁被摩擦，不耐烦和不情愿并存，无奈与惊诧都有，它们推进一步，痛就袭来一次。某一瞬甚至如同有利刃划过，额上起了一层汗，他歪着身子，双掌仿佛为了安抚肚子，一起把小腹紧紧压住，揉一揉，搓一搓。很好，屎们终于鱼贯而出了。它们落进马桶时，不时会愤愤地把水往上溅起，直扑他屁股。他屏住气一动不动，是不敢动。这个瞬间太珍贵了，自从在谢玉非家那天晚上喝下那一大盆药水，把他肠子弄得像一场山洪暴发后，他坐在马桶上就再也没有这么酣畅过。痛之后的畅快、喜悦、回味无穷，这跟女人的分娩何其相似啊。药居然这么管用。早知道医生随便开个药，芝麻就开门了，之前又何必为一直拉不出而魂不守舍？一切屎都是纸老虎，是他自己没出息，在区区的屎们面前，竟怕得两股战战。

走出马桶间，一抬头，看到于淑钦站在门外。

她也醒了，是赵定力屁股一贴到马桶她就跟过来了？那隔着一层杉木板门，她鼻子已经把不少臭气吸了进去。赵定力往她鼻子瞥去，当然不会看到什么，倒是诧异发现她嘴咧得很大，她在笑。为什么笑？赵定力没回过神来，他用眼神询问。她果然开口了，她说："细坤买的药是不是很好？"赵定力皱起眉，把头向上仰起。于淑钦拍了拍他肚子："喂，你说嘛，是不是细坤的药很有用？"

赵定力身子往旁侧了侧，绕过于淑钦向披榭走去。于淑钦简简单单的问话，就把他刚才在马桶上获得的巨大愉悦感一扫而光了。人真是可怜的动物，愉悦感这么难以获取，偏偏又比忧愁脆弱更容易被摧毁。

于淑钦并没有发现他脸上有什么异样，一直跟到茶台边。赵定力坐下了，她也坐下，手肘支在台边，身子往前探，笑眯眯地伸出食指，在茶台上戳了戳。陈细坤昨晚把网购的药撕开一包，倒出八颗，于淑钦马上接过，想往赵定力嘴里塞，而赵定力车开脸不吃。现在药包还敞开着，静静待在那里，于淑钦会不会认为他当时是假装不吃，后来又偷偷吃了，于是把刚才他拉出的那一泡又臭又多的屎，都归功于陈细坤？她说："药一吃就拉？日本人真有这么神？细坤太厉害了，居然找得到这种药。"

赵定力开始烧水了，按下电磁炉开关后他还是站起，走几步，从五斗橱里取出药。他说："我是吃这个。"

于淑钦嘴一撇，笑起。她说："这是感冒药，你自己说的，别骗我了。"

赵定力想了想，确实他昨晚顺口说是感冒药。也是奇怪，她脑子跟漏斗似的，每天忘掉那么多事情，这一次居然就记得住。他重新坐回茶台，吱吱吱的烧水声非常热闹，热闹说明水还没开，水开时壶是沉默的，沉默才最有力量。他不打算再说什么了，把双手搁在两腿，脸转向门外的天井。于淑钦显然有点不高兴，她说："你这个人啊，怎么这么奇怪。人家好心好意给你买药，你以为是毒药啊？吃了就拉了，不是也去掉你一块心病吗？真是服了你了，整天想着屎，屎在你心里比我重要一万倍吧？"最后一句话像是油，往下一滴，火就腾地旺起来。她把巴掌在茶台上一拍，站起，向门外走去。

水开了，赵定力提起壶往下浇。于淑钦刚刚说话的样子，跟壶嘴倒下的水是不是有几分相似？火辣辣地滚烫，又快又猛。重庆辣妹子多，但人家的辣大多是从大脑出发的，添加智力的辣才有滋有味，于淑钦却一直都缺脑。刚才她说的也不是一点道理都没有。屎比她重要一万倍？这是事实，即使一万倍夸张了，一百倍总是有的。可为什么屎不该获得重视？李翠月、罗玉玲、于淑钦，掰着指头他可以点出三个老婆，可见老婆不是唯一的，说换就能换，换谁都不会过不下去，但屎呢？它必须一天天从全身唯一的屁眼那里流畅且富有节奏地滚出来，不泄不堵，不磕磕巴巴，这日子才能过得自在安稳。

他看到陈细坤了，穿着白球鞋、运动短裤和紧身T恤的陈细坤不是从住的房间走来，而是从乌瓦大院的大门外，头发是湿的，T恤也是湿的，吊在脖子上的毛巾似乎也不是干的。一大早他就出去了？比赵定力肚子痛得从床上滚下来还早？

"力叔叔起得这么早啊。"陈细坤扭头一看就欢快地喊起。

赵定力礼貌性地点点头，心想身子上下这么湿的人，肯定不会在这里停留，结果错了。陈细坤一脚跨进来，直接在茶台边坐下。这是赵定力第一次亲眼见到胸这么大的男人，胸以外，肩和臂也都向外一块块险峻地隆起。而腹部那里却往里一缩，缩得起起落落，仿佛一排肠子穿过肚皮，直接展露在那里了。他知道，那是腹肌。

可能是听到陈细坤的说话声，于淑钦大步进来，眼盯住陈细坤身上，叫起："快去洗澡，出这么多汗，会感冒的。"她用的是跟陈细坤距离一百米才需要的音量，其实已经站在陈细坤背后，拎起他T恤，一连喷喷喷几声。

陈细坤眉头皱了皱，肩轻轻甩一下，说："这是速干衣，没事的。"

于淑钦说："什么速干不速干，一大早干吗吃饱撑的，死活流这么多汗？"

"我在北京天天进健身房。"陈细坤脸对着赵定力，他是跟赵定力说话，"肌肉对我们这一代男孩来说很重要。你看，"他把右臂抬起，抬起袖口，举成L形，拳头重重一捏，再一使劲，手臂马上出现丘陵状的肉包，"一天不练都不行，但村里没有健身房，我在路上跑了十公里，再到树上吊一阵，做引体向上。刚才回来，又在榕树下练了一会儿平板支撑。"

于淑钦看上去挺心疼的，拍着他肩膀问："在北京去健身房能赚钱吗？一次赚多少？"

陈细坤不耐烦地晃晃头："健身房得自己花钱去的，请了私教，哪还能挣钱？"于淑钦非常吃惊，嘴呵得有小碗口那么大："私教是什么？"陈细坤说："一对一私人教练，一次得花三四百块哩。"

于淑钦嘴咧得更大了："为什么要自己花这么多钱去出力流汗？在我们这里流这么多汗做一件事，不挣他三百五百的，谁干呀？"

"你不懂！"陈细坤站起来，"我先去洗个澡吧。"

于淑钦追着问："在北京你每天都要花这个钱吗？"

陈细坤没有答。于淑钦看着他走去的背影，嘴仍然没有闭拢。转过头她问赵定力："你不觉得奇怪吗？年纪轻轻的，一大早起来把自己累成这样，你说他图的是什么？在北京还要专门为流汗花钱哩，这不是吃饱了撑的吗？"

赵定力已经打定主意，他们母子间的任何事都不介入，不闻不问不插嘴。但有个问题他这两天一直悬在心口，不弄清，他安稳不下来。他问："他到底什么时候回北京？"说到"到底"时，他力气用得特别大，这两字于是就像篮球场上跳起来投篮的人，一下子就格外醒目。但于淑钦根本没有感觉到，她仿佛听到的是另外一句话："细坤最好不要回北京，让他一直在这里住下去吧。"脸顿时现出漫无边际的喜色。她说："他不是没结婚吗？一年探亲假有二十天，去年没休，合到今年用，本来只有四十天，单位又给加了五天，这不就有四十五天了吗？"

赵定力重重咳起，是被正要下咽的茶水给呛的。他觉得自己心跳至少加快了四十五倍。

茶喝够了，肚子被撑起来，早饭就不想吃。人这一辈子仿佛是为肚子活的，从出生到临终，每天循环反复的都不过是吃下、吃饱、吃好。吃了能拉还算平安，要是像他这样，拉得这么颠三倒四，多吃就是多烦恼。他站起往外走。于淑钦问他去哪儿，他不答，脚也不停，眨眼就出了大门。他也不知道自己要去哪里，反正得去外面透一口气。经过大门时，他停了片刻，手下意识地往门上摸了摸，指尖立即感觉到一道缎面的光滑。村大队部搬进乌瓦大院期间，不知谁往门上泼过墨，是那种很随便又极用力的泼。后来村里盖起办公楼，他们搬走了。他们走后很多年，赵定力才提来水，用细柔的棉花一点一点慢慢擦。隆起或凹下的地方，残墨在上面积下一道黑影，他就用棉签剔除。仿佛谢氏正从高处往下看，所以这事他做得非常用心，一点都不急。等到终于把墨清掉，门又艳亮如初了——也不是如初，左扇的右下角有一道明显的伤痕，应该是有人用脚重重踢过。谁呢？他不知道。为什么要跟门过不去呢？他也不知道。或许应该把这道疤痕补上？他行吗？他学过漆，是谢氏让他学，但早丢光了。他想要不再等等，这一等就一直拖到现在。

出了门向右拐，他去了后山茶园。天气慢慢热起来，叶片都提起精神开始猛长，而茶树下的杂草同样也长得疯，脚都没法往下落。因为肚子里的屎，今年只在清明前后各采过一次，就再没来过茶园了。这么多年，日子最凄苦孤独时，是靠一泡泡茶的陪伴，他才活下来的，结果仅仅一坨屎，就让他忘恩负义把茶园丢在脑后了。这样不行，他在园子边站了一会儿，然后返身回到乌瓦大院，提了一把锄头，抓了一顶斗笠又过来。茶树也是有脾气的，冷落了它，它就一定会耍点小性子报复你。锄草吧，他弯下腰举起锄头，动作很轻缓。有时候怕锄头伤了树身，他就蹲下来伸手去拔。不急，慢慢来，这四十多天的时间里他可以每天来，除了除草，还要施点肥，再采一茬叶，总之把时间打发掉。

这一阵天像更年期女人一样阴晴不定，或太阳暴烈，或连绵几天暴雨。太阳一出就燥热，热得陡然而险峻，像几个巴掌重重甩到脸上，一时没法反应过来。而且闷，每个毛孔都被加了盖似的，汗溢不出来其实与屎拉不出来的难受接近。以前谢氏在时，从清明前开始，一直绵延进六月，都是她最忙的时候，采茶制茶窨茶之外，也是大漆最合适上手的季节。到处湿漉漉的回潮天，既暧昧又晦涩，人难受，大漆却很受用，对它来说气温太高不行，太低也不行，干燥了更不行。太阳似乎是万能的，但大漆与万物就是不同，太阳能晒干一切，独奈何不了大漆，越晒越不干，然后那一层漆就坏死了。谢氏说过，这叫"病漆"，得铲掉磨掉重新来过一遍。每年秋冬时谢氏都把要上漆的物件备齐，如果要做点漆皱纹理，也早早就动手了。然后清明近了，天气暖了，潮气来了，涂一层，干了，打磨，再涂一层又一层，直至三伏来临，天气太热了才停下。这个过程与农田里的"双抢"很接近，都得跟时间较着劲赛跑。谢氏说:"漆也是有命的,从漆树上割下来那一刻,它就活了。别的东西可以将就苟且,漆却不能。它不是挑剔,是对活的尊严有要求。跟人一样,一有要求在别人看起来似乎就难伺候了。可是它其实比天底下很多东西都更坚韧刚硬啊,即使埋在地下,只要不人为磕碰,几千几万年之后,万物早被吞噬得面目全非,它却可能色泽如初。"顿一下,她叹口气,又说,"无论男人女人,只要有漆性,就会不一样吧?"

后来几十年的时间里,赵定力曾无数次想起谢氏关于漆的这些说法。人与物会互相渗透造就吗?反复做漆的谢氏,身上许多特性与漆如此相似。

茶在前院,漆在后院,在厅堂太师壁侧面就立起两扇厚厚的门。茶太无拘了,什么气味都吸纳,它永远无法明白大漆为什么会那么孤傲地不肯沾任何其他味道,即使调进樟脑油会有短暂的呛鼻,但稀释后,迅速胆怯散去的也是樟脑油。漆永远都只做自己,它有足够的能力成为自己。二者因此不会同时开工,做茶窨茶那几天,漆都先停下,门也关上。说怜爱也行,说俯视也对,漆可以为茶腾出时间和空间,它不在意,更不计较。

谢氏临死前半年其实已经不做新漆器了,但常走进专门做漆的那间屋子,一碗碗调好覆上厚厚油纸的漆正排在架上。有时她会用三个手指头揪住纸的一角往上轻轻提起,漆味马上就从碗里往上荡开。赵定力从小就习惯了与春天和初夏连在一起的漆味。漆酶会咬人,但赵定力从来就没有被漆咬。按谢氏的说法,很少人不过敏,不过敏是上天赐予吃漆饭人的特殊礼物,但最终他并没有学上手,来不及,他只有八岁,谢氏就死了。谢氏死后很久,一跨过太师壁旁的那个门槛,还是经常闻到隐约的漆味,仿佛谢氏还不曾离去,正随着风蹑手蹑脚飘过来游过去。

现在从乌瓦大院向茶园走去的路上，赵定力把锄头扛在肩上，不时重重吸吸鼻子。天阴着，没有太阳，是潮和闷让他想起谢氏和大漆。这条路四百多米长，顺着地势，不时有点弯曲，但两尺多的宽度非常精准地从乌瓦大院的右侧，一路持续至茶园，自始至终相差不会超过一寸。路两边砌了青石，中间再铺上碎石和粗砂。平时走的人寥寥无几，原先的沙土路其实也够了，但当年谢氏还是坚持雇人把路修过。谢氏修的理由是："我要亮堂堂地走到自家茶园去。"如果天下都是谢氏的，并且她也有足够多的钱，估计所有她必经之路都会被底朝天修一遍。因为走的人少，草就有了空隙往外冒。有几处鬼针草、鸭脚木已经从路两旁往路中央闯过来了，把路面挡去了大半。谢氏在时，路上时刻必须光溜溜的，她绝不容忍上面长有一棵杂草。她死后，路其实很快就丧失光洁模样，草来了，草又来了。赵定力终于知道，原来草并不认为自己是下贱的，它们其实心气挺高，自我感觉不错，关键是居然有着那么充沛的占有欲，屡败屡战，永不妥协。

既然锄头在手了，赵定力觉得那就得把它们往外赶。他做得很慢，如同儿戏，锄头举起，锄下，再举起，再锄下，每一次都是轻举轻放。有些草结实地夹在石缝间，锄头无能为力，他左右看看，蹲下，仔细再看着，然后用手指撩拨几下，仿佛被它们的智商所折服，抚爱一番，赞美几下。这样一个上午就过去了。不急，他有的是时间。

中午过了十二点他才提着锄头回去，于淑钦和陈细坤看上去也像是刚从外面回来。去哪儿了？他们没讲，赵定力也没问。但他们来问赵定力了。陈细坤先开口，他说："力叔叔，您一上午忙什么了？"赵定力笑笑，算是答过了。他把锄头往门后一放，就坐到茶台旁。

于淑钦似乎很不满,走近来,先看看靠在门后的那把锄头,又盯住他,问:"你到底去挖什么了?"

赵定力说:"草。"

陈细坤说:"操?力叔也会这么时髦地骂人啊。"

赵定力往壶里放好水,摁下电源开关,然后打开罐子,用茶勺取出茶,放进壶里。做这一切时,他头不抬,仿佛四周空无一人。他知道陈细坤理解错了,但不想解释,这没什么可解释的,不解释不会死。陈细坤也走过来,隔着茶台坐到赵定力对面。"力叔叔,"他说,"您年纪大了,不要再去做体力活。您看,您背上都湿透了。——妈,你怎么不给力叔拿件衣服换一换?你也真是的。"

于淑钦"噢"了一声,转身就小跑去花厅,很快就捏着一件T恤出来,递给赵定力。

赵定力没有接,说:"不用,有点汗好。"

陈细坤把T恤拿过来,走到赵定力身边,一只手捏住了赵定力胳膊,上身俯下来,说:"力叔叔,换一件衣服吧。噢,最好先去冲个澡。"

赵定力把T恤接过,要是不接,他相信脖子上那一双胳膊是不会离开的,胳膊再不离开,他担心自己会憋过气去。他站起,说:"我去洗洗。"他进了马桶间。这里以前没有热水器,洗澡时夏天提两桶温水,冬天提两桶热水,总之一个男人随便对付一下,也没什么不妥。八年前是徐巧琴在办婚礼前建议加装个电热水器,家里要有女人了,毕竟得讲究些。说做就做,还不等赵定力同意,她就自己去喊来电工,买好材料,拉了明线,加装明管,再买来热水器,这样就齐了。果然方便了,活得上了一个档次。洗澡和拉屎、拉尿都集中在同一个地方,基本也就把过日子很多重要的东西汇集到一起了。这么大的乌瓦大院,其实绝大一部分都形同虚设,有没有无所谓,小小的马桶间却不可或缺,其地位独一无二。

脱光衣服后,他往下弯了弯腰,手在肚子中央扯了扯,试图看一看肚脐眼,看到的只是一个不规则的圆形,里头纹路扭来扭去,像以前谢氏手工缝制的布扣。如果这里是个开关按钮,轻轻一压,芝麻开门,腹内的一切就能一览无余。不断进步的科技,会有这一天吗?也许有,但他等不到了,连陈细坤也未必等得到。很奇怪,为什么藏得这么结实,几乎不为外人所见的肚脐眼竟这么丑?

这是一场漫长的澡,他洗了应该有半小时。总不可能永远洗下去,最终他只能擦干净走出来。茶台是他在家里必须待的场所,现在陈细坤也待在那里。于淑钦在厨房里忙着,饭菜的味道时浓时淡往外飘。该吃饭了,吃饭前陈细坤提出一个要求,他问:"力叔叔,下午还除草吗?"

赵定力点头。

陈细坤说:"我去帮您忙吧。"

赵定力说:"不用。"

陈细坤说:"我毕竟年轻,力气不花也是浪费。"

正好于淑钦双手端着两盘菜出来,陈细坤马上说:"妈,你说是不是?"

于淑钦不明白,问:"你说什么?"

陈细坤说:"我下午帮力叔叔除草去。"

于淑钦重重点着头,说:"那我也去。"

四

这两天有个问题一直在赵定力心里浮动：陈细坤为什么变了？那个当初冲他摔东西，骂他不要脸的人，终于懂事了，由衷接受他了？可明明接受的是一个父亲，又不是一件衣服或者鞋子。一个男孩刚长大，父亲去世，母亲再嫁，嫁的是个穷光蛋，要说陈细坤当时反应过度，也不是不可以理解。之后，已经过了八年，陈细坤也从来都当他是空气，再也没有打过照面，突然从天而降，跑到乌瓦大院，住下来，要住四十五天，还要帮他去除草，他一下子接受不了这样的大转变。

吃过午饭赵定力去睡了会儿。起来后四处都是静的，连细米都不知去向。他泡了茶，冲进大号玻璃杯，拧紧盖子，提着，另一只手抓住锄头。无论如何，已经锄一半的草还是继续吧，反正闲着也是闲。走到一半，他猛地站住了。

上午他锄了应该只有五六十米吧，路靠乌瓦大院的这一头光鲜坦荡了，通向茶园那一大半，还密集挺立着杂草，远远看，草与两侧的草连成一片，隐去路，而这会儿路却已经大部分都摊手摊脚摆在那里了，两侧青石路基、中间粗沙碎石，宽度还是那么工整，不过一寸左右的出入。而那一头，陈细坤和于淑钦正拿着锄头，俯下腰，一下一下锄着，他们没有发现他。赵定力向后急退几步。非常意外，他以为陈细坤不过说着玩的，于淑钦也不可能当真，哪知道大中午的他们竟然出来干活了，锄去草，露出路。

他独自回到乌瓦大院，进门时看到迎着他使劲摇尾巴的细米。这些天不怎么管细米，它自由了，动不动就往外跑。去吧，狗生这么短，该撒野就撒野，该苟合就苟合，该干仗就干仗，忙完这一切记着回家就行。毕竟正壮年着，细米浑身都是用不完的劲，而在青江村，哪一家狗不是散养的？这一带人不偷狗杀狗，细米没有攻击性，也不用担心它伤了谁。

泡茶吧，除了喝茶，他不知道该做点什么。细米也跟进来，贴着他脚旁侧躺下。天气热，它舌头吊在外面，一下一下喘着气。狗也挺难的，一辈子都得穿着皮草，无法夏天把这一身毛换下来，冬天再披上去。他站起，打开电风扇。他多少怕风，但他觉得细米需要风。

水还没烧开，手机响了，是微信语音电话。王瑞生加过他微信，印象中之前从未通过话，现在通了。王瑞生说："喂，你在家吗？"

赵定力迟疑一下，问："有事？"

王瑞生："如果在家我就带人过去坐会儿。"

赵定力脱口问："谁？"

王瑞生说："你不认识——不过见了面以后就认识了……"

赵定力打断他："谁？"

王瑞生说："哎呀，你到底在不在呢？我这个朋友是广东的，他是做老漆件收藏的，想过去看看你家的大门和茶台。"

赵定力马上答："不在，我在城里。"

王瑞生问："什么时候回来？"

赵定力说："不一定，应该要几天吧。"

王瑞生好像有点失望，喃喃道："噢，那回头再说吧。"

赵定力答好，然后长吁一口气。回头他也不想说，不过这会儿能避就先避了吧。没过两秒电话又响了，还是王瑞生。

"哎，"王瑞生说，"我先跟你说一下，我这个朋友还搞古董收藏，姓陈，陈老板，什么时候你们还是认识一下吧。"

赵定力答："不用。"

王瑞生说："认识一下又不花钱。以前我在广东打工时，陈老板家的装修是工头带我们做的，我做泥水，熟了，关系不错，特地要下他的电话。前两天电话一打，这么巧，他最近在福州也开了一家分公司了。老漆器嘛，还是我们福州的强。你记一下他电话吧。"

赵定力还是说："不记。"

王瑞生很意外，声音一下子提高："不记是什么意思？"

赵定力更意外："我记着有什么用？"

"噢……"王瑞生迟疑着，把电话掐掉了。

放下手机后，赵定力一个疑问突然冒上来："古董收藏关我什么事？"想想不妥，他把手机回拨过去了，"瑞生，你说古董什么意思？"王瑞生哈哈笑起说："你说什么意思？我不是为你好吗？这么多年他妈的我简直像欠你似的，什么好事都不忘记你。你要他电话号码吗？"赵定力说："不要。"听筒里嗡嗡嗡空响了一阵，王瑞生半晌没开口。赵定力说："瑞生你别耍弄我行不行？我这一阵人很不好，浑身都是病。"王瑞生马上问："什么病？"赵定力说："肚子老是不好，一会儿便秘一会儿拉稀，难受死了……"话到这里，他猛地收住。跟王瑞生说这个干吗？屎是他肚子里的事，而王瑞生怎么说都是外人。可是他又跟谁说去？周围一圈人中，于淑钦一点都不相信屎有什么可难受的，拉不拉主动权在自己，人定胜屎。唯一能明白他感受的应该只剩下谢玉非了，可是谢玉非让他做肠镜，让他好好查一查，他不查，谢玉非已经生气了。他自己的屎，竟然会惹别人生气，这真是没有天理了。

至于王瑞生,从小到大,彼此知根知底,没什么话不能说,说了也就说了呗,无所谓。但看来王瑞生有所谓了,他马上紧着声音问:"很严重吗?你找医生了没有?"

赵定力这下子才真正后悔了,看来自己刚才确实多嘴了。一起长大的就可以无所顾忌?人就是这样,一不小心就会露出破绽,然后给自己徒增麻烦。

"没事。"他连忙说。但是说这话时他偏偏发现茶罐正放在茶台边缘,他伸出手够不着,于是屁股欠起,身子往前探,再坐回时,脚趔趄了一步,猛一踩,觉得脚底一软,接着细米就惊叫了一声。竟踩到它尾巴上了。

手机还贴在耳朵上,话筒里静了片刻,然后王瑞生说:"你在家?"

赵定力没有答。

王瑞生说:"我听到你家狗叫声了。"

赵定力低头看了一眼一脸无辜的细米,还是不答。

王瑞生说:"哎呀你在家干吗说在福州?等着,我这就过去。"

还不等赵定力说什么,电话就断了。

赵定力把手机放到茶台边上,非常懊恼。他并不习惯撒谎,好不容易撒一个,结果还是被戳穿了,然后王瑞生就要过来,坐在对面,眼瞪着刚刚撒过谎的他。

细米已经又趴下了,还是在他脚边。他恼火地一抬脚,把它往旁踢。细米稍微动了动,身体还保持原样,继续趴着,眼珠子转过来看他一眼,然后闭上,打算睡去。细米没跟他计较,要计较的话,刚才被他一踩或者一踢时,返身就可以在他脚上一咬。他有点内疚,不该这样对待细米。麻烦是他自己惹的,还是自己来应对吧。无非王瑞生，没什么大不了的，古董收藏而已，他没有古董，也不懂收藏，王瑞生还能把他吃了？

几分钟后，外面传来汽车声，很快王瑞生进来了，后面还跟着一个四五十岁的男人，消瘦，戴黑框眼镜，留着齐肩长发。王瑞生站在门槛外，先瞥了地上的细米一眼。赵定力说："它有什么可怕的，进来吧。"王瑞生在原地又站了会儿，终于确认没有危险了，才跨进来。那个男人也跟进，对赵定力笑着点点头。王瑞生说："介绍一下，他姓陈，就是我刚才说的陈老板。力啊，陈老板来参观一下你家的门和茶台。"

陈先生一口广东腔，说："对对，门刚才已经看了，非常好，开了眼界。没想到乡下居然还藏有这样的门，太意外了。茶台嘛……"他俯下身子，脸俯下去，鼻尖几乎碰到茶台上了，"真不错啊，太好了！这是什么时候的东西？肯定年头不少了吧？"

赵定力没有答。王瑞生说："是他奶奶亲手做的，你算算看，他今年七十八岁了，奶奶是多少年前的人。至少也有一百年了吧？"陈老板眯缝起眼，好像在算时间，然后点了点头，又趴下去看茶台，手指轻轻在上面抚着。"真好。"他说着，侧过脸看着赵定力，问，"一直在用吗？"赵定力还没答，王瑞生抢着说："对呀，我小时候就看到这茶台了。很奇怪啊，人会老，东西会旧，为什么这茶台却一点变化都没有？它吃了什么长生不老的药了？"

陈老板笑起，说："大漆啊，你不了解大漆。河姆渡出土的七千多年前的朱漆碗，还是色泽鲜美的，听说过吗？"

王瑞生摇头，问："七千多年前？真有这么久？"

陈老板好像没兴趣回答了，他绕着茶台慢慢转一圈，不时停下细看，手再摸一摸。"这东西卖吗？"

王瑞生马上问:"多少钱?"

陈老板看着赵定力,问:"卖吗?"

赵定力摇头,说:"不卖!"

王瑞生说:"力啊,不急着回绝,先让陈老板报个价。"

赵定力说:"不卖,多少钱都不卖。"

"唉,这茶台又不能当饭吃,你干吗这样?"王瑞生有点急了。

赵定力咳一声,加重了语气,说:"不卖!"

场面有点僵,陈老板呆立片刻,和王瑞生对看一眼,拍拍手掌,说:"没关系没关系,可以再想想。好吧,那我先走,福州公司刚开张,还有很多事,晚上我就回广东了。瑞生,等会儿你自己走路回家啊,我车先开走了。"王瑞生连连点头。见陈老板已经跨出门槛,他连忙也跟上,一直送到大院门外。汽车声又响起,然后消失。王瑞生返身再回来,坐到茶台对面。"力啊,陈老板是真喜欢你家的门,离去时还一直回头,眼睛都留在上面,一直看到上了车,还摇下车窗伸出头看。这个茶台他肯定也看上了,你看他刚才,啧啧,眼睛都直了。这样的主可不好碰上啊,我看还是应该抓住机会,卖个好价钱啊。"

赵定力说:"不卖。"

王瑞生叹口气,说:"这年头来钱的路有多难啊?你看我儿子偷渡都是拿命去赌,才能谋一口饭吃。我跟你说,要是有人肯出个价,我连自己都卖。可惜我家里什么都没有。你说,现在谁不爱钱?还是卖了,我帮你抬抬价,到时你分我一点酒水钱,行吗?"

"不卖!"赵定力的声音硬起来。

"你呀,"王瑞生又叹了一口气,"你就是生错了地方,到现在

169

还是像小时候一样憨。我们都这把年纪了,两腿一蹬两眼一闭,门能带走?茶台能带走?"

赵定力心里紧了一下,两腿一蹬两眼一闭离他还有多远?但他还是说:"反正不卖。这事不要说了,再说你还是走吧,我不想听。"

王瑞生很不高兴,嘴歪两下,翻了个白眼,突然想起什么,转着头,左右看看,问:"哎,你们家今天干吗呀?"

赵定力没明白他的意思,说:"没干吗呀。"

"噢……"王瑞生好像不太相信,"我刚才在街上看到你老婆的那个儿子了,剃了一个这么奇怪的头。"他双手往上举,在脑袋旁做了一个手势,"跟头上堆着一泡牛粪似的。"

赵定力没有接话。看就看呗,看到陈细坤有什么稀奇的?陈细坤从北京回来两天了,还要再赖在青江村四十多天,想怎么看就怎么看吧。王瑞生说:"陈老板这个人能耐很大,他手里有很多非常值钱的古董。"赵定力说:"我不懂古董,没有兴趣。"王瑞生头一甩,手指头在茶台上叩几下,说:"我叫你买了?唉,你当然不会买,我们乡下人谁会去买那些破玩意啊,有钱也不买……"

赵定力眉头微皱起来。知道他不会买,何必一直说?脚旁动了一下,他低下头一看,刚才躺细米的地方空了,再一抬眼,看到细米正嘤地跃过门槛,奔向门外,转眼就不见影子了。过一阵,才听到外面有细微的人声和脚步声,明显只是路过,很快就平息下去。大白天的,没什么可紧张。他把茶倒进公道杯,先给王瑞生倒一盏,然后再给自己倒。王瑞生身子向前倾,手肘支在茶台上,巴掌托住腮帮。"陈老板不是坑蒙拐骗的人,完全可以放心。人家应该还是什么委员,有头有脸,名气很大,也富得流油,钱根本不是问题……"

赵定力打断他:"我不买!"

王瑞生说:"知道你不买,但你要卖呀。真古董要卖出去,不是也得有好买家?"

"卖?"赵定力眯起眼看着他。王瑞生到底要说什么啊?王瑞生右手在自己大腿上猛地一拍,说:"唉,你看你看你,你家那个大铁罐里不是有一堆古董吗?挖出来后,那么多黄金,还有古玉、钻石什么什么的,又不能吃,也不能穿。怎么办?你说怎么办?当然得卖出去呀,至少得卖掉一部分吧,是不是?卖了才能换回钱。卖给谁?你以为它们是鱼丸啊,随随便便就可以被普通人买走?我问你,谁买得起?我们村在外面发财的现在也不少了吧?可是谁买得起?谁?你说谁?"

顿一下,王瑞生又说:"我提醒你啊,你是比我多读了些书,但读了有什么用?都读成书呆子了。我告诉你,你们家的古玉不是一般的玉,钻石也不会是差的钻石。这年头,越古的东西越值钱。我跟陈老板说好了,价钱上绝对不能坑你,坑了你我就拿刀子跟他拼命。我又不是一个没进过牢的人,再进一回又怎么样?老子豁得出去!"

赵定力嘴呵起,脑子里像有几台马达在响着。打破头他也不会想到,这么一圈绕下来,最后竟绕到铁罐子上。他动了动唇,马上又重重地抿住了,眼盯着王瑞生,他看到坐在对面的王瑞生脸上,荡着久违的光泽。即使有铁罐,关王瑞生什么事?即使铁罐子里有黄金、钻石、古玉,又关王瑞生什么事?一点边都沾不了,却连买家都帮着找好了,而且摆出为了捍卫他的利益刀山火海都不在话下的气势,这比当年帮他把老婆找好,送到乌瓦大院,在情理上更站不住脚。"瑞生,"他说得很微弱,"没有铁

171

罐……"

王瑞生半天不说话,唇角不时向两边微微抽动几下,眉头微锁。突然他手臂猛地往旁一甩,噼噼啪啪声顿起,先是茶杯摔落,紧接着茶罐、茶宠、茶则、茶托等器物仿佛被茶杯用力扯着,也鱼贯到了地上,七零八落地散着。几乎同时,王瑞生猛地站起,脸涨得通红,都有点变形了。"我和巧琴怎么待你的?你如果还有点良心,就摸一摸,啊,你摸一摸啊!"说着,他右手握成拳头往自己胸口上用力地擂几下。

赵定力也站起来,这下子轮到他俯视着王瑞生了:"好好说,你别急,你……"他本来想提醒王瑞生小心身体,毕竟年纪大了,血压又高,急不得。何况只说了一句"没有铁罐"而已,又有什么可急的呢?但不等他再说下去,王瑞生已经转过身,急步走了。

赵定力独自愣愣站了一会儿才重新缓缓坐下。小学同班,又是同桌,那时候瑞生常来乌瓦大院玩,玩玩而已,然后瑞生不上学了,到处惹事几年,终于进监狱了,出来后外出打工了,所以虽然已经认识几十年,赵定力对他,其实还是陌生的。低下头转动一圈,赵定力没有看到细米。凝神一想,想起刚才细米已经跑出门去了。跑的速度似乎有点超乎寻常?赵定力拧起眉头,隐隐觉得哪里有点不妥。看看天色,阳光已经从锐白转为淡黄。从早晨到傍晚,太阳一天就老了,但跟人最大的不同是,人的命只有一条,太阳的命却跟变戏法似的,眨眼又生出一条,每天嗖嗖往外冒,循环往复,无穷无尽。他重新站起,得出去看一看了。于淑钦和她儿子一个下午都在外面锄草,一条路并不长,无论如何上面也该寸草不剩了。

刚走到院门口,于淑钦就出现了,她是从门外那个石鼓上站起的,脸上没汗,衣衫也是干爽的。之前她一直坐那里?赵定力站定,眼向下,看着她。于淑钦马上笑起,迎过来,说:"饿了吧?我这就煮饭去。"赵定力向后退两步,于淑钦又向前两步,然后抓住他胳膊说,"昨天买的海鳗鱼在冰箱里冻着,你帮我取出来化个冰。走,快去。晚上让你吃个痛快,放笋丝煮酸辣汤还是原味干煎?"

　　赵定力有点回不过神来。关于吃,年轻时倒是有吞咽的欲望,却总是饿肚子,这些年胃口明显差下去,所谓老去,最简单的标志就是各种欲望一点点减少。但如果让他一定从世间万千食物中挑选出一个来,确实也只剩下鳗鱼了。他随着于淑钦向厨房走去,边走边垂下眼皮往胳膊上瞥。于淑钦的那只手一直在,仿佛被粘住了。她很少这样,她对他的身体没有兴趣,对他参与家务活也没企图,八年来都没让他插手过厨房里的事。她手脚麻利得仿佛是机器驱动的,动作疾速,走路也匆匆。这个女人最大的好处可能也在于此,她至少让赵定力一下子活得轻松,每天热饭热菜。现在仅仅把鳗鱼拿出来化个冰,却拖着他去完成。发生什么了吗?这个疑问再次浮起,但也仅在一瞬之间。

　　赵定力拉开冰箱上面的门,一股冰凉之气立即扑过来。究竟哪一袋是鳗鱼?他正不知如何下手,于淑钦已经匆匆走过来,迅速揪出一个塑料袋,转过身把它放到水池里,开了水龙头。这么简单的事,她做起来一点不碍事,却非得逼着他动手,为什么?于淑钦说:"你坐下,陪我做饭。再帮我把空心菜择一下。"

　　赵定力没有坐下,也没有拿起空心菜,他在冰箱前怔怔站了片刻,猛地向外走。于淑钦喊起:"哎,你去哪里?"他不答,迈出的脚步又大了几分。于淑钦又喊:"喂,你去哪里?"他还是不答。于淑钦小跑过来,拉住他说:"你别走,我今天累坏了,快帮我揉揉肩……"说着坐到赵定力前面，拉过他的手搭到肩上。赵定力只好捏几下，但下手犹豫，没用上劲。这不像以往的于淑钦，以往于淑钦多累都不会吭声，她是个吃得下苦的女人。

这时陈细坤进来，他一跨进门槛，就冲着于淑钦摇了摇头，这个动作他做得非常短促，但赵定力还是看到了。他迟疑了一下，正想着要不要继续向外走，于淑钦已经站起，说吃饭吃饭。赵定力心里动了一下，母子俩有秘密，但这又关他什么事呢。

吃过饭赵定力照例会去村里转转，他向外走时，于淑钦马上跟出来，倒也没跟紧，只是站在大门旁，看着他往坡下走去。

天已经微黑，月亮悬在半空，看上去很孤寂，亮度有限，实际上不需要它的光亮，也能看清路面的大概。心里慌慌的，老觉得哪里不对，到底哪里呢？他又说不上来。下了坡，走到村里，走到码头旁，又从码头离去，沿着江岸长满草的小路胡乱走着。这会儿月亮渐渐饱满起来了，光亮铺天盖地，但星星很少，天空大面积是空荡荡的，横溢着一股不知所措的气息，宛若他此时，不知要去哪里，不知想做什么。

这期间他想起过一张脸，长得一般，梨形脸盘，细白的牙，鼻梁塌得几乎找不到痕迹，但笑起来时两眼弯弯的眯成半月形，嘴角有两个黄豆大的小涡……

李翠月。为什么他会突然想起第一个妻子李翠月？

回家时没看到陈细坤，那间屋子灯也是黑的，应该早睡了。于淑钦倒还没躺上床，正独自坐在茶台边打着瞌睡，见他进来，连忙笑着站起。他摆摆手让她坐下。他回家来是有事的，刚才在江边他决定必须跟于淑钦再说一说，说一说发生在这个家的其他故事。

第六章　第三个故事：谢氏与何燕贞

一

1946年4月，在赵聪圣从乌瓦大院离去后的第八个月，谢氏去了一趟重庆。天其实还是凉的，但风不像冬日那么坚硬，主要是阳光暖了，热度慢慢上升。福州的夏季总是那么霸道，既要占去春的一截，还要把秋再赖下一些，一年只有四季，它却始终不跟其余三季平分。

她本来一个人独自上路，但赵聪明不放心。谢氏要做的事，任何人其实想劝住都根本不可能，赵聪明也不敢劝，他只是摆出路上的各种危险，和可能遇到的无数麻烦，就被谢氏喝断了。她把手里的水烟壶往桌上重重一放，扬起下巴，大声说："险吗？活着就是最大的险。老天给了命，活着一天就麻烦一天。那又怎么样，能不活吗？"说这些话期间，她脸突然转向屋角，那里正站着五岁的赵定力。那时赵定力个子还没有往上蹿，但小腿和大腿像两节细细支棱着的木棍子，把他干瘪的身子往上顶起，顶得像只鹤。谢氏拧起来的眉头猛地一松，手指头直直地戳过来。"力啊，你一起去。"

何燕贞惊慌地看着赵聪明。赵聪明抿紧嘴，勾着头立着，背越来越驼。"你说话！"何燕贞催道。赵聪明眨了下眼，像刚醒过来。何燕贞急了，张口说："不行啊，定力还这么小……要去我陪你去吧。"

"你，还有你，"谢氏手指头点着赵聪明和何燕贞，"你们谁都不用动念头了，我只要力去。"

何燕贞说："力真的太小了，他会添麻烦的……"

谢氏骂道："你给我闭上嘴！"

赵定力看到母亲何燕贞缩了缩脖子，头歪了一下，真的没有再啰嗦半句，只是眼皮耷拉着，盯住谢氏那古怪的双脚。要说小也不算小，有着完整的脚板，但每一只脚的四趾都不是自然张开，而是蜷在一起，向后扭去。脚面上的皮皱着。母亲何燕贞的脚就不是这样，母亲的脚和赵定力没有差别，走起路来也和男人一样。他以前偷偷问过何燕贞，何燕贞说："我们满人不缠足。缠足入宫，是要被斩的。"赵定力问："奶奶呢，她缠了？"何燕贞说："缠过，又放掉了。"即使放掉了，但脚还是伤着了，行走怎么也无法像何燕贞那么顺畅。何燕贞不让她独自去重庆指的就是这个。一个从来没出过远门的女人，脚还只是半天足，居然要独自去重庆？重庆在哪里都不明白呀，她哪来的胆突然要跑去？她去干吗？

谢氏不想说去干吗，她不说，但她非去不可，她最不缺的就是胆。这样赵定力就跟着谢氏上路了。出门那天谢氏把旗袍换成短衫和别脚裤，衣服由缎面改为又粗又黑的粗布，发髻上的金簪拔掉了，颈上项链也卸掉，手腕上水汪汪泛着光的红翡镯子倒没脱下，但把一件旧裤子撕成一根根布条把镯子箍起，遮住玉面，看上去她手腕上不过绕着一个烂布条。她裤头上也有一根巴掌宽的布条，缝着一个个格子状的方形，扎在腰间，微微隆着。赵定力只在她掀起棉袄衣角时偶尔瞥一眼，还没来得及生出好奇，就把这事丢脑后了。五岁的男孩第一次出远门，他需要好奇的东西太多了，奶奶是旧奶奶，身上再多出点什么，他也顾不过来。

其实后来他一路上什么都顾不过来了，只记得大部分时间都坐在船上，中途好像改坐过汽车，坐了多久也没印象了。麻烦果然来了，出门第三天他浑身就开始痛，接着头也疼了，脑袋烫得跟口架在炉子上的铁锅。他病了，一直迷迷糊糊地睡，很多事他都忘了。清醒过来时，眼前白得刺眼，到处都是白。他从来没见过这么多白花花的地方，就是丧礼一堆人穿孝服都没白成这样。有一个戴圆形黑框眼镜的瘦男人走过，后面跟着一个短发女人，都上了点年纪，穿的衣服也都是白色的，又白又长。男的说："醒了。"女的说："别动。这里是医院，你很快会好的。"医院，这也是赵定力不太熟悉的词，但他想一想就大致明白过来了。在福州城里，最有名的郎中就在谢家大院春来药铺，二者应该是一回事。只是春来药铺的郎中从来不穿白色衣服，也没见过吊在半空中的瓶子。

眼镜男和短发女走掉后，赵定力一激灵：奶奶呢？他哭起来。他好好地和谢氏一起离开青江村，可现在谢氏不见了，他一个人孤孤零零地躺在这么白的一个地方，看不到任何一张熟悉的脸。在哭声中他迎来了那个上了年纪的短发女人，她俯下身子问："怎么了？"赵定力说："奶奶，我奶奶……"女人说："奶奶？哦，就是苏悦眉的婆婆吧？她刚才有事出去了。苏悦眉今天也请假了，她托我照顾你。"

赵定力那时还不知道苏悦眉是谁。谢氏明明只是他母亲何燕贞的婆婆，怎么又成了苏悦眉的婆婆？所以他觉得这个女人虽然脸上堆着笑，话说得也轻柔和气，但她肯定在骗人。他把嘴猛地

177

张大，发出更汹涌的哭声。这时候有人喊起："哎，来了来了！"女人马上跟着说："别哭，你奶奶回来了。"手臂上有针，赵定力不敢动弹，但他还是忍不住微微欠起身子。他看到谢氏了，她走得极快，黑色的宽大弧形袖口把她整个人向两侧支起，像插着两个黑色的大翅膀，下面黑色灯笼裤的裤角被紧紧别起，脚腕处打上结，裤角往下是皂色尖形小鞋，看上去就像一枚迎面扑来的大锥子。发型没变，脑后仍是一个结实的大髻，但没有像平时出入乌瓦大院时那样上了油，因此也就晦涩地黯淡着，如同她此刻的脸色。

多少年后，他无论什么时候想起谢氏，这一幕总是抢先浮到脑子里。

谢氏一直跑到床前，盯着赵定力的眼看了看，才笑了。"醒了？老天啊，醒了醒了……"

赵定力发现一滴泪从谢氏眼眶里滚了下来，她用手背抹了抹，抹时嘴仍咧着。她很少笑，但笑起来真的非常好看。也就在那天的晚些时候，赵定力见到了赵聪圣和苏悦眉。是苏悦眉先来的，她也跟白天见到的那个矮女人一样，穿一身白衣服，头发扣在一顶两头上翘的白色帽子里，脸圆得像口大碗。她来时，床旁只有谢氏，谢氏一看到她，马上站起，嘴角向上翘起，露出一嘴的牙。谢氏什么时候对别人这么拼命地笑？至少赵定力从来没见过。谢氏手伸到赵定力肩膀上推了推，她说："叫，快叫，这是你伯母！"

赵定力吃惊地看着谢氏，又扭头看看那个被认定为伯母的女人。他发现离开青江村之前，谢氏手腕上用破布扎起的那个红翡手镯，已经到了伯母手腕上了。布当然已经卸掉，恰好有阳光从窗户上透过来，照在苏悦眉身体上，她手上的镯子水汪汪地红，不艳，略略带点游移不定的褐，整个手腕因此就泛出镇定而幽远的光亮。

她很快就走了。谢氏前倾着身子笑吟吟地把她送出很远，仿佛陶醉地在做一件特别欢乐的事情，从发髻到鞋面都流淌着喜气。但返身回来时，谢氏脸上已经没有笑，居然一丝都不留，如同一块已经干涸八百年的旱地，一条条皱纹清晰浮在上面。从小时候睁开眼第一次见到起，赵定力没有哪一天不从谢氏身上看到众多沉甸甸的首饰，这会儿却连仅剩的手镯都失去了，这样的谢氏是赵定力所陌生的。

晚上赵聪圣才来，他和上次回青江村时不一样，这次他穿军官制服，戴着军帽，帽沿扣到眉毛上，一开始根本没认出来。"力啊，"他也这么叫，"怎么样，好点了吧？"

这当然是句废话，他已经知道赵定力好很多了，所以特地来接他和谢氏去家里。

家其实只是一间大房子，中间立着棕红色的书柜，因此隔出一里一外两个房间，里外各有一张床，另外还有几样衣橱、桌子、脸盆架之类的家具，比想象的简单很多，但细木拼接地板却很华丽，横来竖去很有讲究，半点都没有乱。

刚一进门，赵聪圣就去里屋提出一个盒子递给赵定力，打开来看，是摆放着一根根芝麻裹着的糕点。赵聪圣说："吃吧，芝麻秆，福州没这东西，刚才我特地派人去买的。"

赵定力看看谢氏，谢氏点点头。他便拿起，很轻，原来中间是空心的。递一个给谢氏，谢氏摆手不要，他就自己塞进嘴，裹在外面的芝麻粒不小心往下跌落几个，他连忙用另一只手掌去接住。之前赵定力从来没吃过这么好吃的东西，香，脆，酥，甜，每一口咬下，嘎嘎地响，满嘴的牙、舌、唇也跟着一起欢腾叫起。

这一夜赵聪圣睡里屋，赵定力和谢氏睡在外面屋子那张床上。苏悦眉没有回来，为什么没回来？赵定力本来想问，最终还是把嘴抿紧了。他很快睡着了，不知道这一夜在这个屋子里真正入睡的人只有自己，赵聪圣和谢氏躺在床上都睁着眼一直到天亮。

早上赵定力是在谢氏和赵聪圣对话中醒来，声音不大，谢氏就坐在床沿，而赵聪圣坐在床旁的椅子上。谢氏说："我昨天过去，跟她说了很多话……"赵聪圣说："其实你不应该什么都跟她说，你不了解苏悦眉这种人。"谢氏说："我心里坠着一团铅啊。你父亲最亏欠的人是我，我最亏欠的人是你……"赵聪圣打断她："别这么说！我现在是信命了，什么人什么命，都是天意吧。"谢氏说："她真的要跟你离婚吗？"赵聪圣半晌才答："也不一定吧，既然你昨天跟她说了那么多。"谢氏说："是，说了。我把镯子也给了她，她一下子就收下了，拿着左看右看，一点都不拒。"赵聪圣说："她怎么会拒？其实，你不该给的，那么好的镯子。"谢氏说："看上去她是喜欢的，喜欢就好。还是别离吧，离了，你以后……你这脚……"赵聪圣说："我没事。我脚没关系。"

隔片刻，谢氏长长叹口气。一只手伸过来了，伸到赵定力额头上，谢氏的手，但谢氏身子却没有转过来。赵定力刚才睁开眼，但一直躺着一动不动，这会儿连忙又闭上。

谢氏说："我这次把他带出来，还存着一个心事，就是想把力过继给你。"

"啊？"赵聪圣可能有点意外，口气是迟疑的，"聪明愿意？"

谢氏说："还没跟他说。"

赵聪圣说:"那不妥,聪明也只有这一个儿子。"

谢氏说:"他既然能生一个,就能再生几个。"

赵聪圣说:"还生得了吗?他上面已经生过两个女儿了,再生说不定仍然是女的。我们赵家祖坟会不会真有问题啊,人丁这么薄?算起来你最有本事,生了两个儿子。"

谢氏说:"要说薄,其实也不薄,槟城那边……算了,不说那边了。祖坟我修过了,没用!这事就这么定了,我回去就找聪明。力索性就不必回村了,直接留下,免得回头还要再送来。"

赵定力整个身子一木,他不想留下,他要跟谢氏回村。正打算喊起,赵聪圣开口了,赵聪圣说:"我看……还是先回吧。不事先征得聪明夫妇同意,怕会起纷争。"

谢氏说:"不会,我定了就行。"

赵聪圣说:"你敢定,我可不敢接啊。毕竟是这么大的一件事……"

谢氏说:"哪里大了?自家的事,从这手换到那手,人都在,啥都没少,姓都不用改。"

赵聪圣好一阵不说话。赵定力从眯缝的眼角看过去,见赵聪圣头微低,似乎鞋尖那里有什么不妥,他必须长久盯着,仔细端详。谢氏有点急了,说:"你这死性子,怎么跟你爹一个样啊。什么事都嘴里含橄榄似的,半天不咬不吞,剩个核了仍然慢悠悠嚼来嚼去。说呀,直截了当说出来会死?"

赵聪圣说:"我想……还是让力先跟你一起回。他父母同意了,再接来。"

谢氏声音高起来:"再接来?来一趟都把人折腾半死了,你以为这里是福州城,抬个腿就能到?"

赵聪圣说:"我有办法呀。你这次出来如果提前跟我说,也不至于路上受那么多罪。福州有港，我是海军出来的……还是先让他陪你回吧，若你真能跟聪明夫妻说得通，那倒也不失一件两全其美的事。跟在我这边，至少上学比青江村好。"

谢氏问："就是啊。不过日本人都走了，你们还会一直在重庆吗？"

赵聪圣说："不会一直待下去，肯定要还都南京的。"

谢氏说："真的要还都啊？确实也该还了，这里是逃过来的，不吉利。定下时间了吗？"

赵聪圣说："还没，国府还没颁布正式指令，但终究是要还的，大家都开始准备了。"

谢氏说："那就好。到南京后就去买幢房子吧，越大越好。有房才算有家。打败鬼子，算起来家仇国恨都报了，好日子终于来了，该好好享享福了。"

赵聪圣叹了口气说："哪有什么福啊。其实我并不看好……"

"不看好什么？"谢氏很意外。

赵聪圣说："你们外人是不知底细的，这个政府，烂了……"

"别瞎说！"谢氏打断他。半晌又说："你……要是在外面过不好，就回家吧，把老婆带回乌瓦大院。到那里，她就折腾不出什么了吧？"

赵聪圣说："不可能……"

谢氏说："为什么不可能？"

赵聪圣说："不说了，歇了吧。要还都金陵，这一阵太忙了，千头万绪啊。我看你还是带着力先回去。"

第三天谢氏就带着赵定力启程了，从重庆坐船到武汉，转火车到福州，再从福州坐船回到青江村。一路上都是赵聪圣安排好的，武汉那边有他的朋友接送安顿，周到地负责到送上火车为止。那天要走时,谢氏一直往门外看,她说:"苏悦眉呢?她总得来送一送吧。"赵聪圣说:"算了,她上班——即使不上班也不会来的。"其实赵聪圣错了,谢氏再一次抬头看门外时,就看到门外站着苏悦眉,白衣服脱掉了,上身穿白底小红碎花夹袄,下身是条长及鞋面的黑棉裙,烫过的卷发披散在肩膀上,抹着口红,和印在月份牌上的时髦女人有几分相似。

苏悦眉缓缓走进来,提起地上谢氏的包裹就往外走,赵聪圣叫的吉普车已经停在那里了。谢氏站在苏悦眉面前,还想说几句什么,苏悦眉抬起右手看了看,右手腕上戴着表,而红翡镯子戴在左手腕上。赵聪圣过来拖谢氏,赵聪圣说:"快走吧,怕来不及了。"

车朝着朝天门码头开去,赵定力坐在后排,他的旁边是谢氏,而赵聪圣和同样穿着制服的司机在前面。苏悦眉没上车,她站在路边举手摇了摇,似乎笑了一下,但她站在树下的阴影里,从叶片上透下来的阳光把她的脸弄得斑驳零碎,使她的笑显得既模糊又短促。

到朝天门码头时,赵聪圣蹲到赵定力前,想抱起他,赵定力一扭头,顺着青石台阶猛地往下跑。台阶真多啊,又高又陡,一级一级重重叠叠,和青江村那个平缓简约的小码头完全不一样。如果不是满满的一江水挡在前头,台阶仿佛可以无边无际一直通向龙宫。好几次赵定力双脚趔趄着,似乎马上要摔倒,但最终都站住了。他瘦小的身子在宽阔漫长的台阶上显得更瘦了,倒在地上的影子也更长了,无数的人背着无数的货从他身边气喘吁吁地经过,他第一次知道,活着其实很没意思。当然他更没料到有一天,在他七十岁时,会把重庆乡下的女子于淑钦娶进乌瓦大院。

二

何燕贞不同意把赵定力过继给赵聪圣,她不是用言语反对,而是以泪。哭,长嚎或者低泣,乌瓦大院无论昏晨,随时都有哭声拔地而起。谢氏说:"哭没用,你想要儿子,自己再去生!"何燕贞低下头往自己肚子上瞥了一眼。她二十九岁,前面已经生了三个,但即使生一百个又如何?她经历一天一夜漫长的腹痛,这个儿子才侥幸来到世上,提心吊胆辛苦喂养到现在,她不能让赵定力从眼前消失。

她是对岸琴江村的人,但严格起来说又不算。大清雍正七年,朝廷从八旗的镶黄、镶白、正蓝、正白四旗中抽调五百官兵携家眷南下,这其中也包括她的祖上。都是纯正的旗人,拖家带口从关外南迁,抵福州长乐的琴江,圈起地,以十二条道路、五百间兵房以及炮山、火药库、钟楼等共同组成一个八卦图形的布局,外面围起高三点五米、周长一千八百米的城墙,东西南北设四个城门,号称福州三江口水师营。所以那时村子其实是兵营,东南西北城门严守,非旗人不可出入,里面的人也不与墙外汉人通婚,当地人最多踩着围墙外的粪缸,趴在墙头往里看稀罕,却绝对不能迈进半步。这当然都是从前往事,大清一亡,这一切都鸟兽散,能走的都走了,何燕贞的父亲却不走。光绪十年,法国远东舰队司令孤拔所率的舰队驶入村前的马江,农历七月初三下午,忽然开炮,仅仅半小时,福建水师十一艘兵舰就全部被击沉,七百六十多人横尸江面,这其中有一百多人就是琴江村的旗人。父亲的父亲作为福建水师"福星"号炮舰的二副参战,也死了,尸体漂到琴江村北面的滩涂上,收拾起来,葬到村中临江的鲤鱼山上。父亲不肯离去的理由就在于此，他要守墓。旗人的好日子已一去不返，即使含泪剪掉辫子，身上仍流着赫舍理氏的血液。父亲把几个子女叫到跟前，你去台湾，你回关外，剩下最小的何燕贞，父亲手往江的对岸一指说："你去青江村的乌瓦大院。"

那一年何燕贞三岁，她成为六岁赵聪明的童养媳。在这之前她没有出过琴江村，而村里人之间说的是"旗下话"，就是满语，是雍正七年从老家带来，又一直持续下来的，近两百年了都不曾改变。以前女子反正也不外嫁，自己村内东家嫁西家娶，彼此都听得懂，哪想到有一天变故竟这么大，万岁万岁万万岁的大清一夜间就碎掉了。

初进乌瓦大院时，何燕贞一句福州话都不会说，只听懂一些最简单的。她眼睛不大，单眼皮，眼眶又细又长，眼梢向上吊起，鼻子也长，从眉心向下，像挂着一根笔直的小丝瓜，而鼻孔下的两片唇则是细薄小巧的。青江村人可能不喜欢这种长相的女子，其实整个福州城都不喜欢吧？这里人喜欢圆脸庞、宽额头、大眼睛的女子，看上去这样富态，能旺夫，可是琴江村人从北方来，他们是满人，长着满人的长条形脸，这没有办法。

很快何燕贞的父亲从琴江村来了，是谢氏捎信让他来。谢氏问："怎么是哑巴？"

父亲能说福州话，也会说官话，他的官话甚至跟琴江村很多男人一样，都保留着关外的口音，发音靠后，鼻音很重，尾音常常没来由地突然往下一沉。原来多年前父亲与谢氏就认识，最早的时候，父亲是船政学堂法国教师戴斯的随从，戴斯走了，谢氏曾去找他的随从打听下落。不知道，没有人知道。父亲对谢氏说："我女儿不是哑巴。"谢氏点点头，她说："我知道不是。

但……一个人不想说话，就是在表明一种态度。"谢氏招招手，让何燕贞过去，把她脸托起，说，"长得真像你啊。"父亲说："是啊，大家都这么说。"谢氏说："也有不像的。你以前也不爱说话，但很勤快，事事得体，长得也喜气，整天笑眯眯的。这孩子喜气吗？她肚子里装满了水，眼泪说来就来，快把我们乌瓦大院淹掉了。"

父亲躬身点几下头，说："这个真的没想到。她以前在家也不爱开口，但不哭。"

谢氏说："那就是把哭都留着，攒到我们这里用上了。还哭得特别刁钻，没有声响，光是泪。这么一点点大，从哪里学来的这一套本事呀？"

父亲歉意地摊摊手说："是啊，真不应该……"

谢氏说："行啦，来了就不用走了。先当女儿养着吧，以后她想嫁就嫁，不想嫁就再找个好人家。"

父亲连忙做个揖。

站在乌瓦大院门口送父亲离去时，何燕贞定定地站着，眼光追着那个她熟悉又陌生的背影。已经是腊月，天非常冷，风从江面刮来，像带着千万把闪着寒光的刀子。父亲背有点驼，靛蓝色的棉袍前面拖到地上，后面向上翘起，因为怕脚踩着，他一只手紧张地提着棉袍的前裆，缓缓迈着细步，走得像只瘟鸡。

许多年后，何燕贞都记得父亲离开前俯在她耳边低声说的一个事实，父亲说家里上一顿已经必须为下一顿发愁了。辫子他也早剪了，水师营更散了，民国海军本来可以收拢他们，但他说了，他得守墓，不会离开，所以没办法赚到钱，他养不活她。父亲第一次送她到乌瓦大院时，是带着一包光洋和几担谷子走的。这次，谢氏又派人再挑着两担谷子一直送到琴江村去。后来这成为惯例，每年都会有几次，沉甸甸的担子挑出门，再回来时，箩筐已经是空着了。何燕贞就是在箩筐这样一来一往中一年年长大，长到十五岁，和赵聪明入了洞房。

赵聪明和她最相似之处在于平日里也不常开口，两个沉默的人从小长在一起，像两扇对开的门，彼此熟悉，但也仅是熟悉而已，距离永远摆在那里。结婚几年，她肚子很快大起来，生下来了，是个女的，再生，还是女的，直到她二十四岁，才终于生下赵定力。非常奇怪，生前面两个女儿时不费吹灰之力。她骨架大，屁股更大，从腰那里向两侧扩开，仿佛那里挂着两粒扁圆饱满的南瓜，走起路来互相挤来挤去地晃动。"北方的种嘛。"这话是谢氏说的。可是她的屁股还是过去那个屁股，到了这一次，却突然不灵光了。她躺在床上一天一夜，一阵紧接一阵的痛让她真想找条地缝往下钻，甚至手边如果有刀，她难保不一把抓起来直接捅进自己的胸口。谢氏卷了一条毛巾横在她嘴里，她咬住，死命地咬，觉得咬的其实是一把锋利的刀，痛从嘴角两边荡开，她觉得自己将死在这条毛巾上。她突然心一动，前面是两个女的，这次如此反常，那便是什么都反着来了——儿子！她心一喜，肯定是儿子。

谢氏对接生婆说："来，我给你打下手。实在不行，就保大人……"

何燕贞身子在床上猛地一挺，她用上全部的力气，但也仅仅欠起上身，她说："不，保我儿子。"

"儿子？"谢氏和接生婆同时脱口而出。

何燕贞点点头，然后重新放平身子。这一刻，她脸上布上一层不易觉察的微笑，心一下子平静下来。对，她必须好好生，一点都不能马虎大意。她觉得这一天一夜慢慢退远的力量，猛然间又全部重新聚拢，从每一个毛孔往她体内钻，仿佛甘露浇到一株枯萎的树上，所有耷拉绵软的叶子顿时重新坚挺地伸展开，泛出翠绿的光泽，风来摇曳，雨至婆娑。

她已经生过两个女儿，却从未给儿子当过母亲，无论如何她都要尝尝当儿子母亲的味道。

终于生了，果然是儿子。

她多么喜欢这个儿子，接生婆一把他抱过来，递到她怀里，她看一眼，长得真好啊，细白粉嫩，这是婆婆皮肤的一贯色泽，虽然眼睛仍然没睁开，但细长的眼线证明他眼睛不会小，而鼻梁已经早早就这么高耸了。她的心一下子化了，这一天一夜差不多把她撕碎的彻骨疼痛都被他的哭声一把吞噬殆尽。活着真好。

她不喜欢女儿，女儿最终都要和她一样离开父母，去别人家，替原本毫无关系的男人生儿养女。她明白谢氏也不喜欢，有时候谢氏盯着出落得越来越像模像样的两个孙女打量半天，叹一口气，说："本来都是格格哩，命啊。"谢氏的奇怪之处在于，她出了乌瓦大院的门，马上就换了一个人，有说有笑，像一株花朵艳丽的树，又像一只乍跳上岸的鱼，但一跨进门，整个人就猛地一懈，脸木下来，不笑，也很少开口。何燕贞弄不懂婆婆，或者说是她有意避开不想去懂。沉默肃然的谢氏，与摆在厅堂案条上的祖宗牌位看上去并没有多大差别，必须恭敬，但总是让人疏远。家里平时安静得像一池日光下的湖水，但三个子女，尤其是赵定力到来后，他们都是投到水面的石子，哗啦一下又一下，水面这才荡开，渐渐有了点生气。可是突然之间赵定力却要成为别人的儿子，何燕贞想，这怎么可能？除非把她先劈死。

她问赵定力："喜欢你大伯吗？"

赵定力摇摇头，突然扑到她身上，说："我喜欢你。"

何燕贞像被什么捅一下，尖厉地长叫起来，一把抱紧赵定力，下巴搁在他小小的肩膀上。她笑了，边笑边把泪泼到赵定力背上。还有什么不值得？再疼上几天几夜，流再多的血和泪，她都愿意重新再来一遍。她不能失去这个儿子。

三

一连两个多月，何燕贞都没有睡好。她知道跟这期间乌瓦大院与重庆那边的信件一直不断有关。谢氏写好信寄走，重庆那边的又邮到了，如此反复。重庆一有信来，她心就缩紧一次。其实她认得字，在家读过《全唐诗》，得闲时她会蹲在地上，用树枝一笔一画地默写出一首首。可是谢氏信写了什么，收到的信又说了什么，谢氏从来没给她看过。信的内容一定会提到赵定力吧？赵定力是她的儿子，可是却没有人告诉她究竟怎样了。

白天信又来了，谢氏当着她的面撕开信封，看过，马上收起，塞进衣襟里。

"有事吗？"她问。

谢氏似乎没听到，站起，走掉。何燕贞一惊。她很少发问，几乎从来没有，以前是不敢，后来是不想，彼此都习惯了，但这会儿，她意识到这封信与平日不太一样，至少有点诡异，她就不得不问了。她的意思其实是希望谢氏把信取出，递过来，让她看一看，心里有个底。可是谢氏却不搭理。之后她看到谢氏曾跟赵聪明低声说着什么，赵聪明勾着头连连点着，某一瞬抬起头，脸上也是木然的。

她一整天都吃不下东西，心悬在半空中，脚常常猛地一软一趔趄。

夜已经很凉了,她不停地转动身子,每转一次,都伸出手为旁边的赵定力掖掖被子。

赵聪明跟她分别睡在两间屋子的两张床上,她的床上,现在睡着赵定力。烟灰色的苎麻蚊帐和朱红色的踏步床都是入洞房那年置办的,蚊帐已经泛黄,床仍然漆色如新,在这张床上,何燕贞生了两个女儿一个儿子,现在儿子侧着身子,面朝她,睡得真香,轻微的呼吸声似有似无,鼻中呼出的气是她熟悉的。从重庆回来这些天,他似乎一下子懂事了,每天粘在她身上,睡觉要抱住,走路要牵着。五岁的孩子还什么都不知道,但何燕贞相信赵定力跟别人不一样,他太敏感了,内心明白很多事,但嘴上有一道结实的大坝,一切都忍住,轻易不会泄露点滴。外人都说赵定力长得不像她,细琢磨,脸形倒是相似的,直线上下,拉得很长,鼻子也像,但她的鼻子只是长,赵定力的是又长又挺。无论男人还是女人,鼻子一挺,整个人马上气度就出来了。鼻子在一张脸上,犹如一根顶梁柱,它足以淹没覆盖其余的全部短缺。

赵聪明的鼻子不挺,但何燕贞很清楚,赵定力确实是赵聪明的儿子。明明自己的儿子,却说不要就不要了。她坐起,披上棉袄,下了床。平日里,乌瓦大院夜间只有大门是拴紧的,院子里各个房间从来都只是虚掩。她托一盏油灯走到厢房靠后那一间。自从怀上赵定力后,赵聪明就搬到这里睡了。像开弓射出的箭,不再回到何燕贞那间屋子。房间的左侧是谢氏的屋子,母子并排住着,要说倒也理所当然。何燕贞伸出手,推门的一瞬又收住了。这些日子婆婆谢氏一直催她晚上搬过来跟赵聪明住,转身她也催赵聪明,但何燕贞不搬,赵聪明也没有动静。

过继这个话题提出来后,何燕贞就不是过去那个何燕贞了。她一直后悔让谢氏把赵定力带去重庆,一老一少,那么远的路,路上有多少不可测的险情啊。从小到大何燕贞确实目睹了谢氏的无所不能，但那都是在乌瓦大院，到了城里，哪怕是福州城都不见得还吃得开，何况路途迢迢的重庆？赵聪明也有类似的担心，但有什么用呢？谢氏一拉下脸，赵聪明就立即勾下头缩起脖子了。在赵聪明面前，谢氏永远都像院子外那棵粗壮巨大的榕树，而赵聪明不过是树缝里的一撮小青苔，被树密不透风地呵护着，不敢有半点造次。离了树青苔其实也可以活，也许活得更好，但树却认为它不能。她一遍又一遍反复告诉自己，不能把赵定力压到翅膀下，让他活得这么累。赵聪明自己可能并不觉累，他从小如此过来，早就习惯了，可旁人看着却累。朝廷之上，君太强臣必定弱，缩小到一户人家里，母太硬，儿就非软即愚。

何燕贞三岁来此，也算从小在谢氏眼皮底下长大的，但她跟赵聪明不同，谢氏并未完全把她纳入眼眶，最多顺便瞥了瞥，眼神很快就风一样掠过了。管教也是需要心力的，疼爱和照料更需要，谢氏把心力全部放在赵聪明身上，对何燕贞她已经腾不出精力了。当然也许并不是真的腾不出，而是谢氏觉得根本就没有必要腾。寄人篱下，何燕贞一直知道自己该怎么做。女人的腰杆最终是靠丈夫挺起来的，但赵聪明能指望吗？他整个人就像一只木桶，外围有谢氏竹篾般帮他年复一年紧紧箍住，桶上的每一块木板只需无所事事地呆立着，就可以平安无事了，一挣扎，桶反而散掉。如果在从前的琴江村，赵聪明这样的人能不被唾沫淹死就是万幸了。曾经在马上纵横奔跑的雄性满人，如果血液不沸腾起来，怎么能在刀剑对决的血腥中置敌于死地，又能让自己苟存性命、驰骋疆场？何燕贞无数次想起谢氏当年说过的"以后她想嫁就嫁，不想嫁就再找个好人家"，她一直等着这话得以兑现。没有，说归说，说过谢氏想必早忘了。何燕贞就劝自己索性也忘了吧，一日不忘就一日把心和肝都整个放在磨盘上一圈圈血肉模糊地碾着。这么多年，赵聪明一共跟她说过多少句话？若是细数，应该也能数出个大概。荒谬就在这里，两个互相看不上的人的婚姻，最终却由高高居于两人之上的谢氏决定。谢氏说成亲吧，于是成了，十八岁的赵聪明和十五岁的何燕贞进了洞房。很顺利，两人都没有任何挣扎，像两个木偶人，线攥在谢氏手中。

在尽快生儿育女这个想法上，何燕贞与谢氏完全一致。女人原来可以这样，在对婚姻无望的那一瞬，所有的幻想被利刃切掉，活下去的盼头像腊月天被浇上冰，猛地一缩，缩成小小的一团，那一团都凝固在对子女的指望上了。准确地说，应该是对儿子。赵聪明爬上她身子时，她虽懵懂恐惧，但非常配合。第一夜之后她很快不懵懂也不恐惧，就更配合了。逢赵聪明蔫头蔫脑似是而非时，她甚至会主动脱掉衣裳贴身过去。黑暗中两个人都不说话，好像气也不怎么喘，过程安详而静谧，动几下，好了，下来了，转身睡去了，呼噜声眨眼就忽高忽低地响起，一切都理所当然，无风无浪。没关系，至少何燕贞觉得没关系。单靠她一个人，没有种子播下去，肚子不可能大起来，这时候，赵聪明不过是她的一个合作者。她需要儿子，一大堆儿子，越多越好——多意味着有更大的可能性，如同种瓜，十株秧苗，即使烂掉九株，好歹会有一株残留的吧？茂盛的藤蔓和丰硕的果实，便足以遮荫何燕贞余下的日子。

除了月事以外，赵聪明差不多每夜都爬上来一次。她的肚子摊在那里，等着一个叫"儿子"的种子来临。可是女儿，还是女儿，第三次肚子再大起来时，她每天早晨燃一炷香，在佛龛前跪上半个时辰。她需要儿子。果然儿子来了，赵聪明立即像一辆跋涉千里后终于抵达目的地的破马车，车上货物被卸掉了，马和车都一下子长长出了一口气，然后就歇下了。

确认怀上赵定力的那天，赵聪明就搬到后面这间与谢氏卧室相邻的屋子去了，然后一点都没有搬回来的打算。赵聪明从来没喜欢过她吧？但赵聪明似乎也没有喜欢过包括谢氏在内的其他人。这是赵聪明的奇怪之处。他总是生病，从何燕贞进乌瓦大院的那一天起，这个比她大三岁的男孩就一直病恹恹的，日子在咳嗽、拉稀和发烧说胡话的轮换中进行，这个葫芦按下了，那个瓢又起来了。她很难相信一个人体内居然堆砌着这么多病，天底下所有的病仿佛约好了，鱼贯挤进赵聪明的身体，然后死皮赖脸地住下，一直不走。谢氏曾对她夸过女人的肚子，说那是最万全的神奇庇护所啊，在里头多待一天与少待一天的人，体质就明显不同。何燕贞怀三次，谢氏说了三次。谢氏的意思是，赵聪明的病，全是因为早产给闹的。如果赵聪明愿意回到她床上，何燕贞也不会反对，毕竟一个儿子在她是不够的，但总归已经有一个了，赵聪明不回便不回来吧，不回也好。日子就这样过了一年又一年，倒也相安无事，忽然间却不能再安下去了。她是赵定力的母亲，可是未经她同意，赵定力就要过继给别人，这是什么天理？她身上每一块肉都因此缩紧了。每时每刻，她都不让赵定力在眼皮底下消失。她得守紧他，不能大意。

半夜睡不着，掌灯过来，她就是想问一问那封信到底说什么了？算是脑子一热吧，她忽然非常想弄清赵聪明的想法。究竟是对赵定力无所谓，还是仅仅因为惧怕谢氏？她需要赵聪明跟她站在一起，让这件事戛然而止。天大地大，她却找不到其他任何可以帮一把的人，也唯有靠赵聪明了。虽然他和赵聪圣一样都是谢氏的儿子，但儿子与儿子间是有区别的，这个儿子和那个儿子相隔了几十年音讯全无，连照面都没打，突然间冒出来，竟要把这个儿子的唯一儿子，变成另一个儿子的儿子，这怎么可以？

但是手还没抵达那扇关住赵聪明的门，她一激灵，脑子就一下子明白过来了。能问出什么？如果肯说，这么多天，赵聪明早就开口了。每一次谢氏一提起过继，何燕贞泪就下来。她的眼光从自己眼眶密密的水帘子后面探出去，看到赵聪明木着脸，或呆呆地盯着谢氏，或默默低下头去，总之不说是，也不说非。她深呼深吸一口，心里像被乱草堵满，而且草有刺，硌得生疼。也许她需要再想一想怎么跟赵聪明说。成败都取决于赵聪明了，他如果同意赵定力走，她就永远失去了赵定力。

泪奔涌而出。她不能松口。

她小跑起来。听到身后吱的一声响，门开了，开门的不是赵聪明，而是住在旁边的谢氏。谢氏站在自己屋子那扇门后面，眼光像两只膀大腰圆的老水牛，一步一步沉甸甸地追过来，抵住她的身子，要把她压到地上去。

第二天吃早饭时，赵聪明匆匆扒几下，碗就见底了。他做什么事都慢，唯有吃饭，永远快得像有烈焰在屁股下烤，筷子急急划动，有什么吃什么，从不挑剔，也不要什么菜，甚至不需要咀嚼，饭从嘴里经过，只是如一匹烈马驰过驿站。何燕贞想，他大约只是不愿意这么近地与其他人坐在一起。

桌上只剩下何燕贞、谢氏、赵定力以及赵定力的两个姐姐。安静，夜一样的静，谢氏是不容许吃饭时说话的，她说那是骂饭，要被上苍惩罚的。大家都低着头，只有筷子轻磕碗沿的声音隐约响着。桌上没什么菜，一盘咸带鱼、一盘虾米、一盘炒芥菜。乌瓦大院已经不是从前，从前有槟城的钱不断寄回来，赵礼成死后，钱没有了，好在还有当年买下的那些田可以收租，衣食倒是无忧，只是谢氏手头收紧了。关于谢氏以前哗哗哗撒钱的样子,何燕贞都仅是耳闻,她来到乌瓦大院时,赵礼成已经死了,谢氏已经开始谨慎持家。

何燕贞眼角可以瞥到,谢氏已经吃完了,正把筷子搁到碗口,却没有像往常那样立马起身走掉,而是一动不动地坐着,目光前视。何燕贞心里咯噔了一下,意识到谢氏可能有话要说了。谢氏果然开口了,问:"昨晚怎么了?既然都过来了,为什么又不进屋?"

何燕贞没有答。她猜测谢氏以为她想通了,终于打算再生一个,便也意味着,同意让赵定力走。她脸抬起,望到外面。赵聪明正曲起身子蹲在天井里,背对着她们,头低着,也许正盯着青石板上爬过的一队蚂蚁。这个人是谢氏的儿子,她的丈夫,可是她不会再跟这个烂泥似的男人生一子半女了,绝不会。

"奶奶,进屋干什么?"这是何燕贞的大女儿在问。

谢氏眼一瞪,手指往门外一戳,说:"你们出去。"

赵定力和两个姐姐霍地一起跳下桌往外走,谢氏却喊道:"力啊,你不要走。"

赵定力回转过身子,慢慢走到何燕贞旁边,把整个身子靠在何燕贞大腿上,脸朝下趴着。何燕贞放下筷子,伸过胳膊把他揽住。谢氏要说的一定与赵定力有关吧?何燕贞手上紧了紧,让赵定力贴住自己的腹部。儿子真瘦啊,只有小小的一团,这么纤细,真要离开她了,怎么抗得住那么多颠沛流离的日子?她鼻子一下子又酸了。

谢氏看着赵定力,半响才问:"力啊,想不想再去重庆?"

赵定力说:"不!"

谢氏说:"那想不想去南京?"

赵定力还是摇着头说:"不!"

谢氏抿了抿嘴，说："去不去都由不得你……其实也由不得我，就连聪圣也由不得。"

何燕贞呵大嘴盯着谢氏，心咚咚咚咚跳得山响。

谢氏站起，绕着八仙桌缓缓走几步，说："聪圣来信了，说政府发布还都令了，就要从重庆搬回南京，所以忙着哩，太忙了，力的事就缓一缓……"

"啊？"何燕贞脱口叫了一句，马上又用手把嘴捂住，然后抱紧赵定力，先是落泪，接着抽泣，然后又在抽泣中笑起。这个弯转得太急了，像一场梦。几个月来她其实一直都在梦中，噩梦，如今终于醒过来，阳光当头照下，纵贯全身。

谢氏站住，转过头看着她，咳了一声，说："听清了，只是缓一缓。缓过了这一阵，力还是要去的。趁早，你再生一个去。"

何燕贞把头埋到赵定力的肩膀上，这会儿她终于完全回过神来，失而复得的喜悦正从腹底深处浪一样涌起，整个儿把她淹没。

四

三年后，何燕贞坐到天井里那口莲花井的边沿上。这三年乌瓦大院出过两件大事：一是十五岁的大女儿嫁到不远的闽安村，夫家世代经商，富过，又穷了，但也不至于饿肚子；另一件事是十二岁的二女儿得痢疾死去，雇了人，在后面山上挖个坑埋了。院子一下子冷清了，一天比一天冷。她哭过几个月，但总之是命，已经死了，也无法哭回来。

两天前一大早，天还未亮透，院子的门就响了。何燕贞打开门，矮个子的中年人，腿短得像临时安上去的，穿着黑衣黑裤，头上扣着黑鸭舌帽，帽沿压得很低。他用捏着嗓子的声音小声说找谢氏，不待何燕贞回过神就径自匆匆进来，走过天井，抵达厅堂，贴近坐在厅堂上的谢氏，低声在她耳旁说着什么。谢氏两眼一下子瞪大，然后连连点头。

谢氏已经病大半年了，拉肚子，腹痛，腹胀，总之整个肚子都难受。难受不是她自己说出来的，她一句都没吱声，连呻吟都没听到，甚至每天清晨都一成不变地按时早早起来，细致梳洗，衣裳洁净，头发纹丝不乱，时不时还要到村里摇曳一圈，看上去与往常并没有两样。但何燕贞知道谢氏已经不是从前的谢氏了。话越来越少，这是其一。以前谢氏虽然也不常开口，但该说的她一句不会少，如今她唇似乎压着石块动不了，神色也是紧的。

乌瓦大院的厅堂上摆放一张竹制躺椅，是谢氏让赵聪明前些日子从她屋子里搬出来的，摆在正中央，阔大的厅堂一下子就不那么空荡了，仿佛旷野上搭起了一座房屋，顿时有了几分生气。大多时候，谢氏都端庄地躺在上面，闭着眼久久不动。如果突然从躺椅上坐起，匆匆往马桶间急走，何燕贞就知道，她肚子又不安稳了。好几次马桶间的门一关就是大半天，等到出来，谢氏手掌不时会捏得紧紧的，露着蓝色的一角。这时候她会直接去了自己的房间，关上门，一会儿再出来时，便到井边打上一桶水，提到天井一角，背朝外蹲下，手动着，然后站起，走到后院花园，把刚洗过的短裤抖开，挂到篱笆上。

何燕贞其实不觉得一个生病的人屎止不住漏出，沾一点到裤子上有什么见不得人的，如果可以，由她来把短裤洗净晒起，也是应尽的本分，但谢氏从来都自己处理。这事谢氏做得越来越频繁，似乎也越来越吃力，但仍然自己默默做掉。

为什么不吃药找医生呢？这是何燕贞非常不解的。谢氏的父亲谢瑞林似乎既没有过青年也不曾有过壮年，看上去早早就老迈了，却一直活到快满一百岁，直至上一年才过世。春来药铺被谢氏的兄弟接手，继续把药店开得红火，他们几个得了父亲的真传，每天上门求治病的人一直少不了。可以给别人治，难道不能给谢氏治？这期间其实赵聪明进过一次城，把谢氏的大弟谢乐施请来过，把了脉，开了药，药是赵聪明把舅舅送回城里后再带回的，何燕贞熬好端上，却被谢氏一把推开了。何燕贞说：“喝了吧，总得治一治。”谢氏沉着脸半天才开口，说：“不治！”

这样日子就一天天过去了。躺在厅堂上的谢氏，不时会欠起身子往大门打量一眼，门大多是紧闭的，安静得像从未打开过一般。谢氏于是叹口气，又双手撑住椅子两边的把手，缓缓重新躺下。

原来她在等人，等这个穿一身黑衣的中年男人？把中年男人迎进门，何燕贞就退下了。其实门打开，和中年人一打照面那一瞬，她就有不祥的感觉。谁？来干什么？疑问水泡般涌起，但她不便在场，除非谢氏让她留下。她走开时，一步步跨得很有力，心里却咕噜噜地冒出一串问号。她盼着身后响起谢氏的声音，只要轻轻喊一句，她就会留下来，但一直到她进了厨房，身后都非常安静。时间过得非常缓慢，何燕贞猫下腰贴着墙上的木板缝往外看，看到男人俯下腰，低声说什么，手里抓着一张纸。而谢氏身子从躺椅上支起，仰着脸，专注盯着中年男人，神情辨不清是惊恐还是惊喜。

终于中年男人要走了，谢氏这才喊了声，何燕贞连忙跑出去，把客人送走。掩上门，她走向谢氏。这个陌生人带着一个深不见底的谜团出现，谜一定与赵定力有关，直觉不会欺骗她。无论如何她想知道谜底究竟是什么。她站到谢氏的旁边。

谢氏重新躺下，大概累了，眼闭紧，嘴抿住，搁在腹前的两只手里捏着刚才陌生人递给她的纸。纸是倒扣着的，厚实，微黄，有大小不一的墨汁星星点点地透到背面，却看不清上面的字迹，越看不清何燕贞越想看到。她低着头，眼盯住上面，站着一动不动。

半晌，谢氏仍闭着眼，但唇微微开启，她说："去叫聪明。"

何燕贞环顾了一下，然后转身推开赵聪明的房间。他还在睡，蓝布白印花薄被，被套用洗米水浆过，残留着些许稻谷的清香和挺括的质感。四月，天在忽冷忽热间起伏，但即使再凉，也过了天寒地冻的时节，一夜下来，四仰八叉，手脚完全可以伸到棉被外了，赵聪明却没有，他把自己裹在被子里，头和双脚都没漏过，身子蜷起，远远看去，躺在床上的不过是只花纹斑驳的大虫子。被子的四个角全被赵聪明压到身子下面，何燕贞在蓝布白花布上拍两下。新浆洗过的棉布上粗砺的纹路纵横交错，赵聪明的体温似乎从下面隐约透上来，抵达何燕贞的掌心。她的丈夫，一具本来应该是她最熟悉的身体，可她却早已经陌生。"起来，"何燕贞喊，"有急事，快起来！"赵聪明没有动弹。何燕贞揪住被面用力往上一提，被子跟随她上扬的胳膊飞起，而床上留下的是脱得光溜溜的赵聪明。

居然一丝不挂地睡觉？这个嗜好是从什么时候开始的？何燕贞下意识地往后退一步，很快又站住，长吸一口气，看着赵聪明。他开始蠕动了，身子向后弓着，蹬着腿，伸长两条细小的胳膊。"呃——！"这个懒腰，他伸得漫长而彻底。然后眯缝着眼，像打量陌生人一样木然斜看着何燕贞。

"有急事，快出来。"话还没说完，何燕贞已转过身向外走了，对这具裸着的身体她一秒都不想多面对。她跨出门槛，走到厅堂，走到谢氏旁边，站定，等着赵聪明。今天的蹊跷事就要揭晓了，她心跳如鼓。一会儿赵聪明才慢悠悠地走出来，趿着木屐，穿着皱巴巴的对襟衫和大肥裤，头发蓬乱。这是留在这座院子的唯一成年男人啊。何燕贞垂下眼睑，眼光落在自己的鞋尖上。她穿着自己做的蓝粗布绣花鞋，如果愿意，她可以把鞋子做得更精致一百倍，这个手艺她不缺，但现在上面仅绣了一只燕子，虽在飞，翅膀却是下垂的，眼也微闭，一副了无生趣的倦态。

木屐叩动青石板的声响由远而近，终于停止。谢氏已经坐起，把手上的纸往前一伸，何燕贞知道她不是递给自己，而是给赵聪明。赵聪明接过纸，头低下去看一眼，很快又抬起，盯着谢氏。"船开来要几天？"他问谢氏，声音很小，更像是在问自己。谢氏迟疑了一下，摇摇头，说："四五天？七八天？不知道。军舰肯定会快一点吧？"赵聪明说："那……"他转过头看了何燕贞一眼，"那不是……"

竹躺椅吱呀吱呀响起，谢氏移动身子，想要下来。何燕贞连忙托住她胳膊，胳膊细小干硬，宛若一截枯掉的老木棍，随便扭一下就可能碎断。她初来乌瓦大院第一次见到的那个谢氏活蹦乱跳，每一步都跨得碎而急，像一股飘过的风，挟裹着周围的气流嗖嗖作响。真快啊，几十年的光阴眨眼间就这样水似的从指缝间流走，消失，永不再来。她的光阴呢？属于她的日子如果没有赵定力，那就不是快，而是百爪挠心、坠入暗夜的慢，慢得她喘不过气来。她盯着谢氏，眼有寒光。之前她恨过谢氏吗？不知道，或者不记得，至少来乌瓦大院这么多年，她在谢氏面前一直低眉顺耳，说话不会大声，做事不敢抵抗。今天呢？今天那个中年男人如果真是因为赵定力而来，她仍然猫一样柔顺听话吗？她咳了一声，用最粗糙的声音重重地咳，然后不待赵聪明反应过来，一伸手，她把赵聪明捏在巴掌里的那张纸抢了过来，动作利索且坚决。没有人能想到，其实连她自己都很意外。

纸上的字写得很潦草，她看得不太全，但大致是明白的。一艘叫"昆仑"的运输军舰，要从上海驶到马尾，再转台湾。赵聪圣吩咐等船到马尾港时，把赵定力送上船。"昆仑"号很大，装了四百多号人，舰长沈彝懋是福州南街人，是赵聪圣的朋友。而赵聪圣不在船上，他直接坐飞机，去的地方也是台湾。飞机比船快，他先在台北等着。

纸一下子湿了，是何燕贞的眼泪，一滴，两滴，一串，两串。然后她侧过头，看着谢氏和赵聪明。母子两人眼里所见都是虚的，水波之外，他们的脸扭来扭去，五官都不是好好地在原来的位置上。谢氏开始说话，声音嗡嗡地糊成一团。她不想听，但大致还是听明白了。那个陌生中年男人是船政局的，赵聪圣以前的同学。事有紧急，"昆仑"号马上要起锚了，在南京的赵聪圣才知道消息，打了电话到马尾，让同学把事情写下，迅速到青江村送个信。

谢氏说："船到时，说好了也由他通知我们，力怎么送上船都不用我们费心，交给他就行了。"

何燕贞腿一软，双膝先着地了。她跪着，头仰起，看着谢氏。"力不能走！"虽然用力忍住，但话出口时仍然全是哭腔。"力不能走啊！"她提高声音又喊了一遍。

谢氏不看她，赵聪明也没看她。两个人从何燕贞身边经过，赵聪明微俯着身子搀住谢氏，走得很慢，但脚态没有乱，只是漾着几丝不知所措。他们不是走向赵定力住的房间，而是去了谢氏房间，跨进去后，掩上门，然后咚的一声轻响，把门拴上了。

何燕贞身子往旁一歪，一屁股坐在自己的小腿上。她不想再生了，不想再和赵聪明生。即使愿意，可生下来的也不可能是和赵定力一模一样的儿子。她不能让赵定力去台湾。她站起，踉跄几步，磕磕绊绊走到水井旁，然后她就爬上去了，两只脚吊进井口内，双手撑住井沿，身子微微向前，头低着，往下看。井真是一个奇怪的东西，这么小的一个圆圈，竟可以装下这么一成不变的水，吊上来一桶，再吊上来一桶，无论怎么吊，它都无所谓，永远平静、不动声色。也许这是阴间看上来的一只眼睛？

她的眼泪落下去，一滴追着另一滴，一串赶着另一串。她的泪和井里的水如此相似，始终就没有干涸过。某次搂着赵定力时，她曾有过一丝忧虑，不是为自己，而是为赵定力。身体里的水会不会哪天从眼眶里流光了，甚至等不及赵定力成年，她就已干涸而亡？但乌瓦大院的这口井安慰了她，岁岁年年，全家所用之水全都靠它，煮饭、泡茶、洗衣、洗漱、浇灌满满一后院的梨树和花草，甚至旱时往后山那片茶园、茉莉花园挑去一担又一担的水，挑吧，水面像被焊住了，挑多少井都纹丝不动。何燕贞就放心了，井可以做到不竭，她当然也可以。或许她只是投胎时走错了地方，本来应该是井，却成了人。

现在她坐在井上，如果向下，就与井合二为一，终于可以由人变成井。

要下雨，云越压越低，像是被谁抽着鞭子赶下来，要把她往井里推。不用推，如果谢氏一定要把赵定力过继给赵聪圣，她还有什么活的必要？

门吱呀响起，接着是一句含义不明的叫声。赵定力醒了，跨出屋子，走到厅堂看到井上的何燕贞。已经八岁的赵定力身子好像忘记了横的方向在哪里，一味只是纵向猛长。高了，又高了，两条腿竹竿似的往上细细拔节。他小跑过来,脸上原本还有几丝狐疑的笑意,说明一开始他并没有看明白,他不知道发生了什么事,直至看到何燕贞的眼泪,才刹时怔住了。

"怎么了?"他怯生生地盯着何燕贞,小声问。

何燕贞摇了摇头。"力啊……"这一句刚喊出,她整个人一紧,仿佛五脏六腑突然一起炸开,然后形成一股比闽江水涨潮更凶狠的劲,猛地往上涌。她抿住嘴试图将那股劲压住,压到喉咙口之下,最终还是拗不过它们,嘴一张,哇的一声号啕起来。从三岁进到这个门,她一直泪水不断,却很少哭出声音,更从未像现在这样,每一声都把整个肚子抽动,肠子仿佛随时可能从腹底喷出来,面条般铺满一地,鲜血横流。乌瓦大院一下子轰鸣起来,她的哭声绕着纵横的房梁和挺立的柱子,上下飞舞,宛若一场可以摧毁一切的台风。木屐声响了,接着赵聪明出现了。"你干什么?"他问了一句。"你这是干什么?"他又问了一句。然后他下到天井,向井口走来。

何燕贞很清楚自己要干什么,她觉得没必要隐瞒,索性说出来。但还不等她开口,赵聪明已经紧走几步,双臂掐住她的腰,猛地一拉,把她从井沿拖下来,一转身,重重甩到地上。后来何燕贞对此再三狐疑,赵聪明怕的应该不是失去她,而仅仅担心她跳下去后,尸臭加晦气,井就废了,他和谢氏再也不能用井里的水泡茶喝了吧?一抬头,她看到了谢氏,正倚在厅堂立柱旁,身子微斜靠住柱子,脸上没有任何表情,眼也是安静的,就这么缓缓地看。

何燕贞后背一冷,从地上爬起,重新往井口扑去,被赵聪明挡住,再用力一推。这次她摔得很惨,右边胳膊肘先撞到青石地面,咚的一声,接着脸在青石上擦过,额头直接砸到石阶上了。

她没有马上起来,一直这么趴着。右边的眼睛很快睁不开了,仿佛有一块黑布结实地蒙上来。她抬了抬手,用巴掌擦眼睛。是湿的。是血。她慢慢坐起来,右眼闭着,左眼也只能虚眯着,四下突然变得如此陌生,门不像门,屋檐不像屋檐,连柱子也是歪斜的。

赵聪明已经走掉了,厅堂柱子旁也空了,没有了谢氏。她的身边只剩下赵定力。刚才她被赵聪明从井边甩下,又推倒时,整个世界都是黑了,什么都看不见,但赵定力的尖叫声从黑暗中穿透过来,接着是他的哭声。只有他心疼她,有他的心疼,她不该现在就死。她转过头看井,那里扣上了一个大木桶。其实她有足够的力气提起桶,她站起,却没有向井口走去,而是踏上厅堂,从侧面那个窄小的拱形门穿过,进了花厅自己住的那间房子。房里墙上挂着一面椭圆形镜子,镜面厚实明净,外框是一圈沉甸甸的红木。镜子前一尺高的梳妆盒也是红木的,看上去明显与镜子是同一时期做出来的。它们都是当年母亲送给她的,而母亲则是她母亲的母亲从遥远的北方带来的。从前的赫舍里,曾经有过多么不可一世的权倾朝野的风光,赫舍里氏的女子也一个接一个进宫,在繁华富贵、锦衣玉食背后,得承受起多少冷寂心酸,都只有自己知道。从赫舍里氏到何氏,已经有无数女子的容颜映到过这面镜子上,现在轮到何燕贞了,她在镜子里看到自己的额头,那里像绽放着一朵玫瑰花,红得沉稳而内敛。已经没有血往下淌,先前淌下的,形成几道不规则的线条,边沿呈齿状弯曲,摸一下,有点糙,微微刺手。再用指甲轻轻抠一下,竟抠不动,血原来只要一凝结就能这么坚硬,这至少说明它流动时的柔软,其实只是一个假象,骨子里暗藏的却是不为人知的不屈不挠。

是不是有点像她?何燕贞对着镜子中的自己摇了摇头,然后取下毛巾，沾上水，捂住额头和眼眶。一会儿血痂被捂软了，她用力一擦，把那些血迹一点点擦掉。伤口不大，她去厨房，头伸到灶口，抓了一把草木灰压到额头。做这些时，赵定力一直影子般跟着她，脸苍白，嘴唇哆嗦，背佝偻起来。他还这么小，无力且怯弱，甚至比她更弱，也比赵聪明弱。赵家上下的强悍似乎已经被谢氏都用光了，再没漏下点滴落到其他人头上。她心因此再次蜷起，懦弱无助的人只有置身祥和盛世才能安然无恙吧？否则宛若羊进狼群，哪能抵挡得住世事随时可能迎面扑来的刀枪剑戟？

接下去几天家里比夜还静，连赵定力都抿紧了嘴，不笑不说不哭不闹。他就要去远方，却没有人告诉他全部实情，但他应该心里明白，至少猜到几分。他只是弱，并不是傻，所以眼神晦涩，隐约有泪。她从来没有像现在这样，不再留恋什么。眼前是雾状的，迷蒙地笼罩着一层，迈出去的腿无法踩到实处。只有转过身看到细长瘦弱、一言不发的赵定力，她才重新活过来，胸口那里猛地一紧，如同一把尖刀把筋脉挑起。

第四天那个黑衣中年男人又来，然后赵定力就要走了。船还没到，但中年男人强调说，必须人等船，不能船等人。时局不稳，下了锚，也可能马上又起锚开船。能走趁早走。

赵定力双臂箍到何燕贞腰间，头仰着，泪往下滚。哭得凄厉，却有气无力。要是他能胖点，再壮实些，眼泪还不至于显得如此虚弱。何燕贞巴掌在赵定力头顶抚过，头低下，又抬起，看着门外。谢氏说："走！"中年男人也说："快走！"

赵定力双臂还在何燕贞腰间，赵聪明走过来，把他手掰开，一把往外拖。赵定力屁股往下坠，坠到地面。但身子太轻，眨眼间他左边胳肢窝就挂到赵聪明巴掌上，向院子门外拖去了。就在这时像雷炸开,赵定力终于喊出声,他头朝后,扭着脑袋看何燕贞。"我不去啊,妈!妈!"

中年男人靠近,揪住赵定力右边胳肢窝,大步向门外走去。在两个男人中间,赵定力像一只挂在两根粗大树枝上的小毛毛虫。

何燕贞戳在那里一动不动,眼里什么都没有,甚至没有泪,干得像两片荒芜的沙漠。都安静下来后,她也慢慢向院子外走去,走到门旁停下,身子靠在石板门框上。太阳很大,把石板晒得微微发烫,仿佛有一双大手在她后背上抚着。树旁那条通往村子的路空荡荡的,她三岁从这条路上走进乌瓦大院,不会想到有一天,她唯一的儿子会从路上消失。

何燕贞站了很久——究竟多久她不知道。然后她返身回到自己屋里,又坐到椭圆形镜子前,拉开梳妆盒的小屉,从中取出一块红绒布,布打开,是根巴掌长的锥形银发簪。她低下头,把发簪举到眼前,用拇指和食指拎住,缓缓转了几个圈。

该煮午饭了。但赵定力永远都无法再吃到她煮的饭菜了。

谢氏已经很长时间都只能咽下一点稀粥,何燕贞每天在瓦罐里专门为她煲些。今天就不了,今天用锅煮了三碗粥,一碗谢氏吃,一碗何燕贞自己吃,还有一碗留给赵聪明。他中午可能回不来,但没关系,先留着吧,吃不吃看天意。

粥好了,她端去。谢氏又躺到厅堂中央那把躺椅上了,闭着眼,似乎睡着了。躺椅边上有一张小茶几,何燕贞把粥放到茶几上,退一步,站着,并不离开。她要守着粥,或者说要守着谢氏喝下粥。一会儿谢氏眼皮抬了抬,爬下椅子,站起要走。何燕贞觉得谢氏应该先把粥喝下,所以她伸出手,试图拦下。谢氏手甩了一下,身子向旁侧去,动作很轻微,却透着一股凛冽之气。她去了自己房间，身子消失在幽黑的门洞，然后又关上门。

何燕贞怔怔站着。谢氏的凛冽她不意外，哪天谢氏如果突然不凛冽，她甚至会陌生得不知所措。真静啊，整个乌瓦大院都在缓缓下坠。那艘名字叫"昆仑"的船靠岸了吗？接到赵定力了吗？船重新开动了吗？船上的赵定力哭了吗？她打了一个寒战，同时开始后悔。为什么赵定力被两人男人吊起来提走时，她不扑过去，死死把他抱住？无论用上多大的力，她都不可能抱住，但抱与不抱，肯定给赵定力的感觉是不一样的。从此天涯，他记住母亲的最后一面竟然是无动于衷，仿佛同谋。

"我不去啊，妈！妈！"赵定力当时冲她这么喊，她竟然也没有回答。

她举起巴掌在自己脸上狠狠抽了一下。啪，声音在空旷的院子里荡开。这时她看到谢氏房间的门又开了，跨出门槛走来的谢氏簇新得像个假人。原来刚才关上门后，谢氏去梳了头，换了一身新衣服，已经稀疏的头发抹上茶油，一根乱发都没有，脑后那个小髻端正而娟秀，像婴儿偎着母体。上衣是红绸袄，襟门处一排嫩绿的雏菊，领口、袖口和下摆都嵌了深绿的滚边；下面是同色绸长裙，再看鞋，鞋也是红绸的，鞋面也绣着雏菊，还有两只展翅的黄喜鹊。何燕贞一惊。谢氏居然如此盛妆。"你……"何燕贞想说一句什么。

谢氏没有看她，走得很慢，背很用力地挺立，脸微仰，盯着屋檐上的某处，眼光始终没有落到何燕贞身上。到躺椅前，坐下，仿佛已饿了数年，端起碗，一仰头，粥一下子全进了肚子。放下碗，她从衣襟里抽出绢手帕，拎起来，在嘴角轻轻擦了擦，再把手帕方方正正地叠好，小心地塞了进去，然后咳一声，慢慢往下躺，脚靠到一起，脚尖整齐向上，手则并在身体两侧。然后她闭上眼,嘴里轻轻咕噜了一声:"可以了。"

何燕贞一直盯着谢氏。难道谢氏已经知道今日这碗粥与平日不一样?头有点晕,眼前很多金星在舞动。"我……"她开了口。但谢氏打断了她,谢氏说:"不怪你。"何燕贞泪一下子铺到脸上了。她一转身,小跑回厨房。她的那碗粥还搁在灶台上。她把粥捧起,学着谢氏,也一把往嘴里倒去。她并没有马上倒下,而是支撑着重新走到厅堂上。谢氏还躺在椅子上,仿佛睡着了,但脸色变了,嘴角有唾沫。何燕贞在椅子旁先是坐下,再慢慢把身子铺平躺好。阳光从天井上穿过来,把她苍白的脸弄出一层黄澄澄的光。她想,她的儿子赵定力也在同样的阳光之下,那么小的身子,但愿能被照得柔和一些。

半个时辰后,院门吱呀响起,接着是赵定力叫依妈的喊声。

赵定力没有坐上"昆仑号"。

赵定力没有去台湾。

赵定力回来了。

赵定力回到家的那一天,家里一下子多出两具尸体:躺在厅堂上的谢氏和何燕贞。如果赵聪明能与赵定力一起进门,也许两具尸体中至少其中一个还有救,但进门来的只有赵定力,八岁的他被厅堂上的两个人吓得一时不知所措,好一阵才哭出来。这时何燕贞微微睁开一只眼看了看他,似乎想笑,嘴唇动了,马上又闭拢了。

接下去无论赵定力怎么叫,母亲都没有再醒过来。

第七章　第四个故事：赵聪明

一

赵聪明觉得自己仿佛有十万个哥哥。

他出生没几天哥哥赵聪圣就消失了，但整个乌瓦大院赵聪圣却无处不在。他失手打碎一个碗，谢氏会微皱起眉说："你哥哥从来不这样毛手毛脚。"夜里他遗一次尿，谢氏斜着眼说："你哥哥一岁多半夜就会自己下床找尿壶了。"再或者，他走路错一次方向，传话掉了只言片语，认字弄不清上下左右结构，谢氏都会嘴一抿，然后赵聪圣就出现了。"你哥哥他……"声音非常轻，像耳语，仿佛不是说给他听的。

母亲谢氏确实很少发火，她嘴角总是向上微微翘起，似乎随时要笑起。当然一般她都把笑抿在唇内，压在舌头底下，正如她几乎不怒，笑也很少从嘴里钻出，摊到脸上。一个喜怒不外露的人是可怕的，这个人是自己的母亲就更可怕。母亲不喜欢他，这是赵聪明很早就知道的。并不是在具体什么事上为难他，吃管饱、穿够暖，甚至不骂他也从不动手打他，但很多时候骂和打也是源自爱吧。母亲和他之间却一直立着一堵冰凉的墙，墙是哥哥赵聪圣，似乎又不全是。一个母亲怀念自己去向不明的儿子，这不是多难理解的事，但赵聪明也是她儿子。一共只有两个儿子，怀念一个，为什么却对另一个毫无兴趣？问题必定还在他吧？他从来没胖过，更没壮过，一张皮永远只是草草裹住骨头，风一吹头就疼，就咳，就发起烧。不足月就匆匆往世上赶，他可能操之过急了。母亲要娶个童养媳，他同意了；母亲让他圆房，他圆了；母亲说生个儿子，他也生了。俯首帖耳，一切怎么说就怎么做，他希望母亲能因此高兴。可事实上无论他怎么做，母亲都高兴不起来。

他在福州的谢家大院出生，不到十天就被谢氏抱回青江村。再去福州时已经三岁，外祖母姜氏去世了，母亲带着他坐上船，在橹桨咿咿呀呀的摇动中进了城。谢家大院非常壮阔地伫立在青灯巷，两人高的风火墙厚实绵长，牌堵上雕着喜鹊寒梅图，燕子翅膀般翘出一个柔顺的弧度，尖顶向上。六扇并排的大门纵横嵌着密实的铜铆钉，使门在结实之外，又平添了几分威风。门后的木屏风总有十余尺宽吧，刷着朱红色大漆，阳光打在上面，隐隐发光。

站在门口，赵聪明怔了片刻。降临人世最初日子他在这里度过，但他对这幢大院已经完全没印象。他跟在母亲背后往院子深处走去，走到后院那个月亮门小屋，屋里床铺还在，但浅褐色麻布蚊帐已拆掉，凌乱堆在床中央。姜氏已经打扮停当装进棺材里，几个木桶装满沙子环绕着棺材，上面插着大蜡烛，点上火，风吹过摇摇晃晃地动，屋子似乎也跟着晃动了。

赵聪明看到母亲站在棺材旁垂下眼睑久久盯着棺材中央，眼皮一眨都不眨，也没有泪。许久她缓缓转过脸，对赵聪明说："你看一看她，她是你外婆。"

赵聪明向后退去。一进来他就被屋子中央漆味浓郁的红通通大棺材吓着了,他不想看。很奇怪,一个人刚出生要挂红肚兜,结婚要穿红衣服,死了还要装进这么巨大的红棺材里。红色对人而言,真的有那么重要吗?母亲揪住他胳膊一把往前拖,力气用得太大了,赵聪明一个趔趄,头先往前冲,身子直接撞到棺材上。棺材是搁在两张长条椅上的,微微晃了晃。屋里还站着几个人,他们同时"哟"了一声,大约都为棺材担心。幸亏他个子小,没把棺材撞出动静。母亲似乎也为自己的失态懊悔,她双手夹住赵聪明的腋下,把他往上提了提。他于是看到红绣鞋、簇新的皂色棉旗袍,双臂并拢,脸色淡泊,嘴上盖着一个扁平的煎鸡蛋。

死原来就是这么简单,连油汪汪的煎蛋送到嘴边都吃不下了。

赵聪明扭动身子,他要挣脱。他哭了,但他仍然挣脱不得,母亲的手在他腋下坚硬而有力,他只好用脚去踢棺材,这是一种本能的反应。屋里其他人又叫起来,但母亲显然对他的脚力有把握,并不把他立即放下。棺材又晃动起来,晃晃而已,依旧稳稳当当地横在两张条椅上。过了一会,母亲才把他放下,不是轻放,而是恼怒地一把往地上甩去。他趔趄几步,像一片叶子似的跌倒在地,哭声一下子就咽住了。这是他第一次体会到强行憋住不敢哭出声的滋味。仰起头向上看,看到烛光把每个人脸都映得怪异。他们话不多,即使有交流也是压低声音悄然说着,仿佛怕惊醒躺在棺材里的人。

赵聪明蜷到屋角,小小的身体团得像一只失去主人的流浪狗。没有谁打量他一眼,他很快就被人忘记了。不知过多久竟睡着了,他再醒来时,听到齐鸣的喇叭和锣鼓声,一支十番伬唱队不知什么时候已经在屋外忙碌着。要出葬了,母亲才想起他。把他从屋角拎起,披上麻衣和麻帽,再在他腰间扎上一根白布条。左右的人还在劝母亲,说应该停棺七日,七日后再入土。母亲铁青着脸反复说:"不停,马上入。"

谢家的祖墓在西门外的一座小山的半坡上,坑已经提前挖好,新翻过的土湿漉漉带着一股淡淡的腥味。有人喊了一句:"时辰到了。"鞭炮骤响,烟雾腾起,八个壮年站在坑的左右两侧,棺材挂在他们肩头的扁担上缓缓向下沉去。赵聪明瞥一眼母亲,鞭炮的烟雾恰好罩在她脸上。烟散开时,母亲脸才露出来。她眼睑下垂,一直盯着棺材。棺材向坑的深处一点一点坠去,坠到底了,壮汉们从肩上取下扁担,左侧四个人一起用力,轻轻把兜在棺材底的粗麻绳抽出来。然后有人提起一把铲子递给母亲,母亲接过,铲起土往坑里撒去。她只动了这一下,然后就把铲子插到地上,双手拄在铲柄上,好像没有一丝力气了。四周的人这时候都动起来,或者舞铲或者挥锄头,用力把土往下推,坑很快就填满了。埋一个人的过程居然跟种一棵树如此相似。树种下去还会往上长,可外祖母姜氏却不可能再从土里生长出来。她对于赵聪明来说,还是个陌生人,他根本来不及认识和接近她,她却永远消失在泥土里。

从墓地下山,母亲带着赵聪明直接回到青江村。很多人劝她,反复提醒福州人的一个风俗,就是送葬后,得先去死者家中,双腿从门口燃起的一把稻草上跨过,寓意"到了",也即平安了。母亲两眼呆滞地看着说话的人,轻轻摇了摇头。她说:"算了。"又说,"不必了。"

那时从城里去青江村还只有水路。从城南的台江码头登船后,母亲坐在船头甲板上一直眼望远处,赵聪明贴近她,也坐下。天正下着粉状的小雨,云被雨打碎了,凌乱地堆在一起往下压,似乎伸出手就能揪下它们。两岸都是山,山仿佛被谁下令,全都穿着一模一样的衣裳,绿乎乎的,绿得接近墨。这是秋天,福州的秋天树们都没有掉叶子的习惯,春天新长出的嫩黄色叶子,经过一个夏天的日晒,这时候都进入最结实有力的时期,它们会在枝头继续挺立几个月,到第二天春天再来时,才会把位子让给新的一批嫩黄叶。

母亲突然开口了,她说:"你哥哥呢?他是外婆养大的。"

赵聪明明白过来,外婆死了,可是从小跟着外婆长大的哥哥赵聪圣却没有回来。他去上海了,去海军学校学驾驶,他不知道外婆已经不在。

乌瓦大院厅堂条案上摆了牌位,牌位前是香炉和一排水果,母亲每天上香,每七天还把道士请来念经。不知福州城里是否有这个习惯,青江村死了人,都有"七七做,八八烧"的习俗,就是每七天请道士为死者超度,一共要请七次共四十九天,念过经后烧纸屋、纸钱以及纸牛纸马之类。之后母亲用布做了一朵白花,中间用红漆点一下,别在发髻上,一别别了三年。白花让母亲的头发越发黑亮得如同她亲手做出来的黑漆碗。

母亲没有让赵聪明也一同戴孝,也许在母亲看来,那也是一个跟赵聪明无关的人。

他出生了,哥哥走了,她们是不是因此把哥哥的离开怪罪于他?这是他心里反复七上八下的疑问。那些日子,他躺在床上常常盯着蚊帐出神。姜氏一死,谢家大院那间月亮形门屋子里的蚊帐就被撤了,说是为了便于灵魂升天。而他的蚊帐还四四方方端正挂着,这就意味着他还好好地活着,不需要升天?哥哥在外婆的那个蚊帐下睡过好多年,得到消息,哥哥好歹会回来一趟吧?上海到福州究竟有多远?也需要坐船吗?船从海上过来,先到青江村还是先到福州？他很想问一问母亲，但唇动了几次，最后都咽下了。

如同母亲不习惯回答他一样，他也不习惯向母亲发问。事实上他也不问别人，两片唇像被焊住了，除了吃饭吐气，大部分时间里都是闭拢的。他的牙齿因为不常见光，显得格外白，白出上下两道晶莹的光。哥哥呢？按母亲的说法，哥哥赵聪圣虽然平时话也不多，但一旦开口，就一定切中要害，一句废话都没有。也就是说，赵聪明与赵聪圣最大的不同是，一个只会傻乎乎地沉默，另一个却条清理晰，什么该说什么不该说，心里明明白白。

赵聪明经常抿紧嘴用眼角瞄着母亲，心里蚁噬般愧意横窜。无论如何他也不愿意自己这样，可是他就是这样了。村里有私塾，母亲让他去认字，他去了，但认得疙疙瘩瘩，或者是今天认，第二天又忘了。不是故意的，甚至正相反，他一直用力地想让母亲笑起来，但事实上不可能。他知道母亲又会因此想起哥哥赵聪圣，哥哥当年在全闽大学堂一直是被先生器重的人。许多年后他听到一种说法：因为在产道里更少受到挤压，又是母体经验和体力处于巅峰时期，所有人家中，往往都是第二个孩子脑子最灵光，既聪明能干，又才思敏捷。孔子不正是在家中也排行第二吗？母亲给他取名"聪明"，应该是有所期待的，结果却大失所望。

那些日子赵聪明常独自坐在门外的石鼓或石凳上，仰着头，伸长脖子眺望着。通往村里的路不宽，缓缓向下倾斜，赵聪圣会突然出现在上面吗？

最终并没有。二十多年过去，当赵聪明结了婚终于生出两个女儿一个儿子，门才吱呀被推开了。那天赵聪明正在天井上打水，一回头看到一个男人穿着皂色衣裤一步一歪地走进来，一步一步向赵聪明走近，两眼却不看赵聪明，而是盯着坐在天井旁正在用木炭专注打磨一只碗的母亲谢氏。半晌他才迟疑地开口喊了一声依妈，顿一下又喊了一声。

赵聪明一直定定地站着，双手抓住麻绳，水桶还吊在井的内壁。他应该比母亲先回过神来，他脑子嗡的一声，猛地意识到这个人就是离开家几十年的哥哥赵聪圣。很奇怪，居然仅背着小包袱，几乎可以称得上两手空空。这不像一个准备长居的人该有的模样。

但无论如何赵聪圣终于回来了。

二

赵聪明很快证实了一件事，哥哥赵聪圣的腿瘸了。之前母亲从来没说起过，母亲也不知道。赵聪圣走进乌瓦大院是未时，太阳还在头顶高高亮着，光刺透稀薄的云层往下泼洒。太热了，到处都火烧火燎的仿佛随时要燃起来，只有井里的水逃在一切之外，无论多炽烈的大暑天，它都一如既往保持往常的清凉。

母亲正拿着一块漆已经干透的碗坐到天井旁打磨着，木炭不时换着，从粗换到细，她湿漉漉的双手，因为沾着打磨下来的漆色，而变得猩红，红中夹着灰白，指尖也因为沾水太久，而发皱泛白。水用的是井水，打了一大桶搁在脚边，因此降了点温，并且有几丝穿堂风路过，只是相对于当头烈日，风无疑太羸弱了，她额上依然起了一层汗，汗渐渐凝聚起来，顺着她脸颊两侧向下滑。动不动就一脸汗津津的女人，多少有点花容失色，而印象中母亲其实一向连汗都隐得很深，她很少像此时衣裳沾湿，脸上泛着水汽。

打磨漆器这件事，赵聪明的妻子何燕贞本来也可以帮得上，但母亲从来不让她碰一下，舍不得的不是何燕贞，而是漆器。至于其他人，赵聪明怕漆，他自己不敢碰，赵定力的两个姐姐不让碰，而赵定力哩，谢氏曾打算让他碰，最终赵定力也没有碰下去，谢氏认为他不是这个料。

一大早何燕贞就带着赵定力和两个女儿出门了。他们去哪里了，赵聪明不知道，何燕贞没说，他也不想问。他从井里提上水，是为了把天井和厅堂浇一遍，这样就能把母亲周围的气温往下降一降。他也打算顺便往自己身子上浇一浇，桶放入井，刚往上拉了一半，赵聪圣进来了。这一瞬来得太突然了，也比想象的普通平常。一个消失这么久的人，在每个人失去念想，以为他永远不可能再踏进家门的时候，却没有提前给个消息，眨眼间竟出现了。他从赵聪明身边走过，正眼都没看他，只是冲着谢氏喊"依妈"。那天一开始赵聪明并没觉得这有什么不妥，换成他，他也会如此。赵聪圣不认识他，他出生不久赵聪圣就离去了，对于双方而言，彼此都是陌生人。

一阵战栗，这是指谢氏和赵聪圣。至少在赵聪明，他从来不曾见到母亲有过这般不能自持的情况。她从小矮凳上迟疑地缓缓站起，身子向前探着，伸出脖子，仰着头看着来人，半晌才开口："你……"

"依妈！"赵聪圣又叫了一句，这次用足了力气，声音撕裂着，拖出长长的尾音。

"圣？"母亲咕噜一句，"你是聪圣？"

赵聪圣伸长双手，抓住母亲的两条胳膊，他说："是，我是聪圣，聪圣啊。"

"聪圣！"这两个字母亲是咬着牙一字一顿地喊出的。然后她后退两步,胳膊从赵聪圣巴掌里挣脱出来。母亲仰起头看着赵聪圣,那年离去时赵聪圣还是瘦小的少年,眨眼却这样了,中年,高个,背厚实,腮鼓起,头顶微秃。

两个"啪啪"声突然响起,母亲后退是为了迎上前,她挥起巴掌左一下右一下猛地甩到赵聪圣脸上。赵聪圣也怔住了,片刻他两腿一并,身子向上挺直。他没有回避,准备隆重迎接母亲接下去的一串巴掌。但母亲没有,仿佛甩出两巴掌后,她所有的力气都用光了,身子往下一软,重新坐到凳子上,低着头,又把已经被磨得面目不清的碗拿起,眼盯着上面,一下一下地开始打磨,仿佛刚才的一切都不曾发生,仿佛赵聪圣没有回来。

赵聪圣蹲下,身子前伸,把脸递过去,他说:"你再打。"

何燕贞不知什么时候领着子女回来了。赵定力和两个姐姐显然都被吓到了,蜷起身子往何燕贞身后缩。何燕贞左手揽住儿子,右手兜过女儿,怔一会转过身,闪进厨房。

赵聪明终于回过神来了,他提起水桶,放下,走向前,站到赵聪圣旁边。"哥,"这一声他喊得很吃力,得从腹部提上劲,才能攒够声音喊出去,"哥,你先坐下歇歇,喝口水。"

赵聪圣没有反应,甚至脸都没转过来看他。

赵聪明又说:"哥,你过来喝口茶。"

赵聪圣保持原来的姿势,看着谢氏,却不看赵聪明。

赵聪明说:"我先去烧水啊,你来吧,有好茶哩,我们自己制的。"已经很久了,赵聪明都没有一口气说出这么多话,他又向井边走去,水还没打上来哩。他放下桶,先提起一桶向厅堂方向泼去。水嗞的一声,在发烫的青石地面打个滚,很快就从边缘向内里一寸寸干过去。再提起一桶水时,赵聪明向茶台走去。赵聪圣完全不把他当回事,这是他突然意识到的。跨进披榭门槛之前,他侧过头又打量了一下母亲和赵聪圣,一个仍然自顾自地打磨,另一个默默地蹲着,他们约好了似的,都不在意他,仿佛他根本不存在。

他在茶台前坐下,脖子一梗。"力啊。"他叫了一声。

"力啊!"他又喊一声,这一声比刚才硬了一些。

以往只要他在茶台旁坐下,儿子赵定力就知趣地凑过来,拿起蒲扇往炉里扇着。今天哩?他明明看到一大早跟着何燕贞出门的赵定力,刚才已经回家,又进了厨房,这会儿哪去了?

只好自己动手。万一赵聪圣还是要来喝茶呢?他在小土炉子里放进木刨花,点燃,又放下薄木片,再放进松木烧出的木炭,然后把水倒进银壶,壶再搁到炉子上。拿起蒲扇,对着炉嘴轻轻晃动。眼珠子无依无靠的,仿佛悬在半空中,失了根基,转来转去,最后还是只能落在银壶上。虽然内里还精白,但外层已经是那种被日光和月光蚀过的微黑,黑中透着隐约的绿光。它是母亲从谢家带来的,而谢家的很多东西都是当年母亲的祖上从宫里带出的,那么包括它,这只银壶吗?

通往厨房的那扇门黑了一下,是只脑袋露出来,儿子赵定力的脑袋。

"依爹你喊我?我刚才在拉屎。"赵定力手咬在嘴里,小声说。

赵聪明鼻孔轻微哼了一下,算是回答了。儿子瘦,而且高,脸上鼻子高挺,两眼深凹,连头发都与他没有半点相像,竟然是微曲的,一绺绺卷起。不是自己的种吗?这个赵聪明倒从来不曾怀疑过。每次在何燕贞身上播种,他都记得清清楚楚,每个月那些日子都是算好的,这个月不行就歇下,等下个月再说。歇下了,他什么感觉都没有,或者说不歇时他也没什么感觉,无非为了给赵家造个人、添个丁。长在他裤裆里的那玩意也是配合，要软就软，说硬就硬。他不能理解为什么有些人对这种事竟有那么大的瘾头，要死要活，偷鸡摸狗，豁上性命也在所不惜。

儿子非常奇怪，对马桶间有无以名状的兴趣，仿佛那里头藏有什么外人无法猜透的秘密，每天动不动就要把自己关在里头，一关就是很长时间。屎，谁都要拉，但没有人像他那样，拉得丰富而漫长。赵聪明好几次生疑，觉得儿子可能借口拉屎，躲在里头独自玩耍。可是那么小的一个地方，又难免有臭气，到底有什么可玩的？他瞥了一眼炉子，抓在手里的蒲扇继续扇着。赵定力看明白了，小跑过来，接过蒲扇，双手抓住，用力左右扇着。火大起来，壶很快就开始吱吱吱地叫起，声音从隐隐的小呻吟，到越来越气壮如牛。

赵定力对此可能很有成就感，手中的蒲扇动得越来越有劲。

水开了，终于开了，可是赵聪圣还没过来。

赵聪明提起壶，冲泡进已备好的玻璃杯里，杯子是早些年西洋人拿到广州换购茶叶的，谢氏再托人从广州购得。绿茶用玻璃杯泡，红茶、白茶、黄茶用白瓷盖碗泡，乌龙茶用紫砂壶泡，这些都是谢氏定下的。现在赵聪明泡的是茉莉花茶，谢氏一直习惯用绿茶窨茉莉花。一股热气涌上，紧跟着茶香也荡开了。他看到儿子鼻翼翕动，眼盯着玻璃杯，一口口用力吸着。又一个茶棍，他想了半天，觉得也仅有这一点，儿子是像他的。

母亲走进来，手已经洗净，赵聪圣紧跟其后。赵聪明想，他们应该会到茶台边坐下，喝上一口他泡的茶吧。但是母亲和赵聪圣从茶台前经过，去了厨房，一会儿听到厢房那边有声音传来，是母亲和赵聪圣。厨房有个后门，门外还有个仅有一个床铺那般大的小天井，垒着一些母亲种的花草，穿过小天井可以绕到厢房,也可以去旁边的花厅。原来刚才两人进了厨房,然后又从后门去厢房。打开一间一直紧闭的房间,母亲开始洗刷清理。乌瓦大院最不缺的就是房间,所有的房间即使从来没有人住过,母亲平时也要不时擦擦洗洗。家里任何一处灰尘都是她所不容的,但即使这样,突然赵聪圣要住进去,母亲仍然要重新清洗一遍。

以往母亲干活时,只要不是做漆,何燕贞都会立即上前,搭个手帮一下,这会儿却不见她,她去哪里了?

水开后,炉子里的火不需要燃起,赵定力放下蒲扇去厢房看热闹。有一瞬赵聪明身子也欠了欠,但最终又坐下了。他开始感觉不好,越来越不好。把刚才也衔接起来想,就更不好了。从进门起,赵聪圣就没有正眼瞧过他,他说话,也不理。是因为他出生,赵聪圣走了,这是母亲的说法,即使是真的,又关他什么事?这世上也没什么好,并不是他自己要急着来的,更不是为了害赵聪圣才来。如果有选择,他三辈子都没兴趣来一趟。他用拇指和食指捏起一杯茶,头一仰,喝下,然后轻轻咂了咂嘴,再倒一杯,再喝下。不要生气,他提醒自己;不能发火,他又告诫自己。

这时候何燕贞一脚跨了进来,手都提着东西。两个女儿跟在她背后,各自手里也拿着小布袋。赵聪明眉头微微皱起。何燕贞什么时候出去的,他竟一点都不知道。何燕贞说:"去买点吃的。"不等赵聪明回应,她就径自去了厨房。接下去都是厨房那边响声,转眼就把饭菜陆续端上来了。母亲和赵聪圣一直到这时才从厢房走到披榭。赵聪明特地留意了一下赵聪圣,赵聪圣脚跨进门槛,从茶台边走过,仍然没有侧过脸哪怕打量他一眼。

他们都坐定了,赵聪明才从茶台旁站起,慢慢靠拢饭桌旁。这个过程他低着头用力调整脸上的表情,心里暗暗劝自己:松弛下来，别绷着。

饭桌是小八仙桌，圆得像块大月饼。赵聪明的位置在赵聪圣的正对面，而赵聪圣和母亲并排坐，母亲的左侧是赵聪明的两个女儿，赵聪圣的左旁则是赵定力和何燕贞。几口饭下肚，赵聪圣忽然转过头看着赵定力，问："几岁了？"

赵定力怯生生地看看何燕贞，又看看赵聪明。何燕贞用手肘碰碰他，小声说："快说呀，告诉大伯，你几岁？"

赵定力迟疑了一下，没有答，只是把小手掰了掰，压住右手的大拇指，然后看着赵聪圣，直直地竖起四个指头。

"才四岁？"赵聪圣有点不信，"四岁怎么这么高了？"

赵定力的手指头仍然竖着，赵聪圣的质疑仿佛让他很焦急，他手腕转几下，冲着赵聪圣再次强调那四根手指头。

赵聪圣笑起。这是从他进门起到现在，赵聪明从他脸上第一次看到笑。笑过他还抬起手在赵定力头顶摸了摸。"这孩子长得真好看啊。"他说。

母亲问："你也结婚了吧？"

赵聪圣点点头。

母亲又问："生了几男几女？"

赵聪圣摇了摇头。

母亲看看赵聪明，赵聪明看看何燕贞，何燕贞又看看母亲，一脸都是问号，显然都没明白过来。母亲说："几个？到底生了几个？"

赵聪圣咧嘴笑了笑，他说："一会儿我跟您单独谈。"

赵聪明发现，连何燕贞的脸也猛地僵了一下。要单独跟母亲谈，就是要避开其他人的意思了。说明什么？至少说明赵聪圣有秘密，这个秘密他不愿意让外人知道。何燕贞姑且算外姓的人，可是赵聪明呢，好歹是亲弟弟啊，为什么也成了外人？赵聪明抿紧了嘴，他什么都不想说了。桌子上只剩下谢氏的声音。印象中她从没有如此爱讲话，至少赵聪明没见过。日本人、国民党、共产党……真看不出来，母亲原来对局势如此在意，她甚至知道从去年开春起河南、湖南和广西那边连接不断的几场大打斗，双方都死了不少人。

赵聪圣答得简单，三言两语一笔带过。听得出来，他不是不知道，但他不想多说。

饭后何燕贞收拾碗筷，母亲马上就拉着赵聪圣去自己的房间。屋里灯亮起，一直亮到下半夜。有对话声隐约响着，却听不清他们说的任何一句内容。赵聪圣终于不是以前的赵聪圣了。以前觉得赵聪圣在远处，其实又不太远，在乌瓦大院的每一处似乎随时可以抬头碰到。现在赵聪圣回来了，实实在在地在乌瓦大院里走来走去，赵聪明却觉得他变得缥缈虚幻，已经不再是他心目中的那个哥哥了。

三天，这是赵聪圣此次在家的时间，比赵聪明估计的短很多，其实又漫长得无边无际。三天里赵聪圣也不是都不跟赵聪明说话，但那股从骨子里透出的敷衍与轻慢，像利刃般一把把飞过来。还是避开吧，能不说就不说。三天后的半夜，赵聪圣突然走了，没有跟赵聪明告别，也没跟何燕贞告别。只有谢氏把他送到院子外。

他走时赵聪明其实是知道的。

从记事起赵聪明睡眠就没好过，这是母亲送给他最大的一个礼物，他也像母亲一样，动不动就睁眼到天亮。赵聪圣回家后，当天他也没睡着。血浓于水？手足亲情？脑子里一直盘旋着这些词语，却想不通究竟哪里出了错。很明确了，或者说三天里越来越明确起来的事实是，赵聪圣从重庆千万里赶回家，仅仅为了看看几十年不见的母亲，而他，赵聪明，以及何燕贞与三个子女，赵聪圣一点兴趣都没有。冷，彻骨地冷。

应该是寅时，一阵脚步从窗外滑过，非常轻微，像几口喘气声，赵聪明哪怕打着盹都不可能发觉，但他没打盹，没入睡，恰好坐在床沿。以前睡不着时，他有点怪罪于白天茶喝太多，每次都劝自己把茶戒了，但白天一到，他又像吃奶的孩子急着找妈，几步就扑到茶台边了。戒什么都不该戒茶啊，没有了茶还有什么活头？其实这么多年下来，一天又一天地喝茶，就是沉船木脑袋也该被浇习惯了啊，他明白问题不在茶。天黑下来后，无论贵贱贫富，天下所有人的身体都如此一致地横下来，横在自家或他家床上，他也横了，却睡不了。左转右转，终于辗转烦了，便坐起，也没具体什么事要做，只是必须坐着，胸口那里一口气才能顺下来。

这时候他就听到脚步声了。

他一怔，慢慢站起，光着脚悄然走到窗户前。冰裂纹的窗上糊着一层白棉纸。伸出舌头舔出一个小洞，把一只眼对准洞，这样他就看到两个人影了。没有月亮，星也稀疏，到处黑不见底，但可以辨出一男一女，一高一低。男的手里提着两个大袋子，肩上前后搭着两个大包，女的手则按住男人肩后方那个大包。他们走得很小心，几乎是踮起脚尖，但包里的东西还是随着步子发出轻微的窸窣声。很快他们转过弯不见了，接下去是开门声，是他们低声说话声。再然后又是关门声。过一会有人原路返回，重新从窗户外走过，还是紧着身子，踮起脚跟，走得轻手轻脚。看不清脸，但这人毫无疑问就是母亲谢氏。后来赵聪明一直想，这是个非常蹊跷的夜晚。为什么突然走？为什么白天一句没有提起？

223

为什么背两个大包、提两个袋子?包里和袋子里又是什么?

第二天,母亲如常起床,什么都没说。倒是赵定力按捺不住好奇,走到谢氏跟前仰头问:"大伯呢?"谢氏这才说:"他走了。"赵聪明当时正在吃早饭,稀粥、咸橄榄、酱油蘸虾米,一碟碟摆在桌上,有一股淡淡的海腥味在屋里飘拂着。他没有想到母亲只是如此若无其事地说一句,然后再也不往下说,仿佛这事燃着火,随时会把她烫着了。

何燕贞也在场,正催着赵定力快点上桌吃早饭。赵聪明特意瞥了她一眼,没有从她脸上看出半点惊讶。也就是说,何燕贞也知道赵聪圣半夜走了。

昨夜她也恰好醒着?

三

几个月后,过了春节,母亲就说要去重庆。她不是说着玩的,竟然真去了,并且执意把赵定力带上。这事其实赵聪明不是太乐意,但他没有反对,他反对也没有用。一个五岁的男孩也许确实需要出去开开眼界长点见识?赵聪明最远只到过福州城,所以赵聪圣站在面前,他就矮了几分。即使赵聪圣腿瘸着,也仍然比他轩昂。无论哪方面,他确实不如赵聪圣。

要去的是赵聪圣那里,他不乐意的仅仅因为这个。何燕贞忧苦着脸一直瞄着他。他明白其中的意思,就是要他阻止,但他不想阻止,他哪里阻止得了?母亲带着赵定力一走,何燕贞带着两个女儿也走了,她回到对岸的琴江村娘家去。赵聪明知道她有气,生他的气,但生吧,走吧,他已经顾不过来了。

当初母亲为他找到童养媳,并没事先问过他,甚至一句消息都没有透露过。一向如此,他也习惯了。母亲要做的事,他插不上嘴,更插不上手。何燕贞来了,住下了,长大了,母亲说该成亲了,接着又该生儿育女了,反正一步一步,都是顺从母亲的安排一路走下来。如果不顺从会怎么样?这个他从来没想过。他每天做的,就是必须顺从。顺从让他成为何燕贞的丈夫和赵定力姐弟的父亲。可是他不喜欢何燕贞。不是她不好,挺内敛的一个女人,分寸都在,乖巧懂事,不争不吵,就连长相也是高贵大气。他哪还配得上更好的女人?他也从来没有喜欢过具体的哪个女子,一直以来他情感都死一般寂静,静得让他自己都怀疑是否胸腔里是空的,什么都不存。对母亲呢?他说不清楚,是怜?是悲?是需要?

个子那么瘦小的母亲,一直天一样笼罩着他每个日子。扪心自问,他可有过挣扎出这个天的企图?没有,事实上他已经习惯于母亲的笼罩,看她眼色行事,听她左右调遣,不用动脑,他也懒得动,或者根本动不了。他不如哥哥赵聪圣,这已经被母亲一次次提醒,直至他自己也有意无意反复提醒自己。来自同一个母体,他却差这么多,不仅能力,也包括智力。那天赵聪圣突然返家,即使瘸着腿,周身仍然横贯着一股舍我其谁的轩昂气。他有吗?没有。他比赵聪圣小十多岁,却已经佝偻着背,低垂着眉,大气都不敢出。

刚结婚时何燕贞曾俯在他耳边问:"你为什么那么怕她?"又问,"你怎么什么都听她的?"他明白,这里的"她"指的就是母亲谢氏。那时他刚从何燕贞身上下来,额上泛着一层微汗,呼出的气还略粗。何燕贞声音刚落,他巴掌猛地在草席上重重一拍,接着吼起:"你想干吗?挑拨吗?"他很少发出这么大的声响,事实上他一吼完自己也狠狠吓了一跳。这不是他,他体内没有储存

225

这么大的火气。母亲多次嫌他说话声比女人还细，骨头全跟煮熟的面条似的，没一根是硬的。可对何燕贞为什么却突然有了？这一夜他一刻都没睡着，这个问题一直在脑子里窜来窜去。他一向确实都听母亲的，母亲怎么说他就怎么做。常常他其实也不想做，但他可以不想做，何燕贞却不能说。女人怎么可以这样？一开口就直接像两把刀捅过来，让他一抽搐，痛，非常痛。他感觉到躺在旁边的女人缩起身子，一点点向外移去。

往后的日子就这样开始了。何燕贞侍奉婆婆时是个好儿媳，接着儿女到来了，她也是好母亲，对于赵聪明，却不是好妻子。赵聪明也不期望她好，反过来，他本来也没有做一个好丈夫的打算。彼此相安无事，一年又一年就这样过去了。好几次，想象着有一天母亲去世了、女儿出嫁了、儿子外出了，这个家只剩下他和何燕贞，两张脸独自相对，他就猛地心里一颤。如同他不喜欢何燕贞，他也清晰地感觉到何燕贞不喜欢他。两片浮萍被命定的水流冲到一起，彼此在水面上相贴近了，水下的根却是远远分隔的，不会有相连交错的一天。

那天母亲带着赵定力去重庆，赵聪明把他们送到青江村码头，目睹他们上了船，船离岸了，船开远了。回到乌瓦大院，远远看到门虚掩的，他推门进来，里头空无一人。饭桌上有张纸条，拿起一看，是何燕贞写的："我带女儿回娘家住些天。"

甚好，甚好。

两个女儿模样都是何燕贞的翻版，连性格都是。北方人千里迢迢南下，种子般在南方生根发芽，竟还有这么不容置疑的强势，一定要在容貌上顽强保留北方的痕迹。那个琴江村的娘家，这么多年赵聪明总共只去过两次，其实早鸟兽散了，家中长辈去世，同辈流散，剩下何燕贞的一个侄子和两个侄女，早没了正黄旗当年的风光。侄子老实种田，侄女乖乖嫁人。这样的娘家不回也罢，何燕贞一定要回，无非是为了避开他。而把女儿也带上，是帮他避开两个女儿。等到谢氏又丝毫无损地带着赵定力回到青江村，何燕贞马上带着女儿出现了，抱住赵定力又哭又笑，这里摸摸那里看看。非常奇怪，这些日子赵定力虽然黑了瘦了，但一下长高了大半个头，五官也长开了，鼻梁往外挺，眼眶明显大了一圈，整个人俊俏了很多。

那天赵聪明走到茶台边，抓起一把木刨花准备点火，赵定力马上跑过来，蹲下，拿起蒲扇等着。赵聪明心里暖了一下。赵定力不在家这些日子，他大多只是在点火烧水的时候会想起这个儿子。然后水开了，茶泡了，一边喝着茶，一边也就将他丢脑后去了。而赵定力在重庆武汉转了一圈，却并没有忘记摇扇子帮着让火烧旺这件事。

第二天刚吃过早饭，母亲谢氏就把赵聪明和何燕贞叫进她的卧室，关上门，坐定。她脸板着，目光直直地看过来。她说："有一件事得告诉你们……聪圣病了，他生不了儿子。对，他没儿子，但他必须有一个儿子。听明白了吗？让力给他做儿子。"

何燕贞脱口说："这怎么行！"

母亲瞪过一眼："我的孙子我说了算，不行也得行！"

何燕贞转过脸看着赵聪明，她的脸已经变了形。赵聪明低下头，他不想看她脸，甚至也不愿看母亲的脸。早上吃的是一碗白粥和两块咸带鱼，他用舌尖胡乱在牙内侧扫了扫，竟从牙缝里扫出一股残留的鱼腥味——这一瞬他整个人呈波浪状往前猛地一俯，虽嘴里没有任何东西喷出，但他已完成一个呕吐的动作。干呕？原来牙缝居然这么臭。

何燕贞猛地站起向外走，走到门旁站住，拖出哭腔喊："不行,力是我儿子!力不能走!"

母亲马上答:"敢?你要儿子自己再生一个去。"

赵聪明双手抱住头,头抵在两掌间。母亲究竟是早有打算,于是特此把赵定力带去重庆,还是在重庆忽生此念?又或者这是赵聪圣的想法。可赵聪圣回乌瓦大院,似乎也没在意赵定力,他分明不在意与赵聪明有关的一切,为什么却突然要把赵聪明的儿子拿去当儿子?

"听清了吗?"母亲伸手在赵聪明后脑勺上拍一下,"这事我们母子自己定了就行。"

赵聪明迟疑了一下,最后还是把脑袋摇了摇。母亲很意外,说:"什么意思?你抬起头说什么意思?"她声音不大,但每一个字似乎都是一把锤子,从半空中重重砸下来。赵聪明顺从地抬起头,但他还是把脑袋重新摇了一次。"力还太小……"母亲打断他:"小不更好?"赵聪明说:"那他很快就会忘了我们。"母亲又打断他:"忘就让他忘,他忘了活着就畅快了。去重庆哩,之后要去南京啊,那都是什么地方?青江村跟那些大地方能比吗?"

"可是……"赵聪明的声音低下去了。

"可什么可!"母亲开始急起来了,"以后我们家的力能在南京住洋楼,吃大餐,上洋学校,一天见到的大场面比在青江村一辈子见到的还多。力是我孙子,我会把他往火坑推?"

赵聪明不吭声了。离开青江村到远处去,不正是他小时候就一直暗暗念想的吗?重庆、南京算远吧?他不知道。以后赵定力真在那边住洋楼吃大餐上洋学校了,他是不是也可以经常寻机去?他叹口气,说:"那好吧,你定。"

母亲身子往上挺了挺,长吁一口气。

但何燕贞还是认为不好,没有理可讲,说什么她都以哭作答,然后摇头。

家里何燕贞说什么、哭多久不重要,母亲要把赵定力送走,她想送那就一定得送。但还没走成,赵聪圣信突然来了,说正往南京搬,太忙了,赵定力的事需要暂缓缓。那天赵聪明看到何燕贞一边流着泪,一边嘴一咧,上下两排牙猛地露出七八颗。多久没看到她笑了,哪怕是这样含泪的笑?每个人笑起来的时候都是最好看,何燕贞也一样。

过了三年,三年后赵聪明几乎已经忘掉这件事了,母亲却没忘,赵聪圣也没忘。这次不再是去重庆,也不是去南京,而是去台湾。赵聪明脑袋嗡的一下,身子紧了紧。台湾并不远,隔一道海而已。村里往外走的人,最早就是去台湾,那是清康熙年间的事了,不是去一个两个,而是前后脚一拨拨一串串地走。都说那里地肥雨丰,吃饱肚子不成问题,但瘴气重,动不动就丢了性命,还互相为了争水争地打成一团。被荷兰人、法国人、日本人打姑且不论,自己人之间也舞锄挥斧互相械斗,就怕了,陆续改了水路,向南洋去。现在这么瘦小的赵定力却要去那里,瘴气能饶了他?子弹刀棍能绕过他?而且海峡上浪急风险,那条浪急涛险的黑水沟已经葬掉了多少人性命了啊?

后来才知道,赵定力是要坐一艘运货的军舰去,赵聪圣让朋友的军舰把赵定力捎去。为什么赵聪圣自己不来?局势看来真是坏了,兵败如山倒。局势一坏,赵聪圣也好不到哪里去了吧?这么一想,赵聪明心里竟隐隐有一丝快意滑过。既然赵聪圣不好,赵定力还去干吗?何况赵定力能坐军舰,赵聪明以后要是过去转一转哪有什么军舰?没有军舰,小船怎么过黑水沟?他觉得算了,这事还是按下了吧。

他这么一说,母亲脸马上拉下来。"算了?"母亲斜过来一

229

眼,"答应人家的事,想算就算了?你们赵家人,包括你父亲在内,总是这样说话不算数,自己说过的话,难道不是自己当屎也要吃下去吗?"

赵聪明低下头。母亲不是第一次这样,把他直接与赵礼成勾连到一起去。赵礼成当年告诉她自己只娶她一人,不会再纳妾,结果在槟城却一连纳了三个。赵聪明呵大嘴,重重地打了个喷嚏。赵礼成纳妾不是他指使的,赵礼成的过错,却总是算到他头上。"台湾那地方……"赵聪明还想辩一辩。

"台湾不如青江村?"母亲马上打断他,"别说了,去准备一下,军舰一到,送力去!"

母亲瘦了很多,腮帮往里凹去,颧骨向外凸起,从内眼角那里向下拉出两根"八"字形的线条,嘴角两边也有类似的两根。老了,母亲居然也会老。其实是因为病了,她开始动不动就往马桶间跑,在里头一待就是大半个时辰。那一阵她还突然多出一个习惯,就是每天都随身带着一盒火柴。总是拉稀,反复拉,她不愿臭味向外弥漫,起身时都要划两根火柴扔进马桶。真的可以掩饰臭味吗?有天赵聪明特地试了试,果真可以。母亲进马桶的次数越来越多,身上的肉也就越来越少,仿佛肉渐渐顺着肠子流进马桶,被下水道带走。可是说起话来,她仍然是短促而坚硬。三年前赵聪明确实同意了送赵定力走,那时没走,便是天意了,现在呢?去台湾也是命中注定的?

何燕贞白天夜晚都在哭,咬着唇低泣与抽搐交错进行。女人的眼泪如果有用,天下早不是这样了。何燕贞扑通一下在他跟前跪下了,头磕地,上身匍匐,她说:"别让力走,力不能走,力是我们的儿子,我们也只有这一个儿子啊……"

赵聪明叹了口气。这三年家里出过太多事了,大女儿出嫁,二女儿病故，现在力又要送走，然后呢，偌大的乌瓦大院就不再有下一辈人了。他也不愿意赵定力走，可是他不愿意有用吗？他甚至连尝试阻止一下的力气都没有了。

军舰的消息还是那个赵聪圣托在船政局当差的朋友送来的，几天后又是这个人来到乌瓦大院，说军舰一会儿就到马尾港了。"走吧。"母亲朝赵聪明挥了挥手。几件衣服和一些盘缠之前就已经收拾好，赵聪明扭头找儿子，却看到何燕贞和儿子抱在一起。这个场面是他早就预料到的，他把儿子的一只胳膊揪住，看着母亲。没有意外，母亲说："走！"她的话像刀一样快捷有力地劈下来。话音一落，赵聪明马上把赵定力往外拖。

赵定力屁股下坠，身体向地上沉去。矮个子中年人也过来，拎起赵定力的另一只胳膊，他们把赵定力像拎一块破布般拎起来，出了乌瓦大院。接下去院子里究竟会发生什么他不去想象。前两天何燕贞曾坐到井口上，以死威胁，女人嘛，总会闹一闹，也不见得真闹。疼一阵，过去了就过去了。

到了马尾，看到船了，是艘硕大的铁甲船，就泊在罗星塔下，船却是空的，岸上立着一排列队持枪的国军，每个脸上都是黝黑的。出事了，船从上海驶来的途中生变，没变成，到马尾后闹事的都四下逃开了。船长呢？不知道。还去台湾吗？至少近几天不会。赵聪明侧过脸看了看赵定力。已经八岁的赵定力是不是注定必须是他儿子而成不了赵聪圣的儿子？他身子一松，说："那我们先回吧。"然后背着手径自踏上返程。后面脚步吧哒吧哒地响着，这是他一次次送不出的儿子赵定力的。何燕贞必定会喜极而泣一场了吧？母亲呢，又该是什么样的一副表情？他想好了，这次之后，无论如何他再也不会把赵定力往外送了。母亲又能把他怎么样？定力是他的儿子，就是豁上性命，他也必须做一

231

次主。

没想到，他再也看不到母亲和何燕贞的反应了。

从马尾回村里的路上，碰到同村挑着担子四处给人剃头谋生的王富民，王富民也听到那艘军舰上的事了，他凑近来悄声问："那船不是一般的船，知道吗？"

赵聪明摇头，船不是他的，一般与二般对他而言都无足轻重。

王富民说："是运货的，上面装有好几百万两黄金哩，本来要运到台湾去，知道吗？"

赵聪明又摇头。要去台湾他知道，没想到居然有黄金。

王富民说："它出事了，出大事了。刚才船还没靠码头，就有好多人从船上跳下海游到岸上，知道吗？"

赵聪明还是摇头。船上的人他哥哥赵聪圣认识，他却不认识。

王富民又说："船长是福州人，他儿子也在船上，哇，他们父子要谋反，想把船往北面开，但没反成，露馅了。啧啧，这下子完蛋，脑袋怕都保不住啊。"

赵聪明一惊，手心马上出了一层汗。

进了青江村，经过王富民家时，王富民拉赵聪明进屋喝茶。赵聪明犹豫了一下，转身让跟在背后的赵定力先回乌瓦大院，自己去了王富民家。赵定力只要一跨进家门，那两个女人就知道结果了，他迟一步回也无妨。太惊险了，那艘差点要装上赵定力往台湾去的军舰，从上海来的路上到底还发生了什么？他多少有了好奇，他想再听王富民说一说。挑着剃头担子四处转，确实可以听到更多的消息。最终有点失望，该说的王富民路上都说了，并没有更多。他喝了几杯茶就起身了，推开乌瓦大院的门，里头没有任何动静。在愕然中他缓缓走进院子，头慢慢转动，眼四下巡视，猛地整个人一震，嘴呵得像口井。

赵定力萎在厅堂的地上，眼睛空洞而惊恐，他的旁边，谢氏和何燕贞都蜷着身子躺着，脸上倒是平静，但两人不约而同嘴角都挂着白沫，五官变形。赵聪明愣神片刻，长吸一口气，才紧着身子小跑过去，先是蹲到何燕贞旁，手伸到她鼻孔下探了探，然后站起，再蹲到母亲旁边，摸了摸手腕。已经很多年了，这两个女人的身体他都没有碰过，没想到如今碰了，她们的肉却都井水般冰凉。她们死了。

他垂下眼皮看着母亲，装进眼眶的完全是个陌生人：脸煞白，头歪一边，几绺头发凌乱地搭在腮旁，嘴微呵开，牙一颗颗刀尖般坚硬外突，随时要嗖地飞过来打在他脸上似的。他对自己也渐渐陌生了，仿佛灵魂到了体外，正以另一双眼睛上下打量着他。脑子空了，却又分明非常清晰地看到有一口气正从腹底深处非常舒适地往上走，然后缓缓吐出。

那个刹那，他竟然真的松了一口气。

这时候猛然听到一声巨响，赵定力头向上仰，眼紧闭，猛地尖声哭出来。

赵定力居然也有这种哭法，仿佛被吊在悬崖上，整个人随时可能被哭声撕成碎片。

四

赵聪明相信，儿子对他的敌意就是从母亲谢氏和何燕贞死去这一天开始的。以前赵定力也一直远远躲着他，能不说话就不说话，但那只是不亲，不是怨恨。也是从这一天起，赵定力体内说话的开关仿佛被谁关上了，变得越来越沉默了，总是低着头抿紧嘴拧起眉，即使赵聪明问什么，他也大多只是以"嗯"作答。整个乌瓦大院变得比门口那棵大榕树还寂然。

后来村大队部搬进乌瓦大院，大队仓库也搬进来。这算是乌瓦大院往来的人最多的时期，但那是别人的热闹，每天进出的都是不相干的人。直到1986年落实政策，大队部盖的办公楼也恰好建起来了，才搬了出去，院子一下子又空了。只是赵聪明没有看到院子重新空出来的样子，在这之前十二年，他已经死于肠癌，没法治，他自己也不想治。

一知道自己得了病，赵聪明就开始忙一件事，就是催赵定力结婚。

这些年赵定力想尽办法往外走。修堤坝、挖防空洞、耕梯田，总之生产队组织的所有劳动他都去。竹竿似的个子，又高又瘦，其实根本不是强劳力，工分挣得总是最少，但赵聪明知道，他只是为了离开家，离开他。八岁母亲没了，临到考大学，高考停了。说起来让赵定力最痛的这两个经历，赵聪明都脱不了干系，但赵聪明难道是故意的？何燕贞自己寻死，连带着把母亲谢氏也一起毒死，真要算起账来，谁是谁非？各自有命，必须认了。在很长一段时间里，面对赵定力的怨气，赵聪明心里蹿起的是更大的火，两人就这样僵着，各管各的，哪有心思去管婚姻？但现在不一样了，一想到自己去日无多，赵聪明就不免几分焦急。他急的不是自己，而是赵定力。祖上在乱世里仓皇南逃，朝不保夕的恐惧随着跨出的每一步渗进血液里，一切都急急往前赶，快点，再快点，快是为了从随时可能到来的灭顶之灾里，为自己和家族抢到生的机会。赵定力已经三十三了，自古村里都没有这么大还未结婚生子的，可他仍是光棍。说来很多事都是循环

234

的，以前谢氏讨厌婆婆逼她多生，后来谢氏自己又逼何燕贞多生，轮到赵聪明，他突然也意识到这个问题：无后为大啊。

那天他坐在茶台边突然提起这个话题，他说："娶妻吧。"赵定力正坐在饭桌上，捧着一碗地瓜米饭往嘴里扒，不应，头都不抬。赵聪明说："别挑了，灯一暗，哪个女的都一样，能生就行，多生几个。你看我，我就是这样……"赵定力把碗重重一放，筷子再猛地搁到碗沿，站起，走掉。

赵聪明叹了口气。活着本来就没什么意思，一病就更没意思。死便死了吧，但死之前，他得帮赵定力把婚给结掉，否则到地底下怎么向母亲和何燕贞交代？何燕贞可以不怕，母亲却不行，他不能做了鬼，仍然让母亲生气。

乌瓦大院进出的人一下子又多起来，都是村里人带着年轻女子上门。但往往是他们一来，赵定力就不知去向了。即使在家，他也把自己关进卧室里，无论怎么喊，也不出来。不是每个男人都需要结婚，赵聪明以前也不愿意结，却容不得他不结。他必须也不容赵定力不结。他病了，就要死了，不就是"大不了一死"吗？这事总之不能由着赵定力了。

那天吃过晚饭赵定力要走，被赵聪明拦下。"我有事。"他说。赵定力好像没听到，步子居然迈得更大了，长脚跨几步就到了门槛边。赵聪明抿住唇长长叹口气，有一句话他放在心里掂量一阵子了，现在他必须说出口。他说："医生说我最多只能活半年。"

其实医生不是这么说，医生只是告诉他"情况不太好"。他当时问怎么个不好法，医生勉强笑了笑，说："你家里人呢？"就是根据这个表情和这个问话，赵聪明断定自己活不过半年。半年才六个月，一百八十多个日子，够不够用来替赵定力找到愿意嫁进来的女人?

他看到赵定力双脚顿了顿,停住了,然后回过头看着他。眉头是皱的,但至少是听进去了,对赵聪明"最多只能活半年"在意了一下。赵聪明脸色缓了缓。他在母亲谢氏面前从来不是一个有脾气的人,但不等于他在所有人面前都没脾气。对赵定力他就没有平和说过话,气总是粗的,声音也是硬的。咳一下,他觉得应该换一种声调。他说:"我身体不好,从小就弱⋯⋯"赵定力眯着眼,显然他还是不信。赵聪明说:"你不用这样看我,再看几个月就看不到了。是不是瘦了很多?皮包骨头。现在你得听我的,尽快找到一个女的结婚。"

赵定力把头微微往下垂,还是什么话都没说,又站了片刻,转身走掉了。

赵聪明把手按在肚子上慢慢站起,挪出乌瓦大院,向村子里走去。刚才他想起一个人,就是王富民。与青江村隔三四十公里的福清县地少山多石头更多,人又特别能生养,长出来的粮食根本不够吃,但很奇怪,那里的女人自古就格外水灵。王富民十几岁就挑着剃头担子四处转悠谋生,有一天转到福清,回来时就带回一个叫慧娴的女人,大家一看,哇,白胖滋润,眼又黑又大,鼻子高挺,嘴却小巧,而且手脚勤快,每天一大早就肯下地。结婚后肚子也不闲着,没几年就一口气生了四个女儿一个儿子。好女人能旺夫,王富民没上过学,但挑担走来走去时自己识了一些字,结婚后不再外出,先是当大队保管员,后来再当上副村支书。大队部搬进乌瓦大院,王富民也就整天在院子里进出。他不顺心的只是一连生了四个女儿后,才有一个儿子,这个儿子就是王瑞生。王瑞生从会走路就开始惹事,掐断东家的苗,捏死西家的鸡,爹娘敢打,姐姐更不在话下,终于在十八岁那年把自己打进牢里去了。王瑞生犯事后，王富民又从副支书变成仓库保管员，还是在乌瓦大院上班，但去的时间明显少了。

那天赵聪明来王富民家时，王瑞生还在狱里。其实赵聪明找的不是王富民，而是慧娴。他不是空着手去的，裤兜里揣着一个小袋子，刚进门，先碰到王富民。王富民哈哈一笑，说："聪明啊，我是你家常客，你却是我家稀客啊。"赵聪明说："我找慧娴。"慧娴就迎上来，问什么事。赵聪明说："求你个事，帮我们家定力找个老婆吧。"慧娴和王富民对看一眼，两人都很意外。"聪明啊，"王富民上前一步，"名字叫聪明，你怎么却这么不聪明呢？你们家这成分，哪个女人嫁进去不是害了她吗？"

赵聪明连忙躬了躬身子。对搬进乌瓦大院的所有人，赵聪明都没有好脸色，包括王富民。但他知道这些年王富民其实还算仁义，他要是真想为难赵聪明，不过是动动手指头的事，这点赵聪明心里有数。"只能托你了。在别人眼里，还有谁比你们家更可靠？定力的事，就拜托了。"说着他从裤兜里掏出小袋子，腿和手间马上传出哗哗响声。

袋子是一块米白色的粗麻布，打开布，躺在上面的是十块发黑的圆形的东西。赵聪明双手捧着，递给王富民，王富民没接，只是拿起一块看了看。慧娴也好奇地伸过头来，拿起一块，却没看懂是什么。赵聪明说："银元。"

慧娴就把手里东西往麻布上一扔说："这又没用。不能买吃的不能买穿的，快拿回去吧。"

赵聪明手又伸进裤兜，再抽出来时，手指间多出一个女式金戒指。"这个可以吗？"他把戒指递给慧娴。慧娴摆手，后退一步，赵聪明就向前一步，把戒指硬塞到慧娴手里。慧娴把戒指在手上转两下，说："你真看得起我……"赵聪明认为这就是答应的意思了，怕她反悔，马上说："谢谢谢谢太谢谢你了！"慧娴把金戒指还给他，说："你看你家定力都可以找对象了，我儿子却还……唉。"赵聪明说："定力岁数大了，早该找了。你儿子也有出来的一天……"慧娴说："算了，我好事就做到底吧。定力以前跟我儿子同桌，我也是看着他长大的。这东西反正不能吃不能穿，拿着也没用，你还是拿回去吧。"赵聪明不收，慧娴一定要还，双方推来推去一番。王富民突然吼起来："我副支书已经被我儿子弄丢了，你别让我连保管员的饭碗都丢了，快走快走！"赵聪明一看，王富民好像真生气了，连忙接过金戒指，又把银元包起，放回裤兜。

第四天，慧娴带着一个女子来了，梳两根垂到背上的辫子，不高不矮，小小的脸，窄窄的肩，梨形脸，塌鼻子，牙齿细白，嘴角有两个黄豆大的小涡，小涡像两盏彩灯，把长相很一般的她一下子照出妖娆气。她跟在慧娴身后走进乌瓦大院时，赵定力恰好要出门，双方在青石门框旁迎面碰上，赵定力猛地就站住了。慧娴说："力啊，你怎么知道我要来？这么客气，还到门口来迎接。"赵定力说："我，我有事，出去办事。"慧娴说："出去？那可不行，你有喜事了哩。"赵定力瞥了缩在慧娴身后那女子一眼，一下子明白了，脸微微有点红。他说："请吧。"

赵聪明正站在水井边出神。刚才他看着赵定力一声不吭往外走，脑子顿时咚咚响着。但怎么办呢？他又不能拴起赵定力的脚，也不知慧娴这几天是不是真回了一趟福清，即使去了，是不是就能找到一个愿意嫁过来的女子？他担心的是如果人家万一去了，带来了，赵定力却不在家。

结果慧娴带女子来时，谢天谢地，赵定力恰好碰上了。赵聪明连忙把井水吊起，提到茶台边。这些日子他其实已经越来越没力气了,最多只能吊起小半桶水。他把水倒进壶,往炉里扔进刨花,再放几把木炭,刚要找蒲扇,发现赵定力已经先把蒲扇拿起,蹲到炉子前,一下一下用力扇。赵聪明喉咙咕噜响了几声,肚子里仿佛有个水龙头关不上了,口水一个劲往上冒,仿佛他不用力往下咽,整个乌瓦大院都要闹起水灾。赵定力蹲在炉子前摇动扇子这情景,曾经多么熟悉。这情景已经多少年不见了?

慧娴已经坐到茶台对面,年轻女子也被她拉着坐下。慧娴说:"她叫李翠月,十七岁,我表哥的侄女。怎么样,很像样吧?"

赵聪明连忙点头,说:"当然当然。"

慧娴摆摆手,又指着蹲在炉子前的赵定力,说:"力啊,我问你哩,你是怎么想的,快吱一声啊。"

赵定力头也没抬,用刚才赵聪明一模一样的口气说:"当然当然。"

慧娴一拍大腿,很陡峭地突然一笑,她说:"我说嘛,你看,我这眼力还能差?"赵聪明马上也附和地笑起,笑到一半脸又僵了下来。用眼角余光瞥了瞥李翠月,发现她根本不笑,嘴唇咬着,眼皮垂着,好像正盯着自己的前襟看。她穿的是一件粉底红碎花的衬衫,已经明显偏小,胸口那里第一与第二个扣子之间被顶起一个大口,像那里还有一张嘴,正咧着,嘲笑着谁。如果细看,还可看到里头粉红色的一块,不过赵聪明立即转开了视线,他不敢看,要看也得让赵定力看,可赵定力蹲着,背朝她们,扇子被他打得啪啪响。用力过度了,炉里炭已经很旺,根本不需要打扇子了。只能理解为赵定力正在借扇子表达自己的心情。他很高兴。他已经很多年没有在赵聪明面前高兴出来了。

屋里四个人,唯有李翠月是不高兴的。慧娴可能也发现这一点了,她侧过头看着李翠月。"月月,你觉得怎么样?"李翠月嘴唇微微动一下,大概想说什么又咽了下去。慧娴追问道:"月月,你觉得怎么样?"李翠月小声说:"姑,我们回吧。"还不等慧娴回答,她就欠起身子,缓缓站了起来。这是用动作回答了。

赵聪明瞥了赵定力一眼,他还蹲着,但手上停止摇动了,双臂环抱住双脚,似乎发冷。

李翠月已经往外走,慧娴看看她,又看看赵聪明,一时没了主意。赵聪明说:"要不等等?"但李翠月没有等,已经跨出门槛,向大门外走去了。慧娴说:"那就先回了,我们回头再说吧。"赵聪明站起,可能站得太急了,趔趄一步,连忙用一只手撑在茶台上。他说:"那就拜托你帮忙了,你……"

半个时辰后,赵聪明拄拐杖又去王富民家。王富民坐在门口抽水烟,赵聪明走近,对王富民躬了躬身,就跨进门去了。慧娴在厨房,见赵聪明进来,边擦着手边迎上来。赵聪明问:"你侄女到底怎么说?"慧娴纠正道:"不是我侄女,是我表哥的侄女。"赵聪明说:"一样一样。她对定力怎么看?"慧娴皱着眉头摇了摇头:"唉,现在的女孩都太看中成分了。"赵聪明犹豫一下,觉得应该申辩。他说:"我们本来成分就是这样……"他意思是,李翠月从福清过来前,不是明明已经知道赵定力的情况了吗,不该回过头又嫌成分。慧娴说:"你家定力也不行啊,那么高就算了,还瘦成那样,跟竹竿似的,风吹就倒。月月说一看就是没法赚工分的人。以后怎么办?喝西北风啊?"赵聪明低下头好长时间不吭声。

赵定力确实太瘦了,看着就是肩不能挑手无法提的模样,跟到处可见的宣传画里的工农兵完全不一样,画里的两男一女哪个不是又强又壮?所以这不能怪人家女孩。问题是赵定力虽一直排斥相亲活动，死活不配合，可刚才一看到李翠月，明明一下子就脸红耳赤了。有点奇怪，连赵聪明都暗暗吃惊。李翠月除了笑起来好看，其余都一般般，而她在乌瓦大院，总共只在刚进门时礼貌性地咧起嘴轻轻笑过一次，一次而已，怎么就能笑进赵定力心里去？刚才李翠月一走，赵定力就蔫了，拉着脸放下蒲扇。赵聪明问："这个怎么样啊？"他头一甩说："人家又没看上我，问什么问。"赵聪明就明白了，人家没看上赵定力，但赵定力看上人家了，所以他才又到王富民家来一趟。

赵聪明说："她回去了吗？你看能不能让她再来一趟？"

慧娴瞪过来一眼说："没哩，那么远来一趟，好歹得让她在这住几天，你们家不成，不是还有其他家吗？"

赵聪明一喜："她还没走？"

慧娴说："没哩。"

赵聪明问："人呢？"

慧娴说："到码头看江去了，山区人对水都好奇。"

赵聪明叹一口气，说："那我去码头找她。"那天他后来真的在码头找到了李翠月，两人在江边石头上坐下。左边是江，恰好退潮中，从上游冲下来的水，在江面上打出很多大小不一的圈圈，仿佛无数张嘴同时朝天张开，并且一圈圈越张越大，越大也越淡，渐渐就化开，消失了。赵聪明说："我必须告诉你一些事情。"李翠月没有答。她不答赵聪明也要往下说。他想说得很快，但气跟不上，老是喘，不时咳一下，并且肚子开始咕咕咕地叫。这个过程他嘴一直没停，他很久没说这么多话了，该说的他都说了。

第二天李翠月同意嫁给赵定力。

第三个月李翠月果真嫁给赵定力。

241

李翠月嫁进来不到半年，赵聪明就死了。赵聪明入土几天后，李翠月就不见了。她说要去对岸姨妈家商量个事，住两天就回来，结果三天五天过去了还没见人影。赵定力去她姨妈家找，姨妈说已经三年多没见过李翠月，都快记不住她长什么模样了。再去李翠月娘家，她母亲一见赵定力就跳着脚又哭又骂地向他要人。当初李翠月确实是明明白白从李家披红戴绿走的，却不明不白从赵家消失了。

第八章 蓝花楹与檾

一

赵定力经常听于淑钦对着手机跟徐巧琴或谁说新闻，哪个明星离婚了，哪里火箭升天了，谁当了什么官，谁又得了什么奖，这些东西她都是从报纸和手机上获得的，但说起来却像是自己刚刚经历过，至少目睹了。赵定力不时暗暗吃惊，他也看过类似的内容，却风一样从眼前刮过，一点记忆都没有，于淑钦居然记住了，张口就如数家珍，口气里多少带着炫耀。上学这件事，并不是对所有人都有吸引力，也不是所有人上了学就有用，当年王瑞生要是肯读书，王富民夫妇割了身上肉去卖都愿意，可是王瑞生却不读，让他读跟后来进监狱区别并不大。但对于淑钦却不一样，小时候她被校园排除在外，命运的大门也就关上。当然也可能正因为被排除，她才更眼巴巴急切地要学点什么。当地有句老话：缺什么就要涂抹什么。

赵定力想，如果徐巧琴第一次带她来乌瓦大院时，自己不是恰好正提着毛笔站在厅堂写字，她未必肯嫁吧？于淑钦嫁进来后，赵定力曾带她去了趟福州城，后来他多少有点后悔，确实没必要走那么一趟。谢家大院的人几十年前很多已拖家带口去了台湾，或者美国、日本和欧洲，留在国内的，北京上海都有，而福州的只剩下谢玉非一家了，分到谢玉非名下的是第二进两间厢房，木墙，单层，潮湿幽暗，不时响起老鼠的吱叫声。但花很盛，几乎每一进房子的空地处，都摆满了花盆。那时青灯巷还没拆迁，赵定力带着刚结婚的于淑钦去见见亲戚。李翠月他带去过吗？没有，就是他乐意带李翠月也不会去。至于罗玉玲，他想都没想过这个问题。于淑钦跟她们俩不同在于，她对谢家有兴趣，"哇，听说是大户人家啊！"说这话时她嘴呵得很大。那天跨进大门之前于淑钦还是挺兴奋的，进大院就更兴奋了，这可能是她第一次见到有人在房子里种出这么多花。

赵定力原本还打算带于淑钦把几进房子都转一遍，尤其后院姜氏住过的月亮门小屋。来一趟，至少得把所谓的"大户人家"大致看一遍吧，但他很快就打消了这个念头。

在屋里坐下后，谢玉非和陈小娥连正眼都不怎么落到于淑钦身上，说的话更少。于淑钦一开始还咧着嘴笑，慢慢就紧起身子，双手插在双膝间，勾着头，坐得很不自在。赵定力一时没弄清是不是刚才于淑钦扑在花前面惊惊乍乍的样子，让谢玉非和陈小娥不舒服，还是因为其他，总之他知道不能久待，半小时不到，就起身要走。谢玉非似乎还客气挽留了一句，陈小娥看上去却明显松一口气。后来果然他就听到谢玉非和陈小娥对于淑钦的评价了，俗，层次太低，有辱谢家门风。

于淑钦本来自己也一直嫌自己，但被谢玉非和陈小娥这么一说，还是炸了。她在谢家大院第一眼看到陈小娥时，曾讨好地当面猛夸人家长得秀气，气质跟明星似的，这下子却连呸两声，说陈小娥瘦得像猴，又老又难看。陈小娥没有明星气质，也不像猴；谈不上秀气，也不难看。之后于淑钦再不肯去谢家大院，不过却从陈小娥那里沾到种花的爱好,赌气似的开始种一阵,也仅仅是一阵,很快又淡了下去。

她第二次再去谢家大院是一年多以前,谢家的房子要拆迁,种在后院的一棵树突然登上报纸。赵定力也是那时才知道,原来姜氏当年种在窗户外,天天站在那里盯着看的那棵树叫蓝花楹。树已经有碗口粗,十几米高,树冠伞一样撑开,有一半探到围墙外。端午节快到时,整棵树像被人泼了颜料,突然间就紫得铺天盖地。明明开的是紫色花,非常纯粹的紫,除了花瓣末梢隐约泛着白外,再没有其他杂色,如同一簇簇云朵挤挤挨挨地从初夏一直延续到初秋,却不叫紫花楹,非得以蓝色来取名,为什么呢?

一年多前青灯巷改造,房子要拆,这棵蓝花楹怎么办?报社电话当时被打爆了,读者写来一封封信,都希望别砍它。报纸因此专门做了系列报道,连续半个月每天一个版面,采访了很多专家,还同时搞了一个拍这棵蓝花楹的摄影比赛,热闹了一场。福州是一座喜欢树的城市,北宋治平年间在那个叫张伯玉的太守号令下,就开始到处种榕树了,官家种路边、岸上,百姓种房前屋后,以至于整座城曾有"暑不张盖"的说法。在空调风扇远没有发明出来的时候,还真是功德无量。福州人可能从那时起就尝到甜头,爱树渐渐就成为一种习惯了,一代一代传下来。最后青灯巷改造开始,谢家大院动工了,这棵树果真就留了下来,原地不动。那一阵赵定力看报纸比往日更急切和认真,除了树的名字外,他还因此知道了它原产地在南美洲的巴西,五月开花,花期长达五六个月。以前福州没有这种树,现在已经很多了,好几条路都把它当成行道树,被称为"福州玫瑰",而最大最美的,就是谢家大院的这一棵。至于最早是什么时候开始种植的,说法不一,很多专家倾向于二十世纪初时。可是姜氏种下它时,明明是在清光绪年间,那年姜氏十五岁,嫁进谢家。好几次赵定力差点就给报社打去电话或写信,最终还是放弃了。他没见过姜氏,姜氏死后二十四年他才出生,他根本无法确定关于姜氏的那些故事究竟几分真又几分假。

那些天于淑钦也整天抱着报纸。这两年她认的字多起来了,报纸一来,就伸手抢。报纸上有蓝花楹的照片,彩印的,清晰度极好,仿佛花就开在眼前,伸出手就能摘下。半城的人似乎都涌去谢家大院拍照了,每一张照片都让于淑钦连哇几声,确实很美。要不要去看看呢?赵定力突然就有了这个想法。以前到谢家大院那么多次,竟对它所知不多,几乎没有多瞥一眼。于淑钦也想去,但她要确定谢玉非一家已经搬走了再去。赵定力给谢玉非打电话,问:"你搬家了?"谢玉非显然有点意外,问:"怎么了,什么意思?"赵定力没有料到会这样,他听出来了,谢玉非语调很警觉,在电话那一头脸色估计也是肃然的。他心里一怔:有什么可警觉?他说:"哎呀,哪有什么意思,我过几天要去趟福州,前一阵你们不是就说要拆迁吗?我只是随便问问。"

"噢……"谢玉非口气还是有点狐疑,但明显比刚才松弛了,"去年就搬了,早不在青灯巷住了。我搬之前不是还问你要不要来大院看看?"

赵定力想起来了,一年多前谢玉非确实问过他。当时赵定力觉得自己没必要去,现在于淑钦想看蓝花楹,却不愿意看到谢玉非和陈小娥的脸,他只是帮着确认一下。他说:"哪天去你新家看看啊。"手机里空响了几秒,谢玉非在那边咳了几声才说:"噢,好……"赵定力听出了他的勉强,他其实哪里真想去看,只是顺口一说罢了,多少有点没话找话。谢玉非的勉强让他意外,而意外又让他心里突然执拗了一下,他问:"买在哪里啊,是大豪宅吧？"

"不是！"谢玉非答得很短促，"很一般，跟别人家的别墅根本就比不了。"

"别墅？"赵定力确实没有想到。

谢玉非说："在郊区，挺远的。城里的别墅怎么买得起？哎，你最近都好吧？"

通这个电话时，赵定力肚子还是平安的，拉得尽心尽责，未发现任何异样，所以他没什么不好。他如实答道："还好。"

谢玉非说："那就好那就好。"

赵定力听出谢玉非已经在应付了，那就这样吧，一直以来他们之间确实也没有更多的话。证实谢玉非已经搬出青灯巷的谢家大院，就够了。

第二天赵定力和于淑钦进了城，直接就去了青灯巷。整条巷子路面那些被踏得泛出油光的老石板，那时都已经被撬起，新运来的青石条凌乱堆在一旁。路两边的民屋也空了，他们像谢玉非一样拿到一笔拆迁安置款就高高兴兴搬走了。

谢家大院拆的只是里面的屋子，外面一圈两人多高的厚实围墙被完整保留了下来。马鞍形的曲线山墙下凹处，恰好就立着那棵蓝花楹，树冠庞大而茂密，树身从里头探出来，花恣意垂吊，压住墙头，挂在墙外。整条路的千疮百孔看上去跟它一点关系都没有，仿佛它要以更美的自己来掩饰路的破烂。于淑钦仰着头，嘴唇噘起来，不住地啧啧啧着。"真好看，"她怕赵定力听不清似的，用格外大的声音说，"真是太好看了啊，定力！"赵定力脸上没有表情，心里却应和了一下。审美这东西真是奇特，有时候南辕北辙，相差十万八千里，突然之间无论年纪、经历、学识多不一样，又会刹时一致起来。

于淑钦拿出手机，后仰着身子朝上左一张右一张不停地拍。赵定力独自向前门走去，走几步发现后面有人一路小跑着追来，是于淑钦。赵定力说："进去看看。"于淑钦不放心，问："他们真的搬走了吧？"赵定力眉头微皱，但他还是点了点头。

大门敞得很大，总共六扇门板都打开了。里头正在施工，到处横七竖八堆着木料、石块、沙子之类。从门外探头看进去，天井旁与姜记漆艺行相连的围墙已经被推倒。漆艺行只有两进扁宽的房子，面积不足谢家大院一半，天井和厅堂却一点不逊谢家大院，墙一推掉，两个天井和厅堂连到一起，看上去不是大了一倍，而是一下子扩出好几倍的感觉。迟疑了一下，赵定力提脚跨进门槛，走到正在天井里拌水泥的一个精瘦矮个子男人身边。"为什么把墙拆了？"是啊，为什么？矮个子男人手没停，只是脸微微抬起，瞥他一眼，并没有答。"墙为什么要拆？"赵定力上前一步，又问。

矮个子男人摊了摊手。也许他真的不知道吧。赵定力回头看了于淑钦一眼，然后招了招手，自己提脚就往里走，一直走到院子的第五进，绕过屏风，跨过门槛，猛地一怔。姜氏以前住的那间月亮形圆门的小房子已经不见了，厢房与花园之间豁出一个宽敞的空地，地面已经平整过，铺着上好的青石板。以前觉得花园大，现在更大了，大得接近虚假，如果不是那棵蓝花楹就斜斜地戳在青石板的外面，真以为走错了地方。

一地都是花瓣，上下的紫连成一片，映得人连脸色也变成粉紫色的了。于淑钦一路跟进来，在树前站定后，仰起头快活地转两圈，大着嗓门喊起："真好看啊，跟画出来的一样啊！"

赵定力悄然长吸一口气，这么高大且茂盛至此的蓝花楹，姜氏没有见过，谢氏没见过，赵聪圣和赵聪明都没见过，而他也只是第一次见到。以前每次来谢家大院，居然都忽略了它。幸亏没被砍掉，在这里它还会一直生长下去，几十年后它会更高更大更花朵累累，可是赵定力活不了那么久，他也见不到了。

于淑钦绕着树转圈，上上下下看时，赵定力却背对着树打量起花园。以前的花园抬个眼各种色泽就扑过来，绿叶连绵，红黄粉紫的花云集，还有桃、李、桔、柚、枇杷等诸多果树。有它们在，花园才像穿上衣服，化了妆，眉眼流转，现在却大不同了，别说花，连树也没了。

于淑钦把手机递给赵定力，说："帮我跟花树拍一张照，我要发给细萌和细坤看。"

树太高了，要想把树梢也拍进去，得不断后退，退到十几米外，终于把整棵蓝花楹和于淑钦都装在屏幕里了。于淑钦侧着身子揪住一串垂下的花枝，头微歪，一身白色T恤、蓝运动裤、黑布鞋，被紫色的花一簇拥，竟变戏法似的成了另外的人。以前赵定力总认为女人喜欢跟花拍照是自取其辱，原来也不一定啊。

姜氏把这棵树种下，一定不曾合过影吧。谢氏呢？谢氏也没有。

天井里那个矮个子男人仍然在搅拌水泥，见赵定力和于淑钦从后院出来，停下铁铲打量着。赵定力迟疑了一下，还是上前，对他笑起，问："花园里其他树呢，都铲掉了？"

矮个男人突然手一甩，声音很大，说："这还用问，还不都被以前这家的人移走了。"

于淑钦凑过来，指了指赵定力，得意地说："这里以前就是他的家，他是这家的人！"

矮个男人像是被于淑钦的大嗓子吓一跳，身子往后一仰，眼瞪大了，盯着赵定力，明显不信。于淑钦上前一步，伸直手臂冲

249

着脚手架划了一圈,说:"房子现在拆成这样了,但你问问他,拆之前是什么样子的,哪一间门怎么开,窗朝哪里,看他能不能答得上来。"

赵定力看了于淑钦一眼。女人张口就来的本事,是不是天生的?这房子他确实来过多次了,但每次他都是一个事不关己的客人,何曾在意过门和窗?

矮个男人来了兴致,问:"真的吗?"

赵定力有点无措,支吾了一下,还是点了点头。

"哇!"矮个男人叫起,这时另一个男人来挑水泥,矮个男人拍了拍他肩,神色诡异地努了努嘴,说:"喂,以前的房东……"挑水泥的男人马上看着赵定力,嘴唇张了张,问:"你们家以前真是富得流油吧?"顿一下又问,"哎,你们搬走前,是不是真的突然发了?"

赵定力愣愣地看着他,他不知道发了指什么。挑水泥的男人撇撇嘴说:"装傻?不是说有一屋子黄金吗?"于淑钦马上问:"什么黄金?"矮个男人努努嘴,说:"听说藏在后面。"

"后面?"赵定力头扭过去,又立即转回来,问,"后面哪一间?"矮个男人手臂潦草地舞一下,说:"不知道,我也是听来的。后面不是原先有一间孤零零的小房子嘛,都说藏在那里面。"赵定力鼻子短促地吸口气,问:"就是门是月亮形的那间?"

"月亮形?"矮个男人转头跟挑水泥的对视一眼,两人都摇了摇头。

挑水泥的男人说:"不知道。我们来时,这房里都拆空了,哪还有什么月亮形门?反正很多人都说有黄金,堆了一整间的黄金,亮瞎眼了。你们有钱人的命怎么就这么好呢?"

矮个男人插嘴说："谁让我们没生在这样的大房子里？怪老天爷了。"

两人好像都觉得这么一说很开心，竟一起笑起来，咧开的嘴角挂的却是渐渐消减下去的说话兴致。矮个男人继续拌水泥，看上去竟比刚才专注用心了很多，铁铲擦过地面上的青砖，发出尖厉的嘎嘎声，牙齿都跟着发麻。

二

这次看蓝花楹是一年前，那时赵定力的肚子还是无恙的，每天拉得结实而准确，一点毛病都没有，于淑钦也没有去北京照顾月子的打算，岁月谈不上静好，却也没有什么瑕疵，每天太阳平庸地出来，傍晚再无功而返，跟内心一样平淡。看过蓝花楹，听过关于黄金的传说，这两样东西像湖面扔了两块瓦片，荡过几圈涟漪，本来就该丢脑后去，偏偏没有完全丢。那天回到青江村，赵定力给谢玉非打电话问："玉非啊，听说你们那座老房子里，有很多黄金？"

"你说什么呀？"谢玉非似乎很吃惊，顿一下，马上提高了嗓门，"怎么可能？这些乱七八糟的话别人一说你就信呀？"

赵定力放下手机对于淑钦叹了口气。这电话他根本不想打，是于淑钦逼他，于淑钦说怎么也得问一问吧。大院的后面，左边，靠花园的小房子，那不就是姜氏住的吗？里面藏有黄金？他终究也有好奇，于是问了，但人家说怎么可能。真的一点可能都没有吗？拆迁后，谢玉非买了别墅，这么多的钱都是穿个白大褂就能赚来的吗？不知道，他不了解这个行业。当年还在高中时，他就想去学医，赵聪明一听就说不行不行。赵聪明的意思是，病与死，做医生的必须时时面对人生最垂头丧气的一面，自己活一辈子已经够累了，何必再去替别人累，不值得。按赵聪明的想法，赵定力书读得好，字又写得好，上大学无论学什么，最终都应该走当官这条路，做医生的能有几个做大官的？谢家几代行医，医术都好到被大轿抬进宫，专门替皇上和后宫把脉问诊了，又怎么样？财富比起同在宫里的大臣差了不是一两个等级的吧？这件事争执了几次，赵聪明很生气，赵定力更生气。八岁那年他如果会医术，何燕贞就不会死。那天他从马尾港回来，看到躺在厅堂上的谢氏和何燕贞，何燕贞当时还睁开眼看了看他，可是他没办法救活她，他才八岁，他不会。这么多年，他永远没办法忘记那一眼。

赵定力十三岁才上小学，跟比他小五岁的王瑞生成为同学，先是同班，然后同桌。如果跟其他人一样正常上学，赵定力应该早几年就参加高考了。他在班上年纪最大，成绩也最好，考医学院所有老师都认为根本不是问题。可是高中毕业时，大学的门突然关上，一切戛然而止。

这些年他跟谢玉非走不近，也尽可能不去医院，可能多少因为这个吧。所有的白大褂都隐约闪出一道寒光，他下意识避开了。

姜氏娘家不富，嫁入谢家后不受宠，也不可能藏下多少钱。这么一想，他其实觉得谢玉非说的也不是没有道理。真有黄金，记者应该早就捅出来了，可是他每天捧着报纸，从第一版到最后一版，一条消息都不漏，关于谢家大院，除了那棵蓝花楹，再没有见过其他任何只言片语。"那些工人懂什么？胡说八道啊，你居然也信。"这话他显然更像在说服自己。

于淑钦鼻子一皱，火气就上来了，说："人家就是真有一百吨黄金会跟你说实话？反正一根毛都落不到你头上！"

但如果真是在那间姜氏的屋子里，黄金恰好是她或谢氏的，也跟他一点关系都没有吗？他叹口气，把这个疑问重重压在舌头底下。以他那时的心境，无论黄金还是白金，对他都影响不大。如果是现在呢？他突然被这个一闪而过的念头吓得脑门咚地大一圈。思维没有停，像下坡时刹车失灵的自行车，一连几个问题又接连冒出来。这些日子他拿锄头挖地，有没有受到那个黄金传言的启发？谢玉非的别墅真的是靠那些黄金买下的吗？于淑钦要是知道谢家大院后院那间月亮门小屋是他曾外祖母姜氏住过的，会怎么想怎么做？

就在那次带于淑钦看过蓝花楹之后的第二个月，赵定力又去了一趟谢家大院，他想来想去还是觉得应该去看看。走到谢家大院，大门关着，门旁挂着一块牌匾，洒金的橘红色底，阴刻楷体黑字："大漆博物馆"。博物馆？赵定力愣了片刻，上前推开门，跨进去，里头是空的，脚手架和工人都不见了，很洁净，每一处都被仔细清扫过。门柱都没有漆，保持原木色，却明显可见经人工用心处理过。修旧如旧，这个词近几年报纸上经常可以见到。细想起来，"旧"真是一个古怪的词，它在生活中是不被待见的，连人一旧都要遭嫌弃，但在另外场合，旧却突然意味深长，显出了特别的分量。他从天井转过头，看向右边的另一个天井。"为什么把墙拆了？"他记得上次来时曾问过那个拌水泥的矮个男人，那人没有回答，不愿意答或者根本也答不上。当时也仅是一闪而过的好奇，他并没有过去看，这会儿他脚向那边移去。小时候他跟在谢氏背后去过姜记漆艺行，是谢氏要去而不是他，所以究竟去过几次他已经忘了，看到什么也忘了，但记得大门也朝着青灯巷，与谢家大院并排，门板又大又厚又高。现在那扇门却没了，原先门的位置换成了高大的马鞍形粉墙，上面重叠覆着几层黑瓦。它已成为谢家这个院子的一部分，重新装修后两个院子天井和厢房就成为一个整体，丝毫没有隔阂，铺一样的石头，架一致的木料，仿佛一开始就是这么设计的，从未分过彼此。

合并起来的院子现在应该有四五千平方米了吧？这个赵定力不内行，目测面积是他陌生的，在乌瓦大院几十年他都没估算过它的面积。这会儿站在这里，四下没有半个人影使房子显得更大，连每一道呼吸居然都有隐约的回声。他从这间走到那间，最后站到后花园那棵蓝花楹树旁边，花仍然开着，但明显大势已去，不再是那种不顾一切拼命奔涌出来的绚烂，即使新开出来的都有几分疲软，旧花落了一地，地面像铺了一层紫色的地毯。

新修的六角亭在园子的东北角，柱子是水泥，顶上八角结网的藻井倒用了木构，伞盖形的斗拱重叠着一层层的荷花瓣，刷着红黄蓝绿色的漆，工做得很细，多看两眼，叶片似乎都在抖动，但再看第三眼，却还是逃不出那个俗字。亭子中央有张石桌和四张鼓状石凳，赵定力走过去，在凳子上坐下，屁股刚落到石面，浑身猛地一紧。天热起来了，只穿一件衬衫都足够了，没想到石头却这么凉，仿佛在空寂的花园里攒了一肚子的寒气，这会儿都拔地而起，二话不说就穿过裤子，集拢中央，钻进屁眼，涌向腹内。整个肚子一下子像大门洞开，成了杜甫为秋风所破的那座茅屋。他没有马上站起，反而用力往下夯实身子。屁股难道受不住一张石凳？他憋着一股子气，似乎园子里每片树叶都是一只眼睛，正齐刷刷盯着他，他不能服老，必须坐稳了，必须向一只只眼睛证明自己还行。万一那些眼睛是谢家在这个院子里死去的一个个先人呢？他们盯着他看，他是谢家自行嫁出去的女子谢春妹的孙子。

一年后当肠子阴晴不定反复作乱时，赵定力不止一次想起在谢家大院花园亭子这个石凳上坐下的这一刻，会不会正是当时受凉，种下了祸根呢？

那天他究竟坐多久？已经想不起来了，只记得一直到他离去，整个院子都找不到一个另外的人。四下寂静，风里都是一股繁复的酸腐味，花、树、房子以及所有的一切都像舞台上的幕景，更像某种暗示，暗示他跟这个家族似是而非的关系。他充满戒备地把双手按在膝上坐着，一会儿看蓝花楹，一会上下左右瞧，他觉得自己的目光很快就变成姜氏的了。姜氏魂儿如果再回来，肯定已经认不得这里的一切了。还是别回了，连那间唯一属于她的月亮门小房子都已经拆得没影，她哪还有落脚的地方？甚至整个院子也很快不再是谢家的了，成为大漆博物馆。行医的谢家，房子并没有成为医药博物馆，反而被隔壁一向不入他们眼的漆艺行吞没了。既然外面已经挂了牌子了，那这个馆迟早得开吧，过一个还是两个月？到时究竟装进博物馆里的都会是什么样的漆器呢？

其实并没有那么久，十天后报纸到了，赵定力打开，在第八版看到一个彩色图片新闻：几个男人站在谢家大院门外，手里举着刚被剪下来的彩绸，个个咧着嘴仿佛正被人挠了胳肢窝，笑得毫无节制，他们两旁排列着几串齐腰高的大花篮，背后则是那面橘红底黑字的牌匾。标题是一行黑体字："我市又一家大漆博物馆开张。"

既然"又"，那就是不仅一家，市里还有其他大漆博物馆。在哪里呢？不知道，之前赵定力从来没有在意过这方面的消息。他长吸一口气，又缓缓吐掉，捏着报纸的手垂下，然后侧过脸望到天井上方，眼神没有聚焦，显得有点空洞。是个雨天，雨不大，仿佛是由电脑控制的，米粒般的雨点从早上七点多一直恒定地持续到现在，连节奏都不加不减，也不曾因喘息而中断。天井里的青石板因此湿了，但形不成水流，只是暗了一层，色泽在褐与黑之间游移，似乎刚用红锦漆平涂过。

应该去看看漆器，这个念头像喷嚏一样蓦然冒出又刹时散去。等到他真的再去青灯巷，已经是半年后了，院子里人很多，每一个墙角都斜斜伸出一个白色监控探头，像被挤到眼眶外的鱼眼。展区分得很细，现代馆、民国馆和明清馆，共三个，另有一个操作体验区，摆有两张长条桌，桌上放着夹子、镊头、切刀、毛刷等工具以及漆罐、樟脑油、蛋壳和不同型号的砂纸等等，桌旁却没有人，周围拉着一圈绳子，就是闲人勿近的意思。

现代馆在谢家院子前面三进厅堂厢房里，每一间都密集摆满了漆画和一些造型奇特的漆件，都在新、奇、特上下足了功夫，赵定力却看不出滋味，转一圈，很快就离开了。明清馆和民国馆放在姜记漆艺行，空间很大，东西却不多，稀疏地摆着，花样也少，屏风、花瓶、妆盒、碗、盘子，色彩也差不多，不外乎黑、红、金三种，最大的区别在于是木胎还是脱胎。他在民国馆从这头走到那头，走得很慢，一遍看过又回过头重新走两趟。整个过程他都背着双手，这使他身体像被刀削过似的又窄了几寸，看上去更瘦更高了。周围人挤来挤去，但没有人注意到他，他也不需要别人注意。那些漆器都放在柜子里，他俯着身子往下看，眼珠子常常猛然一直。太熟悉了，无论妆盒或者碗、盘以及梅瓶，都是他小时候每天抬个头就可见的。某些瞬间一恍惚，似乎谢氏就站在旁边，正勾着头刷漆或打磨，粗糙的漆面在她手中渐渐泛出珠宝的光。好几次他不禁伸出手，想去触摸一下那碗那瓶子，手指一用力，却戳到一道玻璃上，指甲颤动，发出轻微的声响。玻璃柜,他忘了。现代馆那边虽也有玻璃柜,但展出的东西全部是敞开的,可碰可摸,这边却严格隔开了。跟当代的漆器相比,明清以至民国的漆件都更贵重,这是无须置疑的。究竟多贵?

这时门口一暗,二十多个老人前后脚挤进来,极胖与极干瘦交错,都挂着胸牌,戴同一款红帽,帽上印着"夕阳红旅游团"的白字,女人脖子上则无一例外挂一条花花绿绿的长丝巾,比赛似的拿着手机不停地这拍拍那拍拍,同时说话,声音一个比一个大。穿蓝色制服的年轻女导游夹在他们中间,麦克风贴住嘴,扩音机别在腰间,虽然很用力地做着介绍,却没几个人在意她的存在。赵定力就贴近了,俯着头,盯住个子娇小的导游。他成了最认真的听众。内容很多,他记住的是下面的几个要点:

一、福州从唐朝起就开始有人往器皿上涂大漆了,南宋时开始兴盛,晚清更盛,一个名叫沈绍安的人那时独创了一种脱胎漆器,在日本、法国、加拿大举办的世界博览会上都拿了大奖;

二、目前福州漆画是全国老大,吃大漆饭的人不少,几所大学美术系都开设了漆艺专业;

三、这个漆艺馆是私人出资办的,目前展出的都是老板多年来的个人收藏品;

四、明清以及民国时曾出过很多大漆精品,保存下来的却有限,很多还藏于民间,哪位如果有线索欢迎提供,老板愿出重金购得。老板姓姜,做房地产生意的。

三

乌瓦大院是仿照谢家大院的格局建起的,这是赵定力前些年才突然省悟过来的。谢家大院正院敞亮,右侧的花厅开阔;门头房宽大气派，两旁耸起的牌堵都镂雕喜鹊、蜡梅之类的花纹；门头房后还有一道窄长的回廊直通后院的花园；厅堂是式样相似的穿斗式木构架，双坡顶，鞍式山墙，面阔五间，进深七柱……乌瓦大院正院却只有两进。福州人称第一进房子为"正落"，第二进为"第二落"，依此类推。谢家的妻妾分住第二落至第四落之间，乌瓦大院跳过这些房子，仿佛把一篇文章某些不讨人喜欢的段落全都删除了。谢家那间原先存放贵重药材的月亮门房子小且矮，孤零零地缩在后院墙角，只朝花园方向开一扇长宽仅一尺的小窗户，而乌瓦大院在同一位置，却依墙建出满满当当的两间大瓦房，中间一扇矩形门通往花园。两间房门都是月亮形的，左边一排寿字纹窗户，右边同样饰着寿字纹窗，却只是虚设的，里面密实立着一根根厚厚的杉木板，地面铺的也是杉木，上面摆放着一排排木头架子。这是谢氏专门为自己建的，左边是漆工坊，她坐在里头，打开窗，让光进来，每天一点一点镶嵌、上漆。如果是晴天，上漆也经常放在后天井里。天井里摆放着几个杉木钉出的矩形木架，铺着毛毡，把要上漆的器皿搁到上面，一道一道把漆涂上去。有时下手重了，漆缓缓往下流，滴到青石地面上，黑的、红的、金的、褐的，偶尔也有黄的。要擦掉很容易，趁着漆未干，用一块破布沾点樟脑油，轻轻一抹也就去掉了，但谢氏从来不擦。肯定是故意的，否则家里任何一处都必须工整洁净的人，怎么可能对后天井忽然一松，任由其被漆横七竖八沾染？地面因此变得斑驳，大小不一的色块重叠交融，竟变幻出奇怪的图案，与水墨画既像又不太像。

上过漆后，那些器皿就拿到右边的那间房子里，平放到架子上。右边这间是阴房，总是洒着水，地板和四面的杉木板吸足水分，整个房子因此永远是湿的，潮气和漆味混淆在一起，推开门，一股奇怪的芬芳就迎面扑来。做漆的人都知道阴干的重要性，太阳似乎可以晒干所有东西，对大漆却一点用都没有。漆不是被晒干的，太阳越大它越犟着，就是不干，它必须置身一个洁净的空间里，给够温度，又无须太热，并且有饱满的湿度，总之得让它舒服了，才会缓缓干透。谢氏给这两间房取了名，左边那间叫西髹房，右边那间叫东戗室。髹是赤黑色的生漆，又可看成用漆来漆东西；而戗，就是把嵌金的花纹弄到器物上。

后天井左右放两个大水缸，储满水，是从前面天井那口莲花井挑来的，既为了防火，也用来沾水打磨漆器。左边房子上漆，右边房子阴干，然后取出，放天井打磨，磨好再上漆，再阴干，如此反复几十遍，直至光滑如镜如缎如绸。

这些都发生在赵定力出生前四年。换一句话说，在赵定力出生前，谢氏就已经不再侍弄大漆了。那时候远处那个叫长春的地方，早就多出一个满洲国，皇上已经不是每个人的皇上。日本人在东北闹腾几年后，终于在北平卢沟桥跟国民党军队正式打起来了，接下来坏消息不断，这里被日本人占了，那里多少人被杀、多少房被烧了。就是在这一年秋天谢氏曾一连回福州城几次，她一个人去，又一个人回。那时福州城内还是太平的，但谢氏每次回来脸都铁青，抿着嘴谁都不理。赵聪明问她，她摇摇头不答。何燕贞也问，她还是不答。后来她死了，何燕贞也死了，赵定力上了小学又上了中学，有一天他从同桌王瑞生嘴里听到一个说法：前些年姜经响是被谢瑞林毒死的。谢瑞林早就认为姜记漆艺行不能开在谢家大院旁边，他们是两户气味盛大的院子，药味避邪，却总是被隔壁浓浓的漆味强行覆盖住。另外，他真是怕漆，隔着一堵墙，身上也动不动就被咬烂。漆行的房子谢家可以买下，出点钱不是问题，但姜经响不认为钱很重要，漆器搬来搬去是大忌，它们比玉还娇贵，稍不小心哪里磕一下，就废了。后来姜经响生病，家人找谢瑞林开药，药下去，姜经响死了，不是吃一剂立马死，而是慢慢地一点点地衰竭下去，直至一口气噎住，再没有缓过来。姜经响的两个儿子举着斧头冲到谢家大院，却并没有伤到谢瑞林半根毫毛。谢家人报了官府，官府有的是谢瑞林的熟人，把姜家两个儿子都抓去，判了重罪，都死在牢里。

赵定力回到家问赵聪明是不是真的。赵聪明一脸蒙怔着，半晌才说："嗯嗯，应该是……真的……"这件事曾被很多人说来说去，赵聪明也是零星听来的。那一阵谢氏不时匆匆进城，就是想把两位表兄救出来，结果根本没救成，她的父亲谢瑞林斜着眼看过来，任她怎么求，都只是撇撇嘴冷冷笑着。姜家余下的孤儿寡母则不许她再踏进漆艺行半步，见了面就往她脸上吐口水。漆艺行的门终于还是关了，屋里很快就空了，有天半夜姜家人突然消失，他们去了哪里？没有人知道。就是最后一次从福州回来，谢氏把后天井旁的西鬓房和东侧室全关掉了，家里漆的味道一下子淡下去。日子突然间变得非常奇怪，乌瓦大院从建好的第一天起，后院的每一堵墙、每一块木头都浸在大漆的气味里，仿佛那些看不见摸不着的气息才是半个乌瓦大院的主人，可是一夜之间，它们却死了。

赵定力五岁那年从重庆回来后，谢氏突然把西鬓房打开，又把赵定力喊过去。她先把密封在漆罐口的那层厚厚的纸揭开，伸进一根竹条，挑出一小团浓稠的漆，搁碗里，再倒进樟脑油，调开了，然后拖过赵定力的胳膊，捋上袖子，把漆抹上去，又在拇指和食指的指缝间也抹了一下。她只是草草划了几道，但够了，她让赵定力该干吗干吗去，自己拖过椅子缓缓坐下。过了一个时辰拉过赵定力再看，漆干了，而他的肉是完好的。大漆固执地排斥着大部分人，它以"咬"来拒绝自己不喜欢的人接近，但正如不咬谢氏一样，大漆也不咬赵定力。

那一瞬谢氏脸上亮了一下，但没过多少日子，又暗了下去。

漆与自己不咬的人之间，有一份无法言传的缘分。既不被咬，似乎天生就该吃这碗饭了。赵聪明小时候也曾被谢氏这样试过，结果身上马上一块块红肿起来，痒得满地打滚，被挠溃烂的地方渗出水，白天痒得长哭短嚎，晚上也睡不着。又试，再试，每次都是一样。赵聪明就这样还没来得及接近漆，就被漆吓远了，连厅堂太师壁旁的那个门槛，他都很少跨过。去花园得经过西鬃房和东饯室，他便连花园也不去了，那里花开花落他都不想管。这一带手艺传男不传女，谢氏自己就是女的，她没这个忌禁，她在赵定力两个姐姐手上也试过，一试也都过敏，哭喊着，远远躲开。没想到赵定力竟可以。

那些天乌瓦大院重新有了生气，连梁柱似乎都抖擞起来，恢复了从前的硬朗。赵定力跟谢氏去西鬃房，制坯、裱布、刮灰，先弄出器皿的形，再镶嵌、上漆、打磨，一切从头开始，每一道工序都细细做一遍，边做边说，最后她拿出一粒干葫芦摆在赵定力面前。葫芦是她自己种的，花园的一角搭了架子，每年都种几棵，长得丑的早早就吃掉，模样光鲜柔美的都留在架子上，让它们吃饱喝足，丰腴得宛若杨贵妃，然后取下，放进凉水里煮开，用刀削去外面那层薄皮，然后存好，秋去冬来，它们从绿到黄，黄透了，打磨光滑，就可以往上抹漆。赵定力的大漆之路似乎即将由葫芦起步，结果谢氏却叹了口气，沮丧地说："算了，你也不是这块料啊。"

所谓的"料"指什么呢？专注、细致、悟性、艺术感觉以及一以贯之的坚持，甚至几分不讲理的偏执。一个漆器从坯胎成形，到漆面光滑如镜，这一路至少得走上三五个月，十几、二十遍地不断重复。制坯需要精准，镶嵌需要细致，上漆需要讲究厚薄，即使是打磨，手上的功夫也得丝丝入扣，太重了磨穿，太轻了磨不透。做漆往往做的是一种心境，一个人对自己都没有要求，对整个世界也必定懒得较真，而大漆偏偏是苛刻的，每个制作者都得看它脸色小心翼翼行事，稍有忽略，它就恼了，一发起脾气，这件漆器就休想完美，废掉是常有的事。而赵定力，他不是拒绝，动起手来他也不是完全摸不着门路，葫芦交给他，他也嵌镶，也涂抹，也打磨，但不对，总是不对，该薄涂的地方，他涂厚，必须磨成平光亮时，他草草就收了手，以及漆皱的处理太宽了、太长了、太短了……差别只有一点，但就是这一点点，节奏差了，分寸缺了，气韵全失。谢氏站在旁边，脸色一天比一天晦涩。挑担可以靠蛮力，多几斤少几两无关紧要，手艺活跟心境才情如此密不可分，老天没有赏饭吃，索性就别吃了吧。西鬃房重新关上前，谢氏把赵定力做了一半的葫芦举起，再往桌上一磕，桌面马上落着一些红黑金碎片，它们来自葫芦身上。谢氏把葫芦递给赵定力，赵定力接过，看到被桌子磕的地方，漆已经脱落。谢氏抿了抿嘴，开始说出很长的一段话，每一句都与漆有关：

"漆有魂有骨，不迁就不屈服不敷衍，它必须按自己心意走，外力所有费尽心机的操纵，最终都被它拼死以脱落开裂反抗掉，玉石俱焚又如何，不过一死；漆包容一切，上至黄金珠宝，下至瓦灰、木屑，都能诚意接纳，漆面却不能沾一点尘，太冷不行太热不行太干燥更不行，苛刻是对人，也对己。孤傲多好，活得退无可退时，孤傲就是最后的抵抗啊……"

说到这里谢氏伸手把葫芦从赵定力手里拿回，举到眼前转几圈，静默片刻，又叹了口气，说："髹过了漆，它的命就硬了，也弱了，可能几千几万年后还能色泽如新，但只要这么轻轻一磕，你看，它就这样了，一文不值。起落只是瞬间的事，一生就走完了。"

"你，"她转过头，却不是看着赵定力，眼先是从西髹房这一头缓缓看到那一头，然后再看圆形月亮门外面，盯住后天井的地面，"你问问自己，真的有配得上它的心性吗？"她的声音低沉结实细长，宛若寺庙里传来的钟声。"没有，就远离，不要去侮辱亵渎它。"这话像是被谁猛推一把，她突然提高声音，眼光也从后天井地面收回，移到赵定力脸上。

赵定力脸涨红了，在点头与摇头间呆住，脑子是空的。此时他还小，若干日子后当谢氏死了，与何燕贞一起嘴里冒出一堆白沫躺在乌瓦大院厅堂上，赵定力才意识到，漆性与谢氏是多么相似地重合到一起。

西髹房门关上了，谢氏还特地挂上锁，她把钥匙留在身边，死前才交给赵聪明。但她仍然每天把左右两只缸里的水掏出，一遍遍冲洗地面，再从前天井挑来水，把水缸重新灌满。地面东一簇西一坨的漆色已经干透，色彩彼此交错相融，斑斑驳驳，却从不落灰，连边角都没有积下任何污垢，每一刻都洁净得像一块上好的花绸缎铺在那里。她死后，不再有人冲水，赵聪明和赵定力都很少再踏足后天井，原因不一，赵聪明仍然隐约惧着漆，即使是自己家，久不走的路，脚也渐渐习惯去绕开。赵定力比他复杂些，他在谢氏把西髹房挂上锁后，心底不时闪过一丝愧意。为什么不好好学做漆呢？他应该学啊。姜记漆艺行散了，谢氏死了，谢氏的丈夫赵礼成更死得早，那么这一脉的手艺是不是就绝了？

多年后赵定力才突然回过神来，谢氏那时是打算把手艺传给他的，可他不成器。

赵定力十岁出头时，乌瓦大院左右厢房和天井两旁的披榭都成为村里的公有财产，先是村里无房的人搬进两户，后来换成大队部搬进来。赵聪明那时挺不乐意的，但不乐意也没用，赵聪明和赵定力就退到右侧花厅住下。西鬃房和东饯室本来也要打开办公，向赵聪明讨钥匙，赵聪明找了几天，说丢了。大队的人就砸开门，但去砸的两个人当天都过敏了，脸肿大一圈，他们中的一个就是王富民。王富民其实没有动手，他只是先去东饯室转一圈，再跨进西鬃房看了看，上午去，下午就猴子似的手不停地在身上这里挠挠那里抠抠了。前面的房间够用，他们索性就把西鬃房和东饯室放弃了，两间房就一直按原样空着。后来赵聪明去买把新锁，趁着天黑，大队部里的人都下班走光了，他让赵定力重新把西鬃房锁上。

花厅没有外开的门，进出都必须从侧面那扇拱形小门穿过来，先到厅堂，再从披榭前经过，才能走到乌瓦大院的大门，赵定力注意到每一次赵聪明经过披榭时都把眼闭上。他们搬到花厅去的前一天，赵聪明曾一直待在披榭，独自坐在茶台前。厢房按要求已经腾空了，披榭该搬的也都搬干净，剩下这张茶台，赵聪明让赵定力一起抬，不行，抬不动。往角落里挪呢？赵聪明穿起自己打的草鞋，鞋底已经磨得起毛，人向前斜下，双手摁住茶台的边沿，脸憋得通红。他让赵定力跟他一样，一二三，喊到三时同时发力，茶台的这头往旁挪几寸，几寸而已，就不动。赵聪明低头盯着茶台打量片刻，转身把家里所有的麻袋都找出来，一层层裹上，再用麻绳扎起，扎得不留半丝缝隙，然后挑来黄泥，拌了水，厚厚抹到麻绳上。这并不是终结，黄泥的上方是粪，对，赵聪明那些日子让赵定力跟他一起不要上马桶间，所有的尿和屎都拉在一只木桶里,然后全部浇在了那一层黄泥上了。发酵后的那股酸腐臭味至少在乌瓦大院持续了五年。大队部搬进来后,嫌那间右披榭臭,没有人坐进去,只是当仓库,堆些杂物。

住在花厅里的那些年,赵聪明一口茶也没喝过。每天没有茶似乎就活不下去的赵聪明,居然说不喝就不喝了。赵聪明自己不喝,也不让赵定力喝,赵聪明说:"茶死了。"赵定力其实也一下子没了喝的兴致,他从记事起,与茶有关的一切都发生在那张谢氏亲手做的茶台前,没有了茶台,如同士兵失去阵地,百姓没有了国土,魂无所系,茶于是真的死去。

赵定力娶李翠月的第二天,赵聪明挂着拐杖走进右披榭,颤颤巍巍站到茶台前。粪和泥混到一起久了,已经发黑变硬。赵聪明手在上面抚过,抚得极慢,还用指甲抠起一块放到鼻子下闻了闻,然后把那块土搓揉碎,装进上衣口袋。他什么都没说,只是叹了一口气,这口气似乎耗尽了他全部的力气。重新在床上躺下后,他再也没起来过。

"茶台打开那天……给我烧纸……"这是他说的最后一句话,说后睁开眼盯着赵定力。赵定力点头,见赵聪明仍盯着他,又重重点了一下头。然后赵聪明手伸到枕头底摸半天,掏出一把钥匙递给赵定力,指尖还朝外指了指。赵定力呆立片刻,是后院西厢房的?他不敢确定,转身小跑到后院,把钥匙插进那扇月亮门上的锁,果然是。再回转,赵聪明已经断气了。

要是每天继续有茶喝,如先前那样从早喝到晚,赵聪明就不会病倒,又死去吧?

那时赵定力根本不相信茶台还有去掉粪泥、麻绳和麻袋的一天,点头无非点给赵聪明看,没想到后来落实政策,房子归还。那一年赵定力已经四十五岁,他跟李翠月结过婚,李翠月走了,他再娶罗玉玲，罗玉玲难产又死了，有过人来人往的乌瓦大院，突然重新空寂了下来。住的房间他不动，仍留在花厅里，但把厨房搬回右披榭旁的那个小屋。灶在，水缸在，锅碗瓢盆就那么几样，也不难搬动。都弄好了，他走到右披榭，先用铲子把那层结痂的粪和泥推掉，然后用剪子、锯子和尖刀交替着把绳子切断，剩下就好办了，麻袋一层一层的竟然大部分是完好的，揪住一角揭开，一点一点揭，终于露出下面的茶台。台面蒙着厚厚的土，他先急急用食指在上面抹了一下，指头褐了，但台面出现一道朱红。他马上转身走到天井那口莲花井前，放下吊桶，提起水，再放下，再提起。二十多桶的水浇到茶台上。茶台还是原先的茶台，漆色在水光中内敛地亮着，既没久别的怨恨，也没有重见天日的欣喜。因为被挪过，它的一头向屋角稍稍歪斜着，当时是他和赵聪明一起用上所有力气把它推歪的。他们想把它推到屋角，但推不动。现在没有赵聪明了，赵定力想把它摆正，他试了试，他一个人推不动。那就这样吧，失而复得已经让他很满意，歪着并不影响把茶畅快地喝进肚子。

那天剩下的时间他做了另一件非常重要的事。经过井水的冲洗，右披榭像痛快洗过一次澡，有一股青草的芳香上下弥漫着。赵定力拿来一个脸盆，又拿来厚厚的几叠纸钱，火燃起了，火在茶台一米外抖动身子，潮漉漉的地面一圈圈被烤干，像水面泛出的涟漪。

天很快黑下来了，因为有火，他脸上一串串的泪显得又大又壮又晶莹，并且迅猛得像一群奔赴前线的将士，刀刃上的寒光不时一闪而过。

四

无论对谁，赵定力都很少讲自己。那年何燕贞吃那么多苦，痛了一天一夜，差点丢了性命才把他生下，七十多年一晃就过去了，他竟活成这样，连屎都拉得疙疙瘩瘩不成体统，有什么可值得跟人夸耀的？正相反，他常常内疚，觉得至少对不起何燕贞，要是能劝劝何燕贞，那天别把他生下就好了。

那天他跟于淑钦讲起一个人：姜启豪。

于淑钦去北京照顾陈细萌期间，有天乌瓦大院外突然站着一个中年男人，不高，微胖，肚子鼓起，头顶秃了，他把耳边的头发留长，从下往上覆，打着胶，看上去就覆得很工整。赵定力去村里买些菜回来，远远见到榕树下停着一部黑色轿车，接着看到有人站在院门外，俯着身子，脸凑近门板，伸出手轻轻在上面抚了几下。细米也在，居然用身子不停地蹭那个人的身子，还殷勤摇着尾巴。赵定力走近了，赵定力问："你找谁？"

细米看见他，远远就跑过来，立起身，用两只前爪搭他胸口。他把它拨开，多少有些不高兴。看家护院应该是狗最基本的能力，但细米却没有。家门外站着陌生人，细米竟马上跟人家打成一片，这像什么话。

男人直起身子，打量着赵定力。"你是……"男人笑起，"你是这间房子的主人？噢，对了，你是赵定力？"

赵定力点点头。男人盯着赵定力。"我叫姜启豪。"他说话有股奇怪的腔调，说着，又笑了一下，"我祖父死在牢里，我父亲死在台湾，我父亲的表姑叫谢春妹……"

赵定力好一阵脑子都是空白的，接着嗡嗡嗡响。

"我曾祖父是姜经响,你听说过吗?"姜启豪继续说,眼睛已经不看赵定力了,他转过身,看着不远处的那棵榕树,"这棵树真大啊。家门外有这么大的树,真是好福气。"这句话和上一句之间几乎没有过渡,直接就切换过来了。

赵定力仍然回不过神来。这个人如果他真姓姜,真的是姜经响的曾孙,那算起来就是赵定力的表弟,可之前赵定力一点都不知道,没有任何消息,突然之间这个表弟就像一场雷阵雨哗地落到他跟前。姜启豪向前走几步,赵定力以为他要走,结果人家并没有去开车门,而是站到树荫下,双手叉腰,头向后仰起,连腰都下去几寸。榕树而已,福州城最不缺的就是这种树了,抬头低头就迎面相逢,这个人何至于如此在意这一棵?"这一株树寿命有多久的?也是北宋治平年间那个张太守种的吗?"他侧过脸看着赵定力。

赵定力犹豫了一下,还是摇摇头,他没把握。北宋治平年间离现在快一千年了,福州人如今好像比当初对榕树更上瘾,有次看报纸登出来一个统计,城区榕树有十六万棵,其中六株树龄千年以上和六百多棵百年以上的列入"古树名木",都挂上蓝底白字的牌子,注明年龄多久、树冠和树胸多大。青江村不在城区,村里也到处是榕,但至少目前还没有这个待遇。也就是说乌瓦大院前面这棵榕从来没有被认证过,不知是哪年,又是谁种的。

姜启豪拍拍手,一下子又把树丢脑后了。他返身走到赵定力旁,胳膊往前一伸,说:"来,进去坐坐吧。"边说着,边推开门,先往里走去了。赵定力皱起眉盯住他背影,几秒钟后才慢慢跟进。这多少有点荒谬了,宾主完全颠倒,来做客的反而像是赵定力了。

姜启豪径自走到右披榭,然后站到茶台前,低下头看半天。

"真好!"他自言自语,说得很小声,"居然这么好……你一直在用吗?"他回过头瞄了赵定力一眼。

赵定力没有答。

姜启豪似乎也不需要他答,眼光已经重新落到茶台上了,胳膊环到胸前,久久不动。

赵定力在茶台前坐下。他才是主人啊,有客来,他得泡茶了。屋里很静,细米闹腾一阵后估计也累,已经蜷到茶台脚旁睡着了,只剩下通电后水壶嗞嗞嗞的响声。披榭比后面厅堂旁的厢房矮一些,透光完全靠一排四扇冲着天井打开的门。少窗的房子,所有的声音是不是都被闷住,并且放大?可是之前赵定力从未听到这么响的烧水声。

姜启豪脚挪了挪,问:"我坐哪?"

茶台这边是赵定力坐的椅子,另一边则并排放着两张小凳子。赵定力努努嘴,他的意思是姜启豪可以坐小凳上。姜启豪坐下,上身前倾,眯起眼,伸出右手的中指和食指的指尖在茶台上抚着,喉结上下快速动着。过一阵,他歪着头看着赵定力,问:"茶台一直放在这里,每天都在用?"赵定力嘴微微咧了一下,点了点头。他其实想起在茶台上披麻袋、浇黄泥和泼屎,但解释起来有点累,就不说了。姜启豪又问:"一开始就这么摆放的吗?"顿一下,他自己摇了摇头,"我表姑奶奶——对,就是你奶奶谢春妹,她肯定不会这么歪斜地摆放的。她的生日我查过万年历了,居然阳历跟我都是九月。我们处女座的人怎么可能这么乱放东西?"

赵定力吃了一惊,谢氏的生日他只隐约记得是在秋天,但具体哪月哪日早已忘记,没想到姜启豪竟然知道。水开了,他提壶冲泡,先把头汤倒进公道杯,第二趟再往玻璃壶冲入沸水,然后

269

才分到小杯中，递到姜启豪面前。

"让它坐杯一会儿？"姜启豪盯着玻璃杯问。

赵定力轻轻"嗯"了一声。

姜启豪说："是从你奶奶那里学的吧？我们姜家人泡茶，头汤都不会马上喝，而是先坐杯，等微凉后再品。"

村里很多人头道茶是不喝的，冲泡下去，洗洗茶，倒掉。他们的茶是从第二道喝起，所谓"头道汤，二道茶"，但赵定力从记事起，头道泡都不倒掉，而是搁一旁先坐会儿杯，回头当宝细抿进嘴。也许这确实是谢氏传给赵聪明，然后赵聪明再传给他的？

姜启豪端起小杯，凑近嘴时，突然又停住，垂着眼帘看杯子。是只德化白瓷小盏，已经用很多年了，杯子有细微的小缺损。姜启豪似乎很不满，皱起眉把杯子放下，说："你怎么会用这样的杯子？也不想想，它配得上这茶台吗？"说着他站起，转身小跑出去，一会再进来时手里提着一个盒子，打开来，是一套六只漆身嵌银胆的小杯子。他到井里提一桶水进来，把杯子洗了，放进消毒锅煮开，伸出夹子，自己夹一只，也给赵定力夹一只，然后倒出茶，送到唇边啜着。放下杯子时，又记起什么，一下子站起。"不行，"他大声说，"茶台真的不能这么摆。这么美的茶台，这是在侮辱它！你站起。"他冲着赵定力扬扬手。

赵定力不知道他要干吗，迟疑了片刻才紧着身子慢慢站起。

姜启豪把两张凳子往外拉开，然后趴下身子，双手托到茶台底下。茶台没动，他一用力，却脱了手，趔趄后退几步，才站住。他好像很意外，低着头围着茶台转一圈，手冲赵定力一指。"你也来！"他大声喊道，仿佛赵定力站在另一座山头上，"来，一起往外抬，把它摆正了。快点！"

赵定力没动，他知道就是再加两个人都不一定抬得动。姜启豪显然也意识到这个问题了,他拿出手机,手指头在上面按几下,然后对着屏幕说:"十个,马上来,定位已经发你了。"放下手机他指了指茶台,短促地说,"喝茶。"

跟刚才扯着嗓子大声说话相比,接下去姜启豪像换了一个人,基本闭拢了嘴,除了偶尔端起杯子把茶送进嘴,一直前倾着身子,俯到茶台上逐寸看,先从左看到右,再从右看到左,甚至趴到地面看茶台的脚和背面。手机拍照声一直响着,茶台立在右披榭这么久,第一次被人拍成这么多照片。

"你……拍它干什么?"赵定力隐约有点不安。姜启豪耸耸肩,打量赵定力一眼,好像非常奇怪赵定力竟然有这个问题。

半个多小时后,一直深睡的细米突然跳起,往大门外冲去,然后赵定力才听到汽车从远处开来,停到乌瓦大院门外。赵定力觉得应该出去看看,站起了,见姜启豪一动不动,犹豫一下,又坐下了。姜启豪显然也听到汽车声了,他本来一直在摆弄手机,这会儿把手机放下,转过身子,看着门外。果然来人了,一个两个三个,一共十个,清一色一米八几的壮汉,穿黑色西装,打蓝色领带。跨进披榭,他们迅速一字排开,背起双手,齐声喊:"董事长好!"

姜启豪站起,手甩了甩,先指着茶台,退两步又用脚在地面划了一道,说:"把它摆好。"

那十个人像田径场上听到发令枪霍地向前跑,围着茶台散开,然后扎下马步,手托到下方。其中最年长的那个喊起:"一、二、三!"茶台动了,原先朝屋角歪的那头被往外移。姜启豪凑过去,俯下身子,闭起一只眼瞄着,似乎嫌不够直,手舞着,这样这样,那边那边。

在十个壮汉的手中,茶台很轻易就移动了,移至与整个屋子完全平行，一头对着门槛，另一头朝着饭桌，四周都悬空了，泡茶者椅子靠着墙，喝茶的可以在茶台外沿坐成一排。赵定力暗吸一口气，当初谢氏做好茶台，让人抬进来，就是这么摆放的，严丝合缝，一点都没有两样。姜启豪扬了扬手，那十个黑西装的人双脚重重一并，胸脯一抬，齐声喊："是！"话音一落，同时转身向外走。

赵定力松了一口气，刚才他懵懂了一阵，不明白究竟发生了什么。一个陌生人蓦地出现，喊来人，自作主张把茶台摆正。他们摆得很好，但做法却不好。这是在乌瓦大院，在他的家，可他却仿佛根本不存在，连话都说不上。他走到靠墙的那把椅子前坐下，之前泡的茶已经凉掉，他重新烧水，想给自己再泡一壶。脑子一圈圈涨大，他得用茶压压惊。姜启豪却上前一步，猛地把开关按掉了。"别喝了！"他说。

"走，坐我的车进城去。"他又说。

赵定力抬头怔怔地看了他一眼，马上又勾下头。这个人从出现在乌瓦大院外，每一刻都变幻莫测，他出的牌让赵定力不知所措。进城？为什么要进城？他不去。姜启豪好像看穿他脑子里的想法，几个大步过来，揪住赵定力胳膊，猛地往上一拉。"走吧，"他说得很短促，没有一点商量的余地，"对，现在就去。快点！"

赵定力心里说不去，身子却纸片似的从椅子上起来，出了乌瓦大院，上了停在榕树下的汽车后座。细米从屋里跟出来，头歪来歪去地看，一声不叫，尾巴翘得高高的，像棵无风的树，一动不动。细米，这时候你难道不是应该扑上来，把主人叼住不放？赵定力瞪了它一眼，觉得要喊一喊时，车门已经关上了，然后是发动机的声音，再然后车子动了，乌瓦大院和细米都越来越远。

"这是去哪里？"好一阵赵定力才开口问。姜启豪头都不回，说："到了就知道。"

"到底去哪里？"赵定力还是觉得必须问。

姜启豪手在方向盘中央连拍几下，喇叭响了，他用喇叭回答。

赵定力就没再问，他看窗外，都是熟悉的景，这条通往福州城的路他来来回回已经走了无数趟。这让他慢慢开始安定下来，这时候好奇反而渐渐往上冒了。这把年纪了，又不是花姑娘，难道还能把他卖妓院？

车子最终停到青灯巷口。已经有个穿黑西服的年轻男子站在巷口等着，姜启豪车子一停，那男子就冲过来打开驾驶室的门，用巴掌为姜启豪护顶，然后又为赵定力开车门和护顶。赵定力是第一次被人这样伺候，摆手、摇头，做出要拒绝的样子，事实上仍然接受了下来。姜启豪把车钥匙往年轻人怀里一扔，问："哎，你会开车吗？"赵定力摇头。姜启豪说："居然不开车？唉，这活着有什么意思？人生呀，什么都难，只有握方向盘时最随心所欲了，想快就快想慢就慢，向左就是左，向右就是右。死人才不需要速度，活人就一定要把方向盘握在手里。我可以有一百个司机，但我就要自己开，我不能把这种享受花钱送给别人。懂了吗？"

赵定力嘴轻轻一咧，算是回答了他。懂吗？不懂，不想懂。他肚子出问题了，家里空荡荡的只剩下他一个人，连于淑钦都去了北京。余下的日子可能掰着手指头都数得过来，很快他就可能气息奄奄躺到床上，连路都走不动，速度有屁用？

刚才车在巷口停下时，赵定力脑子嗡了一下，记起上次在大漆博物馆，听到老板是做房地产的，姓姜。之前他根本没有把这个姜与姜经响的姜联系到一起,天下姓姜的人难道不是多如牛毛吗?但现在像两块碎断的玉被意外捡起,彼此一拼,竟是凹凸吻合的。

果然就走到谢家大院了,姜启豪指着那块"大漆博物馆"牌子说:"这是我弄起来的。"

走进去,姜启豪清了清嗓子,大声说:"这些都是我的私人藏品。"

摆出来的漆品比上次赵定力来时明显多出一些,但明清、民国的展厅仍然显得空寂。看过一圈后,姜启豪带赵定力去了后花园。两个人在六角亭子里刚一坐下,那几个穿黑西装的壮汉就提着矿泉水、电磁灶、银壶和一套茶具过来了。他们放好东西,插上电,按下电磁灶开关后,姜启豪扬扬手,他们应了声"是",马上就后退走了。

茶具是暗红色的,雕着花纹,装在提篮式的收纳盒里,姜启豪打开盒子,取出茶枣、建水各一枚,再取出两客茶托和两盏杯子,摆好了,巴掌竖起来一指,问:"考考你,知道这套茶具是哪里的吗?"

赵定力摇头。他看出是大漆的,但看不出它们究竟还有什么名堂。从小在谢氏身边,他对漆不陌生,但从来没有细究过,他不懂。

姜启豪说:"这是我从日本买回的,镰仓雕漆品,在银杏木上雕刻好这些花纹后,再上黑漆和朱漆。"水烧开了,他提起壶冲泡茶,手势、指法都很讲究,"我家里的事你不一定爱听,但你奶奶如果活着肯定有兴趣。你就当耳朵借给你奶奶,替她听一听,行吗?"

赵定力点点头。其实他也有兴趣啊,姜经响吃下谢瑞林的药后死了，接着两个儿子也死在牢里，然后突然人去房空，家里余下的人一夜之间全都消失了。不用猜，眼睁睁看着家里三个扛大梁的男人接连死去，活着的人胆即使没吓破，也后背发凉了。剩下那些东躲西藏的日子能好过到哪里去？姜启豪说其实还好，他们有个表舅在台湾，跟着辜家做生意，运货的船在两岸间开来开去，得知姜家有难，就顺便把他们一家运到台湾了。

赵定力插话，问："你今年多大了？"

姜启豪说："六十一岁……噢，那时还没我哩，我后来才在台湾出生。"

赵定力看着姜启豪，这会儿这个人说话语音低沉，神情端庄，跟刚才在乌瓦大院时完全像两个人。此一时与彼一时，到底哪个人才是真实的？

按姜启豪的说法，他父亲到台湾时也才十几岁，那时日据中，学校里说话和课堂上讲的都必须是日语，毕业后去日本留学第二年，台湾就光复了。"我父亲日本的房东是漆艺家，他回台湾时带回很多漆器。我从小在漆器中长大，家里摆得到处都是。真的喜欢，长大挣钱后，我就开始收集漆器和漆画。你也知道，日本漆艺是唐朝起从中国传去的，日本人做工细，人家把我们古人的泥金画技术用到漆艺中。他们的莳绘漆器你肯定见过吧？多美！年轻时我真是迷他们的漆器，全日本都跑遍了。他们很多器物都用树脂胎了，这我不喜欢，但木胎的都不错，一木挖出来的钵、盘、碗多厚实，漆色又厚又精致，轮岛涂、会津涂、越前涂、山中涂、香川涂、春庆涂……真的美啊。那时心里好绝望，明明是中国传出去的东西，为什么日本人远比中国人做得好？九十年代我回大陆做地产，先到厦门，再到福州。哎呀，到福州后我才发现福州的漆器一点不差——以前就知道福州的漆艺好，只是没想到这么好。现在是漆画好，以前，是漆器好。从清末起，这里出了多少精品啊，工艺精，造型好，真的非常好啊，尤其是脱胎这个工艺，简直绝了，比珠宝还诱人。"

赵定力点点头，一直到此时，他才觉得可以不必再怀疑姜启豪的身份了，血液里的东西不会骗人。"姜总……"

姜启豪马上打断他："叫我启豪就行。"

赵定力笑笑，问："好吧，启豪，你自己做漆吗？"

姜启豪两手一摊，笑起："不会。试过几次，不行，都过敏，脸肿得像猪头，漆不肯接纳我。你呢，做吗？"

赵定力也摊了一下手。

姜启豪很高兴，拍了拍前面的石桌，嘴咧得很大，声音又一下子提高了："哇，漆也咬你吧？不过这都不影响我们爱它啊，是不是？这些年我到处跑，一看到精品就收了。你不是也爱漆吗？你家那茶台用了那么多年，还跟新做的一样，没刮痕，没破损，太难得了。还有那个门，真好啊，一看就是我们姜家的手艺。我跟你说，好东西一定要妥帖保管起来，漆天生贵气，让它们流落民间，就是虎落平阳了，所以我才花这么多心思弄起这个博物馆。名字取得大了点，不过，希望最终名能符实。你看，不是已经收到不少好东西了吗？过几年我年纪大了，回台湾养老，这些东西，还有这个房子，都不会带走，把它们都捐给福州吧。"

赵定力有点意外。这么多漆器漆画，每一样都值不少钱啊，居然不带走？都捐掉？

"这棵树太漂亮了！"姜启豪这时站起，慢慢走向那棵蓝花楹，走近了，手撑到树身上，摇了摇。花已过了最盛的时期，但树冠仍是饱满的，一串串紫中带粉的花瓣密布其上，树动，花不动。赵定力没有站起，一直坐在亭子里远远望着。

第九章　李翠月啊李翠月

一

晚饭的时候，陈细坤边往嘴里扒着饭，边看手机。过一阵，他把手机往于淑钦面前一伸，马上又欠起身伸到赵定力面前。屏幕里是一部红色汽车，车身宽大，但不高，扁扁的，像只大虫。"怎么样？"他问赵定力。赵定力唇动了动，没有答。他不懂车，车以前离他太远了，都在电影电视里。这些年村里一下子冒出这么多小汽车，真是他万万没有想到的。

于淑钦说："为什么汽车要弄得这么红？不好不好，跟棺材似的。"

陈细坤皱起眉瞪她一眼，很不满："你懂什么呀！玛莎拉蒂，这部开了快十年的二手车，都要卖四十九万八……"

"多少？"于淑钦以为听错了，大声叫起。

陈细坤身子向后仰了仰，说："声音不用这么大，耳朵都震痛了。四十几万算什么，新车得几百万，能买得起？"

于淑钦眼瞪大："你要花四十多万买别人用过的旧车？"

陈细坤说："我倒是想买呀，我还想买新车哩，可是钱呢？我有钱吗？啊，钱呢？"说到后面，他声音越来越大，手还冲着于淑钦甩几下，转身出了门。

　　这个过程赵定力也在饭桌上，他看着陈细坤的背影，悄然叹口气。这个人从北京回，说要住四十五天，现在应该快一个月了吧？该走了，快点离开，越快越好。他站起，本想去村里转转，这差不多是他每天这时候都要重复的，但一只脚刚跨过披榭的门槛，他突然又打消了念头。刚才陈细坤出去了，万一在村里碰到呢？在乌瓦大院没办法，抬头低头都必须忍着，在外面见上的话就招呼打也不是，不打也不是了。他腿一松，索性就一屁股坐到门槛上。算了，不去了。过一会于淑钦过来，也坐下。两人很少这样并排坐到门槛上，双手都撑在屁股的两侧，似乎打算长久坐下去。好像也没什么话说，就不说了，一起仰起头往上看。天井像一个玻璃窗，星星居然装了一整框。于淑钦突然说："咦，以前你说过，李翠月经常坐在门槛上看星星？"

　　赵定力半天才轻轻"嗯"了一声。他说过？他忘了。但这是事实，李翠月在时，晚上最常做的就是看星星，好像每个星都跟她有关，她逐个看过去，沉默地看，谁都不理。

　　于淑钦说："你怎么一说李翠月就魂都没了？"

　　赵定力吃一惊。他魂没了吗？刚才他仅仅"嗯"了一声。

　　于淑钦好像更生气了，说："你看你，你第一个老婆嫁你还没半年，水都没给你烧一口好不好？我呢，伺候你八年了，十几倍！"

　　赵定力点点头，在时间上于淑钦没有说错，确实如此，但刚才李翠月明明不是他主动招惹的，于淑钦这一肚子的邪气从哪来的？

　　"我去睡了。"于淑钦站起，重重地掉转身走掉。

　　赵定力看了她背影一眼，想起晚饭时陈细坤手机里那部车的事。虽然她反复忍下陈细坤的呵斥，心里毕竟还是不痛快的。问题是自己儿子给的不痛快，为什么要把气撒到别人头上？

他独自坐一会，也悻悻起身，进了卧室。但躺下，却辗转到下半夜才迷糊。待睁开眼时，天早就亮了，太阳从窗子缝隙穿进来，在床对面的墙上划出一道精亮的斜线，仿佛那里嵌着一根一米多长的大金条。如果他真有这么长一根金条会怎样？

坐起，下了床，洗漱过，到马桶上坐一会儿，小米粥在电饭煲里保温，装一碗吃下，再把放桌上的一粒煎蛋吞下。这个过程，他没看到于淑钦，也没看到陈细坤，连细米都不知去向。他走到花园，也没人。左侧堆在花圃上的茅草已经干透，但卧在那里的一根根茎，似乎比刚割下时更坚挺了。这么有韧性的东西，才会被唐朝的人拿去盖到屋顶，盖多久才会失去重量，终于使茅屋为秋风所破？他仰头向两边墙头看了看，突然想起了什么，马上向大门走去。出了门向右拐，刚拐过一个弯，像被电击，猛地站住了。

草没了，路也没了，就是那条从乌瓦大院通往后山的路，谢氏当年修的两尺多宽、非常精准地从乌瓦大院右侧一路持续至茶园的路。路被刨开，原先平整铺着的碎石和粗砂被掀翻，凹凸参差，高高低低。赵定力眨几下眼，他以为自己看错了。他迟疑着向前走，走几步又站住，站一会儿又恍恍惚惚向前走。终于站在路中央了，这条曾笔直得像是用尺子量出来的路，已经没有丝毫之前的样子了。在他眼皮底下，谢氏当年费尽心思修出来的路竟被挖掉了。

向上看，眼前有很多金星横竖窜着，猛眨几下，远处茶园从朦朦胧胧到渐渐清晰，还好，茶园还在。他在原地转一圈，急着要做什么，却不知自己究竟要做什么。重重吸口气，又重重呼掉,然后他拿出手机,给于淑钦拨了微信语音通话。于淑钦没接。

腿发软,他身子慢慢向下缩,最后直接坐在土里。没有戴帽子,太阳当头扣下。天气预报说今年第七号台风生成了,正往这边移,大约大后天抵达台湾。有台湾挡在前面,台风一般最锋利那块都要被全岛撞得鼻青脸肿,过到大陆时已没当初那股霸气了。台风会夹着雨,雨一下气温就萎了,可是在风雨都来之前,总是这么热,热得皮随时都会爆开,恨不得把整个人大卸八块。

突然头顶冰了一下,接着马上听到熟悉的喘气声。细米,细米不知从哪里跑出来,正用舌头在他头上舔着。他往旁伸出手,一把将细米推开。细米后退几步,马上又迎上前,头抵过来,抵到他脖子上。他站起,向乌瓦大院走去,边走边重拨于淑钦的电话。还是没接,但走近院子大门时,他听到屋里传来的手机铃声。

于淑钦在家,陈细坤也在,两人正站在饭桌旁忙着把一袋袋东西往泡沫箱里塞。于淑钦的手机丢在茶台上。见赵定力进来,于淑钦眼抬了抬,没开口。赵定力站在那里胸口重重起伏着,吸几口气后他才开口:"为什么把路挖成那样?你们挖路干吗?"

于淑钦笑了笑,手没有停。

赵定力吼起来:"为什么挖路?"

陈细坤往旁闪去,然后转身走出披榭,再急步出了院门。

于淑钦冲他喊:"细坤,快递帮我叫了吗?"

陈细坤头也不回,脚步多少有些慌乱。他这是在避开赵定力?

于淑钦说:"唉,这孩子。你看,这是给细萌寄的目鱼和老红糖,给她补补身子,她这次真是受苦了,她……"

赵定力举起巴掌在茶台上一拍，嚷起："为什么挖路，挖成那样？"

于淑钦停下手，怔怔地看着赵定力。八年来，赵定力确实从来没有这样过。他似乎是个不会发脾气的人，他也以为自己没有脾气。

于淑钦咧咧嘴，肯定是想笑一笑，最终没笑成。她说："别急，回头叫人重新修修……"

赵定力说："为什么把路挖成那样？"

于淑钦说："哎，跟你说别急了嘛，一条路而已，能挖开就能修好。"

赵定力提高了声音，他把浑身所有的力气都集合到肚子那里，然后一二三同时猛地往上涌，他吼道："为什么挖路，到底干什么？"

于淑钦软下来了，小声说："是这样的，呃……细坤还是为了帮你，他说想看看那个铁罐在不在路下面……"

赵定力张大嘴，半晌合不拢。铁罐，找铁罐？他猛地站起，急步向外走去。不知要去哪里，他只是需要走一走，不走胸口那里可能要炸开。最后他在码头旁的大石头上坐下。石头是浑圆形的，之前这里密密麻麻成片堆着很多石头，陆续被人搬回家砌在院子或者菜园上了，留下不规则的两块，并排立着，像一排牙都掉光了，只剩下一对孤零零门牙随意地扔在那里。如果有一天高速路真要从村里穿过，这两块终究也很难留下。

当年父亲赵聪明和李翠月坐在哪块石头上？

李翠月那时梳两根长辫子，脸蛋水汪汪的，泛着一层粉色的光泽，晶亮通透，伸手似乎就能掐出水来。如果她李翠月没走，赵定力几十年就不是这样过的，他不会娶罗玉玲，也不会娶于淑钦，不娶淑钦就不会有陈细坤到乌瓦大院，然后雇来一堆人，一口气把通往茶园的路给挖掉。茶园呢？他忽然一惊，霎地站起。是不是今天陈细坤又会雇人，也对茶园下手？

赵定力转过身，匆匆往家走去。走到乌瓦大院前，赵定力没有进门，而是从门前经过，向右拐个弯，踏上那条被毁的路，一步步小心地找到下脚的地方，慢慢走到茶园上。茶园静悄悄的，完好无损。

细米从院子里出来跟上他，它对茶树丛中被惊动的青蛙、蝴蝶感兴趣，窜来窜去地追逐，身轻如燕，敏捷如马。树枝被它身体撞动，哗哗响着。一丝风都没有，赵定力脚上只套着一双塑料拖鞋，土里滚烫的热气一阵阵穿透鞋底钻进脚心。汗一粒粒往下滚，时不时流进眼睛。早上他穿一件白色棉T恤出来，后背早湿透了，粘在肉上，前胸那里也星星点点渗出来。茶树太矮了，不及他腰部，除非他往下蹲，缩成一团，才可能像细米那样一头钻进茶树丛里，躲进阴凉处。站了一会儿，他觉得应该做点什么，就回到乌瓦大院，先取顶草帽，再拖出一把锄头。他走出院子，到那条路上，把隆起的土推平，把凹下去的坑填平，没法大规模做，只能稍稍平整出一条窄窄的通道，然后他又回到乌瓦大院。他记得装杂物的那间房有两排竹篱笆，已经放了有些年头，竹子一根根已经褪色，呈晦涩的鼠灰色，但仍然结实。竹子就是这一点好，不粗不壮，却比木头更有韧性，更抵抗得了风吹日晒。想不起当时怎么把它们弄进家的，恰好现在可以用上。整个茶园都围起来显然篱笆不够，他只是在茶园的入口处插上一排。薄薄的篱笆其实什么人都挡不住，但至少给来者摆出一个拒绝的姿态。不要碰茶园，这是赵定力的命根子——比命还重要，他可以没命，但没有茶园可不行。

于淑钦正靠在大院外青石板上，双臂交叉抱在胸前，冷着脸，斜着眼上下打量着赵定力。赵定力从她旁边走过，踏进门，向屋里走去。于淑钦跟上，说："你这么大年纪了，什么都藏着掖着很有意思是不是？"

赵定力不答。他藏着？掖着？就算是，又怎么不行了？这是他的家，他的路，他的茶园，他为捍卫这些谢氏留下的家产做点努力得罪谁了？他走到水井边，吊上一桶水，提到茶台边，他还是得先泡一壶茶浇浇自己。于淑钦也跟过来，坐下，重重叹一口气。赵定力往壶里放入水。现在用电真是方便，塑料管连着电磁炉出水口，双击，水就自动抽上去，灌入壶里，再双击，开始烧水了。

"你太过分了！"于淑钦说。

"你真的太过分了。"于淑钦又说。

赵定力瞥她一眼。他觉得弄岔了，擅自把他家修的路挖开，不跟他打一声招呼的人，才是过分的。这个人至少包括于淑钦在内，她以为乌瓦大院就是她的？房子建了已经一百年出头了，而她不过到这里才八年。如果李翠月不走，她于淑钦连八秒都不可能在这里当女主人，她怎么就不掂掂自己的分量？

"你自己不觉得过分吗？"于淑钦不依不饶。

水开了，赵定力关掉电源，提起水壶，泡进杯里，然后给自己倒了一杯茶。他没给于淑钦倒，这会儿他都觉得没必要倒。茶入口了，穿过唇齿流向喉咙，又流入胃里，然后他咂咂嘴。他的耐心刚才都给了茶，所以保持了这么长时间的沉默，等到茶喝下，整个人顿时清爽了下来，这会儿如果她再问他累不累，他就必须开口了。

不曾想于淑钦突然肩头一耸，竟哭出了声。

这太出乎赵定力的意料了。他上一次看到身边的女人哭还是六十多年前,泪水是从母亲何燕贞眼眶里淌下来的。李翠月嫁进半年都既没笑也没哭,赵定力那时一直盼着她忽然一恸,哭得出来说明她不是一个铁桶,外面有硬硬的一个壳,她还愿意敞开自己。罗玉玲哭过吗?赵定力想不起来了,应该也没有,至少没有当着赵定力的面哭过。至于于淑钦,这八年来赵定力对她没有好到她感动哭,也没坏到她生气哭。没心没肺的人,体内大约连储眼泪的部位也没有,她不需要哭。现在突然哭了。

赵定力在要不要劝一下她这个问题上犹豫了片刻,最后那条横七竖八的路浮到眼前,他叹口气,决定不劝。但他确实有点好奇,到底什么事让于淑钦这样?她女儿不是刚生儿子吗?她儿子不是还在青江村休假,刚把那条路弄成乱七八糟的吗?有没有子女对女人来说真是太重要了,有了子女无论多老,她都有操不完的心,人一操心日子就显得充实,不会空落落的。男人却不一样,即使有子女也没用,男人心里装不下那些鸡毛蒜皮的事,子女也不会把当父亲的装进心里。作为男人,这是对他们没有受怀胎和分娩之苦的惩罚。生活就是这样,得失相依,一辈子谁也不可能把什么好处都占了去。

"你这人太自私了……"于淑钦用哭腔说。赵定力把微凉的水倒掉,重新烧了一壶。他在想一个事实:今天屎还没拉哩。那天吃过中药后,狂泻一场,接下去戛然而止,屎又睡着了,没有半点要出来的迹象。要不要再用药?药吃多了,他怕屎就这样懒下去,从此不作为。能不吃就不吃吧,但如果再不拉,他只好再上药了。女大不中留,屎更不能留啊。那天狠拉一通时,他不仅肚子松了,心更一松,仿佛藏在里头的各种毒素甚至……可能存在的恶瘤都随着屎一起滚蛋了,人生为之一新。可是眨眼间一切又如故了，肚子罢工，说不拉就不拉。

一个屎都解决不好的人，有什么私可自的？他看了于淑钦片刻，不知该说什么好，也就不说了。心里清楚，他不说，不等于于淑钦也不说。她哪里是个藏得住话的人？果然，又抽泣了几声，于淑钦猛地转过身冲着他说："我问你赵定力，你到底有没把我当成你老婆？"

赵定力唇轻轻动了动，他不认为这需要回答。

于淑钦喘一口气，说："我觉得你根本就没有，你只是把我当成煮饭婆，当成伺候你的保姆，是不是，你自己说是不是？"

赵定力说："你一定要我说？我说不是。"

"哼，不是？"于淑钦巴掌重重拍到茶台上，她可能自己也没想到会用上这么大的力气，显然巴掌拍疼了，她嘴龇开吸着冷气，手悬起来抖了抖，"当老婆你会这样对我？别的男人是怎么对老婆的？远的不说，王瑞生是怎么对待徐巧琴的？人家什么都听徐巧琴的，什么钱都交给徐巧琴。徐巧琴是比我贤惠还是比我好看？可是人家王瑞生却把她当宝，你哩，你把我当草当牛当马，我就那么不值钱吗？"

赵定力瞥了她一眼，他觉得对面这个人非常奇怪。他说："值。"

于淑钦吼起来："赵定力，你太没良心了！你就不能好好说话吗？"

赵定力看着于淑钦。他不一直在好好说话吗？只是他说得简单，不想绕来绕去的。到底于淑钦想说什么，其实不妨直接说嘛，何必从煮饭婆绕到保姆再搬出王瑞生和徐巧琴，这些都跟他无关。那条路又不是王瑞生和徐巧琴弄成那样的，王瑞生当时还提醒过他，说陈细坤在村里雇人，他却没及时反应过来，想想他就懊恼。他说："你要说什么？"

于淑钦声音更大了："李翠月李翠月，你除了李翠月，心里根本没其他人。是她抛掉你啊，溜走几十年了，可你这个二百五，还是整天想着李翠月呀李翠月……"

赵定力觉得有点不妥了。他哪里整天想李翠月了？李翠月是他第一个妻子，他那么那么喜欢她，恨不得时时刻刻把她抱在怀里，可是她一次都没让他抱，她走了，不知去向了，他确实曾经整天闹鬼似的想着她，但现在早就没有了，想也是白想，他找不到李翠月。他问："关李翠月什么事？"

于淑钦用胳膊在脸上一抹，抹掉流到嘴里的眼泪："王瑞生说李翠月在他家里等你。"

赵定力脸一皱，半天回不过神来。他不相信。

这时细米从外面进来，看到于淑钦的表情，应该很意外，就走过去用脑袋蹭她的大腿。于淑钦抬起脚，一把将它踢远。细米被踢疼了，短促地叫了一声，不敢再过来了，站在那里犹豫一下，最终无趣地趴到地上，仰着头，茫然地看着两个人。赵定力觉得这时候细米的样子又乖巧又可怜，让人心里痒痒的，想伸手摸一摸它。

于淑钦说："王瑞生刚才来找你，说打你电话不接，发微信不回。他以为我不知道李翠月是谁哩，骗我说是他表妹李翠月有事找你。你们能有什么事？狗男女吧，你这个贱胚，人家抛了你，你还要让她去王瑞生家等着你……"

赵定力匆匆从裤兜里掏出手机，确实有四个电话未接，都是王瑞生的。再看微信，三条，也是王瑞生发来的，说的都是李翠月。

王瑞生找到李翠月了。李翠月今天在王瑞生家里。李翠月要见见他。

二

现在赵定力已经在马桶间里坐了半个多小时，他明显感觉到自己的身体在一点点变沉。身体中段的这片肉是被捂得最紧的，风吹最少，日照更少，只有坐到马桶上它们才从裤子里一跃而出，不白的肉与已经发黄的塑料马桶圈重叠在一起，亲人般互相搂抱，稍一挪动，就不时有吻别般的声音响起。死了的猪羊牛都比活着的沉，活着时肉和筋骨聚拢在一起，每一根都能支棱出力气，像根须深扎、枝干虬劲的树，而死亡是从头到脚的万念俱灰，浑身刹时一萎，四下摊开，再没有向上的力气，所有力气都向下坠去了。生命力越少，躯体就越沉。

没法做个统计，人一辈子坐在马桶上的时间合起来究竟是多少，坐着坐着就老了，就死了。赵定力蓦然一惊的正是这个，究竟是心里堵着的那几块石头让他身体变粗变沉，像块石头重重地压在马桶盖上，还是屎们正滚雪球般在肠子里攻城掠寨，滚出自成一体的面积和体积？眼下他必须解决如下问题：一、能不能拉出屎？二、拉不出要不要继续吃药？三、要不要去王瑞生家见一见李翠月？

当年青江村人对结婚证书没什么概念。几千年靠父母之命、媒妁之言，大家都好好地洞房花烛、生儿育女，办几桌酒让亲戚朋友喝一喝吃一吃，邻里乡亲高兴了，就算圆满了。见过父母、拜过天地，这不比去某间枯燥的办公室拿个纸做的证书更有说服力？

赵定力跟李翠月当年就没办证。李翠月走时，赵定力立即就恢复成未婚,但未婚的赵定力后来再娶罗玉玲,仍然没办证。轮到于淑钦,几十年翻过去了,王瑞生和徐巧琴应该是怕他反悔,早早就催着快去快去办证,他也就去了,拿到这辈子第一本结婚证,所以算起来,法律意义上的老婆,赵定力只有于淑钦这一个。

那年李翠月走了,赵定力去过她福清娘家找,没有,又去李翠月姑姑家、伯伯家、叔叔家、舅舅家、姨妈家、侄子家、外甥家……整整三年,他背一个大包,带上四季的换洗衣服,把所有可能的地方都找了一遍。只要在哪里找到李翠月,他就打算在哪里住下,李翠月不认他不见他,他可以不认不见,但一定就近守着她,只要每天能看得到她就行。

可是他找不到李翠月。三年后回到乌瓦大院,他头发垂到肩膀上,胡子差不多把大半张脸遮掉,个子因为瘦了一圈显得又高出一大截。村里人一开始以为来的是艺术家,好半天才认出是去找老婆的赵定力,一下子热闹起来,跟过节似的咧大嘴跑来乌瓦大院看热闹。赵定力把自己关在卧室里。李翠月脸蛋水汪汪的,但他没有摸过;李翠月乳房鼓鼓囊囊的,他也没有碰过。半年里,李翠月不想跟他睡一起,他便不睡,自己在地上铺个草席;李翠月不让他亲,他便不亲,最多拿自己的手放唇边啄一下,权当亲过李翠月。没什么,李翠月就是一块通红的烙铁,他也愿意不顾一切地搂住。可是李翠月最终走掉了,他找了整整三年都没见到半丝人影,甚至一点音讯都没有。他反复向人打听,你见过李翠月吗?她长这样这样这样。得到的回答都是不知道不知道不知道。女人绝情起来真是入心入骨地骇人。

而现在李翠月却突然出现了,在王瑞生家等着见他。她为什么要见他?

屁眼那里从内往外猛地扩张了一下，但推出去的只是屁。坐了这么久，马桶圈都发烫了，却仅仅排掉一个屁。难道是前几天拉太多了，肠子一下子空寂了，还来不及重新聚集起新的屎？一直坐下去终究不是个事，他站起，趔趄一下，是腿麻了。从麻到不麻，又是几分钟过去。他走出去，发现于淑钦拿着一张凳子坐在马桶间外。看到他打开门，马上黑着脸站起。

于淑钦说："你现在要出去了？"

赵定力说："不出。"

于淑钦说："你现在要去瑞生家了？"

赵定力说："不去。"

于淑钦说："你现在要去见李翠月？"

赵定力说："不见。"

最后这两个字说出去后，赵定力突然胸口那里硌了一下。刚才坐在马桶上时，这两个字也一次次在牙齿缝隙里闪现，不见，不见，不见。但这难道不正是他试图强压下另一种想法的纠结？他曾花过那么多日子找李翠月，那时他恨不得两腋有翅膀、双脚有风火轮，心里还无数遍许下毒愿：只要这一秒见到李翠月，下一秒他就可以死掉，五马分尸都可以。却无论如何都见不到李翠月。现在李翠月突然来了，就在王瑞生家等着他见，他怎么能不见？

于淑钦已经蹲在井边洗衣服了，赵定力走过去，说："走吧，你也去。"于淑钦停下双手，侧过头问："去哪？"赵定力喉咙蠕动几下，说："瑞生家……"于淑钦一下子跳起，吼道："你还是要去啊！"赵定力站着不动，脸色也不变，他说："你一起去啊。你要不去我就自己去。"于淑钦说："你不去会死啊？"赵定力点点头，说："不会，但得去。"

于淑钦静止片刻，突然俯身从桶里捧起一件湿漉漉的衣服往地上摔去。"去呀，你去呀，快去呀！吃着锅里的看着碗里，一只旧碗，还是破碗，把你当臭狗屎的碗！去，你去，你去我也去——我才不去看你们怎么旧情复燃，恩恩爱爱，我傻啊？我直接去外面，去江里，听明白了没有？我不活了，死到江里去，眼不见为净，腾出位置，让她回来吧，你不早就天天盼着她回到这里……"

赵定力一下子愣住了，无论如何，他都没有想到于淑钦反应这么激烈。不是一直那么粗线条，一直没心没肺吗，怎么突然说爆炸就爆炸了？重庆女人辣，之前这股辣劲她也许只是藏在骨子里吧？

李翠月走了几十年了。李翠月跟他没有扯过结婚证书。李翠月现在什么情况不明。他本来以为喊上于淑钦一起去，毕竟于淑钦是现在的妻子，她名正言顺地站在边上，这事就理顺了，至少证明他心里没有鬼，哪知于淑钦却吃这么大的醋。

手机响了，一看，是王瑞生打来的。赵定力把按键掐掉。又响了，还是王瑞生打来。赵定力迟疑片刻，索性直接关机。然后他把手机举了举，让于淑钦看上面的黑屏。于淑钦走过来，指尖滴着水，泪一串串流着。"我告诉你赵定力，你不要欺人太甚了。在你眼里我是什么？二百五是不是？嫁给你八年我得到什么？除了伺候你，什么也没得到。"

赵定力无声叹了口气。这还有完没完了？不是坐在门槛上表示不去了吗？不是连手机都关掉了吗？于淑钦用手臂在脸上擦了擦，脸立即干爽了很多。她哭的样子真难看。李翠月以前哭过吗？没有。虽然不笑，但李翠月进门半年，一次也没哭过。不哭，赵定力就以为她心情尚可，只是不习惯这个家而已。他那时想，没关系啊，谁一开始就习惯新地方和新的人啊，慢慢来，别着急，就是冰也有被焐化的一天。可是不哭的李翠月最后却走了。

现在轮到于淑钦为突然回来的李翠月哭。

赵定力在自己腿上悄悄掐了一下。这事太假了，假得像一场梦。可是明明会疼，明明是真的。于淑钦嘴里能一下子说出这么多话也是他意外的，他跟她结婚，一起过了八年，最实际的意义无非是三餐有人煮饭、衣服有人洗刷、话有人说、地有人扫。他看她，跟看李翠月是不一样的。瞥李翠月一眼，那时他心都要颤半天，气都呼呼地喘。于淑钦不是李翠月，本来就不是，永远都不是。他说："你想得到什么？"

于淑钦好像什么开关被扭开了，泪又一下子倒下来，脸都有点变形了，声音呜咽着，断断续续。"从进门的第一天起，我就全心全意地对你，羡慕你有文化，以为你是了不起的人。结果呢？屁！你哪把我放在眼里啊？什么都瞒住我，一直把我当外人……"

赵定力说："没瞒。"

于淑钦一下子提高了声音："还说没瞒？铁罐不就瞒着吗？埋在哪里根本就不肯说。我儿子女儿都笑话我了，他们本来就不肯我嫁，现在终于接受了，也把你当回事了，可是你呢？你把铁罐藏那么严，不给我透半点消息，害我天天挖地，这里挖那里挖。这么热的天啊，汗都流几百吨了，你就是不说它埋在哪里……"

"铁罐？"赵定力在心里喊了一句，他抬起眼看看于淑钦，马上又耷拉下眼皮。

于淑钦说："你也这把年纪了，还能花多少钱啊？抱着铁罐，守着铁罐里的东西能长命百岁？能没病没灾？你太自私了。我是你老婆,看在我八年给你当老妈子的分上,你把铁罐拿出来,分一点东西给我,又怎么了?啊,能怎么了?"

赵定力脱口说:"没有……铁罐……"

"没有?"于淑钦越来越大声,"我没文化好骗是不是?没有铁罐?李翠月一回来你就改口了说没有铁罐。你说没有就没有?你说没有我就信你没有了?"

赵定力听到呜呜呜的声音,像一列火车从他身体内急驶而过——是从上往下驶。他嗖地站起,快步向马桶间小跑去,刚手忙脚乱脱了裤子坐上马桶,就听到哗的一声细长尖厉的响动,像有一群小剑从屁眼急速飞奔而出,刺入水中,噼噼啪啪响。拉稀了。早餐他只喝一碗小米粥,再没吃其他什么,连放在饭桌上的咸橄榄和小虾米都没有碰一口,福州带回来的中药颗粒也没吃,怎至于又坏肚子?

喷一次,歇停几秒钟,再喷一次,又喷一次。臭味荡开,非常臭,臭得既不自然又非常蹊跷。这股臭究竟出自哪个部位,到底是胃还是肠?

马桶间的门嘎嘎嘎地响,是细米,细米的两只前爪用力抠着门,不知究竟是急着进来,还是催着赵定力快点出去。不记得什么时候曾从报纸看到一则报道,说狗深爱主人后,身心休戚与共,鼻子就可以闻出主人身上哪个部位得病,会用舌头去舔,试图给予治疗。细米真正的主人不是他,但这八年,细米整天围着他,跟着他,陪着他,一天天他总是想着看一看它,摸一摸它,这种感觉有时候竟与当年对李翠月有几分相似。相信细米也没把他当外人,甚至细米对他比对于淑钦都要亲,亲很多。难道这会儿细米闻出他身上的病来了?他忽然觉得浑身一点劲都没有,屁股向下坠,如果不是最终骶骨两端卡在马桶圈上,似乎他整个人就软绵绵地跌下去，然后顺着马桶下方，直接从下水道冲走。抽一截纸擦好屁股再提起塑料桶冲过水后，他走出来，果然是细米在门外焦急地打转，嗞嗞地呜咽。他迎过去，准备让细米扑上来，在他肚子上闻一闻、舔一舔，细米却正眼都不看就绕开他，然后一头扑进马桶间，绕着马桶嗅来嗅去，头直往马桶里插下去。赵定力心里呸了一声。这狗东西，还是改不了吃屎啊。

于淑钦还等在那里，一副准备继续跟他吵下去的模样。他深吸一口气，决定不能再这么忍下去了。他一共只有上下两张嘴，于淑钦平时确实做吃做喝，管好他上面的嘴，可是对下面那张嘴在意过吗？没有。夫妻做着做着不都是从"吃了吗"过渡到关心"今天拉了吗"，可是于淑钦却从来不在意他每天拉不拉，拉得好不好，这种心比水泥墩还粗的女人强留在身边又有什么用呢？他说："你走吧，去北京照顾你女儿坐月子吧，下午就可以买张机票飞过去。"这几句话他说得非常流畅敏捷，好像他已深思熟虑过了，早就压在舌头底下候着，这会儿时机突然到了，他像电视里播新闻的人一样，利索欢快地把它们一下子倒出来。

说完，他怔了一下，他没想到自己居然这么说。但既然说了，索性就说到底，所以他补充道："对，还有你儿子——噢，你儿子呢？这会儿他去哪里了？他可以陪你一起去北京。马上走，快走！"他看到于淑钦嘴咧开抿住又咧开又抿住，一种竭力想要强压怒火憋住气的样子，心里竟一下子舒服了很多。

"哇！"于淑钦往下一蹲，终于还是捧住脸哭出声，声音长一句短一句拖出狼一样的嚎叫。乌瓦大院很空旷，周围也没有其他住家，哭就哭吧，房子老是没听到女人的哭声是不是也很寂寞？在哭声里赵定力回忆了一下，刚才他一共说了两个最至关重要的两件事：一、没有铁罐，二、让于淑钦去北京。很荒谬，不久前

293

正是为了挽留想去北京的于淑钦,他才告诉她铁罐的事,现在竟完全掉转了个头。

一个人不可能一辈子都不会出尔反尔。一个人不可能永远都一言既出驷马难追。他觉得自己说得很对,早就应该这么说了,说过堵在心里的那块石头好像一下子被拿掉了。

三

手机一直关着,赵定力连把它重新打开的念头都没有。倒是于淑钦的电话不断响起,她拿起一看就掐掉,赵定力猜应该是王瑞生的,有时于淑钦会拿起手机往外走,就是避开赵定力的意思,那大约就是她女儿或者儿子打来的。

晚上很迟陈细坤才出现。"力叔叔好。"陈细坤巴掌晃了晃,好像什么都没发生过。

于淑钦问:"吃了吗?"

陈细坤随口答:"吃了。"就一头进了自己住的那个房间。

于淑钦马上跟进去,关了门,很久没有出来。

赵定力坐在茶台边,细米坐在他脚旁,乌瓦大院的四个活物似乎一下子成为交战的双方,分居两处,各自扎营。赵定力用脚碰碰细米,细米抬起头,蓬松的大尾巴马上殷勤地甩动。太热了,它舌头伸得很长,向下吊着,舌尖那里又微微向上翘,使它的舌头看上去就像只大勺子,嘴里呵呵有声,两眼直勾勾地看着他。还是狗好。细米虽然不会开口喊"力叔叔",它也是于淑钦从陈卫财家带着过来的,但只有它对赵定力最掏心掏肺。细米不会惦记着铁罐。细米不会把通往茶园的路擅自刨开。

那母子俩在里头说什么?要不是有什么见不得人的,他们完全不必关起门。天已经黑透了,赵定力去马桶间里冲个澡,换了一身衣裤然后向外走。趴在地上的细米一看,马上也跳起跟上,尾巴摇动,高兴得像去过节。没有星没有月,但风有了,从北面斜斜地吹来,带着一股蓄谋搞事的邪乎劲。台风真的要来了。以前台风来前,青江村的人都面色沉郁地忙着把船用粗绳固定住,能上岸的都拖到岸上搁好,再备米备菜,做好几天不出门的准备,还要拿出所有的桶、盆之类可以盛水的东西,提防风把瓦片吹飞、屋檐吹坏。如今最大的不同是房子大都建成钢筋水泥的,再大的风都拿它们没办法。房子一牢固,人心也就稳了。屋里也都有了冰箱,存些一两周吃的不是问题,而风哪有力气持续吹上几天?最多一夜,最多一天,然后雨一来,天空就有了重量,风马上就得消减下来。雨和风从来都这样比赛般携手下来闹一闹,天界也挺无聊的吧?不时发泄一下,把委屈摊到天地间让众人瞧瞧,歇一阵,喘口气,再来一下。总之谁没有脾气呢?都憋着对身体不好。

谢氏当初建乌瓦大院时,就做好把台风挡在外面的准备,所以屋比外墙低,屋脊的最高处恰好藏在马鞍形的墙体之下。只是墙沿上的瓦片已被阳光晒脆,多处松动,每次台风来都要吹坏一些。坏就坏吧,台风一场,老天爷发那么大的脾气,要尽威风,什么都不带走似乎也不妥,好歹得给他一点面子吧。

赵定力绕着围墙走一圈,不时抬起手在墙上拍一拍,依旧结实。其实他也没有多不放心,只是习惯吧。以前祖母谢氏和父亲赵聪明也会这样,风要来了,总要先看看墙。墙在,大院才在,墙毁了,房子也就没了。墙的命比谢氏长,也会比赵定力长。这么一想,赵定力就沮丧下来。他向外走,走到榕树下,停住。有点累,这一阵动不动就累,倦怠是从身体中段开始的,可以说是腰那里,也可以说是肚子那里,然后向上蔓延。不想走了,但更不想回家,他站了片刻,最终还是叹口气继续往村里踱去。

细米一直黏着他,基本上都在他前面两三步的距离,皮毛原只是米白色,夜色中却显得白亮起来,明晃晃的像打在前方的一束灯光。细米,陈细米。突然他觉得与自己相随的不仅仅是细米,立住,前后左右看看,没看到一个人影,可是这种感觉很清晰,如同一只蚂蚁正从手臂上爬过一样。有人,这个人是谁?他没有再往下走,而是立即回头,向乌瓦大院走去。细米大概有点失望,它对去村里的兴趣始终不竭,每天去多少趟都不腻。见赵定力往回走了,细米也停住,观望几下,只好也往回跑。它有四只脚,很快就超过赵定力。再经过榕树时,细米突然往旁一冲,它冲到榕树后,树后于是走出一个人来了。是陈细坤。

虽然号称是他的弟弟,细米对陈细坤却没有兴趣,陈细坤其实也没有,碰到了,细米最多礼节性地摆动几下尾巴,身子却很诚实,能闪就闪,尽可能离远。所以往榕树后冲过去,细米并不是为了和陈细坤亲昵,它始终不会有这个冲动。那究竟为了什么?陈细坤招招手,跟赵定力打招呼:"力叔叔好。我……出来透透气。您要回家了?"赵定力喉咙口咕噜了一声,算是回答。刚才陈细坤出现时,他吓一跳,是真吓,整个人微微一震,一股凉气从脚底猛地往脑顶冲。人影——陈细坤,这两者衔接到一起意味着什么?他不知道。真的是出来透气的?他也不知道。

于淑钦刚冲了澡出来,头发还是湿的,看到赵定力进来,她猛地一笑。赵定力被她笑得又吓一跳。今天她哭过,从哭到笑经历了什么?经历了她掐掉电话,又接起电话,还经历了与陈细坤关在屋里说过话。而这期间赵定力的经历则是关掉手机,出门绕着院子外墙走一圈,又往村子走去,然后撞到陈细坤。

于淑钦说:"瑞生发微信让你去他家。他说如果你不去,他明天就把李翠月带我们家来。"

赵定力没有答。村子就这么大,李翠月既然已经到王瑞生家了,再走几步到乌瓦大院原本也不是多难的事。她又不是不知道乌瓦大院在哪里,但为什么要王瑞生带来?

于淑钦说:"我已经打电话告诉他了,明天一大早我们去他家。"她把"我们"二字咬得很重,但整个句子又显得轻快坦然。"我们"到底包含几个人?

赵定力舌尖那里有点痒,他把舌头伸长,在上下齿间磨了磨。口水、舌尖和牙齿共同制造出细微的吱吱吱声响。活七十八年,他第一次发现原来整天躲在嘴里面的舌头也会有发痒的时候,而这样给舌头挠痒痒真是又省力又省事。"你也去?"他问。

"去呀,陪你去。"于淑钦答得很轻快,仿佛是已经盼望多时的喜事。

"还有谁去?"

"没了。"

这个回答似乎超出赵定力的预期。没了?陈细坤不去?陈细坤跟李翠月一点关系都没有,他确实没必要去,可是关于铁罐,即使真的埋在地下,又跟陈细坤有什么关系呢?他却刨开了路。

躺上床后,赵定力眼闭上了,脑子却没闭上。明天要见李翠月了,明天于淑钦要陪他见李翠月,这事太奇怪了,完全没有真实感,越想越觉得蹊跷。

早上是于淑钦把赵定力喊醒。赵定力瞥一眼墙上的挂钟,七点半了。他以为自己一夜都睡不着,其实快天亮时还是迷糊下去,做了个梦,大火,火把天都烧红了,这时一部巨大的军用卡车运载着两部黝黑的铁皮棺材从火里驰出,棺材里分别躺着赵定力和李翠月。最奇怪的是，赵定力是站着，能清晰看到躺在棺材里的自己，咧着嘴在笑，高鼻子随着车身颠簸一点点往上拱起，像一面旗子在风光飘着。卡车呼呼开到一个刻制印章的地方，到处摆放着四方方的寿山石印章，陈细坤走过来，从架子上取下一枚猩红的芙蓉石，要放进火里烧，说烧一烧可以变成独特的寺坪石，赵定力不肯，一步上前，抢了下来……就在这时他被于淑钦推醒了。于淑钦说："喊叫什么哩，起来了，快起来。"原来他在梦里喊叫了。

起来时他的一件黑白横条纹T恤和一条深蓝色长裤已经放在床沿。这么多年赵定力在家可以穿短裤，一旦出门，再热的天他从来都必须套上长裤。腿太细长了，竹竿似的枯瘦，这一点于淑钦是知道的，而李翠月知道吗或者记得吗？

早餐还是小米粥，于淑钦在抖音上关注好几个谈养生的网红，其中某个为了带货小米，情深深说了很多小米的好话，仿佛那是长生不老的神丹，于淑钦因此就买了很多，每天早上重复端上。一碗下肚，于淑钦已经等在旁边了，催着快走快走。她今天头发梳得很工整，明显沾着水梳过，穿的是陈细萌给她买的那套衣服，上衣白底淡蓝色花，领子那里有一圈蕾丝花边，裤子黑色的小裤管，合体地挺立，而脚上则是那双小粗跟的黑皮凉鞋。这一身行头那天从北京回来时穿过，然后就脱掉了，这是第二次穿，当然也可能只是赵定力第二次看到。

从乌瓦大院出门时，赵定力特地往厢房上面瞥一眼。没有动静，陈细坤估计还在睡吧。

细米想跟上，赵定力倒觉得也行。多一条狗而已，狗能妨碍得了谁呢？于淑钦却不肯。"回去！"她喝道。细米看着赵定力，赵定力不置可否。"回去，不许去！"于淑钦又喝道，细米就站住了。赵定力看它一眼,觉得它神色有点忧伤。不过细米的眼神一向都是这样,它就是再憨萌乐呵的时候,两眼都一直自带一股淡淡的忧郁感。

于淑钦在赵定力的胳膊上拉了拉,"走吧",她说。

赵定力走到榕树下回头望去,细米还站在门口条石上看着他们。后来赵定力一直很后悔这一刻他没有喊一声细米。如果他喊了,细米肯定马上跑过去,一路欢乐地跟到王瑞生家。他没有喊,这就成了与细米的最后一面,从此他再也见不到细米了。

王瑞生已经站在家门口十几米外等着,嘴咧得很大,看上去非常高兴,仿佛赵定力是远方贵客,第一次抵达他家。"哎呀你终于来了,太好了太好了。"他眼只看着赵定力,说的也是"你",而不是"你们"。可能他也没料到于淑钦会一起来。赵定力点点头,他并不觉得眼下有多好,但他心跳开始变快,气微微有点喘。

"巧琴姐呢?"于淑钦问,她脸上堆着笑,有种来这里过节的喜庆感。

王瑞生还是不看她,也不答,好像根本不认识她。"你昨天手机怎么回事?"他看着赵定力,"都是关机啊。是不是手机丢了?"

赵定力摇了摇头。倒是经这么一提醒,他才想起手机还一直关着,就取出,长按,但开不了机,昨晚又忘了充电。王瑞生说:"她们都在客厅哩,快进去吧。"

于淑钦大大咧咧地说:"走走走,快走。"

王瑞生没动,看着于淑钦,笑了笑说:"你就……算了吧,你去不方便。"

于淑钦咯咯咯笑起,好像王瑞生说了什么很开心的事。她说:"什么不方便,又不是相亲。是不是啊,定力?"赵定力抿着嘴,低着头看脚尖。他有点拿不准于淑钦这样是不是正常的。于淑钦说:"不就是你表妹有事找他吗?哎,我是他老婆,也见一见有什么关系嘛。你的表妹就是巧琴姐的表妹,巧琴姐的表妹,也就是我的表妹。"

赵定力和王瑞生对看一眼。从王瑞生眼里,赵定力也看到惊讶之色。如有神助,眨眼间这个于淑钦不是以前他们所认识的于淑钦了。人真是多么奇怪的动物,说变就变,说陌生就陌生。"走吧。没关系……"赵定力说。于淑钦马上接口说:"就是嘛,有什么关系,不就见一见人吗?走!"话还没说完,她脚就跨出去了。王瑞生仍站着不动,面有难色地看着赵定力。赵定力说:"走吧。"他也向前走,走得很慢。李翠月在王瑞生家里,再向前走十几米远他就可以见到李翠月了,而之前那三年里他为了找她,究竟没日没夜走了多少米?多少公里?不同的是当时就是走断腿他都找不到李翠月,现在他和李翠月却只有十几米的距离。

他一下子想起李翠月第一次到乌瓦大院的情形。那天他正要出去,王富民的老婆慧娴带着李翠月走进来了,梳着两根垂到背上的辫子,嘴角两个小涡,圆嘟嘟的脸泛着粉嫩的光……现在的李翠月是什么样子的?

于淑钦抢先在前面走,走到门口,却猛地一收脚,然后回过头看着赵定力和王瑞生,脸上跟刚才不一样,笑没了,换成犹豫与怯生生。这才是真实的于淑钦。戏可以演一时,却难以演一世,一个人见多识广、什么世面都不在话下的那股狠劲,毕竟无法一夜炼成。

四

沙发上坐着两个女人，徐巧琴不用说，另一个烫着齐肩发，穿一身碎花连衣裙，白色凉鞋，瘦削，颧骨向两侧顶起，几乎看不到鼻梁，嘴角有两根很明显的纹路。看到赵定力三人进来，徐巧琴先站起，另一个女人也迟疑地跟着慢慢站起。站起了，才看到她比徐巧琴高出大半个头，腰身也还在，小腹至少不像徐巧琴那样往前凸。徐巧琴说："快看，赵定力。还有……你怎么也来了——噢，这是赵定力的老婆于淑钦。"旁边的女人笑起，先对于淑钦点点头，再转过脸看着赵定力。"你好。"她细声说。

赵定力有一瞬恍惚，如同镜头对焦不准，但很快他就知道没有错，真的是李翠月啊。她一笑起，嘴角那两根皱纹马上就还原成小梨涡了，牙齿已经不白，但仍然细密躲在嘴唇后面，紧致地微微露出半截。他把眼光再往下移了移，移到李翠月胸口那里。这么多年过去，她老了，瘦了，可胸还是鼓，只是位置丢下来了几寸。"你好。"李翠月又说了一句，这次是冲着于淑钦说。于淑钦有点慌乱，仓促地回了一句："你好。"

一直到这时赵定力都没开口，话像烟一样在胸口全都消散掉了，轻飘飘的，拧不成一个音。他在心里迅速地做了一道数学题：七十八减十六等于六十二。李翠月不是以前的李翠月了，她今年六十二岁，也老了，胖了一圈，脸不再是梨形的，圆成了苹果，嘴角的那两个小涡已经失形，像趴着两只蝌蚪。再往下看，脖子短了，背向前微驼。不过毕竟坯子在，跟小三岁的于淑钦比，看上去仍然更年轻一些。于淑钦就站在她旁边，蓝碎花上衣、黑色修身裤、黑色皮凉鞋，那天她就是穿着这一身从北京回来，向乌瓦大院走来时，赵定力在门口看着她，心里咚的一声，觉得她像一个人。那时他不知道她究竟像谁，现在于淑钦和李翠月站在一起了，真的像啊，说不出具体哪里像，鼻子、眼睛、嘴巴、身架子乃至脸形气质都南辕北辙，可是这些部位聚集起来，就汇成了令人惊悚的隐秘神似。今天之前，他哪里能知道李翠月老下来的样子？可是那天他确切无误地觉得于淑钦像一个人，像的人居然就是李翠月——不是年轻的李翠月，竟然是现在这样子，可赵定力那时根本没有见过六十二岁的李翠月。

他长吸一口气，再吸一口气。八年前那个细雨的午后，他站在厅堂那张大桌前，提着一管兼毫，沾上墨，随手在旧报纸上涂写几笔，徐巧琴冷不防就把于淑钦带进乌瓦大院。在这之前他什么时候有过再婚再娶的念头？一丝都没有，可是当时居然同意了。回过神后，他一遍遍暗暗问自己，却始终没有答案，终于今天，在王瑞生家，答案竟如此突兀地从天而降了。这八年他把于淑钦当李翠月了吗？没有。像待李翠月一样待于淑钦了吗？更没有。唯一能够明确的是，他娶了于淑钦，又在自己可能有病、病得不轻时，如此不愿意于淑钦离开，去那么远的北京。奇怪的是，在场的所有人，包括于淑钦和李翠月在内，都没有人发现两个人的相像。赵定力咂咂嘴，又马上闭拢了。不能说，一说有隐约的什么可能就破了。

这时候王瑞生开口了，王瑞生故意打着哈哈说："老熟人了，好久不见好久不见。"

徐巧琴马上接口说："是啊是啊，真是难得啊。"

王瑞生指着在地上玩的两个孙子，冲着徐巧琴说："小孩太吵了，你抱他们上楼玩吧——噢，淑钦，"他又看着于淑钦，"麻烦你帮帮你巧琴姐，她一个人带不了两个淘气包。我留在楼下，陪着定力和表妹。"

徐巧琴一下子回过神,蹲下去一手一个抱起孙子,返身就把大孙子递给于淑钦,用重庆话说了一串。这八年赵定力几乎没听到于淑钦说过重庆话,她说福州话地道得让赵定力常常忘了她是重庆人,但他还是听懂了徐巧琴话里的大致意思,就是"我们上楼去聊天"之类的。于淑钦很勉强,她根本不想走,但她怀里的小男孩显然对上楼有兴趣,已经向楼梯方向拱起身子了,嘴里嗯嗯嗯地喊着。

王瑞生说:"游戏机在楼上,我孙子最喜欢上去玩。去吧去吧。"

徐巧琴腾出一只手拉了下于淑钦,说:"走吧走吧。"

于淑钦只好向前走,走到楼梯口裤袋里的手机微信响了,她伸手掏出,看了一眼就放下,再走几步突然停住,扭过头冲着赵定力说:"中午我们索性就在这里吃午饭吧,一会儿我帮巧琴姐做饭。"赵定力愣了一下,他发现连王瑞生和徐巧琴都有点意外,互相看了一眼。徐巧琴说:"可以可以,没什么菜,随便吃点吧。"王瑞生说:"好好好,你们去吧。"

客厅里的沙发是呈"凹"字形摆放的,剩下的三个人,分别站在三张沙发前。还看得见徐巧琴和于淑钦上楼的下半截脚时,王瑞生就招呼赵定力和李翠月:"来来来,我们坐下坐下。"楼梯上的脚一消失,他马上站起,压低了声音说:"我出去买点菜,你们聊吧。"还不等赵定力和李翠月有反应,王瑞生就大步向门外走去,走到门边,按亮客厅大灯的开关,再把门轻轻带上。

赵定力两眼一直盯着王瑞生的后背,直至门关上,然后他脖子用上劲,拔直身子看着对面。李翠月跟他相对而坐。他进门时李翠月表情僵过片刻,很快就松弛下来,从容笑起,一笑,顿时就显得年轻，当年那个李翠月就徐徐回来了。"你这些年怎么样？"李翠月先问话了。赵定力点点头。舌头还是硬的，他觉得这样不行，一直到现在他都没开过口哩。李翠月说："你还是那么瘦啊，身体好吧？"赵定力还是点头。他把两个巴掌按在两边膝盖上，这样两只手可以把身体的重量支撑住。李翠月说："你的情况表哥表嫂都告诉我了。"

赵定力扯动嘴笑了笑。李翠月是慧娴表哥的侄女，王瑞生是慧娴的儿子，算起来王瑞生和徐巧琴确实也可以算是李翠月的表哥表嫂，只是这种称呼赵定力听起来有点怪，他早就忘记了李翠月和王瑞生间的这一层关系。李翠月和他入洞房时，王瑞生已经在牢里；李翠月走掉时，王瑞生还是在牢里。至于徐巧琴，那时徐巧琴还没有出现。李翠月说："你是不是恨我？"赵定力摇头。"不恨。"他终于吐出话了，"不恨。"仿佛是为了把话路打通，他又强调了一遍，这次说得明显比上一句顺畅了，说完他又笑了笑。这真的是个转折点，接下去赵定力移位的五脏六腑渐渐正常了。

他问："你怎么突然回来了？"

他又问："你当年去哪里了？"

这两个问题很快就清晰地浮上来了。于淑钦在楼上，王瑞生只是出去买个菜，两人独处的时间不会很多，其他无数问号赵定力都可以忽略不计，这两个，从昨天起一直在他心里像两只锤子似的反复击来击去，现在，他得抓紧把它们问出口。

李翠月站起，从对面移到旁边的沙发上。她走路的样子变化不大，紧着身子，胯那里微微扭着。赵定力脑子里现出一双白皙的脚，结婚半年，李翠月身子其他部位都没对他开放，但脚他却看得见，脚底正中央像块碟子，弧度柔和舒缓。李翠月脚弓非常高。

　　李翠月坐下后，又往他这边挪了挪，两人的距离近了一些。这至少表明一种姿态吧，说明李翠月比赵定力主动，并且她有诉说的欲望。她说的是普通话。以前呢？以前不是。福清人说的也是福州话，但腔调很奇怪，经常发音靠前，尾音呈降调，舌头特别用力。青江村不在福州城，说的话却是与城里人一模一样，就是地道的福州话。那年李翠月从福清到青江，她与慧娴说的是同样腔调的话，但事实上她很少说。即使开口，也只是用短句：是，好，行，不要，不行，算了。声音呢？声音赵定力倒模糊了，但肯定不是现在这样，绵软，不时拖出啊啊啊的语调。赵定力听出来，电视里广东、香港那边的人常常这么说话。

　　李翠月果然是去了广东。她那天说去江对岸的长乐姨妈家，其实并没有，而是直接坐船到福州，买了一张火车票，先是在深圳一家香港人开的制衣厂打工，后来去服装店当店员，再后来自己做起服装批发。曾经发过财，挣了不少钱，但现在却欠下一屁股债。"我去广东三年后结婚了，嫁给同厂的一个湖南人。"李翠月说到这里，声音一下低下去，眼皮垂着，手在两膝间慌乱地搓着，"我那时年轻，太任性了，就觉得青江村太土，想去大城市。我，挺对不起你……"

　　赵定力打断她："我明白。"

　　李翠月猛地抬起头，两眼是湿的。"可是我嫁的那个湖南人还不如你，真的差太远了。赌博、喝酒、打架、泡妞，什么坏的沾什么。生下两个儿子，一个像他一个像我，像他那个也好赌，把我挣的钱都输光了，像我的那个……也是任性啊，十几岁时偷渡去香港没成，又偷渡去美国，结果还没到美国，就在船舱里闷死了，尸体被抛到海里。太惨了……"她开始抽泣，头又勾下去，肩膀一下一下地颤动。

赵定力从茶几上抽出两张餐巾纸递过去。当年李翠月在乌瓦大院半年脸上都是寡淡的,没有笑也没有哭,今天这么短的时间里,却从笑迅速转到哭。会笑和会哭,让李翠月变得真实起来。她有两个儿子,两个儿子本来都可能是赵定力的,却不是,如果是,他们会吃喝嫖赌,会死于非命吗?"你别伤心。"赵定力好半天只找到这么一句无关痛痒的话安慰她。

李翠月说:"这是报应吧?"

赵定力说:"你别这么想。"

"我已经这么想了。"说着李翠月眨眨眼睛,泪哗地落下一大串。她拿起赵定力之前递过来的纸,捂住眼睛,压几下,再开口时,声音是哽咽的,"还是你对我最好,我再也没碰到比你对我更好的人了,我真是太傻了……"

赵定力想,他也再没有对别人好过,他这辈子所有的好,在李翠月身上都用光了。他说:"我不怪你。"他真的从来没怪过她。青江村确实又土又小,跟深圳广州怎么能比?即使李翠月现在不说,他其实也知道,心里一直是明白的,只是需要李翠月亲口确认一下。她走了,过得却不好,这很意外,但他仍然不怪她。她都已经过不好了,还有什么可怪的?她不好,他可能应该高兴,可他仍然难受。他看着李翠月,发现她脸颊上有两条很明显的竖痕,像一张犁,把地犁开两道。他诧异一下,很快就明白过来:李翠月化妆了,抹了很厚的粉,刚才被泪一冲,就冲出痕迹来了。他的眼神好像被李翠月看出来了,她身子往前俯,脸对着前面的玻璃茶几,用纸巾轻柔地从眼下方一直按压到下巴上,再抬起来时,那两道竖线果然就淡了很多。

大门轻轻叩几声,然后王瑞生推门进来,手里提着两个塑料袋。经过客厅时，他笑着点点头："我去煮饭。"说这话时两眼也没有落下来，而是往上抬，看着楼梯那个方向，然后直接进了楼梯口旁的厨房。

赵定力也觉得今天的王瑞生跟以往任何时候都不一样。"瑞生一直跟你有联系吗？"这是赵定力突然想到的，他得问。李翠月摇摇头，说："没联系。这些年我跟亲戚谁都不联系，父母死时家里都找不到我。他们只认儿子，家中就一个女儿，我却不能上学，从小煮饭煮菜砍柴挑担，然后又把我卖到你家。真的，事前问都不问我，就让我跟表姑到青江村来，当时只是说走亲戚，没有说相亲。以前我们福清的女孩命真的比草还贱。出生在那里的女孩都太倒霉了。"

赵定力点点头，原来李翠月是被骗到青江村的。

李翠月说："前年我所有的钱被儿子败光了，还欠了债。债主拿刀追上门，我才托人查到二哥的手机，给他打了电话，让他给点钱帮一帮。这是第一次，我也只跟二哥有联系。前一阵表哥找到我二哥，要了我手机号，打给我。福州的陌生号码我这些年从来都不接的，那天也是巧，竟然接起了，你说这是不是神灵在保佑我？我吃了这么多苦，上天都看不过去了。"

这次赵定力不摇头也不点头，只是咧嘴笑起，但笑了一半，又把唇抿住了。王瑞生为什么要给李翠月打电话？接了电话李翠月为什么会来青江村？

李翠月说："哎，你怎么不问问我，嫁你前，你爸那天在河边石头上都跟我说了什么？"

"噢？"赵定力一怔，他确实不知道赵聪明跟她说了什么，以前觉得无非是晓之以理动之以情吧，总之就是劝她进乌瓦大院的门。现在他突然意识到并非这么简单。说了什么？

李翠月说:"你爸看着那么老实,没想到肚子里却那么鬼。"

赵定力看着她。他没觉得赵聪明老实,也没觉得鬼。如果一定要在二者间选一个,他还是选前者。鬼是需要智力的,而赵聪明智力有限。但凡好东西,包括智力在内,匀到一个家族,就不可能每个人都有份,而乌瓦大院的智力,被谢氏一浓缩走,其他人就没剩多少了。

"你爷爷从槟城寄回非常多的金银财宝,非常多。"李翠月两只手在小腹前做了一个环抱的动作,后面一句话她特地用上力,说得一字一顿,"这事你知道吗?"

赵定力看着她,脸上什么表情也没有。李翠月好像也没等着他回答,径自往下说:"我也不怕你看不起,说实话,当时你爸对我是有承诺的。他要是没承诺,我真的不会答应嫁给你——我不想嫁啊。那年我才十七岁,难道要在青江村这种地方过一辈子?从小我饭都没吃饱过,即使吃,三顿也都是地瓜米和地瓜饼,白米饭只有哥哥弟弟们吃,根本轮不到我。那天在你家,一看饭桌上摆的也是地瓜米……我真的不想就那么一直吃下去。"

赵定力想了想,这个他倒是忘了。那天饭桌上还摆着地瓜米饭?他一点印象都没有。那时每顿都不可能煮出多余的饭,煮多少吃掉多少,怎么可能留在桌上?可是李翠月却明明看见了。他突然意识到一个问题,眉头皱起,问:"我爸告诉你我爷爷从槟城寄回很多东西?"

李翠月说:"是!"顿一下,又说,"村里很多人其实都知道你爷爷当初往家里寄很多值钱的东西,我表哥也听他父母说过。这事反正也瞒不了的。"

赵定力问:"具体都哪些东西?"

李翠月眼睛眯起,歪着头看赵定力,半响才说:"你难道不知道?"

赵定力还没答,一口气突然呛上来,他连声咳起。

李翠月说:"你爸死的那天,我是不是问过你,槟城寄回来的东西都藏哪里?"

这个赵定力记得,李翠月是问过。他点点头。

李翠月说:"这就是当时我对你最不满的地方。你做出对我很好的样子,可是我问你东西藏哪里,你却装傻,不肯说出来。"

赵定力心里咕噜一声,他不是不肯,是不知道啊,他甚至不知道赵聪明怎么跟她吹的牛。

李翠月说:"你们家的人都好可怕……问你爸,他每次都说过两天告诉我。可是直到死,他还是什么都没说,也没给我任何东西——噢,你爸总共只给过我一个金戒指和两块光洋,后来到深圳不久,我就把它们卖掉了,值不了几个钱。昨天我才知道,这还是当年你爸给我表姑的,她不要,你爸才给我的。你看这算什么事嘛?我这人的命真的很不好。"

赵定力低下头。家里的戒指和光洋他也没见过,赵聪明从没给他看过。他向厨房那边看了看,王瑞生正系着围裙站在灶台边铲菜,嗞嗞嗞的声音和香味往外传。他瞥一眼墙上的钟,已经十点多了。他不想再坐下去,挪挪屁股,说:"我得回家了。"李翠月很意外地睁大眼,她说:"不是在这里吃午饭吗?"赵定力站起说:"不吃,回家吃。"李翠月马上也站起,说:"话还没说完哩。我听说你正在挖铁罐……槟城寄回来的东西就藏在铁罐里吗?"

赵定力看看李翠月,又看看厨房里的王瑞生。现在他明白过来了,明白李翠月为什么突然回青江村。

第十章　细米死了

一

最后赵定力还是在王瑞生家吃了午饭。当时他站起,向外走,听到李翠月大声喊着:"表哥表哥,他要回去了。"王瑞生马上从厨房跑出,连声哎哎哎地拉住他。楼梯上的脚步声这时也响起,不仅徐巧琴下来,于淑钦也赶来。他身上一下子多出三双手,揪着,拉着,仿佛他是站在悬崖边,打算一脚跳下去。于淑钦说:"不行,我跟巧琴姐说好了,吃过饭我们四个人要打几串麻将,你别走别走。"

王瑞生拉下脸说:"你也不看看我一上午给忙的,这不,差不多都煮好了,你要走?这不是不给面子吗?"

李翠月一直站在沙发前没有动弹,这会儿眼里已经没有泪,像换了张脸,笑吟吟看着三个人把赵定力按到沙发上。然后她也坐下,小声问:"一会儿真的打麻将吗?"徐巧琴说:"你怎么样,会吗?"李翠月说:"我这些年打的都是广东麻将,不知跟福州麻将是不是一样的。作为福州人,现在反而不会打福州麻将了,不好意思。"徐巧琴说:"差不多,会打就行。我们重庆麻将的打法跟这里也不一样,可我还不是一坐下就能打,怕什么呀?不就是拿点钱输一输吗?"

饭桌在客厅的角落,鱼、虾、螃蟹、海蛎煎蛋之类摆了七八碗。桌上一直有说有笑的,但说话的人中都没有赵定力,有谁问起他什么时,他点头或者摇头,最多嘴里嗯嗯两声。一碗米饭捧起来,贴近脸,似乎想把脸遮掉,唇一直跟碗沿粘到一起。放下筷子他还是想回家,说头晕,得去睡会儿。于淑钦马上说:"别嘛,说好了打会儿麻将再回去。"赵定力看了她一眼,转身往外走。出了门很快听到后面有脚步声,是于淑钦,她也跟上来了。她连声抱怨:"干吗要这样,要这么急着回去?"赵定力没有停下,她也不停下。

天阴下来了,鼠灰色的云吊在头顶,伸出手就能一把揪下来似的。一大群红蜻蜓也冒出来,飞得低低的,苍蝇般聚成一团,毫无章法地窜来窜去。他走得很快,微微凉下来的风从左后方吹来,把衣襟向两边吹起,像是要把他往天上卷去。他连忙双手捂在腹部,天不冷,但肚子冷,那里仿佛正经历一场兵戎之乱,刀光剑影纵横,杀戮声霍霍四起。一进乌瓦大院他就直接去了马桶间,这是他急着回家的另一个原因。王瑞生家也有卫生间,但赵定力不打算去。他的屎本来就已经难伺候了,换个陌生的马桶,他怕屎也认生,根本拉不出来。

事实上即使是坐在自己家的马桶上,屎仍然缩头缩脑,怎么也不肯往下走。肠子里是不是也该设红绿灯,并且有交警指挥,才不至于总是这样交通堵塞?反正也没其他事,坐在马桶上心里就踏实了,他干脆就一直晾着屁股不起来。这个马桶他从小时候坐到现在,腿上的肉一点点在与马桶盖的摩擦中变粗变皱。马桶已经变色,不再是当初闪出釉光的象牙黄,而是交错着晦涩与枯萎的焦黄,内壁有几道长短不一的细细裂纹,与水交接处更浮着一圈可疑的污垢。它接过谢氏的尿和屎，接过赵聪明何燕贞的尿和屎，也短暂接过李翠月的尿和屎。它已经吃了一辈子的尿和屎，依旧在老地方一动不动地立着，可是把自己尿和屎反复喂给它的人，却已经死的死走的走。

终于要结束这场漫长且毫无建树的拉屎消耗战时，他才发现卫生纸没有了。"淑钦。"他冲外面喊一声。没有答。"淑钦！"他拉开门又喊一声。还是没人答。刚才不是明明跟在他后面进来的，又跑出去了？他只好提着裤子站起来，反正家里没其他人，他打算自己出去拿纸。这个瞬间他扭头向下看了看马桶，忽然回过神来。马桶是空的，最多蓄在下面的那汪水因为渗进一些尿而变得有些微黄。也就是说他半片屎都没拉出来，哪需要纸？人有时候就是会被某些惯性思维给骗了。他站起，穿好裤子。腿又麻了，血气越来越差，所以越来越容易麻吧？头有点晕，怕跌倒，他连忙伸出一只手弓着身子扶住墙站了一会儿，才慢慢立直。

整个乌瓦大院都罩在暮色中，看看钟，其实才下午三点多。已经好些天不下雨了，到处干透了，该下点浇一浇了。地上所有东西，哪怕是石头，缺了水都是不行的。人也不行，不沾点水汽，人就倦怠了，浑身乏力。他掏出手机，插上电源。没电手机就死了，可死一次充个电又马上复活过来，这是机器比人强的地方。也许有一天科技可以进步到让死人充个电再复活，但赵定力知道自己反正赶不上了。所有赶不上的好事，想一想都让人加倍沮丧。

他长摁住开关。电量不够，还开不了机，但一会儿它就会自动开启。屋里好像缺了什么。他转动身子，四下看看。细米呢？早上出去撒尿，顺便到村里跑跑转转，练个脚力，透些新鲜空气，傍晚出去拉屎，再去村里跟男狗女狗玩玩，中午一般是它在家的时间,天热时它会趴在门口青石板上打盹,吹着穿堂风,贴着不远处水井的阴凉气,冬天则大多围着茶台,熏着茶香。这会儿它跑哪里去了哩?"细米。"赵定力喊道。以往不用喊,听到他脚步声,细米就会从不知哪个角落冲出来,绕着他腿先把尾巴摇痛快了,鼻子在他身上像检查工作似的东嗅西嗅。如果他像今天这样外出过,细米见他回来,肯定要立起身子,像失散一百年才重逢似的,用前爪搭到他身上,仰着头,尾巴三百六十度电风扇般快速旋转摇动,嘴里发出委屈的呵呵呵呜咽声。狗这东西真是太需要爱了,用情太深就会苦了自己。

他走到后院门旁站一会儿,"细米!"他喊道。一切悄然无声,没有细米。

他又走到院门口向外张望着。天边垒着一堆堆纵向叠起的云团,像一个个肌肉鼓起的壮汉并排耸立着。在云团的前方,倒是很突兀地露出一块蓝,大约半个篮球场那么大,浮着几绺格外精白的云,显出与四周水火不容的姿态,是另一个世界,另一种风格。定睛看了一会,蓝很快就被深浅不一的灰云遮掉,灰的边沿竟亮着一道金光,像被嵌了边。榕树开始摇动了,叶片被吹得底朝上斜斜地向同一方向翻起,看上去仿佛有无数张小嘴对着天空噘起,嘤嘤嘤撒着娇。"细米!"他提高声音,又喊了一句。还是没有。细米去哪儿了?赵定力开始不安。今天在王瑞生家见到李翠月。今天细米不知去向。今天一切都如这摇摆不定的天气。

手机响了,接起,是王瑞生。王瑞生说:"定力,晚上再过来吃晚饭吧。你自己来就行,你老婆不用来。"赵定力几乎没经过脑,脱口就说:"晚上我有事。"然后他马上把手机按掉,紧接着索性再关机。一边充电一边接手机有危险,这个报纸上介绍过,但他怕的应该不是手机本身的危险性,对,他怕的是王瑞生的声音,不想听他说出什么,别再打进来。

晚饭他不会再去王瑞生家吃,这个他心里是清楚的。几十年前如果有人告诉他去哪里可以见到李翠月,就是万丈深坑他也会一抬脚就毫不含糊往下跳,但现在不一样了。现在的李翠月并不难看,放在青江村她甚至有一股别的女人都没有的洋气,可是她就在王瑞生家,赵定力已经见过一次,却不想再见第二次。一点都不想。

他又往院门走去,他得去找找细米。此刻细米在他心里的重量,比李翠月沉一百倍,他要见到细米。"细米!"他边喊边往外走,拐向右边,再拐过墙角,踏上那条小道,然后抬头,一下子立住了。路的尽头是茶园,茶园与路之间原本挡着一排两人高的竹篱笆,此时篱笆不见了,茶园里却篱笆般站着十几个人,包括于淑钦和陈细坤。他们手里都拿着锄头、铲子,这会儿停下来,定定看着他。他紧走几步,然后小跑起来。等到跑到茶园前,腿是软的,气大口喘着,额上全是汗。天气没那么热,跑得也不远,汗不该来这么多。

茶园像刚跟谁交过战,树还是那些树,但叶子不再齐刷刷理直气壮地向上挺起,而是向下横七竖八地耷拉,笼罩着一股垂头丧气的颓败感。土也变了,色泽变暗,一垅一垅都没有了先前老成持重的从容,弥漫着初来乍到的怯生生。

地被翻过?

树被移过?

赵定力目光从地上往上抬,抬到于淑钦脸上时停片刻,最后才停在陈细坤脸上。就是在这一瞬,他猛地一激灵。早上为什么于淑钦要拉着他去王瑞生家?在王瑞生家又拖着他不肯回?是的,他一下子全明白过来了。

十来个陌生人零星站在树丛里,都是陌生的青壮男子,个子不高,脸皮被晒得黑里泛出红光,不时互相打量一眼,眼神隐约漾着等着看一场好戏的期待感。陈细坤从他们中走出来,上前几步,咧着嘴笑,说:"力叔叔您别急,是这样的,嗯……我听人说茶树种久了,老不移植也不行,所以就把它们移一移。您看,每一坨都在,每一株都完好。从这一坨直接平移到那一坨,根部都带着土……"边说,他两只手边冲着茶树上下比画着。从这一坨直接平移到那一坨的意思是,先把最靠左的那一排茶树挖开,然后第二排移到第一排,第三排再移到第二排,以此类推,直至移好最右那一排时,再把左边第一排搬到右边第一排种下?

于淑钦也走过来,应该是怕赵定力没听明白,大声说:"细坤专门在网上查了怎么移,专家都说,只要带土移,茶树都没事。移一移,土松了,更好。你看,雇了这些四川工,他们特地挑水一株株浇过哩,还买来有机肥放在下面……雨眼见着又快下来了,再彻底浇一浇,根就定住了啊。树都种下这么久了,一棵棵都老了,换个地方重新开始长,它们说不定有多高兴哩。"

赵定力抿紧唇,牙上下磕在一起,嘎嘎地响。

树根处是湿的,确实刚浇过水。谢氏手中种下的茶树啊,把它们移个地方,如果真带着土,也许确实不会有太多影响。可是,为什么要移它们?赵定力咳一声。喉咙痒,一股气从腹底蛇一样爬上来,抵住舌根,再不往外咳。他还需要说话,可是唇动几下,眼睛却被地上一块不规则的暗红色的东西吸过去了。他走过去,蹲下。暗红色是从一丛茶树根开始向外延伸的,他用左手的拇指和食指拧起一撮土,放到鼻子底下闻了闻。

他抬起头看着于淑钦,于淑钦脸上的笑有点僵硬。再看陈细坤和那些陌生人,陈细坤倒没什么表情,陌生人嘴角却或多或少往上微微翘起，有个别已经把几颗牙齿露到外面。他们脸上有很多汗，汗像一层塑料薄膜覆在皮上，使整张脸有点像假的。他再伸下手，张大五指，抓起一大把土再送到鼻子下。腥味从远处茉莉花的气息中穿出来。这是血？谁的血？

"不是人的。"有个陌生人说。

"是狗。"另一个陌生人说。

狗？赵定力转过脸看着于淑钦。于淑钦眼睛慢慢红了，有泪浮起来。她转过头看陈细坤一眼，唇动几下，说："刚才挖坑，细米太皮了，突然一头往锄头上钻，就……"

"钻？"一时间赵定力真没反应过来。

于淑钦说："就是死了啊。锄头都举起来，怎么来得及收住？一下子就砸到它头了。"

"谁？"赵定力问得很小声，几乎像自言自语。

几个陌生人约好了似的，一下子胳膊都指向陈细坤。陈细坤马上摆着手说："哎呀不是故意的，真的太意外了，我哪想到它会凑这个热闹……"于淑钦说："细米就是太捣蛋了。"她又转过脸，对着陈细坤喊："真是气死了。你瞎了还是怎么了？那么大一条狗哩。"陈细坤摇着头说："唉，太难过了，都不知道怎么向我姐交代，她肯定也会把我骂死了。"

赵定力慢慢站起来，把拳头缓缓松掉，土便从指缝中向下参差落去。他先是盯住它们看，直到手中空了，巴掌上停留几星微湿的土，是浸过血的湿，他把土一粒粒拨掉，然后眼睛转向不远处的茉莉花园子。花已经开了很多，透亮地白，飘浮在成片的深绿色叶子上，香味隐约。他向它们走去，步子迈得又大又快。到茉莉花园前，他没有停下，而是越走越快。他蹚进园子里，从这垅走向那一垅，从这处穿过那一处。花枝划在大腿和小腿的外侧,吱地响一下弹开,又嗖地响一下再弹开。他的嘴也微张着,呵呵呵发出声音。这一刻他觉得自己就是细米。细米在茉莉花丛中跑动跳跃。细米喘着气。细米呻吟着。细米又快乐又无拘。

他的泪出来了,顺着脸颊向下。接着他突然嚎了一句,然后蹲下去,身子团起来,双臂紧紧抱住两膝,脸也抵在膝间。他哭得非常用力,声音又粗又躁,每一声都是从腹部底下向上蹿,攒足了劲,迅猛地奔跑到嗓子,然后穿过嘴。嘴张到最大,上下唇像被千斤顶撑住了,怎么也合不拢。屁眼也开了,一声积蓄已久的屁坚决有力地在肠子里转过一个弯道,猛地顶出体外。应该有一声巨响,应该非常臭,但响声和气味都被哭声淹没了。屁往往就像一场大雨前的雷声,接下去好歹该狠狠拉一场屎了。他站起往外走,走到乌瓦大院门口,肚子却已经平息下去,半丝便意都没有。这就没必要去马桶间了。他拐进院子,只停几秒钟又出来,然后继续走,走出院门口,走过榕树旁,然后沿着坡地向村子走去。路是斜的,他人也向下斜,整个脑袋前倾。从后面看,他的背驼得厉害,头因为向下勾,只剩下一撮白发。

他一下子老了很多。

二

赵定力上了公共汽车。车向城里开去,终点站在鼓楼区八一七路北段,他是最后一个下的车。正是下班时间,路中央小车一辆跟着一辆,堵得像便秘时的肠子,电动车则被挤上了人行道,并不减速,嗖地窜过去。赵定力站在车站毫无目的地左右看看,其实什么也没看进眼里,然后他就往东街口方向走去,走到不远处的鼓楼前公园。

爬上车那一瞬,他并不是为了来这里,要去哪里他其实并不知道,只是需要走,离开乌瓦大院,离开青江村。那年谢氏带他从重庆回来时,曾在福州城停留了半天。谢氏说:"我带你看个地方。"他们上了人力包车,车把他们带到这里。那时这里不是公园,鼓楼还在,共两层楼,下面三道弧形拱门供通人行车,上面九个房间并排而立,屋檐飞翘而起,体量相当壮观,却是破破烂烂的,谢氏说是被日本人的炸弹炸烂的。谢氏还说,这楼最早是在唐代建起的,后来倒了,北宋时再建,城以前到这里就算边界了,出了楼门就算出了福州城。

"小时候我经常到这里玩。"谢氏说。

对唐和宋,赵定力都没有概念,浮皮潦草学了几首简单的唐诗派不上用场,对谢氏的小时候也没办法想象,第一次见到她,她就已经老了,居然也有小时候?楼里有个用来计时的铜壶滴漏,一人多高,块头很大,扬谷车似的,有沙子不停地往下漏。站在它跟前谢氏半天没移动脚步。"小时候我经常到这里玩。"她又说。

在城楼里转一会儿,在城墙边靠一阵子,等到未时打更的声音响过了,谢氏才牵着赵定力往外走,走一半又停住,回过头看着。"小时候我经常到这里玩啊。"她再说一遍,说完跟着一声长长的叹息,胸口那里重重地起伏着。五岁的赵定力仰头看她,觉得十分古怪。七十多年后的今天,他想到这一幕,才忽然明白了那天谢氏的心情。和谢氏一起站在这里时,也是他的"小时候",仅仅眨个眼,他的几十年也消失了,再也不可能从头再来。

"小时候我也到这里玩过。"他心里嘀咕了一句,然后找了个石墩坐下。

鼓楼现在只是作为一个区的名字存在,楼早没了,城墙也一样,看上去仿佛它们根本没有存在过一样。四处空旷了很多,有一个拱出地面的大玻璃房,有一块长长的中间写着"福"字的石碑,都是新冒出来的,五岁时的赵定力根本没有见过它们。他微微眯起眼,仿佛替谢氏打量着四周。谢氏如果站在这里,还会不会再说出"小时候我经常在这里玩"呢?应该不会,这里跟她小时候玩的地方已完全不一样了。倒是公园左侧立着一棵比乌瓦大院门外的榕树还大的榕树——大是指树径,落地的根须有两撮入土后,也已经壮大成树干,树冠却小很多,并且因为它向北边略微倾斜,树形就不免逊色了。七十年前树就在那里了吗?赵定力不记得了,即使那时有树,树也比现在瘦小一大圈。七十年时间足够让一棵小树从微不足道长成遮天蔽日,接下去它还会有非常漫长的繁茂强壮期,人却眨眼就老了,病魔缠身。

　　脸上猛地一凉,像忽然有一堆手伸过来,在他脸上拨了一下。是雨,不大,哗的一下斜斜扑来。台风天的雨好像一下子都变得没有雨的端庄模样,要重量没重量,要规模没规模,被吹得东倒西歪不说,下也下得跟开玩笑似的。赵定力按雨扑到脸上的程度判断,以为接下去会是一场狂乱的大雨。赵定力从石墩上站起,打算也去树下躲一躲雨,哪知才走几步,脸又干了,不再泼来新的雨。

　　天很快就黑下来,又很快黑透。他向马路走去,路对面有几家商店,看店门上灯光的色泽像是卖吃的。他得去吃点什么。其实只是渴,并不饿。人只有死了或者快死了,才既不会渴也不懂得饿,他剩下一样,至少说明还能往下活。他走进超市。七十年前做梦都不会想到眼下会涌出这么多东西,甚至二十年前也想不到。到底是生产量大了,还是大家都腻了吃不下用不了,才使得东西都剩下来堆在那里?他取了一瓶矿泉水,站在超市收银台前

319

时，猛然一怔：手机！下午他把手机插上充电，接着开始找细米，找到茶园，茶树被移了位置，细米死了，然后他爬上公共汽车到福州来。七十岁以上的老人免费乘公交已经实行好多年了，他从茉莉花园出来，路过乌瓦大院时曾拐进去过，拿起放在茶台上的免费乘车卡转身就走，却忘了正充电的手机。没手机不是不能联系谁，是不能用微信扫一扫付款。这几年扫习惯了，都快忘了现金们长什么样。他把水往收银台上轻轻一放，腿先是向侧面，再向后面一点点退去，走近门口，又停住了。

　　外面下雨了，不是刚才一闪而过的小斜雨，而是又粗又大的雨，每一道都像一支箭，拼尽全力往下砸。天上与地上一样，也纵横着很多江河湖海吗？否则怎么蓄得下这么多的水？平时晴天阴天时它们到底都藏在哪里？一下子倒下这么多，上面那些江河不是要干涸了吗？超市玻璃门关上了，从收银台出来的人都堵在那儿，他们提着塑料袋，看上去都不急，眉眼间至少是平稳的。有人看着手机说台风今晚会在珠江口登陆，看路线，明天风会扫过福州，但风力不大。雨比风先来是好事，雨来了风就大不到哪里去，而没风，最终雨也成不了气候。旁边一个头发烫得跟稻草似的中年妇女"噢"了一声，多少有点失望，好像弄了半天台风不来，竟有点对不起她。

　　赵定力贴住玻璃门向外看，看不到人，灯到处仍亮着，但显然比刚才黯淡了很多，每一盏都垂头丧气的样子。下水道来不及排水，路面上的水应该有半尺高了，急速地流着，被灯光照出波纹。小车噗地过去一辆，轮子压到雨水，嗞嗞地响。虽有人断定这雨成不了气候，但至少这时候它仍是一副气势汹汹的样子。他忽然觉得这不就是他人生的写照吗？他站在物品如此丰盛的地方，可周围任何东西都不属于他；他要竭力离去，却已寸步难行。

过了半小时,雨才停,停得非常仓促,仿佛真有谁控制着开关。玻璃门开了,大家跟着往外走。赵定力慢慢跟出来,向汽车站走去。晚班车早停了,早班车要等明天早晨。旁边有个公共厕所,亮着灯,但空无一人。福州公厕以前是收费的,现在都不收了吗?不远处有个撑起的广告伞,伞下有张狭长的石椅,椅是湿的。雨这么透彻地浇过之后,潮气无孔不入,连呼吸都弥散着初春和深秋季节才有的丝丝凉意。想起那天半夜从谢玉非家逃出来,他也曾在公厕旁的草地上坐到天亮,所不同的是那天他从谢玉非家顺手带出来一叠卫生纸,所以可以一趟趟跑进去拉稀,而现在他即使有屎也不敢拉了。

鼓楼还在时,他所坐的地方虽然算城外,但这条路往北走,可以通到省政府,两旁樟树绵延过去,树身从路两旁往路中央靠拢,叶子在半空中交错到一起,彼此不计较,没有纷争。人与人怎么就不能像树与树这么平和相处呢?人与人甚至不能像人与狗一样相处。

渴,真的渴了。他伸出舌头舔了舔嘴唇,嘴唇那里起皮了,被舌尖上的口水压下去,很快又翘起来。人刚出生时,一点委屈都受不起,以为任何不爽都有权利放肆大哭,过着过着,才慢慢知道忍的真谛。坚忍、隐忍、堪忍,一年年忍下去,就一年年老去了。

风大起来,吹到身上,骨头都开始疼。要是能喝上一口热茶就好了。想到茶,就想到茶园了。茶园曾被大队收走,三十多年前重新拿回来后,他就觉得至少这辈子剩下的日子,都不可能哪天缺茶喝了,事实上也果真没有哪天像今天这样,茶离他这么远。茶树被移,明年开春后,能如期长出芽吗?若是它们一气之下不长了,他喝什么?他打个寒战,一股冷气从尾椎那里顺着椎柱蹿上后脑勺。

路灯不知从什么时候起开始接连暗下。他扭过头看了看,公厕的灯还在,但也只剩下入口处的一盏。他站起,向公厕走去。那里进门后,在男女左右分开的地方有一块十几平方米防腐木铺出来的空地。他走过去,侧身躺下,双臂交叉捂在肚子上。风被挡在外面了,灯就在上方,他瞪大眼盯着它看,光里的热气好像顺着视线一点点往他眼眶里跑来。

很快睡着了,居然一口气不间断地睡到天亮,至少这一阵他都没睡过这么安稳的觉了,连梦都没有。闭上眼时,他想到一个问题:细米就埋在那几株茶树下吗?这昨天被他忽略了,昨天突如其来的一摊血把他砸晕,脑子根本转不动。茶叶富含茶多酚,所以可以消毒杀菌,那么茶根呢,应该茶多酚也不会少吧?但细米卧在茶根丛中,光着身子,土压着它身体,堵住它鼻孔,钻进它耳朵,总之它还是非常难受的,浑身都不自在。他得先去钉一个木箱子,然后尽快把细米挖出来,清洗一下,装进箱子,再重新埋下去。

消失的细米,得给它最后的尊严。

三

乌瓦大院前站着很多人,还停着一部灰色小车。很少这样,就是前些日子鱼丸店开得最红火的时候,村里人来了,直接到店里坐下,吃一碗鱼丸,一般会再买些带上,也就走了,没有人会站在门外,围在一起叽叽咕咕说话。

赵定力走得有点吃力。早上还没在鼓楼爬上汽车,他就开始咳，然后从福州一阵接一阵一直咳到青江村。喉咙痒，好像有几万只虫子在那里上上下下飞快地爬，气一阵阵从胸内往上涌，酸水跟着也冲上来，冲到一半，似乎力气不够，又倒退下去。头晕，越来越晕，腿踩下去地面是虚的，心跳很快。他向前走，把手臂前后晃得很大，每一下都像往打气筒里泵入一口气，好把自己往坡上推去。

"哇，快看！"有人尖声叫一句。这句话像开关一样，把所有人的脸都喊得转过来，看着坡的方向。然后他们开始动，一起向前，向赵定力走来。

赵定力站住。他在人群里看到王瑞生以及几个村里熟人倒不意外，意外的是居然看到谢玉非和陈小娥。另外，他也看到了李翠月，新换了一套连衣裙，昨天是淡紫色碎花的，今天则是白底粉色碎花的，发型也换了，在脑后拢成为一把，翘在后脑勺，远远看去脑袋一下子小了一圈。她还没走？她来干什么？

人群先是揉成一团，忽然被拨开，仿佛一艘快艇冲出水面，有个人急切地跑过来，两条胳膊横在肚子前，笨拙地左右摆动，屁股钟摆似的甩来甩去，脚板整个重重拍到地面。她可能想快点跑，可是身体的重心没有跟上，像被谁在后面重重扯住，怎么也快不了。

赵定力第一次看到于淑钦这么快地跑。这些年他差不多已经忽略掉她的平足，凡事总是这样，习惯了也就麻木了，现在她这么一跑，就把没有脚弓这一点放大了。脚弓平时闲在那里，看上去与世无争，似乎无关紧要，事实上它决定了一个人的速度与身体的灵活性。当年刚进校田径队训练时，赵定力摆臂也有问题，臂没有夹紧，肘关节角度偏大了，虎口与肩不在同一平行线上，但无论如何也不至于把臂摆得像推磨。那时他是田径队的重点，老师因此就给予重点纠正。他的臂如果也像于淑钦这么摆,即使腿再长,腿交换率再快,校运动会上也不可能率先冲过终点。另外,他脚弓清晰明了地深凹着,蹬地的前掌结实有力,一启动,身子就前冲,即使现在跑起来,速度可能没有了,姿势仍然非常标准。

"你去哪里了?"这句话还没说完,于淑钦几滴眼泪就滚下来。

"你去哪里了?"第二次把这话再说出口时,她已经站在赵定力前面了。

赵定力还来不及答,其他人已经走过来了,齐刷刷站在他面前,盯着他。"怎么了?"这话他不是用嘴问,而是用眼神。当然很快他就回过神来了,嘴咧了咧,似乎笑起。"到屋里喝茶吧。"话音一落,他就径自往院子里走去。此时,再没有什么比喝茶更吸引他了,他需要马上来一杯冒着热气的茶。

于淑钦跟上,快到院门时,她又跑起来,抢先冲进门里。赵定力跨进青石门框后,看到她已经趴在水井边,探着身子放下木桶,然后快速往上提。她在帮赵定力提水烧茶。有点意外,于淑钦居然也懂泡茶了。

谢玉非、陈小娥和王瑞生都跟进来,李翠月在门前站一会,才慢慢进来。另外一些村里的人跟了几步,互相看两眼,低声说几句话,应该是约去打麻将之类的,然后就接连走掉。赵定力回来了,赵定力好好的,他们可能因此兴趣就黯下去,反正没什么可看了。

屋里因为多出一个李翠月,气氛毕竟有点不一样。大家围着茶台坐下,当年李翠月在这里时,这个茶台还包在一层层的麻袋、黄泥和粪水里头,她没有见过,所以这会儿有点好奇,眼不时低垂着盯住台面,又转动头,看看四周。墙还是那些褐色的老木板,小八仙饭桌也在老地方,靠墙的小五斗橱也没挪过,一切如初。

谢玉非以前见过李翠月,那年办婚宴时红请柬是赵聪明专程送到福州的谢家大院,最终谢家却只派谢玉非作为代表到青江村。那时谢玉非才二十不到,上唇冒出一排毛绒绒的小胡子,一副城里人的不屑状,他肯定是不情愿的,一直皱着眉,所以他见过李翠月却不一定能记得。他老婆陈小娥更不可能跟李翠月打过照面,只是不知是否听说过。赵定力忽然想起,刚才他看到陈细坤也站在门外的人群中,这会儿却不见了,似乎并没有进屋,去哪里了?

水烧开了,于淑钦要来泡茶,被赵定力挡开。这不是适合于淑钦干的活,如果一件长期讨厌、反感、嘲笑的事,因为某种缘故突然必须去做,那对于事情本身而言,就是一种亵渎,退远点对双方反而是种尊重。他用茶则挑出茶,倒入沸水,头泡先倒入小公道杯里,再泡,再倒入大公道杯,然后把消毒过的小盏从锅里用竹夹子夹出,一字排开,逐一倒上茶。谢玉非先发现了问题,他问:"你不舒服?"赵定力没反应过来。谢玉非又问:"你哪里不舒服?"在场的人都有点蒙,看着谢玉非。谢玉非直接伸出手,拉过赵定力的手,指尖压到他脉搏上,又举高手,巴掌按到他额头上。"你发烧了。"他说。赵定力脱口说:"没有。"谢玉非转过脸问于淑钦:"家里有体温计吗?"于淑钦摇头。谢玉非又问:"家里有什么药?"于淑钦说:"噢,我去拿。"她向卧室急步走去。赵定力看着谢玉非,问:"你今天来有事?"谢玉非摆摆手,指了指陈小娥,说:"我们今天是去马尾朋友家玩,车刚开到一半,你老婆就打电话给我了,哭天喊地的,说你找不到了。我们就掉头过来了。"

这时于淑钦跑出来,把捧着的一把药摊到谢玉非面前。谢玉非快速拨几下,说:"没一样有用。村里有药店吗?"于淑钦说:"有。"谢玉非说:"我开出药来,你马上去买……算了,还是我去买吧。我们一起去吧,索性我开车去,你带路。"

于淑钦看赵定力一眼。赵定力不觉得有这个必要。谢玉非问:"你今天吃什么了吗?"赵定力打个喷嚏,接着马上又咳起。他用手捂住嘴,身子往旁边侧去,边咳边摇头。谢玉非问:"什么都没吃?"赵定力点点头。

谢玉非已经站起身了,陈小娥也跟着站起。从进门到现在,陈小娥就没正眼看过于淑钦。谢玉非脸转向陈小娥,说:"要不,你去煮点什么给表哥吃吧?"陈小娥皱起眉,有点为难。

谢玉非看着于淑钦说:"或者还是你煮吧。这时候他胃口不好,煮点带汤汁的什么东西,线面或稀粥都行,如果有藕粉倒简单,先用开水泡一碗吃下。"

"藕粉?没有……"于淑钦没了主意。

王瑞生站起来说:"我家有。你儿子呢?"他看着于淑钦,"让你儿子骑电动车去拿,我给巧琴打个电话,她走不开,有两个孙子哩……算了,还是我去拿吧,我也坐你的车走。"他看着谢玉非。

谢玉非扬扬手说:"走吧,药也不能空腹吃,快去快回。"话音未落,他已经往外走去了。于淑钦和王瑞生连忙前后脚跟上。

屋里只剩三个人。从坐下到现在,李翠月一句话没说,一口茶也没喝。以前在乌瓦大院里她确实不爱说话,昨天在王瑞生家却已经变成另一个人了,叨叨叨不停地动嘴巴,可重新回到乌瓦大院,她又成了过去那个哑巴似的李翠月,直到此时都没开过口。

陈小娥从壶里倒了一杯水放到赵定力面前:"别喝茶了,还是喝开水吧。"

李翠月这时候终于说话了,她说:"是,我也觉得这会儿喝茶不好。"

赵定力把李翠月的话放脑子里转一圈。他想,这应该是整个乌瓦大院听到李翠月说话最柔软的一次,话语的间隙里似乎都充填有笑意。他病了。他没想到今天能在这里又见到李翠月。他不知道李翠月为什么还不离开青江村,以前她是那么讨厌这个村子。

陈小娥应该是故意的,她说:"他们怎么去这么久?我出去看看。"然后就径自往外走了。

院子静下来。以前曾与李翠月单独在这里待过吗?以前有赵聪明,李翠月嫁进来时,赵聪明就病了,每天软绵绵地躺在那里粗粗喘着气,腿无力得根本无法往外走。赵聪明一死,李翠月就消失了。现在李翠月又回来,房子还是老样子,但中间隔着四十多年漫长的距离。不知道说什么好,也没有什么可说的,赵定力还是闭上眼,挪一挪脑袋,头更稳妥地靠上墙。倒是李翠月要说话了,李翠月说:"定力,其实我有点后悔这次回来。"赵定力一怔。这是李翠月第一次喊他名字吧?他仍然闭着眼,闭得更紧,不敢睁开,心跳一下子加快,又快又重。李翠月说:"我以为你仍然念着旧情——我表哥也说你肯定念,没想到你一点都没念……也不能怪你。我当时年轻,不懂事,得罪你了,你恨我也是应该的……"

赵定力睁开眼,看了她一下,又把视线移开。沉吟片刻,他说:"我没有恨你。"

327

李翠月嘴一扯，说："别骗我了，要是不恨，你还能不帮我？"

"帮你什么？"赵定力真的想不起来了。

李翠月微微颔首，眼皮下垂，两颗牙咬住唇，半晌不语。

赵定力脑子嗡了一下，以前她经常是这副样子，就在这个屋子，在乌瓦大院。

李翠月说："把铁罐里的东西给我几样吧，挑便宜点的也行，好歹我们也算夫妻一场……"

赵定力慢慢坐直了，唇动了动，正要开口，忽然整个人猛地一抽搐，身子扑向前，嘴里喷出一个巨大的响声。他打了一个大喷嚏，口水冲出去，水状的鼻涕从鼻孔垂到嘴唇上。李翠月站起，抽一张纸巾递过去。赵定力接过，把半张脸埋在纸巾里。乌瓦大院的每一根木头、每一块石头都可以证明，几十年前，李翠月从来没为他做过任何事，哪怕一张轻飘飘的纸。赵定力慢慢把脸从纸巾里拉开，抬起，马上又伏下脸。抬起那一瞬他根本没看清李翠月，一切都是虚的，蒙着水雾。哭了？喷嚏打的？不知道，总之眼中肯定潮了，他不能让李翠月看到眼眶潮湿的自己。"没有铁罐……"他脸对着纸巾说，声音瓮瓮的。说完他把纸巾往上送，压住两眼。立即两团黑就扑面而来，仿佛落到井中，水漫上来，一点一点浸吞他。没有铁罐，真的没有铁罐，他为什么要编出一个铁罐把自己的日子搞得七零八落？

一点声音都没有，接着很快有声响从院子外面传进来。谢玉非回来了。于淑钦回来。王瑞生也回来了。陈小娥跟在他们背后跨进门槛。他们进来几乎同时问："咦，李翠月呢？"

赵定力脑袋左右转转，对呀，李翠月呢？刚才李翠月在，问起铁罐的事，说曾经夫妻一场，然后李翠月就不在了。

他一点都不知道李翠月究竟是什么时候离开的。

四

在床上赵定力躺了两天。很久没发过烧了,都想不起上次究竟是什么时候。据说人总是不烧也是件危险的事,相当于给体内病毒们提供了一个休养生息、发展壮大的和平期,烧则算得上一场玉石俱焚的战争,坏细胞不得安生,好细胞也休想得以逃脱。相比较,还是烧一下更稳妥。坏细胞破坏性大,往往带着太多不可控的摧枯拉朽的毁灭力量,所以发现自己发烧时,别人紧张,赵定力心里却涌动一股难以名状的欣喜,仿佛千呼万唤中终于等来一位久违的亲人。

烧一烧,是不是就能把藏匿于肠子里的那个鬼一把灭掉?

其实烧当天晚上就退了,但咳嗽一直剧烈,一股突如其来的邪劲从腹部最低处猛地向上顶,带着毛绒绒的刺,一路挠过五脏六腑和咽喉舌头,入心入骨地痒,痒得他恨不得连脚趾头的劲都用上。如果能把躲在五脏六腑间的鬼怪都咳掉就好了,可是从嘴里一口口溜掉的,分明却是体内越来越少的力气和精气。其实没什么事了,只是懒得起来而已,除了上马桶间,他都把自己身体放倒在床铺上,连三顿饭都是于淑钦端进来的。这期间他听到过陈细坤在外面说话的声音,有时是打手机,不时夹杂着英语;有时是跟于淑钦说着什么,声音不大,有点故意压着声量。赵定力其实也没听的兴趣,他的注意力都在自己的肚子上。

又三天没拉屎了,发个烧倒没把他怎么样,可是屎却被吓跑了。他转转头,如果是以前,细米这会儿肯定趴在床前,只要他身子一欠起,它脑袋马上就跟着拉直,用玻璃珠一样亮晶晶的两眼迎过来。可是细米没了,细米被陈细坤一锄头砍死了,埋在茶树园里。

他用手揉揉肚子,慢慢起来。屋子里很静,什么人都没看到。他披一件长袖,趿着拖鞋向茶园走去。细米埋在哪里?他不想问于淑钦,更不会问陈细坤,可是他得找到细米的尸体。他弯下腰,把身子折成九十度,在茶园里一垄垄地慢慢找着。这些日子他一直在跟土过不去,这里挖那里刨,没想到现在要挖要找的,居然是细米。

半个多小时过去,他什么都没找到,却累了,只好在一旁坐下,双臂搁在膝盖上,眼茫然前望。要是细米能突然从地里窜出来,迎面跑来,立起身子,搭到他身上,该有多好。一只狗的重要性在失去它后,竟这么无孔不入地凸显出来。谢氏和何燕贞死时他还小,不记得是否难受过,赵聪明死他是记得的,他也难受,但很浅,像皮被刮破,开裂出一小口,渗两点血罢了,而失去细米,完全不一样啊。赵定力想,如果拿自己性命换细米,他愿意吗?应该……肯定愿意啊。他这么爱细米,可是细米却没有了,说没就没了。

泪又下来了,越流越密集,很快喉咙那里就开始一下一下抽动,接着有声音放出:"呜呜呜呜……"他没有制止自己,这一刻好像已经等了很久,一直在酝酿,或者说一直呼呼作响地盘旋,现在终于找到了出口,闸门一开,蜂拥而出。

细米一定在茶园,在这片茶树的下面。如果魂还没飘远,细米就能听得到他的哭声。黄泉路上有没有哭声相送,在阴曹地府所受的待遇据说会大不一样。细米,你死得这么冤,在下面就别再受罪,得好好的,不要被欺侮,不要受委屈,每天要吃饱,有到处跑来跑去逛东逛西的自由,尿爱撒哪里是哪里,屎想拉哪里就哪里,看上哪只女狗恰好也能被同时看上,搞一次是一次,产下好多小仔……还有,可以继续憨着,真的没关系,憨其实是忠厚纯良的代名词,不必变得精明,世上精明的脑袋已经太多,红着眼挤来挤去地争抢,看着让人心烦,细米你可别这样,这样就不是你,不是之前熟悉的那只憨憨的细米了。

重新走进乌瓦大院时,天井里站着一个陌生女孩,黑运动服,白鸭舌帽,一大束长头发从帽子后面穿出来,吊在背上。赵定力看着她,女孩也看他,稍一愣神,马上笑起,小跑着过来。"哈,您肯定就是定力叔叔。您好定力叔叔,我是高小菊,细坤的女朋友高小菊。"

于淑钦从厨房跑出,脸上都是笑。"哎呀你们见上了。好,好——刚才我一直在找你哩。你去哪儿了?"说到后面,她脸才对着赵定力。赵定力觉得这个问话是不需要答案的,他去哪儿这个时候对于淑钦并不重要。果然于淑钦注意力已经又转到高小菊身上了,根本没在意赵定力答什么。"我煮好太平面了,去吃点。"她说着,就伸手拉住高小菊的胳膊。

高小菊说:"谢谢阿姨,不饿哩。"

于淑钦说:"那么远从欧洲回北京,又马上坐了两个多小时飞机,就是不饿,也累了。走,去吃点。第一次进家门,无论如何都得吃碗太平面,这是我们福州人的规矩,保太平。细坤呢?让他也一起来。"

高小菊扭头望了望,说:"他在屋里。"

于淑钦就大起嗓门喊:"细坤,来,陪高小菊吃点面。"

陈细坤慢慢走出来。刚才他去机场接高小菊?于淑钦也一起去?这两个问题从赵定力脑里一晃而过,他没有问,谁去接都跟他没关系。之前他从未听说过高小菊要来,来乌瓦大院,来他的家。想泡点茶喝。这两天他躺在床上，突然间连对茶都倦怠了。活了七十多岁，连续两三天不碰茶的日子应该非常稀罕吧？原先他觉得就是死，在闭上眼的前一秒，他也一定不会忘了给自己泡上一壶上等好茶，把肚子装饱装暖了，才会死得踏实有力。不料仅仅病一场，感冒而已，就一下子放弃了茶。万念俱灰真是一件轻而易举的事。再细想，会不会因为细米呢？细米埋在茶树下，将化为肥料滋养树根，树根再把养分输向树枝树叶……下意识地排斥茶，会不会真正排斥的是喝细米？可是如果细米真能通过茶，到他胃里，与他身体融在一起，又有什么不好的？还是喝吧。他向茶台走去，走近了，却又拐个弯，去了马桶间。

他褪了裤子坐上马桶，又是几天没有拉过屎了，屎呢？

右披榭里悄无声息了，他跨进去才发现于淑钦、陈细坤还有高小菊其实都坐在那里，看着他进来的方向。这么说他们是在等他？他犹豫了一下，决定还是向外走。从马桶间到院子门口必须穿过右披榭，他才走两步，陈细坤就从椅子上站起。"力叔叔，坐会儿吧，我给您泡茶。"于淑钦接嘴说："对呀，快来喝点茶吧，你看水都烧好了。"

赵定力往茶台瞥一眼，水壶里果真正噗噗向上冒出热气。他只好在茶台旁坐下。这是他家的茶台，谢氏留下来的茶台，他还是自己来泡一壶茶解渴吧。

这时陈细坤与高小菊对看一眼，高小菊就凑过来，把手机点开，递到赵定力面前，问："力叔叔，咱们家有这种东西吗？"赵定力瞥一眼，是只朱漆碗，碗口不大，大约十二公分，戗了金，碗身呈犀皮肌理，碗底绘一只飞起来的金龙，漆色很稳，没有贼光，看上去不像是近些年做的。很眼熟，但他一时没反应过来。他没有答。于淑钦也问："有吗，定力？"赵定力还是不答。高小菊手指尖在手机屏幕上划几下,再用拇指和食指把照片推大,碗就不见了,只留下局部。放大后的漆面仍然玉石般细腻华丽,没有一点瑕疵。

高小菊说:"这是我在巴黎一家很小的古董店里拍到的照片。那家店专门卖漆器和漆画,法国人对大漆的喜欢,一点都不比中国人少。其实这次我在欧洲转一圈,发现整个欧洲以前都喜欢,有很多十七、十八世纪从中国传去的老物件。这家店里也有很多,包括这个碗。前几天我在法国时就把照片发给细坤了,细坤又发给阿姨了……"说到这里,她停下来,看了于淑钦一眼。于淑钦马上局促地笑,说:"发过发过,但还没给他看,他不这几天人不舒服吗?"高小菊俯下身子,头几乎贴住赵定力的肩,问:"力叔叔,这是咱家的东西吗?"

赵定力眉皱起,太阳穴突突跳得很响。不知该说什么,其实他也什么都不想说,脑子里似乎正有一场大雨倾盆而下,所有的角落都是白茫茫的,糊成一团。

"力叔叔,"高小菊拖过一张椅子,在赵定力旁边坐下,这样她的身子就跟赵定力平行了,她把头往赵定力那边靠了靠,继续拨拉手机屏幕,"你看,这就是那家店。"

是一间不小的房子,三层楼高,看着有些年头了,但仍然贵妇般精致端庄,门面刷着橘黄色的漆,门窗是黑色的铁艺,门上一排霓虹灯拼的外文,应该是法语,赵定力不认识。他以前读的是俄语,英文也初浅学过,虽都忘得差不多了,但字形至少认得。

"您知道一个碗他们卖多少钱吗?"高小菊问。

赵定力还是没答,但他凝神听着,这个问题他有好奇。

高小菊说:"叫价七百八十八欧——现在欧元和人民币比率接

近九吧。"

赵定力在心里默算了一下,近七千元,这个数字让他暗暗吃惊。

"定力叔叔您再看这个。"高小菊说着,用手指在屏幕上重重一推。这张照片拍的是碗底,被推大后,整个屏幕就被一个红漆写的大字充满了:谢——左边的"言"字在一点一横下面,不是工整的两道横线,而是变成水滴状的两点,而右边的"寸"字,下方拖得长长的,仿佛一只准备跨出去的大脚。赵定力重重吸一口气,又悄悄吐掉。他已经回过神来了,问题就在这里,为什么会这么巧?他眼珠子快速转动几下,一时不知搁哪里才好。眼光掠过茶杯,这才想起刚才倒出来茶,却忘了喝。他把杯子端起,送进嘴,眼皮下垂,世界这一刻仿佛只剩下茶了。

"定力,这碗难道真的是……你奶奶做的?"于淑钦问得很小心,仿佛是怕谁听到的悄悄话。人的嗓子收缩性真是非常强,连她居然都能用这么蹑手蹑脚的方式说话。

在那年去重庆之前,谢氏仍经常进出西耳房。有时候她会一整天猫在里面上漆、打磨、推光、揩清,旁边的木架子上密集摆着花瓶、茶钵、碗、梳妆盒之类。谢氏在漆器上落款时他曾见过,总是用老鼠尾一样细的小毛笔,笔尖轻轻沾点朱漆,低着头,写上。天下姓谢的人又不是只有谢氏一个,但这个签字不可能是其他人的。高小菊买下这只碗了?他用眼光问。高小菊一下子就明白过来,说:"店里一共有大小不等的漆碗、漆盘二十八个,我都拍了照,但没买。我在想,要是这东西是我们家的,以后是不是可以给这家店供货?我跟店主一说,他就兴奋起来,满口答应。这不算文物,弄出去应该不难。所以从巴黎坐飞机一回到北京,我让一个朋友开车到T3航站楼把我行李箱先弄回去,我买了张机票，直接就飞这里了。"

顿一下，她又说："这家店的名字叫戴斯。"

高小菊说话时，赵定力一直看着她，不是正眼看，而是耷拉着眼皮，微眯缝地瞄。店名就叫戴斯？他没有听错吧？

第十一章　打开西糅房

一

三个多月前于淑钦去北京时，高小菊已经是陈细坤的女朋友，也就是说她们在北京见过很多次面。从赵定力口里听到的关于谢氏和赵聪圣、赵聪明的那些事，于淑钦都转手搬给陈细萌、陈细坤以及高小菊了。见三个人都听得起劲，她发挥得可能更不着边际一些。之前他们的话题估计围绕的都是铁罐子，高小菊去了一趟欧洲，现在漆器冒了出来。

赵定力从茶台旁站起，背着手跨出门槛。于淑钦追过来几步，问："你去哪里？"赵定力头晃了晃，还是不答，仿佛突然之间他已经丧失了说话的能力。他并没有走出院子，而是到了天井，绕着水井转一转，又上了厅堂，低着头，贴着旁边的墙慢慢走着，然后坐到香案前的椅子上，眼光落在空荡荡的左前方。谢氏死在那个位置，死之前她的躺椅就放在这里。

于淑钦和陈细坤以及高小菊都跟出来站在天井上，一脸狐疑地看着他。

他闭上眼，觉得应该想一想。马尾船政局聘的洋人戴斯喜欢漆器，当年谢氏是送还是卖给他的？送了多少又卖了几个？无论如何，这些东西被带走后最终可能都已经散了，只剩下十几个漆碗漆盘摆在巴黎那间看上去并不大的小店里，随时等着被人再买走。店是戴斯的后人开的？或者是从前是戴斯开的，又辗转盘给别人，店主早换了，空留一个店名？

他脚一抬，跨过太师壁旁的门槛。最近跨这道门槛，腿明显吃力起来了。门槛不是树，不会再长高，那就只能是他的腿在老去。总有一天他会被门槛打败，再不会到后院。

于淑钦走过来，走得很快，跟在她后面的高小菊以更大的步子，跨到了于淑钦前面。"力叔叔，"高小菊叫得很短促，但声调仍然很柔美，"以前我们家做漆都在这间房子里吧？"她指了指西鬃房，接着上前，手举起，在锁上拨了拨，然后边拍着手上的灰尘。

"阿姨您有钥匙吗？"她问的是于淑钦。

于淑钦摇着头，微微前倾着身子，盯住赵定力看。"定力，钥匙呢？"

钥匙呢？他忘了。谢氏是突然把漆放下的，说放就放了。别人不沾漆不足为奇，她却不同。漆就是她，浸在漆味中，她才能如鸟在林、云在天，突然却放下，从此不肯再碰。她觉得赵定力吃不了漆这碗饭，赵定力也认为自己吃不了，第二天她独自去了西鬃房，把之前调好才用了一半的漆，用油纸仔细地封到瓷碗或瓷罐里，四周用指头一下一下密密压好，一点缝隙都不能留。漆见空气就干，如同鱼一上岸就要死一样。她做这些时，赵定力就站一旁默默看着，什么都没说，他不知道该说什么。每次她进出西鬃房，赵定力原本并没有多少好奇，那个地方就如同她身体的另一个器官，是与她融为一体的，但这天却与往昔不同。上漆是安静的，哪怕镶嵌、贴箔，甚至揩清、提妆，也都只会有细语般轻微的声响，剧烈动着的只有浓郁的气味，味道这时候总是王者般成为主角，上下奔走，无孔不入，次第尽染。而这次，味道是有的，但不重，几近于远，悠悠飘着，声音却起伏错落，不时响起。赵定力上前去瞄了一眼，看到谢氏正把摊放在桌的东西都收拾到四周的架子上，漆归漆，漆器归漆器，工具归工具，总之各自有去处。从来没见她以这么快、幅度这么大的动作对待这些与漆沾边的东西，她的脸阴沉，嘴角紧紧抿住。

就是从这一天起，西檠房的月亮形门上挂起了一把老式黄铜锁。那把钥匙托在手里分量是其他钥匙的两三倍，体积也大很多，看上去像只缺了一角的箭矢，齿牙夸张地参差，尾部更夸张地坠着一个弧形的半圆。村大队部搬进来后，锁曾被砸开过，门就敞在那里，龇开的门板被风刮动，不时左一下右一下晃动，吱呀呀响。后来赵聪明又买来一把类似的铜锁重新挂上，钥匙呢？赵定力已经很久没想过这个问题了。

赵聪明咽气前把赵定力叫到床前，手在枕头底下颤颤搜半天，赵定力以为是什么重要的东西，结果拿出来的却只是钥匙。赵定力当时把钥匙接过，举到眼前晃了晃，转身去了西檠房。他不是对西檠房好奇，只是对钥匙——西檠房而已，赵聪明何至于如此宝贝呢？他以为不是，结果插进锁，转几下，竟然真的打开了。月亮形的门像个已荒废多年的洞口，他站在那里愣了片刻，吸了吸鼻子。已经很长时间漆的味道在乌瓦大院息下去了，似乎飘远，但门一开，还是觉得鼻子一呛。大漆本身其实并没有什么味道，味道来自附着其中的樟脑油。也就是说之前漆是安静的，像睡着一样蛰伏，一旦掺进樟脑油稀释过，漆就一下子霸气起来，像长了翅膀开始到处飞。那天赵定力看到什么了吗？他跨进去，先在西檠房转一圈，然后再去旁边的东戗室看了看，不一样，都不是过去的那个西鬃房和东饸室了。这些年东饸室始终没有上锁，也有人来过，但来的人显然兴致都不大，转两圈估计就走掉了。赵定力也没来，现在他推开门，原先一排排整齐挺立的木头层架已经萎了一地，腐烂了，纵横歪倒。他记得之前架子上似乎还搁着几样半成品的漆器吧，倒无所谓，漆未成品，便不成器。西鬃房也面目全非了，架子都空了，地上则多出很多碎片，倒不乱，但也不整齐，大部分堆屋角，再零星散开一些。一眼就看出不可能是谢氏所为，如果经过谢氏的手，哪怕一根线头溢到整个秩序之外，都会被她仔细归位。那么还能是谁？铜锁被砸开的那天，赵定力不在家，他被派去码头旁的金牛山修防空洞了，那时这里算前线，正备战备荒中。后来赵聪明买了锁挂上，他也不在现场。那么这些漆器究竟谁砸的，外人还是赵聪明？

那天返身出来，胸里很多问号横七竖八地窜来窜去，不是很强烈，至少那时他还认为无关紧要，不过他问一问赵聪明还是有必要的。可是走到床前，赵聪明一动不动。久病的人不动很正常，但此刻很不正常，脸煞白，唇无色，眼紧闭。俯下身，手伸过去，伸到鼻孔前，好半天他才缓缓站直，终于回过神来。赵聪明死了。

赵定力一直记得那个瞬间的晕眩感，整个房子都在动，上下翻转后又左旋右晃的。他有点意外自己的这个反应。他不是第一次经历死人，至少谢氏和母亲何燕贞的尸体摆在他眼皮底下过，何况赵聪明残烛般躺在床上已经这么长日子，该准备的，心里都做好了准备。后来他才知道，就在他站在赵聪明床前时，恰好地震了。离青江村还有点远，是在台湾海峡，那里三天两头摇晃，震波总是或大或小传过来，当地人本来早就习惯和适应了，那一刻赵定力却突如其来地感到难受，头晕目眩，胃呕酸水。

屁眼震颤了一下，紧接着又两下，有点像鱼吐水泡。他紧着屁股从于淑钦和陈细坤、高小菊中穿过，细步走向马桶间，进去，关上门，然后像一位把稻谷从田里挑回来的老农一样，充满成就感地坐到马桶上。他肚子里的屎不会比稻子轻，更不会没价值。真的来了，一节，又一节，再连续几节。好像没有任何障碍，整个肚子都在装聋作哑，甚至蓄意配合，鼎力相助，仿佛之前那些日子它们根本没有发难过，或者说发难的是另一个与之完全无关的肚子。站起来后，他竟有点恋恋不舍。屁股上那两堆肉应该是全身最迟衰老的，至少在胳膊、大小腿以及胸腹上的肉迅速干枯消失，皱巴巴的皮下空余骨头一根根往外顶出来的时候，屁股两瓣却还能摸出两坨像模像样的肉。肉从马桶圈上离开时，吧哒一声。看来刚才压上去时，是用上不少力气了。扭头往下看，沉在水中的屎每一块都结实有力，并且饱满，外观光滑滋湿。太完美了，洋溢着一股与年富力强相类似的骄傲，连彼此间的缝隙都充满韵律感。这么健康矫健的样子，真是久违了。拉出好屎，竟能让他生出这么强烈的成就感。人生真是卑微啊，那么多五光十色的欲望其实都过眼如云烟，最踏实的幸福不过是吃一口舒坦的饭、睡一个安稳的觉、拉一泡完整的屎。如此看来，刚才它们所经过的肠道，似乎也光滑可靠，并无哪处有恙？如果它们能开口说说话就好了，说说在里头的经历，说说途经之处的种种情况，哪里有异样，哪里有变异，哪里危机重重。其实还意犹未尽，肛门口仍有囤兵百万的感觉，却是垂头丧气的游勇残兵，费力跋涉过长长的肠道后，只差临门一脚了，却一下子泄了气。有便意，却无便力，完全可以归入人生最欲说还休的别扭中去，古代那么多奇葩刑罚，不知有没有一种让人憋屎的。无论憋什么，其实难受是无一例外的啊。

提起塑料桶往下冲水时，赵定力手上迟疑了几秒钟，居然有点恋恋不舍。就此永别了，不再相逢，他也相信以后自己不太可能再拉出这么圆满的屎。但怎么办呢，好歹得冲掉。再美的屎也是臭的啊。从马桶间出来时，脚步一下子轻了，刚走两步，猛地又停下。

右披榭里有于淑钦，有陈细坤，有高小菊，还有……对，多出一个人了，这人是陈细萌。虽隔着一堵墙，但墙是杉木板的，声音很完整地从木头的缝隙里传过来。他收住脚，扭过身子，想穿过厅堂侧面那道拱形小门，闪到旁边的花厅去。这时于淑钦追出来，喊："哎哎定力，细萌回来了。"赵定力头也不回，脚步马上加快了。背后又传来女声，这回是陈细萌。她说："定力叔叔，我回来了。"

从来没听到陈细萌用这种腔调说过话。赵定力越走越快，一种说不出的恐惧当头罩下。走进自己的卧室，他返身立即关上门，拉上插销。于淑钦跟过来了，站在外面敲门，"定力，定力你怎么回事？到底怎么回事啊？开门！"赵定力坐在小矮凳上，整个人蜷起来，胳膊用力地拢住两膝。于淑钦喊："定力，出什么事了？你也要出来说呀。"陈细萌喊："定力叔叔，不好意思我事先忘了说一声就突然回来，很抱歉啊。"

赵定力因此知道，门外站着的不止一个于淑钦，还有陈细萌。她刚生了儿子，满月了吗？至少还在哺乳，怎么说回来就回来？儿子呢？没听到婴儿的声音。门继续响，用巴掌拍，有手指头叩，用手臂摇。一会儿陈细坤和高小菊的声音也加进来，陈细坤说："算了，他可能有什么事吧，我们就别去吵他了吧。"

高小菊也说："是啊，定力叔叔说不定在找西鬃房的钥匙哩，我们别吵了，让他安静想想，应该很快就能找到钥匙吧。"然后

341

一阵脚步声，噼噼啪啪，参差不齐。

赵定力后来一直在琢磨这件事：高小菊这女孩到底有多少心计？完全是无底洞，深邃幽远，黑咕隆咚。活了几十年，他第一次发现年轻女子在有限的外表下却藏有无限的心思，竟是如此让人心里一阵阵发毛。他从矮凳上起身时，太阳已经立在头顶，很大的太阳，不是夏季那种直白的炽烈，而是成熟了，色泽由黄转精白，一眼望去以为已经柔软下来，一副与人为善的姿态，实则却在柔软的外表下刀子般凶猛着。左侧窄窄的窗户敞着，正对着三合土筑出来的围墙，被反复雨淋风吹后，墙体表面的白石灰已经挂着一道道垂直的污痕，像一根根凌乱稀疏的头发。阳光从窗户进来，柱子般斜斜横在那里，然后有力地戳到地上。风好像瞅准机会也跟进，却看不见摸不着，东荡一下，西逛一下，转身就不知去向了。

他开始翻找，箱子、柜子、篮子、抽屉，但凡能盛得下东西的，他都看一看，甚至床底，他猫起身子，两手着地、双膝跪下慢慢爬进去，马上鼻子一痒，重重打个喷嚏。眼睛还不适应床底下的暗，但那里一层灰是无疑的。谢氏在时，整个院子是没有灰尘的，至少所有裸露出来的部分，任何灰尘都不可能有寄身之处，每天她手里都捏着一块布，仿佛布是从指尖延伸出来的，她匆匆走着，从上到下，从这里到那里，不停地擦呀擦。她死了，似乎是败给灰尘的，然后不知来路的灰尘就乘虚从四面八方大举扑进。赵聪明是有抵挡之心的，也常拿块布擦一擦抹一抹，但随着身体越来越虚弱，他就越来越无奈地放弃了。今天这里刚打扫过，明天就可能变本加厉地重新变脏。活着本来就那么牵强附会，连多走一步路都没有兴趣，他又哪里是灰尘的对手？于淑钦也不是不勤快，从早到晚她也跟陀螺似的不停转，但她所下的力气不是在这方面,灰尘似乎是跟她早就认识一百年的熟人,来就来吧,待就待吧,反正不会影响她吃饭睡觉。

　　床底下什么都没有,准确点说是除了灰尘什么都没有。他退出来,手掌每往地面按一下,都像按住一个毛茸茸的动物。站起时,低头看到小腿前面的裤子已经跟原先是两个完全不同的颜色,灰尘细腻地粘在上面,仿佛裤子加缝了一块长条状的灰色绒布。究竟多久没拖过床底下了?于淑钦进门后他就歇下了,几乎不做任何家务。即使在以前,他其实也不会勤快地关照到床铺底下。看见于淑钦拖过吗?好像也没有。这么说这么多年来,他躺在床上一天天老去,而灰尘们却在床底下一天天汹涌纠集起来。仅仅隔着一块床板,双方一直上下共眠?

　　他拍拍巴掌,又俯身拍拍裤子。阳光还在,从窗户进来的光柱一下子变热闹了,细微的颗粒因为有新成员的加入,顿时兴奋起来,剧烈跳跃飞舞得跟过节似的。赵定力愣了愣,他没想到在他万般沮丧时,被他从床底带出来的灰尘们竟这么高兴。可是他没找到那把钥匙。赵聪明从枕头底下摸出钥匙,什么都没说,只是指了指。他觉得奇怪,转身去打开西厢房,进去转转,再出来,赵聪明死了。关于钥匙,他的记忆到这里断掉了,像被一把刀整整齐齐地切掉,什么都不留。

　　"定力,吃饭了!"于淑钦走过来了,用力拍打。赵定力猛地拉开门时,于淑钦吓一跳,脸都有点僵。显然她已经做好了一场艰苦的拍打之下也未必拍得开这扇门的准备,不料力量还远没有使上,门却这么轻易就开了。赵定力抬腿往外走,一直走进右披榭。

　　小八仙桌上已经摆好饭菜,陈细坤、高小菊还有陈细萌围坐在桌上,却并不动筷子,手一起垂到桌子下。看到赵定力进来,他们身子如同被捆绑在同一个开关上,往上一挺,齐声喊道:"定力叔叔……"陈细萌马上又补上一句:"快来吃饭,我们一直等您哩。"

赵定力坐下,左手端起碗,右手抓住筷子把粥往嘴里拨,他拨得很快,在空中舞来舞去的筷子看上去就像乐队指挥手里的指挥棒。桌上没有人说话,粥成为主角,它像一条条河流,从碗里向不同人的嘴里快速流去,喜悦地发出一阵阵或高或低的声音。

赵定力用眼角瞄了一下陈细萌。上次见她还是八年前,在紫江村陈卫财留下的那间房子里。那时候站在那里的是一个瘦得似乎只有一把骨头的黝黑女孩,扎一根马尾辫,额上盖着厚厚的刘海,脸颊两边也用两撮黑发遮住,大概为了把脸遮小。她身子小,个子倒不矮,是骨头拼命疯长,却把肉丢脑后忘掉的那种,整个人是细长的,却脸大,非常大,比例上就显得头重脚轻。而现在,坐桌子对面的陈细萌脸仍然大,但身子却更大,整个人像是用打气筒吹起来的,又像用绘画颜料刚刚涂抹过的,比以前白了,气色极好。最大的变化是头发,前额的刘海不见了,整个额头亮晶晶地露出来,脸的长度因此增加,看上去五官就多出一些立体感。另外她还化了妆,唇是红的,腮是粉的,眼皮上是褐色的,眉毛是深咖色的,这要是在路上碰到,肯定都不敢相信是同一个人吧?

于淑钦不停地给陈细萌夹菜,让她吃了,快吃了。陈细萌把她伸过的筷子推开。"你干吗呀,我在减肥哩。"于淑钦说:"减什么肥,这样多好看啊,再胖一点更好看。"陈细萌眉头一皱,她好像怕被于淑钦一说就成真了,马上打断她说:"说什么呀,丑死了。我不吃,别夹过来了!"

赵定力没有插嘴,他看着母女的筷子在眼皮底下绞来绞去,心里不禁暗暗慨叹。他这一代人，都有过多么漫长的饿肚子日子，见了面说对方胖了才是恭维，可是现在的人居然怕多吃东西，生活真是变好了啊。碗空了，他放下筷子，站起身要走。这时陈细萌突然说："定力叔叔，有一件事不知您听说过没有……"赵定力没在意，继续走着，已经走到门槛前，打算提起腿跨出去了。陈细萌说："青江村要拆迁了。"

于淑钦说："这事传很久了，一直没动静哩，谁知道真假。"

陈细萌说："这次应该真的了，我是在中学同学微信群里看到的，说去机场的高速公路取直，要从村里经过，全村都要拆迁。"

于淑钦叫起来："哎呀，那我们乌瓦大院呢？"

陈细萌说："乌瓦大院也得拆吧？"

赵定力立住了，眉头一皱，喉咙悠长地咕噜一声，一股气像一队轻骑兵，突然从胃里迅速蹿了上来。他张大嘴重重"呃"了一声，竟觉得无以言状的舒适惬意。上下两个口是体内伸出来的两个烟囱，无论哪一个畅通了，排出气体了，都是实实在在的舒坦。

二

赵定力好几天都没碰手机了。那天是王瑞生打来电话，赵定力摁掉，马上又关了机，然后出门找细米，细米死了，他转身去了城里，从城里回来又病倒，这个过程他脑中都没有转过手机，居然忘得一干二净。之前几十年手机还没来到世上，日子一天天也好好过了下来。这几年手机从天而降，一下子挤到手掌上，付款、发信息、看新闻，横竖都靠它，似乎魔法无边，一刻不可少似的，其实并没有那么神，眨眼间说放下也就放下了。往屋角瞥一眼,它果然在,静静躺在地上,充电线还接着插座,但屏幕是暗的,像正悠哉鼾睡中,万事已休。

他过去拔掉线,开了机,屏幕终于亮起,闪几下,一串微信马上进来,一共十三条,其中于淑钦的四条,王瑞生的八条。王瑞生都是同一天发的,主要是动员他过去吃饭,然后还发了一个名片,让他加微信,是李翠月的微信。最后一条则是告诉他,李翠月走了,已经回广东,她希望赵定力不要恨她,过一阵她还会再来。

通讯录那里红点亮着,点开看,正是李翠月要加他好友,让他通过验证。他盯着屏幕稍一愣神,最后还是放弃了。已经没有什么通过的必要了吧?悬了几十年,终于还能见到她,她还活着,四脚好好的,虽然儿子没出息,可他连儿子都没哩,单从这一点上看,她也比他强,他可以放下心了。他没有恨,最多遗憾吧。命运已经把这女子送到他跟前了,他差点就过上了完全不一样的人生,却还是错过了。无论如何他还是感谢有李翠月啊,不是谁心底都能被另一个人这般揪心揪肺地搅动过的,如果没有李翠月,他这辈子活得只能更没滋味。

脖子那里有热气呵来,一怔,扭头看,是陈细萌。"有事?"这话赵定力在心里嘀咕了一句,最终并没有问出口。有事?还能有什么事?陈细坤问铁罐,高小菊问漆器,陈细萌怕是都要问吧。她还没开口,赵定力就扭身向厨房走去,他走得非常快,两条细长的腿迈得像两根风中飘动的带子。

他去的是厨房,再出来时手里提着菜刀。

从眼角看到陈细萌后退两步,脸一下子煞白。他从她面前走过,并没有停下,而是抬腿跨出门槛,穿过厅堂,再从厅堂跨到后天井。后天井上那两个大水缸早已空了,缸内积了一层污垢,底部落了一堆枯叶，细密的叶片已经由嫩绿转成褐色。花园里的十六棵梨树已经枯死几十年了，这叶子是从前门榕树上越过屋檐飘到这里的?

于淑钦怯生生地尾随来了，身子趴在门旁颤声声叫起:"定力定力你要干吗?"赵定力没理会，他盯着那道月亮形的门，一口一口粗粗喘着气。于淑钦又喊:"定力定力，快把刀放下!"赵定力双腿挺直，脸向天井上方仰起。他很少有这样的时刻，一股气从脚底向上涌着。晴天，阳光很好，云淡得只剩下几丝依稀的影子，风是肉眼看不见的，但皮肤感受得到。

"定力，定力啊，你要干什么?"于淑钦双手垂在胯两侧，身子向前探，试图走过来，脚已经跨一步，第二步又犹豫起来，整个人就呈一个硕大的"人"字。她的身后跟着陈细萌、陈细坤和高小菊。

这时陈细萌过来了，她动作不快，但很沉着，居然脸上还微微带着笑，仿佛有什么喜事急着要说出口。还没走近，就被于淑钦猛地拉住，挡在身后。两人的身体缠到一起，同时垂着眼皮，盯着赵定力右手里的菜刀。赵定力顺着她的视线也低下头看自己的手，终于回过神来。他把刀往上提了提，一扬手，把刀往旁边的水缸里扔去，就头也不回从他们身边经过，出了院子。也没什么地方可去的，他任由自己的脚随便向前跨，跨了一阵终于停下来时，抬头一看，是那幢嵌了绿琉璃的两层楼红砖房，王瑞生的家。

几天前他在这里见到李翠月，这个曾经在漫长的时间里非常用力想的女人，突然她再站在跟前，一切都不一样了。他没想到竟是这样。红砖房门关着，里面没有动静。如果门恰好开着，赵定力可能会进去坐一坐，现在既然关着，就算了。他吁一口气，转过身向码头走去。码头早就没有以前的热闹了，公路开通后有公交车，出行不需要坐船，踏到这里的脚就顿时锐减。对岸的山体可能因为树多了，看上去壮了一些，把江面挤得似乎窄了一点。赵定力在那块凸起的石头上坐下，腿向两旁张开，上身前倾，双掌压在双膝上。如果忽略屁股下的石头，远远望去，这样子跟蹲马桶其实有几分相似。年少和青年时，他曾多少次以同样的姿势坐在这里啊，一眨眼坐在上面的这个人，却已经满头白发。几十个春秋似乎充填着无数的滋味，细究起来，却两手空空，什么都没抓牢。

铃声响起，半晌他才发现声音是从自己裤袋里发出来的。手没有动，他不认为有接的必要，会给他打电话的无非是那几个人，他们中没有一个是他现在愿意说话的。铃声息下，过一会又响起。仍然不接，然后再息，再响。这样循环到第六次时，他手终于伸进裤袋掏出手机，原来是谢玉非找他。他把手机仰握在掌心，如果真是什么事，既然已经打过六次，必定还会打第七次。可是没有，十分钟三十分钟过去，手机并没有再响。谢玉非平时没有跟他胡扯海说的习惯，医生忙，是其次，主要也没什么话可以展开聊，那么突然一连六次反复找他，又为了什么？他终于手指还是落到按键上，回拨了过去。

仿佛是报复，居然也没接起。他叹口气，低着头盯住屏幕，正犹豫着要不要再拨一次，手机响了，"谢玉非"三个字在屏幕上跳了出来。"喂，你在哪里？"谢玉非问。赵定力说："村里。"谢玉非说："我也在村里。"赵定力一怔。谢玉非说："我开车下来，已经进村了。你在家吗？"赵定力马上说："在码头。"

十几分钟后那辆灰色的宝马就出现在码头了。车门开了，谢玉非下来，走近，手叉住腰，一只脚提起，踩住岩石，俯身看下来。"怎么了?"他问。

赵定力摇头,嘴还咧了咧,试图笑出来。他抬起头瞄了谢玉非一眼,这会儿谢玉非正扭头看向江面。起风了,他只穿一件格子衬衫,显然有点凉,双臂环到腹前,身子下意识地缩了缩。也很瘦,但人家瘦得有筋有骨,背挺得很直,发量大致都在,工整梳着,抹了发胶,江风都无法吹乱。

谢玉非脸重新俯下,说:"我看你还是去我家住两天,走吧。"

赵定力觉得意外。谢氏在时,两家往来就不多,谢氏一死,就更少了。当年如果他也考上医学院,毕业后也在同一家医院谋个职,彼此做起同事,地位相当,或许两人还能把亲戚这一层关系强化一下。可事实上他什么都不是,他正要高考,大学的门关上,一晃这么多年就过去了。这几十年里谢玉非总共只两次邀他去家里住,上一次他去了,仅仅住一夜,结果拉了一夜稀,然后逃走,那时他觉得往后自己无论如何都不可能再去了,一步都不愿意再跨进去。但这会儿谢玉非又开口让他去家里住两天时,他突然改变了主意,他猛地站起,动作快得谢玉非都吃了一惊。"走吧,去你家。"他说着,就往宝马车走去,径自打开车门,坐到后座上。谢玉非家他其实并不想去,但他更不想回乌瓦大院去。

谢玉非有点犹豫,问要不要先去跟于淑钦交代一声。赵定力摆了摆手,他说:"不用。走吧,直接去你家。"

当时赵定力忘了谢玉非的家也是陈小娥的家,一直到踏进那个紫藤绕出来的拱形门,才发现陈小娥的脸色不太好,很敷衍地点个头,再没说一句话。晚饭煮好三碗面,在桌子上摆两碗,陈小娥端起自己那一碗直接上楼,然后就不见人影。赵定力心里别扭了几下。看得出来,陈小娥对家里多出一个外人并不乐意。若

349

以前，他会走掉，但现在他不会，既然来了，他只能先住下，毕竟住下了，也方便去医院。路上谢玉非又说起那个肠镜检查，"我看还是做吧，是不是？"赵定力当时点了点头。事已至此，死马活马都无所谓了，做吧。

第二天早上七点不到谢玉非就出门了，医生上班耽误不得，陈小娥比他走得还早，究竟几点走，赵定力居然不知道。昨晚他躺下没睡着，下半夜才迷糊了，等醒来见谢玉非正穿鞋准备出门，给他留的面包已经放在桌上。谢玉非说午饭和晚饭已经在电饭煲里煮着了，肉松在桌子上，做肠镜前吃些稀粥就行，他自己一个人吃，他们晚上会迟点回。

赵定力不习惯这样被外人照顾，一时不知道怎么答，就点点头，怔怔看着谢玉非走出拱形紫藤门，很快汽车发动的声音就响起。房子里只剩下赵定力。手机响了几次，是于淑钦打来的，他看了看，没接，最后索性关机。说什么呢？他觉得不说为好。

到院子里转了转。上次来得匆忙，没发现院子的树种得非常整齐划一，每一株树距相等，地面都用三角形的砖围了一圈，仿佛树因此长出一圈利齿保护着自己。它们大部分都是从谢家大院移过来的，不认生，几个月不见就有模有样地拔出新枝长出新叶了。角落堆放着几样工具，赵定力走过去，找出锄头。闲着反正也是闲，他把土细细锄了一遍，这个活是他拿手的，尤其这一阵，他这里挖那里刨，巴掌上的每块肉都跟锄头柄亲密缠抱到一起，彼此相知相属。

晚上谢玉非下班时带回药，还是上次那个白色粉状"甘露醇"，仍然要放在大盆子里泡开，然后大口大口灌进肚子。有了上一次的经验，这回赵定力心里有数，他喝了一夜，拉了一夜，第二天一大早再坐着谢玉非的车去医院，进了消化内镜科，脱了自己的裤子，穿上医院白底蓝条纹的肥腿裤。这裤最特别之处是屁股的位置没有缝合起来，像小孩的开裆裤，只是对折得比较宽裕，路走得慢一点外人根本看不出来。护士让他侧躺下，屁股向外撅起，他就躺了，撅了。护士说打麻药，然后一管粗大的针筒就伸到他胳膊那里了，里头装着豆浆似的药水。他瞪大眼盯着，看到针刺入血管，药还没打光，他就什么都不知道了。等到醒来，他已经躺在推车上被推到外面的一个小房间里了。他想了想，好一阵才想起刚才发生过什么。周围不时有护士走过，但没有人看他一眼。究竟又躺了多久？他有点恍惚。终于谢玉非来了，让他起来，换上自己的裤子。"怎么样？"赵定力问。谢玉非把裤子递过来，努努嘴，还是让他先去旁边的卫生间换上。"我怎么样？"赵定力不接裤子，坚持问。谢玉非把裤子放到推车上说："先去换裤子。"赵定力只好起来，进厕所换上裤子，再出来，谢玉非又不见了。

他站在那里心不由得有点慌。昨天谢玉非让他把肠镜做了，他心里已经横下了。是祸反正躲不过，查就查吧。但是现在他忽然又不这么想了，那股罢了罢了的决绝已经云一样飘走，一切又回到当初。当初若不是他多出心思，怕真病了，床前无人，孤身凄凉，哪至于惹这么多麻烦？裤袋里的手机微信铃声响了一声，他掏出手机，点开微信，瞥了眼，马上又把手机装进裤袋。谢玉非正从一间办公室里走出来，走到他跟前说："行了，回吧。"

回？赵定力看着他，眼睛得很大。

谢玉非在他背上拍了拍，说："你老婆已经来了，在楼下大厅。我们下去吧。"

赵定力有点不敢相信，眨着眼，问："是淑钦？"

谢玉非没有答，径自向电梯口走去。赵定力只好跟上，他走得很慢,脚还有点虚,步子踩得不实,他也不敢往实里踩。下了楼,果然就看到于淑钦了,她刚从大门外小跑进来,喘着气,脸色煞白。跑到赵定力跟前,一把揪住他胳膊,问:"怎么样怎么样?"

谢玉非说:"今天先把肠子里的两块息肉切除了,创面还比较大,上了止血钳,所以这半个月还要注意,吃流质为主,不要有剧烈运动。"

"止血钳?这么严重?"于淑钦嘴呵得很大问。

谢玉非笑了笑,说:"没事,过些天它们会自动脱落。"

"那……"赵定力觉得事情不会这么简单。仅仅是息肉?他看着谢玉非,发现谢玉非脸上仍然是医生职业性的笑容。"我是不是有什么……不好……"

谢玉非还是笑,并不马上答,半响才说:"病理报告大约得一周左右才出来哩,别急,应该没事。你们是回自己家还是去我家?"

于淑钦马上说:"自己家自己家,我们这就回青江村去。"

谢玉非点点头,说:"也好。"

二十分钟后,谢玉非替他们叫的滴滴车到了。一路上说话的人是于淑钦,她突然变成一个表达欲旺盛的人,嗓门仍然很大,仿佛站在旷野里,前面有一大群好奇的听众。司机都被吸引,不时回过头打量几眼。赵定力一直把手按在肚子上,按得很轻,一会顺时针,一会又逆时针揉着。隔了一层皱起来的皮,藏在里头的肠子们刚被清洗了一夜,又被伸进去的什么机器捅了一番,对于它们来说,这是几十年里头一遭,一定也惊吓得不轻吧。病理一周后才能出来,出来时究竟是凶还是吉?一边想着肠子,他一边还是把于淑钦的话听进去了,并且悄悄梳理了一下,大约如下：

1. 她跟谢玉非之前没有互留过手机，但有次翻赵定力手机，在通讯录里翻到谢玉非的号码，心里一动，顺手就把号码存到自己手机里了。前些天细米死了，他掉头从茶园离去，手机没带，一夜未归，她以为他是去谢玉非那里，打电话过去。谢玉非恰好带着陈小娥去马尾朋友家，离这不远，就把车开过来了。然后前天他居然提菜刀，后来又气冲冲出去，她不知道他去哪里，还是给谢玉非打了电话，于是谢玉非又开车到村里，把他接走。

2. 昨晚谢玉非给她回拨了电话，大致说了赵定力的身体情况，并告诉她今天早上要做肠镜。她不了解肠镜是怎么回事，一夜没睡，早上五点就起来了，匆匆给细萌他们做了饭，本来很快就出门坐公共汽车赶来医院，结果细萌和高小菊拉着她要说话，说了很多，没完没了的，接着村干部又带着一拨人，好像是市里的什么领导，他们走进乌瓦大院转了一圈，问这问那的，所以她来迟了，九点多才出门。

3. 细萌的儿子一断奶就生病了，丈夫气坏了，在电话里大声吼起来，威胁要离婚，所以细萌马上买了今天中午的机票赶回北京，这会儿已经在机场。

4. 以后她不去北京了。

三

滴滴车直接开到乌瓦大院外才停下，从车里跨出来，第一眼赵定力有些恍惚，竟以为走错了地方。他心猛跳几下，眼睛下意识扫了一圈，最后定定落在乌瓦大院的正面。他在这里出生，七十八年里除了风和空气，再没有其他任何人和任何物比他更熟悉这座房子了,可是这会儿却突然如此陌生。他转过脸看看于淑钦。

于淑钦刚开始不以为然,很快也眼睛瞪直,嘴呵大了。

门呢?那扇谢氏做的有白莲花、荷叶和蜻蜓的大门呢?门不见了,只留下一个空洞无力的矩形石框,整个院子就顿时一萎,像被谁打了一拳,没有血,但伤口豁着,深不见底。仅仅从观感上看,对于一座房子而言,门原来也如此至关重要。

于淑钦已经跑起来了,双臂在腹前左右快速摆动,腿向前,臀部却向后沉,每一步都像后面有人扯住。平足这东西跟人身上其他毛病一样,静态时是看不出太多异样的,一旦动起来,笨拙和丑陋就被放大了。赵定力一只手仍按在肚子上,走得很慢。以往每次他外出回来,离大老远,细米就从门内窜出来了,失散多年的孤儿般又委屈又激情地围着他蹦跳吼叫,尾巴都快摇断了。再也没有细米了,细米死了。

现在连门也没有了。

于淑钦已经站在门框里,手左右摸着。"门到哪里去了?"她看着赵定力大声问。赵定力鼻孔里重重呼出一口气。他不在家两天,仅仅两天,立在这里已经一百多年的门就没了。门到哪里去了?于淑钦嘟囔道:"早上我走时它还在。"应该是怕赵定力不相信,她双手在大腿两侧重重一拍,"真的在——细萌!"她突然转过脸,朝院子里喊起,意识到叫错了,又喊:"细坤,细坤!"没有答,院子里一点声响都没有。于淑钦急急向屋子冲去,边走边继续喊着细坤。陈细坤不在,高小菊也不在。

赵定力跨进右披榭,向茶台走去,刚要坐下,一怔,垂下眼皮盯住茶台。壶、杯、炉一样不少,看上去茶台与往日并没有两样,但这瞒不过赵定力。他一出生,茶台就摆在这里了,先是谢氏用，接着赵聪明用，再就是他用。即使是谢氏和赵聪明泡着茶，旁边也往往坐着他。他在茶台边长大，变高，又一天天变老，除了中途用麻布包裹，再涂上泥、浇上粪的那些年外，每天他肢体与之都如此贴近，气息交融，耳鬓厮磨，天底下他最熟悉的东西就是它了，上面的每一个纹路、每一道色泽以及每一个镶嵌，都比他自己脸上的皱纹更清晰可辨。他围着茶台转一圈，再转第二圈、第三圈，步子从缓慢到加快，然后伸出手，托到茶台底部往上掂了掂。他没有用上力，倒不是因为肠子，这一刻他已经忘记谢玉非曾吩咐过这十天半个月不要干重活，而是此时他确实浑身一点气力都没有了。脚一软，他一屁股落在椅子上。

这么多年下来，茶台只动过两次，一次是赵聪明和他拼足劲，把朝屋角的那个脚往里挪了一点，第二次则是姜启豪的手下把挪动的那脚重新移回原位。而茶台朝门槛的另一个脚却没有动弹过，它仿佛已经生出根扎进三合土地面了，周围的一切都接受了它，早已长天秋水般融为一体，这会儿脚边却各有一条细细的纹路，像裂痕，又像被利刃刻过。

有人想搬动它？搬哪里去？

赵定力愣了会儿，又站起，马上往外走。他先走到前天井，踩上台阶，穿过厅堂，跨过太师壁旁的门槛，每一步他都用上了力，迈得很大。某一瞬他可能记起肠子，手下意识地抚住肚子，但脚仍然没有停下。"定力。"于淑钦在后面喊了一句。赵定力继续走，头都没有回。于淑钦小跑过来，她追上来时，赵定力已经站在后天井已经空的大水缸旁了，往缸里瞥一眼，没有刀，那天他扔进去的刀不在了。

刚才他从院子外进来，豁着的门洞让他一时心乱了，一抬头往后院方向瞥了一眼，心里有点异样，但还来不及往下想，那个念头就滑走了。现在他仔细看，看到很久以来月亮门一直紧闭的西鬃房，这会儿门仍然闭着，但挂在上面那把足有半个巴掌大的锁却没了。

房子缺了门，跟门缺了锁，竟有同一种古怪的诡异感，仿佛好好的一张脸突然少了眼睛或者鼻子。"怎么回事？"于淑钦也盯着门问，"我早上走时它也是好好的，为什么……"下面的话她突然收住了。赵定力侧过脸瞥了她一眼。于淑钦身子向后一晃，两手摇着，说："真的真的，我走时这个锁和外面的门都好好，明明它们都在。"

赵定力没有听完，就上前几步，伸手一把推开门。从远处看门是紧合的，其实并没有，还留有一条不易觉察的小缝，或许是门被锁久了，自己也不习惯没锁的日子，惊诧中不知不觉呵开了嘴。

架子上的碗、刷子、木片，所有的东西都交错歪斜，桌上原先铺着的鼠灰色厚毛毡也被掀起了，歪斜在一旁，地面东一绺西一绺散乱着之前分类装在木盒子里的东西：石片、贝片、瓦灰、黑炭、木屑、发刷、角锹、箩筛、牛角刀……于淑钦噢噢两声，转身跑出去，眨眼提着扫把和畚斗回来，忙不迭开始收拾，边做着嘴里边连声叨着："怎么这样？怎么这样？"

赵定力没有停留太久。小时候他曾长久待在这间屋子里，在谢氏旁边，看她描图、勾线、堆填、粘贴、上漆、推磨，他对漆没兴趣，按谢氏的话说漆与人是讲缘分的，他跟漆无缘，他只是喜欢看谢氏做事时的样子，那么沉醉素雅，仿佛整个世界都像春天里一片刚挺立到枝头的绿叶，嫩嫩地生长出一股安静悠远的力量。他不喜欢动手做漆，却喜欢闻漆的味道，它似乎具有无限攻击性，却总是潮水般一波波地来，又柔软地一波波退走。这么多年西厢房门闭紧了，不再有人扰动漆们，那股气味似乎前后脚都追着谢氏一起远行，忽然间打开了，搅乱了，藏于各处的味道又轰然涌出。

那些死去的人，谢氏、何燕贞、赵聪明却不能气味般刹时重现了。

他返身出门，再回到右披榭，在茶台边重新坐下。烧水、温杯、洗茶、泡茶，整个过程都依序展开，看不出他脸上有什么表情，他没有表情。喝了几杯，他拿出手机，拨了出去。

他找王瑞生，但王瑞生没有接。

于淑钦进来，背都弯了几分，脸挂着，小心地问："想吃什么？我煮面线给你吃，好不好？"赵定力没有应，垂着眼皮继续喝茶。吃竟然是一件多么遥远的事啊，从决定做肠镜检查起，谢玉非让他吃很稀的粥，配一点肉松。然后昨晚开始，当这些粥和肉松下到肚子，还没来得及消化成另外的样子，那个叫"甘露醇"的药被稀释后，就开闸的水一样冲下来，把整个肚子扫荡一空，片甲不留。再然后他穿上开裆的裤子躺进检查室，被注进麻药，推出来，坐上滴滴车回到青江村，看见门没了，锁也开了。

从昨晚到现在，除了水他还什么都没吃。他想起细米，细米在强大好胃口的驱使下，每次面对放入那只它专用的铝锅里的饭、菜、狗粮，长舌头一扫，锅顿时就干干净净了。昨晚要是派细米钻入他肚子，细米只要用舌头，就会把他肚子清得比那口锅更空荡荡吧？现在他一口都吃不下。他不是细米。细米有那么蓬勃的生命力，却说死就死了。

赵定力眯起眼目光在于淑钦背影上逗留了片刻。按她的说法，早上九点多她才从家里离去，那时乌瓦大院里还有陈细萌、陈细坤和高小菊三个人。然后陈细萌去机场，剩陈细坤和高小菊,等到他和于淑钦从城里回来,陈细坤和高小菊也不见,一起消失的还有门和锁。

他开始回想那扇门,戳在乌瓦大院正前方的那扇门。七十多年的时光里,他已经见过门三种不同的面目,小时候上面莲花、荷叶、蜻蜓是完好的,后来是泼过黑墨又被人踢过的,再后来是他用棉签把墨汁一点点擦掉,却去不掉踢过的痕迹。现在门不见了,剩下空洞的门框,算第四种吗?他又拨了王瑞生的手机,呼叫铃一直响到一个女人出来嗲嗲地道歉:"对不起,你拨打的电话无人接听。"她又不认识王瑞生,为什么要道歉?

赵定力站起,走到院子外,到在榕树下。腿还是软,他缓缓蹲下,双臂抱在膝盖上,脸朝着门。一幢房子突然缺了门,如同一个人掉了牙,模样竟是如此古怪。稚童生命刚刚开始,没牙也是可爱的,老人牙一掉看上去整个人就萎了,丢一颗老十岁。乌瓦大院几岁了?已过百岁,有门的时候老而弥坚,比村里所有新盖起来的钢筋水泥房都更硬朗稳健,可是门一没,一下子就老迈了,气息奄奄。赵定力站起,向村里走去,他要去找王瑞生。

王瑞生不在家,徐巧琴和两个双胞胎孙子也不在。赵定力上前推了推门,门锁着。门旁装有门铃,赵定力右手拇指食指中指轮番按压,叮咚叮咚的叫声在屋里凌乱地窜来窜去,但没窜进王瑞生的耳朵,他也许真的不在家。那会去哪里?

赵定力在台阶上坐下,屁股落到石板上的那一瞬,他整个人一紧,双手下意识地抱到腹部上。他是个病人,早上刚刚躺到医院的病床上,把屁眼交出去,由仪器来负责判定他究竟病成什么样了。这个仪器已经去过无数人的肠子,还会再钻进更多人的屁眼,它总是去最脏最臭的地方,却可以出污屎而不染,出来后冲一冲洗一洗再消个毒,就完好如初了,下一次再有人来查,它马上又英勇上前，屁眼就是它冲锋陷阵的起跑线。已经中午了，太阳炽烈得仿佛举着一个大火把往地面上烤。入秋了，天气开始凉下来，寒露这个节气都快逼到眼前。以前这时候福州也是这么热吗？不知道，他想不起来了，年纪越大，世事越浑浊一片，此与彼眨眼就搅到一起，白茫茫一片。他开始数数，一、二、三、四、五……他想数到一百，如果还见不到王瑞生，他就要报警。有事找警察，他不能不找。七十……八十……他数得越来越慢，心里默念的声音也越来越弱下去。一百，终于一百了，他怔了一会，有点下不了台的感觉，眉头皱了片刻，又重新从一开始数起：一二三四五六七……这次没数到一百，他一抬眼看到远处有个熟悉的身影正走来，连忙从台阶上站起。

是于淑钦，不是王瑞生。于淑钦居然来了。

他连忙掏出手机，手指慌乱地跳动快速拨号。终于通了，听筒里传来声音，是个女的，她用跟平常人没有两样的声音说："你好，这里是110指挥中心。"他心跳得很快。活了七十八年他第一次跟警察正面打交道。你好，警察居然这么礼貌。"你好！"他马上也说，却发现舌头变得非常陌生，一下子肿大了几倍，把嘴腔塞得满满，似乎一点缝隙都不剩了，所以卷不动，而且重，连齿龈都被压得失去知觉。

不行，他提醒自己，得镇定点，在于淑钦走近前，他必须把门丢了这件事一五一十告诉警察。可是他好像没办法说清。电话里的问话热情度正在消减，慢慢露出一些职业化的慵懒。不能怪人家，普通居民家的一扇门而已。于淑钦已经离他只有二十多米了，赵定力一咬牙，对着手机大声说："我家的门是清末艺术品，价值几百万。"放下手机时，于淑钦已经站在他跟前。"定力，你说什么几百万？"

赵定力仰头看了看，旁边的树枝微微弯向刚才于淑钦来的方向。是风，风把他的话切出一部分，传进于淑钦耳朵里。他抿紧了嘴，把脸转开。这时候他觉得自己最明智的，就是做个哑巴。

四

警车来了，马达声粗壮地响，嗖的一下冲上坡，停在榕树下，跳下两个民警，他们围着大门口左右看，又啪啪啪拍照。于淑钦脸色煞白，贴近他们问："这是干什么？干什么呢？"民警低头忙着，顺口答："取证。"于淑钦又问："取什么证？"民警已经不理她了，转过脸看着赵定力说："是你报警的？跟我们去派出所做个笔录吧。"

赵定力上车时，于淑钦也要挤上去，被民警拦住了。于淑钦说："我也去吧，让我去。"民警摆摆手，猛地关上车门。车开得很快，赵定力从来没坐过速度这么快的车，事实上他也是第一次坐警车，是的，第一次。两个警察坐前面，他一个人在后排，之间用铁丝网隔开了。心突突跳，手不知放哪里好。事情是不是搞太大了？他有点后悔。

做笔录时，他把门的价格先降了五分之二，剩二十万，后来再降一半，只有十万了。其中一个圆脸民警问："你家那个门有点名气啊，我以前也听说过，你确定值十万？"赵定力呆呆看着他，不知道民警的意思究竟是太高了还是太低了。为什么报警居然报出贼的恐惧感呢？他心里骂了一句自己，老了，确实没用了。从派出所揣着报警回执单回到乌瓦大院，整个家都跟门一样空荡荡的。他转一圈，仍然没看到人，就一屁股坐到茶台前了。太阳已经落了，天开始灰下来。他没有像以往那样烧水泡茶，也不开灯,就这么呆呆坐着,身子软软靠在椅子上。往日这时候厨房里炒菜洗锅的声音都能清晰传到他耳朵里,味道也多,一会儿咸一会儿甜的次第涌来,这会儿却什么都息下去。

他站起向马桶间走去。没有屎,但有尿,尿急。经过昨夜一场大扫除过后,他相信自己的肠子现在也如同乌瓦大院,寂静得有一种起高楼、宴宾客后的空洞。他用手在腹部摸了摸,对肠子们也有这一天幸灾乐祸。屎走了,肠仍在,并且一直会在原地蹲守,这活脱脱就像流水兵和铁打营盘的关系啊。

右披榭里有人了,是于淑钦的声音传来。于淑钦以为家里没人吧,每句话都说得很大声。"你小时候我就说过多少次了,别人的东西不能要!"陈细坤说:"不是我拿的。何况,他是别人吗?他是你老公。"于淑钦说:"这是犯罪,会吃官司的。他都已经报了警了。"陈细坤说:"我没拿,报警关我什么事?"于淑钦说:"我识不了几个字,也没有见识。你骗我可以,警察骗得了吗?高小菊你说个话,你们还没结婚,就要一起吃牢饭吗?真是气死我了。"高小菊说:"我们没有拿门,门丢了不关我们的事。"

"还说不关你们?"于淑钦几乎是吼了,"我早上走时门明明在,那时你们在家,家里除了你们两个,就是细萌了。她能把门带上飞机?你们怎么能这样?我告诉你们……"

声音突然中断了。

大约就是在于淑钦吼起时,陈细坤向马桶间走来,他脚步近时,赵定力提起水冲了马桶。刚才他解完手,还未冲水,于淑钦的说话声就传来了。刚才进马桶间没有关门,听到陈细坤脚步声的下一秒,赵定力也看到他了,再下一秒冲水声陡然涌出。陈细坤吓一跳,猛地站住。

于淑钦显然也听到水声,于是闭上嘴,小跑着过来。"定力,定力你怎么在家呀?"她一脸慌乱,嘴呵得很大。她的身后一颗脑袋探出来,是高小菊。赵定力背起手往外走,走过陈细坤,再走过于淑钦和高小菊,接着他跨出了豁着的门框。

起风了,榕树正哗哗哗响。风以前被拒门外,这会儿可以长驱直入,应该很高兴。裤兜里一阵颤动,早上他把手机调成静音,还没恢复过来。掏出一看,是王瑞生。"力啊,你找我?"王瑞生声音明显有异,具体异在哪里一时没弄清,甜腻了?应该是,至少之前他从未听到王瑞生用这种口气说过话。"你在哪里?"赵定力说得快且硬。王瑞生说:"早上我去福清了。我舅公过生日,一百岁整了,眼不花耳朵不聋,厉害吧?怎么的也得去祝贺一下啊。你有什么事吗?"赵定力说得更快更硬:"回来没?"王瑞生大声笑起:"没有,得在这里搞好几天酒哩。力啊,你要不要也来凑个热闹?翠月也在哩,这么多年她还是头一次回福清。福清变化太大了,单单这几年建的高楼都把她惊得嘴都合不拢……"

赵定力把通话键按断,转身就向坡下走去。天已经完全黑下来,没有月亮,也看不见星星,云层很厚,星月的光不知从何处还是隐约打下来。没有光其实也无所谓,这条路赵定力已经走了七十多年,即使脚再软,他也仍然可以闭着眼走。"定力,定力!"于淑钦抱着衣服追上来,"定力你要去哪里?"赵定力脚没有停,也不答。

于淑钦小跑着又追几步,把捏在手里的夹克递过去。"我跟你一起去好不好?"说着她递过衣服,顺手揪住赵定力胳膊,"你把报警先撤了好不好?别报了,不要报……"

"你回去!"赵定力声音一下子提高,比刚才跟王瑞生说的还快和硬。

于淑钦站住了,怔了片刻,又说:"真的别报了,行不行啊定力?"

赵定力"哼"了一声,马上快步走起来了。他要去王瑞生家,他不相信王瑞生去福清,不相信王瑞生要在福清好几天。他现在什么都不相信了。

王瑞生确实不在家,红砖房是黑的,一丝灯光都没有,走近了,推推门,门也是锁的。他低头想了想,犹豫了一会,叹一口气。转过身时,看到有个女人的身影一闪,大骨架,平足,是于淑钦。她跟来干什么?不放心他,还是不放心其他?他拉住夹克的下摆,紧了紧身子,确实有点凉了。他是个病人,体质不行,凉不得。

回到乌瓦大院时,就听到厨房里的声响。陈细坤是不下厨的,高小菊来了后也从来没见她哪怕去烧壶开水,那么就是于淑钦了,看来她已经抢先回来。一听到他脚步声,于淑钦马上从厨房出来,在茶台对面坐下,心事重重地看着他。"定力,别报警了,行不行啊?"

赵定力抬头瞥了她一眼,说:"为什么不报?那门怎么办,白丢了?"

于淑钦身子往前挪了挪,说:"别急,门我来想办法。嗯,会找到的,不会丢……"

这时陈细坤和高小菊进来了。"力叔叔好。"他们像约好的,差不多同时喊出。

赵定力眼皮仍耷拉着,没有反应。最后一口面挑进嘴后,他把筷子搁到碗沿,无声地长吁了一口气。陈细坤和高小菊走到茶台前停住了。"力叔叔,这个你看看对不对,还有没有哪里漏了?"说着陈细坤把几张A4复印纸递过来,上面密密麻麻打印了字。

赵定力接过,瞥一眼,没明白。是一张表格,上面写着几月几日,谁家分多少。这是分什么?陈细坤说:"是土地呀。那年家里的地分给村里人了,我们去档案馆里查到的。"高小菊说:"细坤有个同学是档案馆副馆长。"

"你们干什么呀!你们怎么这么不懂事,还在闹啊。"于淑钦说着手一伸,要去抢赵定力手里的纸。赵定力下意识地身体一侧。他家的地?当初谢氏用槟城寄回来的钱置下然后又被分掉的地?他不清楚谢氏究竟置过多少地,村里哪些地曾经属于过他家,从来都不知道,想都没想过,陈细坤和高小菊居然可以从档案馆里找到了。这东西能存放在档案馆?他还没看清楚哩,不能让于淑钦抢走。不过就是看了,又有什么意义?他侧身的一瞬,陈细坤的手也同时伸过来了。陈细坤把纸一把抽走。

"妈,你别来捣乱。"陈细坤瞪了于淑钦一眼,很不高兴。

高小菊把于淑钦往旁挡了挡。"阿姨你不懂。既然铁罐是埋在咱们家地里,那就该把当年的地都弄明白。我和细坤讨论了半天,发现之前你们一直在花园、茶园里挖,这怎么行?不够的,真的不够,早就该扩大范围了。哪里是我们家以前的地?对呀,哪些是?这是非常重要的一个问题嘛,你们说是不是?"

"别说了,都不要再说了。走,你们吃饭去!"于淑钦手分别压到陈细坤和高小菊背上,把他们往饭桌上推。

高小菊背一甩,很不高兴,说:"阿姨你别这样。一辈子可以吃无数饭,不差这一顿的,铁罐却只有一个,找到它,人生就不一样了,还愁吃不上饭?想吃再高档的山珍海味还不是个小意思?"

"就是!"陈细坤马上接口,"力叔叔我跟你说啊,你们这一代人跟我们这一代完全不一样,你们以前苦过,对贫穷都怕到骨子里去了,什么东西就跟仓鼠似的喜欢藏起来。这有什么意思?人生苦短,享受一天是一天。这里不是要拆迁了吗?农村的房子拆迁赔偿款再怎么的也有限吧?找到铁罐就好了,到时候你和我妈可以到城里买房子,别墅都没问题啊,多好,小日子从此就可以美滋滋的了。"

赵定力咳起来,肚子里一股什么东西往上冲,一下卡在喉咙那里,脑门嗡嗡嗡地响。"我为什么要买别墅?"这句话赵定力是在咳的过程说出去的。

高小菊嘴咧得很大,笑起,说:"你不要可以给我们买呀。我们在北京还没有房子哩,我们不图别墅,能有一套一百平方米的单元房就够了。你知道北京的房价……"

赵定力说:"我为什么要给你们买房子?"

"力叔叔你别误会,"陈细坤上前一步,身子向茶台折下,俯到赵定力跟前,"小菊的意思是那个铁罐埋在地里,它就不过是个废物,如果我们把它挖出来,就是宝。是不是这个理?而且不是高速路马上就要修了吗,工程队一大班人马一过来,人呀车啊乱糟糟的,扎堆挤在这一带,铁罐万一被他们挖到了呢?他们肯还给我们?当年家里的地真多啊,没想到居然这么多,有这么多地的大户人家金银珠宝绝对少不了,又都是从南洋寄回来的,所以那个铁罐肯定有……"

赵定力突然头一仰,大声说:"当然有!"

陈细坤和高小菊对看一眼。陈细坤说:"我和细萌以及小菊也一直相信有,所以我们才花了这么多心思帮您。现在虽然大致知道我们家有哪些地了,但怎么挖呢?一块一块挖过去吗?还有,那些地已经是别人的了,人家种了东西。傍晚回到村里时我和小菊去转了几处，很多都成果园了，那些龙眼树、橄榄树应该都种二三十年了吧，怎么挖？"

高小菊说："是啊，都挖一遍难度太大了，如果您能记得铁罐埋哪里的话，那就简单了。"

赵定力说："我记得。"

陈细坤和高小菊又对看一眼，脸上有了喜色。

于淑钦也很意外，大声问："那天你不是说没有铁罐吗，怎么又有了？"

陈细坤甩一下巴掌，制止道："妈，怎么可能没有呢？你到现在还这么天真。"

赵定力从茶台后站起，他往大门口看一眼，然后向后院走去。他跨进后天井，在水缸边沿坐下，其实双腿是用力撑着，只是把屁股斜斜地靠在上面。只一会，他眼睛就适应了，西厢房和东饯室的月亮形圆门清晰地浮在夜色里，一个开着，一个关着，看上去就像一对半张半闭的大眼，直直瞪着他。乌瓦大院建起后，这是第一个没有大门的日子。若是路真要从村里过，拆了，迁了，乌瓦大院都化为乌有了，一扇门又有什么意义呢？谢氏建的房，赵聪明好歹守住了，却在他手里没了。他突然鼻子一酸，眼角渗出泪，顺着坚硬挺起的鼻梁外侧滚下来。他连忙仰起头，似乎这样就可以让水分在眼眶里蓄住。此时天上云少了点，透出来的光明显比刚才多了。如果月亮和星星都长有眼睛，它们一俯瞰，是不是也会露出一脸的惊讶？而谢氏的魂灵也看下来呢？他吸吸鼻子，又一串泪滚下来。

脚步声，接着是喊叫声："定力，定力你在哪？"

赵定力像屁股被烫了一下，整个人跳起，他想向花园走去，但已经来不及，于淑钦出现了，她急走几步到赵定力跟前，低声说:"定力,你答应我了是不是?明天就去把报警撤了好不好?"

赵定力说:"不好!"

于淑钦半晌不说话,突然咚地跪下,头伏到青石地上,说:"求你了定力,别报警了!你怎么样都行,就是别报警。我……对不起你,生的是这样的子女。求你了,你明天去撤了吧。门我来想办法,我肯定会把门找回来的……"

赵定力上前一步去拉于淑钦。于淑钦不肯动:"你要先答应我。你答应了我才起来。"赵定力叹了口气,说:"我答应。"这句话说出口时,他心里绞了一下。警察不出手,门就没了呀。于淑钦怎么可能找得回门?

第十二章　大漆门

一

又做梦了，还是火光，天上地下一条条火焰像一双双巨大的手伸向他，他用力跑，脚却迈不出去，气喘吁吁，气越喘越短，终于一口憋在胸口，醒了过来。他睁开眼，突然整个人在床上蹦跳了起来。床前立着人，是于淑钦，她正低头看着他。见他醒过来，也吓一跳，猛地向后退两步，笑起。"你醒了？"她两个巴掌放腹前对搓几下，有点无措。

天已经亮了，赵定力往墙上挂钟瞥一眼，六点二十分。他重新躺下，闭上眼，用一条胳膊横到额头上，这样就把眼睛完整遮上了。"你再躺躺，过一会儿起来吃点东西，然后我陪你去派出所啊。"于淑钦压低嗓子，语气里都是讨好。她很少这样说话，可能连她自己都不习惯，就有点磕巴。赵定力想了想，片刻才回过神来。昨晚于淑钦下跪了，要求他把报警撤了。他不愿意撤，但他确实答应了于淑钦，去吧，只能去。

于淑钦坚持要一起去派出所。赵定力这次没拦，拦也拦不住。不亲眼看着案子撤掉，赵定力知道于淑钦肯定放不下心的。来去的路上两人没有交谈过一句话，于淑钦倒是屡屡开口，但赵定力不接话,问什么都不答。在说话这件事上,他突然理解了当年终日闭拢嘴不开口的李翠月了。舌头是软的,必须靠心情才能把它撑得有力气卷动。"懒得说话"这四个字,看着粗浅,其实表达出来的却是最精准的意思。

走近乌瓦大院,于淑钦脱口叫起:"咦,有人来过!"

早上赵定力起床时,陈细坤和高小菊已经不在,不知道去哪里。要去派出所了,出门时于淑钦搬了几个纸箱、木桶摆到门框上,把进出的路堵住。其实哪能堵得住,只是摆出一副闲人勿进的姿态罢了。果然这会儿纸箱歪斜着,桶也不在原先的位置。谁来过?于淑钦紧张地跑进院子,在几个房间转一圈,应该没发现有什么东西丢失,出来又站到大门口,对着纸箱、木桶左右看着。"定力,会是谁到我们家?"她问。

赵定力摇摇头,背着手走进右披榭,在茶台旁坐下了。谁爱来就来吧,门已经没了,剩下的能有什么可偷的?只要茶台在,他就不认为这是件多大的事。于淑钦很快跟进来,脸色仍然铁青,她也坐下,手肘支住茶台,探着身子问:"定力,你要不要也去看看你的东西都在不在?"赵定力还是摇头。他能有什么东西?他没有东西。于淑钦说:"那个铁罐真的……还在地里,没挖出来吗?"赵定力抬头斜了她一眼。于淑钦尴尬地笑笑,说:"我只是说怕万一嘛。东西没丢当然最好啦。可是到底刚才谁来过我们家呢?明明来了。"

第二天下起小雨,傍晚雨停了,竟然马上就有阳光冒出来,好像二者约好了轮番站岗,双方都很珍惜自己的使命,你方一唱罢我方就急匆匆站场了。这本来是春天才有的样子,秋天竟也有样学样了。赵定力走到门口。从昨天起,大门像突然变成磁铁,而他的脚是细铁,动不动就被吸过去。一天的时间里他已经走到门口不下二十遍了吧？靠着或手抚住石板站立，眼茫然四看或者什么都不看。门没了，真的没了，这个事实似乎很虚假，反复确认仍然像电影里的某个镜头。门没有脚，它们不可能自己跑掉，谁拿了它们似乎也很明显了，接下去怎么办呢？不知道。案报了，又撤了，从此只能闭眼等着它们自己长脚走回来？

他叹了口气，沮丧得想抽自己几个嘴巴。这时候就听到于淑钦突然尖声叫起，接着就从披榭跑出来。刚才邮递员老万送来报纸，以前他是把报纸从下方门缝塞进去，今天门敞着，他没有下车，腿架在电动车上，从包里抽出报纸，像打篮球似的把报纸往门框里扔去。当时还有雨，报纸从雨中切过，多少沾了点水，落到地面时，重重扑了一声。于淑钦听到响声跑出去，老万骑的车正在下坡，只剩下一个背影。于淑钦捡起报纸，走到茶台前，按说应该直接交给赵定力，但报纸上沾了点土，她去马桶间取来一块布。她把报纸铺在饭桌上一下一下小心擦着的时候，赵定力向门口走来了。从右披榭到大门口十米不到，于淑钦捏着报纸却跑得摇摇晃晃，鞋都没穿。"完蛋了，报纸都登出来了。"边说着，她边把报纸塞过来。

赵定力接过，眼落下去，脑子立即也嗡的一下。《百年老厝惊现郊区，精美漆门离奇失踪》，又粗又大的标题后面衬着醒目的爆炸状图案。报道不长，但配的两张彩色照片却占了很大位置，一张是乌瓦大院全景，一张是右披榭里的那张茶台。

赵定力眼睛在"本报记者陈明报道"这几个字上停了很久。文章和照片的作者都是同一个，他是报社的人，他来青江村了，他走进乌瓦大院了，他对茶台格外注意了。"据说这个令人叹为观止的茶台与那扇遗失的门都出自清末同一位女漆艺家之手。"陈记者这么煽情。"作为享誉全国的漆艺之都，福州究竟还有多少美轮美奂的漆艺精品散落民间？让它们自生自灭或流落唯利是图的商人之手，这既负前人，也使传统艺术蒙羞。"陈记者说得高亢起来了。

赵定力跟于淑钦对看一眼，现在应该大致明白了垒在门口的纸箱和木桶是谁动的了。订了这份报纸这么久，每年订，每天看，都被他看得像心底最亲最崇敬的亲人，这家报纸的记者突然从城里跑来青江村，采访乌瓦大院丢失的门，他却恰好坐在派出所里好言好语求民警把关于门的报案撤销掉。当时家里明明没有人，这个记者从哪里了解到这么多情况？

赵定力低头想了一下，重重吸两口气，好让自己心情平静一些，不要把惊喜堆到脸上来。抬起头时，他重新把报纸举到眼前，眼睛又落在上面。乌瓦大院居然上报纸了，如果谢氏能知道，也是高兴的吧？手机响了，是谢玉非打来的。赵定力拿起来，看了看屏幕显示的来电人姓名，没有接起。刚把手机塞进裤袋，马上又响了。再掏出来看，这次他接了，却不再是谢玉非。"姜……是启豪啊，什么事？"他边说，边往披榭走去，在茶台边坐下，一只手熟练地按下电磁炉的开关，他要烧水泡茶喝。于淑钦也跟进来，紧着身子站着，好像怕一坐下，就听不见赵定力的说话声了。等到赵定力放下手机，她马上问："谁呀？"

赵定力说："我表弟。"

于淑钦没明白："谢玉非？"

赵定力摇头："姜启豪，我以前对你说过。"

于淑钦眉头皱起想了想："噢对，你说过，就是那个台湾人？他找你干什么？"

姜启豪也看到报道了，正开车下来，已经在路上。赵定力不认为这些都有必要跟于淑钦说。于淑钦再问时，他笑了笑，他

371

说:"我表弟马上就到。"

姜启豪还是自己开车,这次开的是一部黑色越野车。车到门口他没有下来,甚至没有熄火,就打电话让赵定力出来。于淑钦也跟来了,一直跟到车子前。姜启豪摇下车窗跟她扬扬手,算是打过招呼了。车重新开走,从后视镜里可以看到于淑钦一直站在原地看着。她显然也想上车,但姜启豪没有邀她。

车下了坡,拐到路上,穿过村子,出了村口,在路边一个加油站的停车场停下。两人继续坐在车里,赵定力看姜启豪,姜启豪看车窗前面。赵定力觉得奇怪,姜启豪跟四川人在舞台上玩变脸似的,每次都有不一样的面目,表情、气质相去甚远。一个人居然活得魔方般让人捉摸不透也是一种本事吧?这个本事赵定力没有,赵聪圣、赵聪明、何燕贞也都没有,谢氏更没有。有也不一定好,但没有又有什么好呢?一个个都活得又累又脆。

姜启豪开始问起门的事,他不是从什么时候发现门不在了入手,这个报纸上都说了,他打听的是于淑钦的反应。"你是说她也很着急?"姜启豪似乎不太相信。赵定力想了想,下意识觉得应该答得谨慎点。于淑钦着急是真的,但着急的纯度跟他不一样,掺杂着另外的情绪。她肯定知道门被谁动了,却不知道现在门在哪里。在报案撤之后,她急的就是这个,撤之前却是其他。

"你,"姜启豪扭过头看着赵定力,"你很喜欢她吗?"

赵定力没想到姜启豪会问这个问题。喜欢?他只在很久以前喜欢过李翠月,那种掏心掏肺牵肠挂肚、瞥一眼血都会流得加快的喜欢,可是李翠月走了,他的喜欢就像被人捅了一刀,血流如注,终于血流光了,痛也渐渐麻木,然后内心空了。没有喜欢,谈不上了。喜欢的反义词是反感,他反感于淑钦吗?也没有。人与人在喜欢与反感之间,还填塞着很多欲说还休的感觉。结婚八年，八年在一起生活，衣服有人洗，三顿热饭热菜，他只是习惯了家里有这样的人为他做这样的事。八年前他可能还不需要，但八年后他却害怕失去这样的生活。

"看上去她应该还算老实人吧。"姜启豪看着副驾驶室的窗外，刚才在乌瓦大院外，他就是从这个角度看着于淑钦，还摆摆手打了个招呼。赵定力点头。这是肯定的，她人粗了点，但确实是质朴的……也不一定啊，现在她还什么都没遮没拦吗？不见得啊。赵定力似乎有点明白姜启豪的意思了，他看着姜启豪，他相信姜启豪还会往下说。

姜启豪手在方向盘上拍了拍，喇叭声短促响了一声。"表哥——我可以这么叫你吧？我这么跟你说吧，你太太的儿子叫陈细坤是吧？这两天他一直在城里找人。"

赵定力问："找谁？"

姜启豪说："找能帮他的人。"

赵定力问："帮他什么？"

姜启豪说："他要雇人在你们村里挖地，可是地是别人的，人家不同意，给钱也不行。他就找了几个在政府部门工作的中学同学，让他们想办法解决一下。地里有什么宝贝呀，需要花这么大力气？"

赵定力垂下眼睑，脸转向车外。姜启豪说："你太太还有个女儿是吧？"赵定力点点头。姜启豪说："前些天她不是刚回北京了吗，听说她回北京是为了办港澳通行证和出国护照，这你知道吗？"赵定力摇头。姜启豪意思不明地咂了一下嘴，说："她应该有什么事，急着去台湾和马来西亚。到底什么事？"

赵定力叹一口气。还能什么事？陈细萌突然回北京，当时他就觉得蹊跷。孩子小、丈夫生气在别人看来肯定是理由，在陈细萌却未必。这么多年赵聪圣和苏悦眉一点消息都没有,八九十年代海峡之声广播电台曾有一个很火的两岸寻亲节目,赵定力也写信去,请他们帮忙找找。电台播了几次,都没有下文。陈细萌去台湾是为了找人还是找线索?至于马来西亚槟城那边,赵礼成另娶的乌度婆也早不在了吧,但孙辈据说开枝散叶了不少,究竟多少赵定力不知道。这一瞬他突然闪过一个疑问:他们还住在莲花街上那幢涂上绿漆的房子里吗?也仍然姓赵?知道青江村和乌瓦大院吗?

姜启豪说:"村里监控不多,但几个重要路口都有。昨天的监控我已经托人查了,结果没发现任何踪迹。那么大的两片门,又不能揣口袋里运出去,所以我猜大概率这门还在村子里。对,应该在的。"

赵定力很惊讶,姜启豪居然这都能做到。

"还有一件事,"姜启豪顿了一下,"你们村有个叫王瑞生的人以前曾找过我,问要不要买一对清末大漆门……"

赵定力身子一挺,猛地坐直了,整个人侧过来看着姜启豪。

肚子这时候非常结实地咕噜一声,仿佛胃伸出手,打了肠子一巴掌。肠子微微战栗,蠕动两下,很快又胆怯地安静下去。

二

从城里回来发现门丢了,赵定力脑子里嗡嗡响了一阵后,最先想到的人就是王瑞生。他先打了电话,转身又去找王瑞生,可见当时他的感觉是对的。从小学到初中,王瑞生跟赵定力同桌,考试总是抄赵定力的卷子,有人欺侮赵定力,他都跟自己肉被抓破似的,立即以拳头回击。细算起来,他肯定是进出乌瓦大院最多的人之一,小时候不懂,可以对门没在意,那么究竟是从什么时候开始在意起来的?

姜启豪开车把他送回乌瓦大院后,掉头就开回城里去了。于淑钦似乎一直站在门框旁等,赵定力脚刚踏上台阶,于淑钦脑袋就突然闪出来,大声说:"定力,怎么去这么久?"赵定力站住,眉头皱起。他出去了很久吗?他爱去多久就多久。本来要往里走了,这时候却改变主意,转过身,向外走去。

"哎,定力,你去哪里?"于淑钦用更大的声音喊着。

赵定力头也没回。他要去哪里?当时并没有想好,但走着走着,他就走近那幢中间嵌一根绿琉璃的红砖楼了。门开着,很好,终于开了。王瑞生正坐在门口石墩上,左右手各把住一个孙子,勾着头,逗着孙子。赵定力看一眼,立即把眼眯起,脑子里蓦然现出一个他从来没使用过的成语:含饴弄孙。再熟悉的人都有陌生的时刻,比如和孙子在一起时的王瑞生,就刹时变成另外一个人了。

王瑞生抬头发现他,嘴咧开笑起。"是力啊,哎呀快来快来。"说着把孙子一手抱一个站起,扭头冲屋里喊,"巧琴,定力来了。"徐巧琴小跑出来,仿佛第一次才见到赵定力,一脸都是笑。"快进来快进来!"她说着,把孙子从王瑞生手里接过,"你们喝茶去吧。"

王瑞生顺从地交出孙子后,又听话地进屋,坐到那个树根茶台前开始烧水。"力啊,我这几天是不是胖了一圈?唉,每天被灌酒,不醉都对不起人家似的。没办法,上年纪后,酒量也大不如前了。咦,你怎么瘦了?"

赵定力抬起手在脸颊上摸了一下。瘦了?应该是。这几天他经历这么多,肠子被清洗,屁眼被仪器捅,门没了,上报纸了……他咳一下，清清嗓子，问："昨天的报纸看了吗？"

王瑞生摇头，有点惊讶，问："报纸？报纸干吗？"

赵定力这才想起王瑞生一向都对纸和字没有任何兴趣，但不看报，不等于对报纸上写的东西不感兴趣啊。绕弯子没必要，他说："我家的门丢了。"

"门？"王瑞生好像没听明白，"你家什么门丢了——噢，你是说乌瓦大院那扇大漆门没了？怎么回事，门怎么没了？"说到最后他眼睛都瞪圆了。

徐巧琴本来和孙子一起坐沙发上看电视，这会儿也过来，问："门被偷了？那小偷进去，你家还有什么东西丢了吗？"

赵定力端起一杯茶，送到唇边，慢慢抿进去。如果不是听姜启豪说王瑞生曾打电话问要不要买门，他这会儿可能相信他们真的不知道乌瓦大院门丢了，但现在他不信。天下无奇不有，连这两人也学会演戏了。徐巧琴说："哇，这么大的事淑钦怎么也不告诉我？"王瑞生说："我们不是去舅公家了，怎么告诉？"徐巧琴头一梗，很不服气的样子，说："打电话呀，发微信呀。她以前不是什么屁大的事都爱拍照发朋友圈吗？门丢了这么大的事她没跟我说，也没见她发朋友圈哩，她干吗要瞒着我？"王瑞生好像有点不耐烦，扬扬手说："走走走，你一边去。"徐巧琴瞪去一眼，扭着身子走开了。

赵定力冷眼看着，他有点拿不定主意接下去该怎么说。

"力啊，"王瑞生开口了，"你家那门可不是一般的门，你觉得谁会偷它呢？"

赵定力想摇头，马上又制止住自己。他双手叠在膝盖上，微微歪着头，定定看着王瑞生。

王瑞生说："那门很珍贵，全世界都独一无二的吧，你可得想办法把它找回来。"

赵定力说:"我报警了。"

"啊?"王瑞生显然有点意外,"真报了啊?"

赵定力重复道:"报了。"

王瑞生问:"警察怎么说?"

赵定力抿抿嘴。警报了,但警也撤了,后半截他决定不说出来。

王瑞生说:"现在到处都是监控探头,警察不难找到吧?"

赵定力心里动了一下。以前他也听说过探头这东西,但在今天姜启豪说起之前,他从来没想到它们跟他有什么关系,不读书不看报的王瑞生却竟然知道。他伸出舌尖在唇上舔了舔,说:"瑞生啊,我家那门真的是全世界独一无二的吗?"王瑞生说:"当然啊,我不是有个朋友是做古董生意的,就是那个陈老板,我带他去过你家的那个,还记得吗?那天把他送出你家时,我就听他嘟噜了一句,说全世界独一无二。他生意做得很大,漆器收得几大仓库,他说的话还有假?他当时不是还想买那门吗?我怕他价出低了,还特地跑福州,去青灯巷那个大漆博物馆,问了里面的老板……咦,你什么意思?"他突然停下来,瞪大眼看着赵定力。顿一下,他嗓子一高,大声说:"你是不是怀疑是我偷了?他妈的赵定力,我告诉你,你家的门丢了可跟我半毛关系都没有。你要是疯狗一样乱咬,我可不会放过你。"

这时徐巧琴大步走过来,带着一身怒气。"怎么,这事怎么惹到我们家来了?定力你是不是神经病了呀?你家门没了的时候,瑞生和我不是正好带着孙子在福清吗?那么多亲戚都可以证明,包括李翠月,李翠月也在福清啊。你说你说,他手有那么长,可以伸回青江村来?血口喷人是犯罪知不知道?"

鼻子突然痒起，是那种千军万马从埋伏处一跃而起汹涌扑来的痒，他连忙巴掌一抬，捂住嘴，勾下头，打出一个雷状的喷嚏。鼻涕和口水都从体内溢出几滴，有点尴尬，他从桌上取过一张抽纸擦了擦，说："不是，我的意思是……"

徐巧琴火气一下子烧起，好像是被喷嚏或者鼻涕和口水激怒的，她喊起，声音都有点嘶哑："你意思个屁！你他妈的快摸着良心想想，我们一向是怎么对你的，啊？瑞生上几辈子都欠你似的，只要是你的事，他都催我快帮快帮。我们这些年怎么帮你的，都忘了？都喂狗了？你不但不报答，还这样诬陷人。真是狗娘生的，你给我滚出去！"

赵定力张了张嘴，马上又觉得也没什么可解释的，就真的站起，背起手往外走。这个转折可能有点突然，王瑞生和徐巧琴都没料到。王瑞生说："力啊，真走了？"赵定力停下，看看他，又看看徐巧琴，他的意思是：不是让我滚吗？我这就滚。

跨出房子之前，赵定力眼角余光看到王瑞生嘴角动了动，似乎要说话。马上他又怀疑是自己看错了。眼睛不好了，这几年看手机后越来越不好。他今天来这里，究竟为了什么？答案没有得到，一切仍然悬而未决，就空着手走了吗？他心里有过片刻的犹豫，脚却继续向前。说逃也可以，他不能让自己置身于被骂中。

腿很软，上坡时脚增加了好几倍重量，走上去，终于看见了榕树，却也看见了空着的门洞。好好的，报了警，为什么要撤了？再报已不可能，可是不报是不是就等于门从此就永远消失了？心一下子变得比脚还沉，踏上台阶，进了院子，再跨进右披榭，然后把自己身体放到茶台边椅子上时，他觉得已经耗尽最后一丝力气。眼角忽然一黑，于淑钦不知从哪里冒出，伛着身子看着他。"定力，"她小声喊，"我以为你又去派出所……你去瑞生家,瑞生怎么说?"

看来刚才她跟踪了。她很介意他报警。他叹口气,打开电磁炉,却抽不上水。一看,桶里没水了。于淑钦也明白了,马上小跑到井边,打上一桶水提过来。她来八年了,手脚好像没啥变化,还是这么利索有力。有片刻赵定力是羡慕的,他不正是怕突然失去这副利索的手脚,才把这些日子弄得鸡飞狗跳吗?"淑钦。"他叫一声。

于淑钦没听见。刚才提桶进来时,水洒了,她马上去取来拖把,前俯着身子把地面擦干。

"淑钦你坐下。"他说。

于淑钦把拖把往墙上一搁,连忙急步过来,端正坐到对面,紧张看着他。

"淑钦,"叫完赵定力抿嘴闭了闭眼。八年来他都很少叫于淑钦的名字,"淑钦,"他又叫一遍,"跟你说实话吧,我这几个月身体不太好……有可能,很不好……"

"啊?"于淑钦有点意外,不过她并没有明白过来。

"还记得我跟你说过,我奶奶怎么死的吗?喝毒药死的,但毒药喝下前她人已经不行,是肠子坏了。我爸也是一副坏肠子,不是拉不出屎,就是乱拉屎……你听明白了吗?"好像是怕自己反悔,赵定力说得非常急。他很少有这么快的语速,上下唇都磕到一起了。

于淑钦轻微地晃个头,问:"我明白什么?你爸你奶奶怎么扯到你身上,你不好好的吗?"

赵定力头低下,片刻又抬起,说:"我不好。"

于淑钦不服气,说:"别乱说,这种事乱说不吉利。"

赵定力叹口气,说:"何必乱说?那次告诉你谢玉非病了,我进城去探病,其实病的人不是他,是我。"

于淑钦皱起眉,头歪下来看着赵定力,眼里都是疑惑。

赵定力说:"已经好一阵了,我也是或者拉不出屎,或者乱拉屎……"

"你的意思是?"于淑钦猛地站起,说,"真的吗?你别因为门丢了就吓唬我!明明好好的,明明……"说到后面,她声音突然低下去,像是想起了什么,一抽身,急跑几步,绕过茶台,一下子扑到赵定力肩膀上,"真病了?是不是说真的?到底什么病?快告诉我!"

赵定力瞥过去一眼,发现她眼睛红了。他心猛地抽一下,竟有点疼。这么多年,他应该是第一次心疼起于淑钦。"没事,"他把语气放轻松了,"应该没事。"

"不可能,你不要骗我。以前卫财……"说到这里,于淑钦突然把话给咽了下去。

赵定力也怔了一下。卫财就是陈卫财,陈卫财肝癌死了,于淑钦成了寡妇。于淑钦联想到陈卫财,她是不是认为自己又要第二次成为寡妇了?这一阵肚子不舒服,但赵定力一直只是从自己的角度惶恐着,怕病床边无人照顾,怕最后日子的孤单无助,却从来没有想过万一真有不测,于淑钦怎么办?一个女人死去一个丈夫算偶然,再嫁再死,就是百口莫辩的扫帚星了,乡野间的唾沫和白眼就会粘上来,余生都休想甩掉。他倒一杯茶,手居然抖得厉害。他屏住气,稳住手,终于让壶口流出的茶水准确落到杯子上,然后端起,抿一口,再抿。放下杯子时,心定了很多。"没事,"他说得很用力,还扯动嘴角笑了笑,既是安慰于淑钦,也是安慰自己,"上了年纪总会有些毛病,不是这个,也会有那个。你看,已经好几个月过去了,我不是还好好的吗?"

于淑钦缓缓站直了,歪着头俯看下来,似乎在辨析他话里的真假。赵定力又倒了杯茶,然后也给于淑钦倒一杯,捏住杯口,递到她唇前,说:"来,喝一口。"于淑钦好像被吓了,头向后闪了一下。赵定力就把手举高,杯子举斜,茶水就滑出杯沿,进入于淑钦的嘴里。他从来没有对谁这样过,李翠月当年如果同意,他可以从白天到黑夜都为她喂水喂饭喂菜喂一切,可是李翠月没有给他机会。他不会为罗玉玲做的,想都没想过,也从来没想过要为于淑钦做,可是突然做了,竟做得如此自然而然。他万万不会料到,做时和做后,内心竟痒痒地软成一摊水,甚至有股细微的战栗一闪而过。

于淑钦显然也非常意外,五官一下子僵住。那杯茶水在她嘴里停留了很久,像是喉管被堵住了,水流不畅。半晌,只听见她嘴里咕噜一声,茶水从齿缝间钻出,聚拢了,整齐灌到她腹部深处。当天晚上,于淑钦躺到赵定力床上,抱住他腰,把头靠在他胸前。她手落下来时,赵定力肚子蠕动几下,仿佛那些肠子很高兴,如同结束冬眠的蛇,款款扭动身子,拉长头,贪婪地呼吸起春天暖下来的空气。"你回吧。这样都睡不好。"赵定力说得很轻,语气是游移不定了,像是商量,肠子的高兴其实正是他内心的真实反应。对女人的身体他一直所知有限,李翠月不让他知,罗玉玲他知的兴致不大,到于淑钦,他体内知的欲望已经所剩无几。而现在,这会儿,他突然心头暖暖的——整个人都暖了。

接下去会发生什么?期待和憧憬真是人生最美好的情感,它们让眼前的一切顿时发亮,要飞,要跑,要引吭高歌……就在这时,一阵雷鸣般的声响涌来,仿佛一个山洞开到胸口上,风过,轰隆轰隆。于淑钦已经睡了。于淑钦打出带着拐弯的尖厉呼噜。

赵定力身子一松。他这样静躺了一阵,在把她推开和叫醒间犹豫着,最后自己往床沿挪动,一下,两下,于淑钦硕大的脑袋从他胸口抽离,落到床单上。可能这姿势不太舒服,她动了动,脸仰天,手一左一右摊开,腿也张大,呈一个粗壮的"大"字。呼噜声停顿了一下,仿佛在积蓄力量,片刻马上放出双倍的音量。这样多好。普通人活着,日常无非吃喝拉撒几件事,于淑钦到这个年纪了,好像哪样都毫发无损。幸福看起来很虚无,说到底应该就是这样实实在在的。

赵定力披起外套走出卧室,从花厅一直踱到厅堂,又绕到前门。没有月,没有星,也没有风,连蛙声和虫鸣声都没有,好像它们都接到命令,一起静默下来给他看。他靠到门框上,宛若小时候那样歪斜着身子,手交叉,两腿松松地别在一起,恍惚间他看到了何燕贞,看到了谢氏。两个一高一矮的女人向他小跑而来,长一声短一声叫道:"力啊!"他有点惊慌,她们的脸和声音如此真实,甚至能闻得见熟悉的体香。八岁那年,就在他眼皮底下,她们一起死了,他跟在父亲身后把她们送上山、埋入土,从此连梦都没有梦见过她们。据说所思才有所梦,他难道不思她们吗?他非常思,极其想,可是她们却都不来,七十年里一次都没有。她们舍不得打扰他吧?最爱他的人就是她们了,只有去地下,才能重新见到她们。她们还是老样子吗?他把胳膊团起,抱住肚子,有点冷。然后他长吁一口,又用力吸了一口,觉得身体轻得像片羽毛,向上向远处舒缓地飘去。

死一下子变得不可怕,也一点都不重要了。

三

赵定力在门框旁站了大半夜,终于腿酸了,掉头到茶台坐下。有一瞬脑子里闪过一个念头,似乎回床上去才是合理的。打呼噜也是力气活,于淑钦不可能一夜打到底,打累了,迟早就安静了。他把头靠到墙上,他想靠一靠就去卧室吧。这么多年,他已经习惯了一张床只容下自己一个人,不过床上多出一个女人,他却逃避,也说不过去的啊。结果竟迷糊了,睡得非常沉稳。

他是被一床被子弄醒的。睁开眼,眼前一座肉山耸立——于淑钦站在跟前,正张大一床毛毯对着他罩下来。她穿着紧身的肉色棉毛衫,肚子那里的肉一层层重叠着往前顶出。女人大半辈子肚子的形状都是这么难看,结束孕期不久,就迅速迎来中年的膨胀和老年的更膨胀。去膨乳房不行吗?膨腿也隐秘得多,非得从中间这部分醒目拱起。肚子到底怎么得罪了造物主,一辈子要反复受这么多罪,呈这么多丑?

赵定力动了动,于淑钦显然没提防,吓了一跳,猛地向后一跳,眉头皱起,片刻大声嚷起:"神经病啊,哪里不好睡,坐这里睡!"赵定力笑笑,觉得不知怎么解释才好,索性就把嘴闭紧了。天已经亮了,但还不见太阳。瞥一眼墙上的钟,已经六点零五。老天爷也到了爱睡懒觉的季节了,天越凉,就亮得越迟。他站起,正要去井里提水,一个人已经站在门槛外了。是王瑞生。"这么早呀?"赵定力脱口问。

王瑞生径自跨进来,在茶台边拖出椅子坐下。

于淑钦去井里打来一桶水,可能觉得冷,进屋取出一件白毛衣套上,然后也坐下,抿起嘴看他们。衣服是新买的吗?赵定力突然心里闪过不祥,要说理由根本没有,却还是心头紧紧的。他开始烧水泡茶,这个过程三个人都不说话。等茶水倒了小盏,递给王瑞生了,赵定力才开口问:"有事?"王瑞生马上摇头,说:"没事没事,年纪大了起得早,出来散散步,就散到乌瓦大院

383

了。"说到这里他端起杯子喝口茶，又说，"力啊，我舅公你还记得吗？"

赵定力眉头紧了紧，王瑞生的舅公应该是李翠月的……他记不得应该是什么关系了。王瑞生好像很意外，说："怎么忘了，人家那么大年纪了都还记得你。那年你去福清时，还见过哩。"那年是哪一年？是和李翠月结婚前，他提着彩礼，跟着王瑞生的父亲王富民去了福清。那次见了很多人，每个人表情各异地在他面前穿梭而过，以为来日方长，以后这里是他的岳父大人的家，亲戚都是与生俱来的，反正都摆在那里，有的是机会认识。哪知道从青江村通往福清的路，他仅仅走了这一次。成亲时本来还要来接，但两地离得远，王富民出主意，让李翠月提前一天到自己家住下。也就是说，当年赵定力是从王瑞生家里把李翠月接到乌瓦大院的。这不太合礼数，后来他曾暗想过，会不会正是因为反常规了，所以被惩罚了，才导致李翠月的消失？

王瑞生说："哎，我听说高速公路从我们村经过，已经是板上钉钉的事了。这拆迁看来不拆也得拆，我们倒没事，那些破房子拆就拆了，安置的地方肯定比青江村好，单元房说不定都是带电梯的，那多爽啊，你说是不是？"

赵定力嘴角扯了扯，他不相信王瑞生今天来是专程为了赞美谢氏和歌颂福清的。这么早来，进门后从半天不开口，到突然话赶话开闸水般往外倒，从最初的局促到明显刻意的眉飞色舞间，王瑞生似乎一直在掩饰什么。

手机铃声响，三个人几乎同时手伸进裤袋，结果响的只是于淑钦的手机。

"喂，啊……"于淑钦对着手机笑眯眯地说，顿一下，像一口锅落地，猛地尖叫起来，"呀，你说什么？"她侧过头看了看赵定力和王瑞生,转过身急步走出披榭,脚迈得大,转眼就不见了。

"她好像有什么事?"王瑞生看着赵定力问。赵定力心里咕噜了一声,他也有同样的怀疑,但他没有回答。

王瑞生仍盯着于淑钦消失的方向,压低声音问:"她儿子在吗?"

赵定力摇头。

王瑞生又问:"她儿子去哪儿了?"

赵定力仍然摇头。

王瑞生说:"这两天她和她儿子一直给我们打电话发微信……"

赵定力一愣,眼睛瞪直了。

王瑞生说:"她找巧琴,其实是她儿子找我。"

赵定力说:"什么事?"

王瑞生似乎犹豫着不太愿意说。

赵定力说:"快说,什么事?"

王瑞生说:"我前两天不是在福清吗?她儿子给我打电话。那边吵,我没听到,他就一直打,也给巧琴打。"

"通了吗?"赵定力问。

王瑞生说:"后来通了。"

"干什么?"

王瑞生笑了笑,说:"他让我把那个陈老板的电话告诉他。"

"为什么?"赵定力一时没回过神来。

王瑞生说:"他以前听我说过陈老板想买你家大漆门的事。"

"你告诉他了?"

王瑞生手在茶台上一拍,说:"没有。我当然不会说。你是谁啊,他又是谁啊?我们这么多年的交情摆在那里,我怎么可能做

385

这种事。对了……"说到这里王瑞生把手机掏出,拨弄几下,递到赵定力面前,"你看,他微信里说如果门卖成了,钱就分我四分之一哩。"

赵定力接过手机,把那几行字反反复复看了几遍。同样是字,看屏幕和看报纸的区别之大,他是第一次意识到。手机太亮了,每一个字都像浮在水面上,水波荡起,字晃来晃去,似乎怎么也没法把它们抓住看清楚。王瑞生手指节在茶台上叩了叩,说:"没骗你吧?昨天你还怀疑是我偷了门,哎呀,我一个晚上都没睡着。我们从小一起长大的,你可别害我。要是警察冤枉我,再把我抓进牢,那可不是玩的。以前我没什么可怕的,抓就抓,关就关,反正在哪里只要有一口饭吃都能活。现在能一样吗?现在我一天不见这两个孙子,心里就慌得喘不过气来。而且也这把年纪了,万一进了牢……唉,我可不想再过那样的日子了。"

赵定力看着他,眉头慢慢皱起。王瑞生比自己小三岁,也老了,逾古稀也已经五年。当初刚见这张脸时,圆滚滚的,皮上浮着一层细密的小绒毛,如今脸形还是圆,但皮瘪了,又黑又干地皱出很多疲惫的纹路,像大漆厚涂后出现的一道道漆皱。这一生王瑞生也没活好啊。其实大多数人都一样,还没来得及活明白,几十年就嗖的一下过去了,如同一天里走着走着,天不知不觉就黑了下来。如果从头开始,每个人都会选择另一种活法吧?可是另一种究竟又是哪一种呢?"瑞生啊,"他叫道,"说实话昨天我确实怀疑过你……"

"现在呢?现在还怀疑吗?你他妈不会跟警察也说可能是我偷的门吧?"王瑞生猛地立起,上半身俯过来,说得很急,声调都有些变形。

赵定力低下头,咽了咽口水,半晌才抬起脸,说:"昨天你并没告诉我陈细坤找过你。"

"这能怪我？"王瑞生明显很不满，"陈细坤不是你儿子，更不是我儿子啊。他就住在乌瓦大院，整天在这扇门进进出出，他找我干什么？他找我也是我的错？"

赵定力倒了一杯茶，正要递过去，王瑞生的手机响了。"喂。"王瑞生接起，刚喂了一句，猛地就跳起来，"你说什么！好，我这就来……"走到门槛前收了手机，扭过头，冲着赵定力吼道，"你们家的陈细坤带一堆人在挖我家菜地！"

挖菜地？王瑞生家的菜地在村子口，临着马路，那一片原先全是田，种稻种麦种甘蔗种蔬菜瓜果，这茬割了那茬又下地了，绿了黄，黄了再绿，慢慢地里开始长出了钢筋水泥房。地分了，分到各家各户手里，他们这些年大都变着法子建起房，方方正正地戳在那里，剩下零碎几块土，好像也都萎了，不再有之前那股一股脑奔向秋天，把果实得意扬扬展示出来的兴致了。王瑞生的菜地就夹在其间，他只有两个儿子，两个儿子都偷渡美国，孙子几年后该上学了，终究也是要去美国，家里根本不需要建更多的房子，地因此存活下来，每年种些菜，不施化肥不打农药，够一家人吃就行。谢氏在时，曾带赵定力去那一带转过，看苗是否返青了，稻是否抽穗了，虫害有没有泛起——对，那一片地曾经是乌瓦大院的，后来不是了，早就不是了，陈细坤却要挖它们……赵定力心里咕咚响了一声，他终于明白过来了。

刚才于淑钦避开他们出去接电话，竟再也没回来，然后王瑞生也接到电话，也走了。赵定力想自己也该走，去村口看看。事情应该比他想象得更大，他心跳得厉害，得先把头绪好好理一理。昨天姜启豪说陈细坤正在城里托同学找人，想在村子动迁前把地挖了。赵定力左耳进右耳就出掉了。怎么可能？他不相信已经是别人家的地可以想挖就挖,陈细坤还是真的带了一大堆人来挖地了。是找到靠山还是擅自强行下手?于淑钦接的那通电话也是因为这事吗?他开始粗粗喘着气,胸口那里像有一堵墙突然立起,把呼吸严严实实地挡住了,左边有个强大机器,正开足马力,把他脸皮吸去,五官也一块块飞走。他觉得不行,应该马上冲去拦住陈细坤,可是地面却像被谁铺上越来越厚的海绵,他一歪,整个人重重地扑了下去。

醒来是在医院。眼睁开前他先听到了哭声,还有模糊不清的说话声。很恍惚,仿佛身处电影院,哭声和人声都是从银幕上传来的。他睁开眼,鼻子那里痒痒的,有异物粘住。他手下意识地举起想去抹,马上被旁边的人抓住了。是个穿白大褂戴无框透明眼镜的医生,门口也有白,护士和穿着白色毛衣的于淑钦正一个拦一个被拦,白花花的绞成一团。医生说:"醒了。"马上又说,"输氧,别扯掉。"

屋里静了一下,门外的于淑钦像通了电,又急着要往里挤,还是被护士死死拦住了。护士关上门,于淑钦打雷般的喊叫声从门外传进来:"啊,定力,赵定力,你醒了,真的没有死啊!"眼珠子转了转,赵定力突然想,于淑钦说"真的"是什么意思?难道刚才她以为他死了?

四

一过性缺血,赵定力第一次知道世上竟然有这种病。有"一过",难道还有二过三过和 N 过吗?从抢救室转到观察病房后,他问了护士。护士帽子、口罩、白衣裙把全身裹得只剩下半截小腿和一双眼睛,看不出美丑,但很年轻,年轻的肢体是不一样的，背薄，肩颈松，走路时腰腿坚定有力。以前他对年龄非常麻木，大大小小都无非是个与他无关的人。究竟从什么时候起，看人第一眼就会直接落到对方的岁数上呢？年轻真好啊，年轻就有结实的身体和漫长的活下去的日子。护士侧过年轻的身子，嘴在口罩下含混不清地答了一句，赵定力后来反复琢磨才厘清大致的意思：肯定有这个可能，血脂这么高，要注意预防缺血性中风。

他暗暗长吁一口气。之前一直以为中风是胖子的事，他这么瘦，单薄像只蝴蝶，跟这个病怎么可能沾上边呢？上次找谢玉非看肠子，抽血查后谢玉非说他血脂高，血管也开始硬化，开了药，让他平时吃清淡点，过一阵要记住复检。他不安了一下，仅仅几秒钟吧，就一闪而过了，总之没当回事。肠子实实在在摆在肚子里，已经把他弄得七上八下，与之相比，血脂根本不是器官，也不需要每天坐到马桶拉一拉清一清，他顾不过来，很快就丢脑后去了。不料，血脂也不是好东西，太高了居然也会中风。

床头立着一个类似小电视的东西，屏幕上有很多一闪一闪不断变化的数字和线条，旁边还有一个不锈钢杆，杆上挂着一个蓄满药水的透明玻璃瓶，从瓶口延伸下一个细长的浅咖色橡皮管子，抵到他右手臂后才终止。他以前打过吊瓶吗？没有，一次都没有，但在村药店里见过别人打。如果考上医学院，他一辈子得开出多少药让病人打啊，没上成，他就弄不懂这东西了，不过是水，直接倒进嘴里就进入体内了，为什么非要这样一点点慢慢弄到血管里才可以？没有打过吊瓶的人生也不完整吧，现在终于轮到他了。

于淑钦侧着身子坐在床沿，胳膊撑着，身子前倾，睁大眼，仿佛不相信他已经活过来了。他伸出左手在她手背上轻轻拍了拍，似乎他已经开始习惯做这种亲昵的动作了，所以这一次做得有点水到渠成的自然。于淑钦应该也适应了:"魂都吓丢了!"她很不满,说着把巴掌一扬,甩开赵定力的手。赵定力问:"现在没事了吧?"于淑钦白了他一眼,说:"医生说什么征……对,体征,他说等体征稳定后,再观察两天,如果正常就可以出院了。定力啊,这次真的被你吓死了,幸亏及时送医院啊,迟了说不定命都没了。"

"谁送医院的?"赵定力突然觉得这个问题很重要。

于淑钦说:"你表弟嘛。"

赵定力很意外,问:"谢玉非?"

"不是!"于淑钦声音又大起来,"另一个,台湾那个。他刚好带几个省里的什么专家去我们家,进门就看到你躺在地上。他打了120,救护车把你拉到这里。连住院的钱都是他缴的,他跟医院的院长也很熟。这次真的多亏了他啊。"

"噢是启豪啊?"赵定力打断她。姜启豪带人去乌瓦大院了?专家?但姜启豪并没有提前给他电话。看来是他命不该绝啊,否则当时王瑞生走了,于淑钦也不在……他想起来了,先是于淑钦接了一个电话就消失了,然后王瑞生也接个电话走掉。电话里的人告诉王瑞生,陈细坤带人挖他家菜地了。于淑钦接到的电话也是同样的内容?挖人家的地啊,这种事都敢做。无论如何赵定力觉得都应该问一问。

于淑钦脸顿时黑下来。她说:"你别急,等出院的时候再告诉你。"

赵定力还要坚持,于淑钦的手机响了,她抓起一看,就从床上跳下,快步向门外走去。他相信于淑钦有事情瞒着。如今的于淑钦是复杂的于淑钦,是他看不透的于淑钦。

第二天他鼻子上的氧气管取下,虽然腿还是软的,但床上床下可以走动了。

第三天又检查了一遍,医生说好了,可以出院了。

于淑钦去办出院手续时,谢玉非走进病房,他不是这个医院的,这会儿没穿白大褂,而是一件黑色夹克,斜挎个棕色皮包。他说:"刚出差回来,到家才听说你病了。"

赵定力点头。一看到谢玉非,他有种从悬崖退到平地上的感觉,心一下子定了许多。医院哪里是人待的地方啊,到处白得刺眼,每时每刻往鼻孔里钻的都是消毒水的呛味,电梯里挤着一个个垂头丧气脸色蜡黄的人,旁边推过去的担架车躺着闭紧眼不知死活的人,旁边走过的也动不动是捂住肚子佝偻起身子挪动吃力的人。多么像一间堆放坏机器的房子,那些身体坏掉的人也被扫到这里来了。他突然怀疑起那个男医生的话,好了?说好就好?人都晕过去,摔到地上,什么知觉都没有,才两三天就好了?会不会是病床紧张,医院不想收留他了?他打算把过程对谢玉非说一遍,谢玉非至少不会骗他。但他刚一开口,谢玉非就摆了摆手说:"你的主治医生是我以前的学生,刚才我已经先去他办公室看了你的病历,几个检查报告都看过了。"

"怎么样了?"赵定力皱着眉头问。

谢玉非说:"目前应该没问题了。你身体素质比同龄人还是好很多,就是血脂太高了。上回开的药都按时吃了?"赵定力迟疑了一下,还是老实摇了摇头。谢玉非说:"那不行。也怪我,转身也忘了。血脂高不能大意,会导致动脉粥样硬化,血管里出现斑块后,一旦脱落,阻塞脑血管,就会导致缺血性脑中风。这次算是给你警告了——噢对了,你的肠镜检查报告我也带来了。"说着谢玉非从挎包里取出一张纸,递给赵定力。

赵定力接过,心跳得厉害。原来还有肠子这件事。很奇怪,之前不拉或乱拉，每一天都锯子般在心口上来回拉着，可这三天他居然忘记了，完全丢脑后，肚子一下子静谧如夏夜，没有任何不妥，首先他吃得少，不拉也就不拉吧。现在，他肚子蠕动一下，仿佛有股绳在上面抽紧。纸正反面都有字，都是他认识的汉字，可是串在一起他却看不懂。

谢玉非说："没事，腺瘤。"

赵定力马上在纸上找到这两个字。他问："什么叫腺瘤？"

谢玉非拍拍他肩，说："大肠黏膜上皮细胞增生的良性肿瘤，至少目前没关系。"

赵定力听出谢玉非话里有话，脱口问："至少？那以后呢？"

谢玉非笑起，说："理论上至少百分之八十的大肠癌都可能是大肠腺瘤演变的，不过不用太担心，什么事都不是绝对的。那几个息肉那天我已经处理掉了，小的两个当场就做了电切电凝，大的也切除掉了，再要发展，也有一个过程。以后小心点，半年随访一次，应该问题不大。"

从医院出来，谢玉非开车，把赵定力和于淑钦送回乌瓦大院。于淑钦脸上的感激很真实。"吃了饭再走吧。"她说，但谢玉非有事，还是走了。家里很安静，赵定力到院子各处转了一圈，他走得很慢，窗、门、柱、梁，每一处都仔细打量，仿佛是在哪家博物馆欣赏艺术珍品。才离开两三天，却像久别多时，每一处看着都那么顺眼。他喜欢这里的每一块砖石和每片木头。

然后他站到大门口。门洞还是豁着，他在医院住了几天，丢失的门仍然没有回来。他低头逡巡一下，片刻才意识到这个动作是在找细米。如果细米活着，见他回来，一定会粘住他的腿，半天都不肯离开。可是细米不在了。他吸吸鼻子，把头仰起，仰得很深，眼眶马上被树叶占满了。阳光很足，叶子被照成黄澄澄的,鸟在上面集体蹦跳喊叫着,好像又见到赵定力对它们来说是件极其高兴的事。七十多年前,这棵榕树跟现在究竟有多大区别?这个问号以前曾在他脑里闪过好几次,却都没有答案,他忘了。幼小时看树,树似乎比现在更粗更大啊。他在树下从婴儿到壮年再变成现在这样的残烛暮年,总有一天他两眼一闭,再也看不见树了,树却仍然继续长枝吐叶,一年又一年地兴致勃勃。

"定力,定力!"于淑钦在喊他。

他走进右披榭,这地方他比卧室还熟悉。于淑钦端出一碗线面放桌上,线上搁着两个蛋。太平面,大约是他大难不死,需要安抚一下。家里还是有女人好,这个女人虽然粗糙,对他却没有二心。若是她仅仅是她,而不是陈细萌、陈细坤的母亲,一切都简单多了。他坐到桌前,拿起筷,又放下,扭头看着坐到旁边的于淑钦。"细坤呢?"他问。

于淑钦嘴角不易觉察地抽动一下,低下头,再抬起时叹口气,才说:"我先跟你说细萌的事吧。细萌要离婚了,不是她想离,是小齐要离。她在我们这里时,小齐在北京就闹得很凶,天天打电话来吵。就这么些日子,他居然就在外面勾搭上了别人。细萌在我们这里就听到消息了,所以赶回北京。她不想离,孩子还那么小哩是不是,可是拦不住。细萌死活哭闹了半天,人家还是非离不可。小齐真是太没良心了……"

赵定力想起姜启豪告诉他的消息,问:"细萌回北京不是为了办签证吗?"

于淑钦嘴一咧,显然很意外:"你怎么知道?"

赵定力觉得这不需要回答。

于淑钦指了指线面说:"你先把这碗太平面吃了吧。"

赵定力不动,他不吃,不吃是一种态度。想象着陈细萌一边在家跟丈夫哭闹不肯离婚,一边急匆匆出门,想把去台湾和马来西亚的签证办下来,就什么胃口都没有了。

于淑钦胸口那里重重地起伏一下,却没有气叹出来。"我之前不知道,以为她回北京了家里就没事了。前几天,就是你病倒的那天,我不是接了一个电话吗?电话就是她打来的,她这才把小齐的事跟我说。她回北京,确实主要还是为了办签证。定力啊,我真的劝了无数遍了,她跟中了邪似的,就是不听。现在就是签证下来,家里成这样,她也走不成了。她说等过了春节吧,春节后一定要去。去干什么呀?定力定力,都是被你那个铁罐给害的啊!"

赵定力心里咚的一声。

于淑钦说:"细坤也是,都疯了一定要挖地,在城里到处找人。他以为人家的地想挖就能挖啊,就是要拆迁了也不是随便动得了的。你看看,那天刚要在王瑞生家的菜地下手,王瑞生从家里提着一把锄头就冲过去,差点出人命啊定力……"

披榭暗了一下,赵定力和于淑钦几乎同时转过头去,门外站着陈细坤和高小菊。看上去两人像刚吵过架,脸都黑着,抿紧嘴。两人跨进门槛,于淑钦连忙站起,迎过去,挡在陈细坤前面,问:"你们也吃面吧?我这就去煮。"陈细坤把她拨开,继续向前,然后停在饭桌前。

"力叔,你好了?"陈细坤还没开口,高小菊先问了。陈细坤马上接着说:"出院了就好。力叔,没想到门丢了你居然气成这样。"

于淑钦上前几步,脸都涨红了,伸出双手想把陈细坤拉开。"细坤,别扯这事了。你看你回家这么久,假期早用完了,还是快回去上班……"

陈细坤还是一甩手,说:"我已经辞职了。"

于淑钦大声叫起:"什么,你怎么能干这样的傻事啊,好好的工作……"

陈细坤吼起:"什么好工作?一个月几千块钱,连租间像样的房子都不够,好个屁!知道我在北京过的是什么日子吗?啊,知道吗?二十多平方米的胶囊房都买不起啊。看着很光鲜是不是?都是一口口省下来拿去买点衣服撑门面的。别人能啃老,我到哪里啃?你说到哪里啃?"

于淑钦脸红起,眼湿了。"是我没本事,确实是我没本事……"说着她又要去拉陈细坤。陈细坤身子一侧闪开了,继续说:"你以为我愿意这样死乞白赖地待在这里?老子要是马云王思聪,一百个、一千个狗屁铁罐会看得上眼?可是我什么都没有,一辈子都看不到头,只能眼睁睁看着别人吃香喝辣、住豪宅开豪车,这他妈的活着还有什么意思啊!"

于淑钦抱住他胳膊,颤声说:"细坤你别胡说,不要乱说话嘛。"

高小菊插一句,说:"他没乱说,他说的都是事实。"

赵定力站起来,转过身突然向前跨一大步,直直戳到陈细坤面前了。陈细坤似乎吓一跳,整个人向后一仰。两个女人也很意外,猛地定住了。赵定力其实在三秒之前也没有料到自己会这样,问题是他这样究竟打算干什么?这一瞬间他一口气很舒坦地在肚子里转一圈,咕噜噜响着,然后变成屁排掉了。"你要铁罐?"他问。陈细坤看看于淑钦,又看看高小菊,脖子梗着,一时在点与不点头之间犹豫。赵定力说:"你先把门拿出来,再说铁罐。"

陈细坤呵开嘴,又看了看于淑钦。高小菊小跑几步,笑眯眯地抓住赵定力的手摇了摇。"力叔叔,您是说您要告诉我们铁罐埋在哪里了?"赵定力把手抽回来,"先把门还给我!"他有点惊诧,没想到自己也可以用这个短促而有力的声音,说出这么不容置疑的句子。

陈细坤和高小菊对看了片刻,两人似都没下决心。于淑钦在陈细坤背上拍了拍,问:"门真是你拿走的?我就知道是你!快,快说门弄哪里去了?"

高小菊抿抿嘴,一副豁出去的样子。"力叔叔,我告诉您,门没有丢,没有人偷,它一直都在乌瓦大院里。"于淑钦头猛地转过去,问:"在哪里?"高小菊说:"力叔,您先保证说话算数,我们拿出门,您就告诉我们铁罐究竟在哪里,行吗?"

赵定力点了点头。这个反应非常快,他还根本没有过个脑,头就抢先动了。后来多次回想这一幕,他都没有后悔,但每次都倒吸了一口气。他一向不是个善于灵机一动的人。

"那行。"高小菊拉了拉陈细坤。陈细坤迟疑一下,还是跟着高小菊出了右披榭,穿过厅堂,向后天井走去,然后穿过西鬃房和东饯室,到了花园。花园已经荒了几十年,梨树死了,玫瑰海棠枯掉了,前些日子先是赵定力,然后是于淑钦,他们举着锄头又挖了几遍,到处坑坑洼洼,除了左侧花圃上那堆干茅草微微隆着,基本上一览无余……高小菊和陈细坤站到了茅草前了,几乎同时俯下身,一下一下扒着。草干透了,再浇过几场雨,叶片早没有当初刚割下时的坚硬凌厉了,但仍然发出滋滋滋的脆响。叶片下是麻袋,麻袋拉起,两扇门整齐地并排躺着,荷花、荷叶、蜻蜓被一大片的饯金朱红衬着,有种诡异的狐媚,仿佛一打开,下面就是地狱。

门以前量过,九公分厚,麻袋呢?最多两公分厚,加上上下铺开的茅草,这里最多不超过二十公分高。赵定力也曾站在花园入口处看过许多次,为什么脑子竟没有转到这里来?他一出生乌瓦大院的门就立在那里了——对,潜意识里他一直在找立着的门,忘了门卸下后贴住地面躺下,是多么容易隐蔽。

他走近了,脚下哗哗地响。然后他蹲下,把覆在上面的茅草拨开。于淑钦也蹲下,嘴咧得非常大,一边笑一边帮忙拨开草。完好,他狠眨几下眼,真的完好。左边那一扇右下角是唯一的例外,它被踢过,一道巴掌长的疤痕像条毛毛虫横在那里,这是几十年前的旧伤,不是新添的。陈细坤说:"它们没出乌瓦大院,没错吧?现在你快告诉我铁罐在哪里?"

高小菊说:"就是,力叔叔快说吧。"

赵定力掏出手机,对着门拍了照,然后先划动屏幕,发走照片,再按下语音通话。他说:"启豪啊,门在,你马上来。带上几个,还有大一点的车……对,这门你拉走吧,快拉走,放到你那个大漆博物馆去。我不要了,送给你……"收了手机后,他转身向外走。他说:"来,我来说铁罐。"这话他不是对具体的谁说,但花园里无非站着另外三个人。三个人都愣愣的,半晌互相对视一眼,小跑跟上,前后脚进了右披榭,坐到茶台旁。

赵定力开始烧水,然后泡好,倒出,先径自端起一杯抿进嘴,茶水非常顺滑地流过舌头,下到喉咙,注入胃。他闭上眼细品着,仿佛看得见水的每一步行走和每一个拐弯的姿势,风生水起,摇曳生姿。这样的时刻他好像一辈子都在等,突然就不请自来了。"那个铁罐,"他说到这里停顿了一下,"我最早说有,其实真有吗?前一阵我已经告诉你们了,没有铁罐,这才是事实,真的没有……"

陈细坤打断他:"你怎么这样?这么大年纪了,翻来覆去的,有意思吗？"

赵定力点点头，又喝下一杯茶，然后说："确实没意思，这事我错了，一开始我就不该编出铁罐来，真是编的，根本就没有啊。"

"你以为我们会信？"陈细坤脸色非常难看了，"村里人都知道乌瓦大院有好多好东西，对，很多！你做得这么绝情太过分了！"

赵定力想起那天凌晨，他伯父赵聪圣肩上前后搭着的那两个布袋，手里还提着两个。天还没亮，朦朦胧胧的，赵聪圣用胳膊按住前面袋子，谢氏小跑紧跟，两手按住后面的袋子。窸窸窣窣，叮叮当当，微细的声响从厅堂一直蔓延到乌瓦大院门外。这几十年赵定力其实不止一次对布袋里的东西好奇过。长子曾寄寓了谢氏全部希望，后又成为谢氏内心最大的痛，豁出所有的财富去弥补，帮他拯救摇摇欲坠的家庭，谢氏会这样做吗？会，她那么容易就把一件事往极致上做，她会。赵定力摊了摊手说："不是绝情，是真没有。"

于淑钦伸手在陈细坤胳膊上拉了拉，说："可能确实没有。细坤，你不能这样。"

"我怎样了？"陈细坤胳膊重重一抛，猛地吼起来。

高小菊过去，拉了拉陈细坤，两人出了披榭，似有什么要商量。

于淑钦欠欠身子，也想跟出去，马上又重新坐下。"定力，对不住你，我也没想到他会成这样了。"赵定力长吁一口气，什么都没说，他不知道说什么好。于淑钦说："定力，我觉得你今天有点不一样……"她还要再说什么时，那两人进来了。陈细坤一只手叉起腰站到茶台前，另一只手指着赵定力，大声说："我告诉你，高速路肯定要从青江村过了，市里方案已经通过，这是铁板钉钉的，过几天就会正式公布。看吧，你现在死活不说铁罐埋在哪里，到时候整个村的地被挖得底朝天，那些东西你还想守住？做梦！我妈是瞎了眼才嫁给你这样的奇葩。我告诉你，你不仁，可别怪我不义！"

赵定力点点头，很平静地说："没有铁罐。"

陈细坤锁起眉静默片刻，突然把胳膊横向一捽，噼噼啪啪，茶台上的杯子、壶、茶罐都到了地上。这似乎只是序幕，他转过身，八仙桌上装面的碗、筷子、勺子都到了地里，再双手揪住桌子的外沿，猛地往上一提，桌面离开桌脚，像一枚褐色的月亮被举到半空，然后哗地砸到地上。然后陈细坤急走几步到了屋角，那里支着两把锄头，他抓起其中一把，横在腹前掂了掂。

赵定力站起，于淑钦已经比他先跳了起来。

"细坤你要干什么？"于淑钦失声喊出的声音嘶哑得呈放射状，"你给我滚，快滚，滚得远远的！"

陈细坤把锄头举起，指着于淑钦说："你居然护着他，太不要脸了。老子把那门劈掉！"

于淑钦冲过来挡在他前面，整个人青蛙似的蹦跳起来。"你先劈了我，劈呀，劈死了就清静了。"

这时候赵定力也过来，挤到于淑钦前面。"把我也劈了，索性两扇门劈死两个人……"

门槛外出现了几个人，前面是姜启豪，后面跟着几个穿制服的大高个男人。姜启豪说："年轻人，你想去坐牢吗？"

高小菊像是被提醒过，跑过来一把将陈细坤手里的锄头夺走。

陈细坤一扭身向大院外走去。高小菊喊："细坤你去哪里？"

"回北京。"陈细坤头也不回,声音都变了形。

高小菊"噢"了一声,跑去屋里,一会儿手里拖着两个行李箱又跑出来,经过右披榭前也没停下。于淑钦抬眼瞥一下,黑着脸,身子一动不动。

赵定力把姜启豪带到花园,穿制服的几个人也跟上。门被小心抬出来,搬到停在外面的皮卡车上。车上铺了几十个麻袋,穿制服的人熟门熟道地把它们一层层保护好。姜启豪扬扬手,意思是让他们先走。他自己开来黑色奔驰,这会儿正停在皮卡边上。赵定力突然说:"等等!"他回到右披榭,看到于淑钦正坐在茶台边垂泪。他走过去,拍拍她后背,小声问:"淑钦,这茶台也让启豪拉走行吗?"于淑钦抬起头,一时有点没回过神似的,半晌才点头。

赵定力重新走回大门外,跟姜启豪说起茶台。"我看你们车还放得下,一起拉走吧,"他语速很快,有种不容置疑的坚决,"把它放在博物馆里,每天都有那么多人看,我奶奶肯定会高兴的。"话说完他长吁了一口气。刚才于淑钦说他今天很不一样,七十八年了,个子太高,成分不好,他一直都佝偻着背,小心、顺从、本分、麻木,眨眼一辈子就要过去了,终于也能不一样一次了。真好,可惜他以前没有这样活着。

五

那天把门从花园往皮卡车上抬的过程,姜启豪跟赵定力说了两件事:

一、高速公路从村里通过的规划已经批准,工程很快启动,但乌瓦大院可能不会被拆除,有专家建议把这幢清末福州精美传统古建筑保护下来，院子外的榕树也用碳十四交叉定位测算过树龄了，种于南宋，一起保留。后面那座花瓣般缓缓上扬的小山丘以及附近那些山地，将建起一座茉莉花主题公园，除了遍种福州市花茉莉花外，还会有一系列以茉莉花为主题的农家乐、亲子体验、培训基地、博物馆等配套建设，成为福州市民的网红打卡地，而乌瓦大院有可能会成为茉莉园的一部分。

二、六七十年前台湾发生过一起轰动一时的杀妻案。丈夫知道妻子早有外遇，却坚决不肯离婚，但发现妻子与情夫合谋把他从大陆带去的珠宝古董陆续偷光了出售掉，顿时爆发，开枪杀了妻子，接着也自杀了。

"前些天我打电话回台湾跟我父亲说起赵聪圣，"姜启豪说，"他翻旧报纸，查到杀妻案的女主角叫苏悦眉，男主角就是赵聪圣。他小时候在福州姜氏漆艺坊时，跟赵聪圣是认识的，表兄弟间有来往，但那时年纪小，不太记事。年轻时他也看过报纸上的这个报道，但没把案件里的这个人跟你伯父联系起来，以为同名同姓。对了，我父亲还把这个报道拍照发来，回头我转给你。"

后来姜启豪果真把一张报纸的照片发来了，竖排、繁体字、标题又粗又大。用拇指和食指推开放大了看，这件事发生在1955年1月20日。那天早上十四岁的赵定力从青江村坐船去福州，谢玉非出生了，父亲赵聪明遣他把自家养的两只公鸡和一筐鸡蛋送到谢家大院，他早早去了，傍晚打算再坐船回村。泊船的码头离商家密集的台江小桥只有两三里路，他经过时，警报响了，声音从头顶锥子一样钻下来，两个耳朵都颤得发疼。他蒙蒙地立在原地，脑子里什么都没有了。街上的人都在跑，他想自己是不是也该跑一跑了？却拿不定主意该往哪里跑，犹豫间，头顶就呜呀呀响成一片，接着是更轰隆的巨响，地都在震荡，眼前很快火就朝天上冲去了,不是一处,而是树林似的这里那里抢着拔地而起。他蜷起身子,缩到路边水沟里,一个炸弹落在不远处,把他掀起,然后重重摔到地上。他什么都不知道了,醒来是在医院,头上扎着绷带,隐约听有人在旁边说:"哎呀活过来了!"

后来才知道,当时有五十架国民党B-17轰炸机飞到福州台江小桥,投下几十吨炸弹,烧了四千多间房子,火从下午一直烧到半夜,把天都烧红了。还有几架飞机飞得极低,枪对着路面哒哒哒地扫,炸死、烧死和打死的人合起来有一百八十八个,另有五人没找到。伤的就更多了,医院房间和走廊到处躺着绑满白色纱布的人,哎呀哎呀地喊叫着。像做了一场梦——这场梦竟顽固地往下延续着,在六十多年里的许多夜晚不断伸长獠牙,刺进他梦里。他活过来了,没想到同一天,对岸的赵聪圣和苏悦眉却死了。他忽然想,那天凌晨赵聪圣如果不走,从此留在乌瓦大院,会是什么情形?谁知道呢,也许更好,也许更不好。

他把这个消息告诉于淑钦,迟疑片刻又提醒道:"是不是让细萌不必去台湾了?去也白去。"于淑钦手一甩,赌气地说:"不管她了,爱去不去。"顿一下又说,"她已经离婚了。"

春节前拆迁的方案下来了,全村拆迁,将安置到离这里三公里外的一个地方,也在闽江边,房子全换成带电梯的高层建筑,取名青江小区。乌瓦大院果然成为全村唯一不拆的房子,政府将其收购了,据说重新修缮后,将立在茉莉公园的入口处,成为门面。

姜启豪把大漆门拉回来,重新安上去。左边那扇右下角被踢过的巴掌长疤痕已经不见,姜启豪说已经让老漆工修补了。赵定力蹲下,打量许久,手再在上面缓缓抚着。衔接得很完美,几乎看不出修过的痕迹。大漆是一个需要漫长修炼的手艺活,很可惜，这辈子他错过了。他掏出手机打给王瑞生，让王瑞生来乌瓦大院。王瑞生一开始拒绝，说忙。这一阵全村的人都忙着收拾东西，过了正月十五大家都要搬离，时间很急，家当却太多。赵定力说："大漆门重新安上了。"手机那头尖声叫了一句，然后说："真的？我马上来！"

赵定力把两扇门关上，然后慢慢退到榕树旁，在树根上坐下。

王瑞生来了，挨着他坐，两人眼一起盯住门。阳光透过树叶落到门上，荷花、荷叶和蜻蜓被斑驳罩着，顿时变幻出一幅全新的图案。王瑞生嚷嚷道："它真好看啊，这么多年了，还是越看越美。"

赵定力说："我奶奶以前说，漆器做好后，漆却依然会按着自己的心性继续行走，漆色在时光中会越来越鲜亮有力。用他们的行话说，就是'开'了。"顿一下，又说，"以后我们再一起从小区那边坐车来看……"说到后面居然喉咙一紧，猛地噎住了。

王瑞生在他后背拍了拍，"时间真快啊，"他的声音也有点打战，"我刚才看着看着，眼光就变成小时候了。第一次看到它，好像不过是昨天的事。"

"是啊。"赵定力像王瑞生拍他一样，拍了拍旁边的树根。他也想起自己刚学步时在门前跑来跑去的样子，那时在这扇门进出的谢氏，还从来头发光洁，衣服艳丽，行走都多么韵致横生。居然她逝去已经七十年。似乎无边无际的七十年，其实不过一瞬间。

王瑞生说："以前我爸一直说你能成大事，让我跟你学。我哪学得成？我整天都像心里藏着魔鬼似的，憋不住要发作出来。直到犯了事，那天好端端地去镇上玩，跟卖肉的很普通拌几句嘴，就一下子爆炸了，抢过人家的刀，差点把他捅死。至于吗，那时真的就是控制不住自己。那十几年在牢里没白关，一个人原来真的可以重新做人。我在牢里想着你可能已经在哪个高位上，做出什么了不起的事了，心里就特别恨自己。出来一看，你还在青江村，连老婆都没有，啧啧，原来你也混得不咋样啊。"

赵定力叹口气，说："很可惜，没上成大学，我一下子就泄气了，泄着泄着，几十年就没了。其实还是怪自己，那么多不上大学的人，人家都可以活得硬气，后来有那么大成就，我却成这样。瑞生啊，这一辈子我们都没活好，下辈子重新开始的时候，一定要记住互相提醒，不是一定要做多大的人物，做多了不起的事，就是平平常常地活，也要活得更有意思一点，否则对不住自己，你说是不是？"

"嗯。"王瑞生答得很轻，"下辈子最好还能再碰到你，我们还坐同一张桌。力啊，小时候我真的好羡慕你长那么高，书又读得好，一节课能坐得老老实实的。那时所有人都讨厌我，我父母说是宠，要什么给什么，其实我知道后来他们心里也是厌烦的。谁架得住那么三番五次的胡闹啊？那时全班都没人愿意跟我同桌，只有你同意。你老提醒我上课时别动别说话，平时还帮我做作业，考试给我抄答案，这些你记得吗？"

赵定力摇摇头。

"我却一直记着。"王瑞生竖起食指往心口那里戳了戳。

赵定力说："菜地的事，对不住了。"

"没关系。"王瑞生摆摆手，"其实后来我自己也把菜地都挖了一遍，哈，什么都没有。力啊，你跟我说实话，真的有那个铁罐吗？"

赵定力迟疑了片刻，说："不知道，说不清，应该没有吧。"

"噢,"王瑞生说,"以前你说没有我是真不信,现在……唉,没有就没有吧。"

赵定力点点头。谢氏把家里所有贵重东西都给了赵聪圣,自己真的一点都不留吗?其实也有另一种可能,那天凌晨,赵聪圣或许只是把最好最贵的带走绝大部分,谢氏想让他借此保全家庭和做人的脸面,不料最终赵聪圣却因此命断。余下的东西究竟有多少?谢氏又把它们藏在哪里?不知道,他已经不想知道了。这会儿即使有人告诉他哪块地里,确实藏着谢氏埋下的财宝,他也懒得提起锄头去挖一挖了。

手机响,王瑞生掏出来看一眼,脸转向赵定力。"李翠月说明天她要来我们这里……"

"别来!"赵定力脱口喊起,"她以后都不要来,真的别来。你看,这都马上要拆迁了,村子很快就不是原来的村子。什么都变了,都回不去了,她来干什么呢?"

这时门嗞地打开,露出于淑钦的脸。"定力,吃饭了。哎呀瑞生也在,一起来吃吧。"

王瑞生站起,说:"不了,我还得回去给孙子喂饭哩。"

于淑钦煮的是太平面,她说那天从医院回来,给赵定力煮了面最终却没吃成,今天特地补上。赵定力默默把面吃下,有人惦记安危,真好啊,他以后要学会习惯和享受。放下筷子他先去了趟马桶间,很顺利,一泡屎拉得结实酣畅。然后他出来,重新走到右披榭,从屋角提起锄头。于淑钦问:"你干什么啊?"赵定力说:"去给茶园除除草。"于淑钦说:"我也去。"

他们前后脚出了乌瓦大院,绕到右边。路多日无人踩,已经新长出野燕麦、小飞蓬、稻搓菜之类的草。就让它们先长着吧,不用除。茶园里的草其实也不必除,他只是想来逛逛,那里埋着

405

细米哩。这孩子喜欢热闹,以后这里来的人多,它每天该多么高兴啊。

他回头看了看,于淑钦落在后面几步。见赵定力停下,于淑钦以为喊她,小跑跟上。路不宽,但容得下两个人扛着锄头并排走。赵定力动了动嘴,最后又咽下了。他已经了解过了,地和房的赔偿是笔不小的钱,留够自己和于淑钦余生的费用后,他打算把剩余的分给陈细萌和陈细坤。于淑钦已经好多日子没有在他面前提起他们,似乎也不怎么联系,但她是母亲,母亲的心情肯定比赵定力想象得更复杂。具体有多少钱,他还不太清楚,所以他想再缓缓,不必急着跟于淑钦说。

茶园整个罩在阳光里,每片叶子都硬邦邦地向上挺起,末梢有一层透明的微黄,那是新一茬的嫩叶刚刚拔出,仿佛一张张微微开启的嘴,正向赵定力呼喊,让他伸过手,把它们采摘下来,制成最后一波茶。

赵定力觉得自己从来没有像现在这样爱着它们。

图书在版编目（CIP）数据

每天挖地不止 / 林那北著. —南京：江苏凤凰文艺出版社，2022.5
ISBN 978-7-5594-5521-5

Ⅰ.①每… Ⅱ.①林… Ⅲ.①长篇小说-中国-当代 Ⅳ.①I247.5

中国版本图书馆CIP数据核字(2021)第239118号

每天挖地不止
林那北　著

出 版 人	张在健
责任编辑	李　黎　孙建兵
特约编辑	王　怡
责任印制	刘　巍
出版发行	江苏凤凰文艺出版社
	南京市中央路165号，邮编：210009
网　　址	http://www.jswenyi.com
印　　刷	苏州市越洋印刷有限公司
开　　本	880毫米×1230毫米　1/32
印　　张	13
字　　数	300千字
版　　次	2022年5月第1版
印　　次	2022年5月第1次印刷
书　　号	ISBN 978-7-5594-5521-5
定　　价	59.80元

江苏凤凰文艺版图书凡印刷、装订错误，可向出版社调换，联系电话 025-83280257